陪考家长

狮娘鸽爸

当『幼升小』撞上『高考』

夏景 著◎
许洁／主编

中国青年出版社

狮娘 怎样教育出

P

狮娘：不惜做孩子心目中的坏妈妈，也要给孩子一个好的未来！

别说虎妈，我呀，我要更进一步，做狮娘！像狮子那样的老娘！都到这么关键的时候了，还唧唧歪歪摆困难谈条件干什么呢！孩子要努力要冲刺，我们做家长的，不也需要拿出一股拼劲吗？我算是找到自己的状态和方向了，狮娘！就做狮娘了！

要的就是那种拼搏的精神。都高三了，这意味着你到了人生的一个关键时期，冲上去和掉下去，将是两个完全不同的世界。

情商常有，可高考不常有。暖暖现在是特殊时期，面对挑战，拿出狼或狮的劲头来，这也是培养情商的一种，好不好？

没有那么多的温情人性可讲，别以为你是女的，你就可以跟别人去哭哭啼啼。记住，以后永远都不要企求别人的同情。同情不能当饭吃，哭只能说明你无能。

高三是一场战争，教室就是战场。她必须拿出全部的精力，来赢得每一次考试。不及格，就是打败仗，就意味着危险，意味着耻辱……

优秀的孩子

K 鸽爸

鸽爸：人生是场马拉松，孩子要三分教、七分等，你得有耐心。

孩子那么小，跟水仙花似的，可她非要告诉孩子，得把自己当根葱，切巴切巴，扔到油锅里，翻一翻滚一滚，直到炸糊炸焦，才算完事。

人生是场马拉松，孩子要三分教、七分等，你得有耐心。成绩可以上去，可心灵一旦受伤，那就是一辈子需要矫正的事情。

人生是场长跑，学习是一辈子的事，跑慢一点，跑稳一点，跑得心平气和一点，没什么不好。孩子这么小，还在童年时期，多玩多运动，才能有轻松快乐的心态。何苦让他这么小，就天天想着奔前途、好成绩、上名校？

可悲的是，多少父母，心灵既不强大，更不细腻，从不设身处地，只会照猫画虎，没有人生的通盘考虑，只会死死盯着分数……

每个孩子都是特别的，因人施教才是根本，都搞成流水线上的产品，那不成笑话了吗？

许洁+夏景/文

夏景谈

不惜做孩子心目中的坏妈妈，

虎妈、狼爸、狮娘……是什么催生了这样动物性的父母称谓？是越来越狼性化的丛林竞争！▶

这些年，父母的名号前面，都冠上了各种动物的称谓：虎妈，鹰爸，狼爸，羊妈，猫爸……现在我的小说又参与了一把，制造出狮娘和鸽爸两个称谓来。

我想很多家长一定仅仅从这两个称谓上，就能看出他们的教育理念来。

大家现在都喜欢用动物来比拟父母，我觉得这和我们这个竞争越来越丛林化的社会现状是有关系的。

不知从哪年开始，人们对狼性大感兴趣，甚至在很多企业文化与传销似的培训中，狼性大有取代人性的趋势。仿佛一谈到竞争，谈到前途，就非得露出獠牙和利爪，才算进入状态。

“狮娘”现象

也要给孩子一个好的前途！

这可能也是虎妈、狮娘、鹰爸、狼爸之类的能大行其道的原因吧。大家都丛林化了，只讲血淋淋的现实，讲适者生存，于是这么多的动物称谓，也算是一种般配吧。

“狮娘现象”代表着中国家长的一种典型心态：不惜做孩子心目中的坏妈妈，也要给孩子一个好的前途！▶

小说中，苏兆红在一次家长会上，对着老师和众家长表态：高三是一个关键时期，做家长的，非得拿出虎妈的精神头来不可。

为了显示自己的决心，她表示要比虎妈更“虎”，于是自封为“狮娘”。事实证明，她确实在女儿高考的那一年里，付出了很大的精力：补习、盯梢、时间战、追排名……

苏兆红非常要强，自己平时工作也走在人前，又好面子，很难容忍失败或落后。这种性格决定了她对女儿的成绩和排名不会放松。暖暖喜欢学美术，在她看来这绝对不是社会精英应该走的方向，于是坚决拒绝，甚至和孩子自己偷偷找的绘画老师翻脸。

她强硬、专横，却又一心扑在孩子身上，不惜做孩子心目中的坏妈妈，也要给孩子一个好的前途。这样的母亲，在我们身边其实非常多。

而且，确实有很多孩子，就因为有这样一个处处要求、事事参与的强悍母亲，不仅从小成绩出众，而且一路名校，拥有了大家羡慕的好前途。

所以，取这样一个书名，并没有任何褒贬之意，只是讲述一种社会现实，让人们看到现行教育制度背后家长们的不同态度。毕竟这两种迥然不同的态度，会造就出完全不同的两类孩子来。而这就是现实，非常现实的现实。

幼升小热潮、小升初战争、留学热越来越低龄化……“不输在起跑线上”、“一岁就上常春藤”、“私塾热”等各种不同的教育模式为什么非常流行？▶

我其实很厌恶这句“起跑线”的话，认为它是一句非常脑残的话！

如果一些家长一定要认同它，那么你先检讨自己是否早就输在了人后。从遗传学的角度说，孩子的智商百分之八九十来自父母。如果家长本身就不够聪明，从小学习领悟能力就不够，后天又没有进行学习方面的强化，反过来要求孩子不输在起跑线上，就是根本没有道理的。

近年来，幼升小、小升初之战越打越烈，一方面反映了家长对教育的越发重视，另一方面也反映了社会教育资源配备的严重不足。这是让我们老百姓非常不满的地方，家长和孩子也都是牺牲品。

至于，当下留学热潮再次兴起，包括越来越低龄化（初中就开始到国外上学），还是因为国内教育资源分配的不公平，加上教育理念落后，教育制度的官僚化吧。

低龄化留学潮的出现，也说明家长除了对孩子成绩更看重外，对孩子身心的健康也更重视了。只要经济条件允许，我觉得这没什么不好。国与国的经济交流这么密切，以后的人才要求都会更国际化，只要心态开放，接受更好更全面的教育是挺好的事。但家长的陪同更为重要，毕竟孩子还小，还需要父母的悉心指导。

我不是教育专家，只是个写小说的。和很多老百姓的看法可能会是一样的，如果孩子要在国内上大学，那就要乖乖走本土化这条路，进入公立教育这个体系：尽量把成绩考好，上重点中学，然后上个差不多的大学。

如果打定主意，孩子要送出国读大学，那就好好学英文，培养鲜明个性，参加留学考试和国际考试项目。

至于私塾等等不同于传统公立教育的教育模式，不好说。如果能在私塾里学点国学，也算文化熏陶。

“狮娘”PK“鸽爸”……一个家庭内部处理孩子的成长问题所产生的“教育理念的矛盾”，其实是夫妻“价值观念的冲突”。父母对待孩子如何做到“教育一致性”？▶

在书中，苏兆红和于大海的离婚，有很大一部分原因就是教育孩子的理念不同，矛盾太大。但究其实，还是两人的价值观发生了偏差。

苏兆红是认同“丛林法则”的，认为活在世上，就要争争抢抢，多吃一口算一口。但于大海更偏重内心一点，更愿顺其自然水到渠成，这从他和严冬美的恋爱中就能看出来。

婚姻生活就是这样，价值观不同，很多事情就会产生分歧，肯定很难再搅合在一起。

家庭的教育一致性，其实要求的正是夫妻一致的价值观。他们看待孩子当前和未来的态度，是要一致的；对为人处世、怎样竞争的看法，是要相同的。

有了这个基础，教育孩子上才能有一致性。在一致的前提下，有了矛盾怎么办？我觉得也简单，那就是求同存异。

如果矛盾很深，不可调和，我认为夫妻间很可能是价值观产生了分歧，那么矛盾就不会仅仅停留在孩子的教育上，肯定在很多事情上，彼此都会有完全不同的想法。

这个时候，孩子就成了表面看是父母教育理念不同，实际上是夫妻感情不和的牺牲品。

女儿富养，儿子穷养……家长不同的教育观念，对孩子的一生到底会产生什么样的影响？这其实讲的并不是关于金钱的话题！▶

这可以从小说里孩子的成长轨迹来看。

小说里的两个小主人公，暖暖和童童，在现实生活中分别代表了哪种类型的孩子？他们对待父母的要求、对待学习的压力是怎样的心态？

暖暖是那种成绩比较好，但同时也比较感性的孩子。她其实是很乖巧、听话、懂事的，是学校里常见到的那种好学生。童童年龄还小，加上于大海的教育比较宽松，所以他很天真烂漫，毫无心机。

两个孩子，面临的主要问题，是教育理念天差地别的离异的父母。

人们常说，富养女儿穷养儿子。这其实讲的并不是关于金钱的话题。

在我看来，所谓富养，是指对女孩要有更多的沟通和赞许，要和她们多聊天，理解她们内心的困惑，鼓励她们勇敢面对广阔的世界。

而男孩的穷养呢，应该是要多一些锻炼。如果孩子小，就要从身体上多多磨炼，培养出不怕吃苦的精神来。

暖暖和苏兆红之间，最大的问题和矛盾，就是苏兆红强硬粗糙的态度，明明知道暖暖有心事，却说高三紧张，没时间聊天，使问题越积越多。问题越多，她越急躁；越急躁，矛盾就越深。

这对母女三番五次的冷战，其实是和沟通不畅大有关系的。暖暖需要的，是母亲能好好听一听她的想法；而苏兆红呢，却觉得听暖暖诉说，就意味着妥协，于是更加一意孤行。

童童则因为年纪小，对成绩竞争之类没有感觉，加上于大海也不给他任何压力，所以他并不觉得才上一年级就考个八十分，是什么丢人的事儿。待苏兆红参与进来后，他成绩上去了，自己还比较有成就感。

所以，这是不同阶段孩子之间的问题。一个高三，一个小学一年级，他们面临的压力和竞争强度是不同的，承受能力也就有所不同。

作为一个妈妈，你自己赞同和偏好哪一种："狮娘"还是"鸽爸"？你遭遇过孩子的"反抗"吗？若有，你是怎么做的？若是面对孩子不理解家长"苦心"的情况，你想说什么？▶

感谢上帝给我好运，孩子一直很乖，从没有特别让我操心过。当然，我似乎也没有对她存有很高的要求。

和苏兆红不一样，我从小就不是很优秀的学生，偏科，一直是很普通的学生。

但这么多年过去了，似乎也没有太影响生存。所以，对孩子也心存侥幸，总想差不多就可以了。

嗯，我当然会偏向“鸽爸”多一点。不过我心里是很敬佩“狮娘”的，也很羡慕他们能培养出上哈佛耶鲁的孩子来。一分汗水一分收获吧，我没有下过狠劲，自然不敢奢望这样的“头彩”。

我们经常会对孩子说的话是：学习是一生的事情，走出校门，依然要努力学习，只要不停下来，你就一直会进步。总有一天会走到前几名的。哈哈。

我说过，我很幸运，生了一个很好的女儿。我甚至不记得她青春期有什么波动或反抗，我们交流也一直还算不错。我们说什么，她都能听进去。她提要求，我们也基本都能答应。

我个人觉得，孩子其实比大人单纯简单得多，他不会刻意为难父母的，也不会莫名其妙提出什么要求来。如果他偏离了你想要他走的方向，那一定要看看到底是什么原因。

比如，暖暖喜欢绘画，想学设计，那是有原因的。她喜欢的男生在学这个，她想跟他在一起。没有家长愿意看到在人生的关键时刻，孩子突然偏离了方向。但如果这个时候，苏兆红肯给孩子三个月的时间，让她自己做一个选择，一定不会闹出那么多那么大的矛盾，反而对学习有更大的帮助。我认为正是她急功近利的心态，影响了母女感情。

至于对不理解家长“苦心”的孩子，我会说，叫你的父母去好好反省。我认为，如果父母的苦心不被孩子理解，那一定是父母的做法出了问题。

成年人的心智和行知能力，总要比孩子强一些。这个时候，首先要改变方式和解决问题的，应该是父母。

请说几句话送给那些为背上书包就走进黑色六月的孩子们——无论是幼升小，还是中高考——而焦心忧虑的父母们，你最想说什么？▶

嗨，父母们，你们好！你们辛苦了！

焦心忧虑也是会遗传的哟！也许你希望看到孩子刻苦自觉，为失去的每一分都懊恼不已，可你总不希望看到他今后漫长的一生，都在为追赶前面的背影而忧心忡忡、抑郁不快吧？

你想让孩子变成谁？比尔·盖茨、乔布斯，还是像你一样，做一个普通平凡自我满足的好人？

每个人或会有不同的成就，会走向不同的人生之路。但其实，所有的道路，都有出口。

审视一下我们自己吧，谁也没有因为考试曾少了那么几分，就走到了人生的尽头，是不是？

目　录

“陪考家长”访谈录

第一章　开　学

一扭头，于大海就看见了暖暖。

正站在会展中心的入口，跟个小要饭似的，见人就伸手，脸上带着讨好祈求的表情："叔叔阿姨，哥哥姐姐，能带我进去吗？"

暖暖十七岁，马上就十八了，可身形长得又瘦又小，加上一张娃娃脸，说十三四岁也有人相信。穿了条不分男女、也不分前后的校服裤子，上面是件翻领的白色短袖T恤。

校服这东西，不知是谁的发明，越难看、越肥大、越邋遢、越不透气，就越能赢得老师校长的喜爱。花一样年龄的孩子，非得裹在这么丑陋的衣服里。

只有苏兆红这样的家长，才会一叠声叫好："不错，中学阶段学习任务多重啊，穿成这样就挺好，进教室一坐，安能辨我是雌雄？"

瞧瞧，她不说男女，而说雌雄，仿佛这样一来，青春期那些潜伏着的、细细的、如一根随时会短路的电线的危险念头，就会自动偃旗息鼓，失去寻找光明时带来的闪电一般的灼烧力。

于大海抬头看，会展中心的楼顶上挂着条横幅："全国优秀动漫设计作品展"。门口又是红地毯，又是大花篮的。说是展览，却并不对外售票，多是业内人士，拿着请柬和赠票朝里进。

一大群爱好动漫和绘画的孩子，分散在广场上，有喃喃自语装可怜的，有见人就笑刻意卖萌的。表情动作各异，就是为了弄张票。

明天就开学了，暖暖竟然在大上午的，惦记着这个展览，要是被苏兆红看见，那还不当街吵吵起来?

于大海赶紧将车停进停车场，隔着十步远就冲暖暖喊："于暖暖同学，你在这里干什么？"

听到喊自己的名字，暖暖吓了一跳，待看到是爸爸，就放松了。苍白的脸上眉头还皱着，表情带着丝丝委屈："想去看展览，可是没有票。"

于大海说："那也不能跟小要饭的，站在街上见人就伸手啊。"

暖暖说："我就是想看嘛。"

见女儿一脸可怜相，于大海不忍心了。拨通了一个动漫公司朋友的电话。寒暄了几句，切入正题："对了，你们公司有人去吗，在里面了？哦，好啊，我家闺女想看，能不能打个招呼，门口接她一下，让进去看看？没问题，那好。是，喜欢画画，一心想学动漫或设计呢。好，那先谢谢了。"

暖暖听着于大海打这个电话，越听越心花怒放，来不及等于大海交代，就要朝门口跑。于大海在她后面喊："找一个姓陈的叔叔。还有，看完早点回家！"

看着暖暖进了展厅，于大海返身上车，朝公司开去，心里多少有点忐忑。

暖暖该上高三了，虽然整个暑假几乎都在补习，只休息了最后一周，但明天就是开学的日子了，"收心"这二字，可是家长们开学前必念的紧箍咒。他却背着苏兆红，让暖暖去看动漫展。

这要让苏兆红知道了，非跟他上纲上线不可。

想曹操，曹操到。刚打开办公室门，苏兆红后脚就跟了进来。

于大海跟她开玩笑，说："怎么，你这是在跟踪我啊？掐着时间来的？"

苏兆红穿着一身烟灰色的西装套裙，同色系的坡跟鞋。戴黑框眼镜，时髦的短发，中等个头，白白瘦瘦的，表情很是严肃，一副典型的职业女性模样。

对于大海无聊的玩笑，她予以迎头痛击："我跟踪你干什么，离婚前都从不做这样偷偷摸摸的事，离婚后就更不可能了。于大海，别妄想我对你还留有余情，我们之间早就恩断情绝了。如果不是为了孩子，我才懒得找你呢。今天来就是想跟你谈谈童童的事情，明天就开学了，他要上小学一年级了。这是件很重要的事情，有些事有些话，非得跟你当面说清楚不可。"

苏兆红小时候喉咙破过音，恢复后声音比较低沉，加上她沉稳严肃的性格，不苟言笑，不愿服输，随便说点什么，都让人觉得是倍儿严重的事儿。

婚姻可以破裂，但苏兆红的声音，却像老唱片上留下的擦痕，一次次提醒着于大海，记忆这个东西，更偏向于惩罚，而不是安慰。

两人好时，苏兆红的女中音，在于大海听来，是温柔优雅的象征。离了婚，苏兆红一开口，于大海压力就来了，总觉得她居心叵测、故作神秘、处处跟他过不去，恼火也涌上了心头。

他低头收拾桌子，不接苏兆红的话。但他的冷淡，并不能影响苏兆红什么。她在沙发上坐下，一侧身，从身边的包里拿出一个本子和一枝笔。竟是要长谈的架势！

"主要三点，"果真，她开始说了。

"第一，童童的学前教育。据我所知，你一直坚持不送童童去上学前班，这个我们也曾争吵过很多次，但你从不听。过去的事情我也不想多说了，但我要提醒你一点，因为大部分孩子都有过学前教育，所以现在的小学教学，也都提速不少。拼音一个月就会学完，认字和词组几乎同时进行，一年级下半学期，就开始看图说话了。在这种情况下，童童的课前预习和课后复习，就很重要。你一定要盯紧点。"

于大海面无表情地打开了桌上的笔记本电脑。

"第二，童童的师生关系。"苏兆红并不在乎于大海的不回应，一看两人这样的交流，一直就是个常态。

"我知道你瞧不上这些啰唆事，可能还不屑跟老师拉什么关系。但童童情况特殊，还没开学，已经落后别的孩子了。如果学习一开始就跟不上，老师的态度再出点问题，就会直接影响到孩子的学习热情和学习信心，很可能就失去了学习的动力，破罐子破摔。所以，跟老师尤其是班主任老师搞好关系非常重要。我的建议是，开学第一天，最好你能带着童童提前去，跟老师见一见，聊一聊，把你自己可给老师提供的资源也摆一摆，说不定能帮到老师什么的，你说是不是？"

于大海听不下去了。他"啪"的合上了电脑，站起身来："苏兆红，我马上要去开会了。"

苏兆红仿佛没有听到他说话，继续道："第三点，童童的小班教育。所谓小班，就是我们以前说的开小灶，上课外补习班……"

她一抬头，于大海已经走出了办公室。

带着火气，她一个箭步追了出去。于大海走得快，苏兆红又没有高音区，为了留住于大海，她只能一把抓住他。

于大海穿了件扎在裤腰里的短袖衬衣，苏兆红没趁手的地方，只好抓住了领子。这样一来，可就太像是打架了。

走廊上有不少员工正进进出出，猛地见到老板和前妻掐在了一起，立刻就有人围了上来："怎么了，于总？"

"是嫂子吗？公司是大家办公的地方……"

不用人劝，苏兆红的手就松了。她是知识女性，一贯注重自己的形象，前夫固然可恨，但她也不屑耍泼。

只是有人提到"嫂子"，让她颇为不快。左右看看，声音依然低沉："谁是嫂子？这里没有嫂子。我也是个总编好吧，叫我苏总就可以了。我就是找他说点事，你们该干嘛干嘛去吧。"

一个中等个头、长了张大众脸的微胖男人，拨开人群走了进来。他是苏兆红的弟弟苏兆南，在于大海的公司做部门经理。前小舅子和前姐夫，从于大海开始做这个公司就在一起，而且两人相处甚好。姐姐离婚后，苏兆南继续在这里干，也没觉得受什么影响。他问苏兆红："姐，你怎么来了？"

终于有人能听听她的好意和无辜了，苏兆红说："明天不是开学的日子吗？我来跟于大海谈谈童童上学的事情，他没听完，说要开会，扭头就走。什么回答都没给我，这是什么意思？我当然要问问他了。还有，今天公司真的有会吗？"

苏兆南扭头看看，于大海一副忍无可忍的表情，他不禁笑了。这两个人的状态，他太熟悉了。

周围的人见是家事，也都散去。

苏兆南和稀泥："姐，你说这么个事下班说不好吗？非要一上班就跑来，也不看个时间地点。姐夫，事关童童，你答应一声不就得了？"

"答应什么？"于大海没那么好说话，"她说的那些，我根本就不爱听。孩子那么小，跟水仙花似的，可她非要告诉孩子，得把自己当根葱，切巴切巴，扔到油锅里，翻一翻滚一滚，直到炸糊炸焦，才算完事。苏兆红，我跟你说过多少次了，离婚了，你没权再对我指手画脚了。管童童我有我的方法，你管好暖暖就行了。"

苏兆红说："就算离婚了，那童童还是我儿子不是？我不该操心他的事吗？我这是在对你指手画脚吗，我只是在关心孩子，好不好？”

于大海不理睬苏兆红了，转头对苏兆南说：“马上到会议室来开会。我先走了。”

他扭头就走了，苏兆红对着苏兆南指着于大海的背影，恨铁不成钢地冲弟弟道：“你看看这个人，没有一点素质。你呀，你真没出息，还跟着他干。”

苏兆南搂着苏兆红的肩膀，将她往电梯处带：“回去吧老姐，赶紧上班去。你那里二十多个人，还等着你去发号施令呢。”

“这事没完，”苏兆红把本子塞进包里，“在孩子教育问题上，我就是这么眼里揉不得沙子。”

“好好好，你火眼金睛，你明察秋毫，你寸土不让，你坚持到底……”苏兆南敷衍道。

苏兆红对于大海的“开学教育”出师不利，憋了一肚子气，也积攒了一肚子的斗志。

等到晚上下班回家，见到暖暖，劈头第一句话就是：“幸好你没跟你爸爸，按他那种放任自流的方法，非把你高三这一年带到阴沟里去不可。记住啊，我们一定要争口气，考上顶尖的学校，懂不懂？一来为着你的前途，二来为着你妈我。和你爸离婚两年多了，指不定多少人看我们的笑话呢。我们必须打起精神，迎接挑战，为美好的未来加油努力！”

对苏兆红的豪言壮语，暖暖和于大海一个德行。她没敢跟妈妈说自己早上去看了漫画展，心里虽然有百般的不耐烦，但一声没吭。

苏兆红继续唠叨：“今天晚上早点休息，明天提前起床。我想过了，以后弹琴时间，得提前到早上。只有那个时候才有时间……”

“妈，我不想弹琴。我想学画，能不能给我找个老师？”

苏兆红说：“讨价还价这么多年了，还说这话，有意思吗？弹琴是你最初自己要学的，当然必须学下去！画画？没门啊！再别跟我提这事了！去，收拾收拾书包，看看还需要添什么文具不？”

苏兆红和于大海曾是大学同学，也有好得昏天暗地的时候。一毕业就结了婚，一结婚就生了孩子。

不知道从什么时候开始，两人发现，其实彼此特别不合适，都是顶顶要强又特别有主意并且说了就要算的人。新婚的温柔面纱一撕破，就开始了争吵。都要对方听自己服自己，都不愿意承认对方比自己高明。

生了暖暖后，争执的内容更多了，家务、人际、孩子教育……暖暖九岁时，两人都已精疲力竭，打算和平分手。偏偏于大海出差时遇到了车祸，当时伤势很重，头盖骨甚至换了一块有机玻璃。抢救过来后，拿了一个二级伤残证。

于大海受伤治疗的一年时间里，苏兆红不跟他吵架了，因为没机会吵。于大海精力不够，也乖乖听话了。出了医院，两人有心挽救婚姻，凭伤残证明，又要了一个生育指标。

儿子于童童，就这么来到了人世。

可惜好景不长，童童五岁过后，两人又开始没完没了地闹腾。

苏兆红外表再强悍，内心里还是女人。女人身上的脆弱、像猫一样的自尊，她也都有。只是男人不懂。他们真实的拒绝，会像阴冷雨天的一记白眼，只一眼，足以成为女人今生引以为戒的隔阂。

一旦感受到了于大海的不耐烦，苏兆红也就失去了柔情。甚至变本加厉，以前爱得有多彻骨，现在恨得就有多决裂。离婚离婚！一天也不想再过了。

他们都是学中文的，学了那么多年语言后，谁也不想浪费词汇量。于大海指责苏兆红傲慢无理，苏兆红则说于大海薄情寡义。他们凡事都起纷争，但唯有一点，有了共同认识：夫妻感情破裂往往不是因为无知，而是因为越来越多的了解。

终于，离婚了，清净了。

暖暖跟了苏兆红，童童判给了于大海。

他们的大学同学、好朋友张玲玲很是吃惊，虽然知道两人脾气不和，但还是怎么都想不通，既没第三者插足，又没有谁的性功能出问题，怎么说离就离了?

苏兆红点点头：“早离早解脱。谁能受得了天天这么吵啊！从一碗饭是冷是热，到伊拉克战争，没一样意见能统一的。这可比第三者插足，让人心烦多了！第三者好歹有个目标，方向是清晰的，可合不来或看不惯则不一样，没一样是顺眼顺耳的，炸弹埋伏得到处都是，随便一踩，就是你死我活。你说说，这怎么过？”

张玲玲说：“过日子就是鸡毛蒜皮，谁说了算就那么重要吗？你们俩都是臭毛病！都想当太上皇，谁也不愿意听谁的，都以为自己了不起，以为自己绝对正确，都要说一不二。还真会拿自己当人啊！”

和很多外表谦虚的人一样，其实内心都是骄傲的，当着好朋友，苏兆红口气就比较张狂："我是谁？好歹也是一杂志社主编吧？单位里二十几口人，那不都等着我拿主意负责任？我要是不把自己当人，不说一不二，那还能维持运转吗？"

张玲玲懒得跟她争辩："等着吧，就你这脾气，总有吃亏的那一天。"

苏兆红才不信什么吃亏不吃亏呢。在她的信念里，人生就是一场战争，服软就意味着全盘皆输。

她铁骨铮铮惯了，当了领导后，就更强悍了，从里到外，处处不许自己有任何示弱的地方。当然，对女儿的要求也是一样。上名校、尖子生、以后找份稳定高薪的工作……生活的台阶，就得这么一步一步往高登。

偏偏暖暖有自己的小九九。虽然成绩不错，但她喜欢绘画，一心一意想学设计或动漫。苏兆红则听也不听，用她暗含威胁的女中音，对暖暖说："你别跟我提这些不靠谱的事情，学艺术那是普通人能干的事情吗？没过人的天赋，那得吃多少苦头？而且随着年龄变大，灵感没了，你还干个屁啊！好好学数理化，学一门技术，当个医生或工程师什么的，任何年代都不过时，准会越老越吃香。"

暖暖对数学物理不感冒，当初想学文科，苏兆红坚决不同意。说起这个，自己也成了活生生的反面教材。

"当年我就是因为你姥姥姥爷没读过什么书，没人教，才傻乎乎地学了文科。看看我的那些同学，多少人成绩不如我，就因为学了理科，出国容易得多，现在在国外住大房子、开好车，挣美元。就算没出国的，说出去也好听呀，好歹是在做实业，干具体工作。文科生出来能干什么呢？给领导写材料，一写就是二十年！要么在单位做办公室搞人事当秘书，不是拎包就是整人，一点技术含量都没有，说起来大家都瞧不起。碰到减人，首先下岗的就是你！"

作为一个画家，袁二元可太有理由把日子过得晨昏颠倒、晚睡早起了。他总是振振有词。

如果早起早睡，那还当画家干嘛！你见过搞艺术的人早上六点起床，八点以前坐在餐桌前吃面包抹果酱的吗？即便有，那人也不会是袁二元！

何况他这半个月，正在为一家新落成的家具城创作一幅油画，佣金说多不多，说少不少，恰恰符合他的名气和水平。画室设在这套三室两厅的主卧室里，地上墙架上堆满了画纸，那幅进行到一半的似人似兽、细看还有点像花的作品，高高地放在画架上。

袁二元从晚上九点开始工作，凌晨四点结束当天的任务，打着哈欠刷牙冲澡，偶尔打开电视看十分钟，睡意上来了，在沙发上就能睡着。

一般来说，早上五点，是他进入深度睡眠的时间。这个时候是天明前最黑暗的时刻，到处都静悄悄的。他心满意足地躺下，脑子里想想刚完成的工作，再想想接下来的部分，瞌睡终于袭来。

他全身放松，准备大梦周公。

钢琴声嘭的响起，《黄河颂》的开头。低八度的震音，打破了黑夜的沉静。

袁二元猛地被惊醒了。他最初以为是自己的幻觉，侧头看钟，五点半，分秒不少。琴键声还在轰鸣，并且时有结巴。他终于听出来了，这不是电视或唱机里的声音，而是有人在弹琴。

凌晨五点半，就有孩子开始练琴了！而且，这孩子也没睡醒，明显带着床气，曲子弹得磕巴，情绪更是黑暗。连音都没对齐，没轻重缓急。甩在琴键上的，仿佛不是手指，而是沙包。

袁二元一个翻身起来了，这还得了！如果此时被吵醒，这一天就完蛋了。他会处于持续困倦但一直睡不深的状态，没有好睡眠，就吃不好，食之无味，口如嚼蜡，晚上怎么工作?

袁二元侧耳聆听，终于搞清了声音的来源。没错，是他的楼上，单身女人苏兆红的家里。苏兆红的女儿暖暖每天都会弹琴，但从来都是下午放学，吃饭之前。今天是什么日子，怎么突然提前到凌晨五点半了？还讲不讲公德了？

袁二元披起睡袍，腰带扎起，径直就上了楼。他站在苏兆红家门口，举起拳头就砸门。

刚捶两下，门就开了。苏兆红蓬松的短发后面翘着，脸色憔悴，戴个黑框眼镜，睡衣外系了条围裙，一脸诧异、有点神经质地问："你这是干什么，干什么?大半夜的，捶什么门？"

苏兆红低沉的责问，听起来颇有分量，让袁二元不由一愣。

两人楼上楼下，都知道彼此是邻居，却从没说过话。

苏兆红特瞧不上袁二元，因为经常大白天看见他在小区里闲逛，撇着一口四川口音的普通话，从没穿过正式服装。头发不多，发质干枯毛糙，还要在脑后扎个马尾。夏天永远大裤衩大汗衫，冬天永远大毛衣工装裤。有时还围一条红围巾，衬着一脸络腮胡，往轻里说是不拘小节，说得重的话完全可以定义为精神病。

一个大男人，不结婚不上班，过着这么不靠谱的日子，在苏兆红看来，简直就是人生的耻辱。

偏偏这个“耻辱”竟教训起她来：“原来你还姿（知）道这四（是）大半夜啊？哪里有大半夜就弹钢琴的？还要不要人休息喽嚯？”

他一嚷嚷，钢琴声就停了，弹琴的女孩子跑了出来。长得挺秀气，还有点害羞。

她刚一露面，苏兆红就冲她转过脸，呵道：“快去弹，半小时，不能浪费一分钟。”

孩子钻进了房间，琴声再次响起。苏兆红半关着门，表情严肃、语速颇快地对袁二元说：“这是在我的家里，我就算半夜两点弹琴，那也是法律允许的。何况，现在已经快六点了，只要家里有学生的，肯定都起来了。不信你去看看好了，我们家孩子上高三了，学习时间紧张，只能利用早起这半小时来练琴。这一年里都会是这么个状况。要是打搅到你了，我只能表示遗憾、深深的遗憾！”

嘿，怎么着，听这意思，还是不卑不亢、有礼有节了？袁二元抓住她话里的漏洞不放：“哦，要你这么说，那我半夜两点敲墙、搞装修，也是法律许可的，是吗？你就不怕吵到你女儿睡不着觉吗？”

苏兆红说：“可我并没有半夜两点弹，对吧，而且我也说了，都快六点了，上班上学的，也都起来了。你看，并没有别人家对我们说三道四，至于你是个什么情况，我不知道，也不想知道。请你以后不要再来捶我家的门了，我还要给孩子做早饭呢，谢谢。”

话音刚落，顶着袁二元的鼻子，就把门给关了。

今天就开学了，苏兆红已经正式升任为高三家长，成了一名光荣的“考妈”！

作为一名高三学生的家长，苏兆红可太有理由让孩子提前半小时练琴了。五点半算什么，你见过几个高三的学生，五点半以后起床的？

高三对中国的学生来说，意味着什么，自是不言而喻的。她苏兆红不过是将闹钟拨早了半个小时，看看电视上报纸上网络上更多的高三父母吧，比她过分的有的是！

和很多父母一样，苏兆红也认为孩子就像鳗鱼，不论多么乖巧听话，除非用绳索或钢丝固定在书本课桌前，他（她）才不会从手里溜走。

暖暖六岁开始学钢琴，早已通过了中央音乐学院的九级考试。很多孩子因为上高中功课紧，都不再学了。可苏兆红认为不能停，至少还需要学一首经典的大曲子，一来给暖暖作为保留曲目，二来也不至于停了钢琴手生。所以，这首《黄河颂》已经学了半年多了，虽然没想搞专业，但既然已经学了，而且付出了那么多时间和金钱，当然没有任何理由随便放弃！

高三后的下午自习时间，延长了一节课，暖暖回到家里，吃个晚饭，就得赶紧去上晚自习。弹琴时间当然只能挪到早上。

今天同样也是于童童同学新学期开学的日子，和姐姐不同的是，他上的是一年级，成了二十七小的一名新生。

二十七小是市里老牌的重点小学，学校坐落在市中心，指标可不好弄。幸好于大海的母亲，气象局退休干部刘艳华的老房子就在附近。所以童童一出生，户口就落在了奶奶家。

上小学和幼儿园不一样，首先时间是卡死的，不能再像去幼儿园迟到半天也没有关系。头天晚上于大海就对童童说了，要早睡早起，童童激动得睡不着，一会要看书包收拾好了没有，一会又嚷嚷要尿尿，折腾到十点，才睡踏实。

于大海暗想，这可麻烦了，去学校还有一段路，早上孩子要是没睡醒，再一拖沓，时间可就紧张了。

他特意上了闹钟，怕自己起不来，还一前一后上了两遍。闹铃一响，他硬挣扎着爬了起来，睡眼惺忪地去洗脸刷牙，突然就见童童端坐在客厅的餐桌前，正装模作样地拿着报名时发的《小学生手册》看呢。

和别的孩子比起来，童童认识的字明显偏少。一来于大海没让童童念过学前班，二来他也从没特意教过。

于大海认同的是西式教育，孩子十二岁之前重要的是玩好，在学业上尽量不要有任何压力，情商是在玩耍中培养的，比智商更需要从小培养。

于大海是商人，走南闯北，阅人无数。按他的说法就是，人的智商其实都差不多，成年以后，之所以成就会有高低之分，差距就在情商。而情商的具体内容，无非三大项：自信、健康、快乐。

让儿子拥有高情商，这就是他的奋斗目标。而这，也是造成他和苏兆红离婚的原因之一。为暖暖他们可没少吵过架。

苏兆红说起这个，到现在还咬牙切齿，全怪于大海当年阻挠孩子上补习班，没有去学奥数。到了高中，虽然成绩不错，但如果有参加过全国竞赛的背景，上2+7的学校就要容易得多。而且，暖暖因为没学过奥数，还直接影响了她对数理化的兴趣。

幸好有她这个妈，天天盯着，耳提面命，一步也不敢放松，才能保持一个比较好的成绩。

“你这些理论放在中国根本就不合适！什么叫高情商？成绩不好，情商就不可能高。天天被老师批评，同学瞧不起，还想有自信，还想能快乐？中国的国情就是这样：分数才是一切，分数才是王道！于大海，你记住，分数决定命运。孩子的学习，一定要从小抓起，全力以赴，不能有一步疏忽、半点差池。”

于大海一听苏兆红这么语带威胁的话，顿时来了气：“OK，别跟我嚷嚷，好吗？谁告诉你国情就是正确的？看看你的周围，有多少高学历低能力的人，别说沟通交流解决问题，就连普通的人际交往都做不好。没有安全感，没有自信心，处处找别扭，跟自己跟别人都过不去……这些毛病，带到工作家庭生活当中，会造成多大的困扰……”

话音未落，苏兆红就急了，说：“你这是在说谁呢？又是针对我来的是吧？”

于大海也不客气：“既然你这么自觉，我还真就说的是你。就是你，处处找别扭，跟自己跟别人，通通过不去。”

苏兆红用手指指于大海，因为声音低沉沙哑，显得特有震慑力：“谁跟你过不去了，于大海？是你跟我过不去好不好？说到底是谁在挑事呢，你成心要吵架吧？”

于大海就说：“嘿！我还就是想要成心跟你吵怎么的，你看看你，跟个蚂蚱似的，一碰就炸。大事小事，都能把我拱到对立面去。怎么就这么难交流呢？说说吧，到底是情商还是智商出了问题？”

苏兆红眼里已喷出火来，却尽量摆出大人不跟小人计的模样。她有她的秘密武器：“行，我情商智商都不如你。于大海，你八面玲珑，你聪明绝顶，你高高在上，袜子卖得好卖得妙卖得到处呱呱叫……”

于大海最恨别人说他是卖袜子的。他自嘲时可以说，但受不了别人尤其是苏兆红说。

他是品牌女袜的经销商，从小门市部做起，到现在代理了一大批著名品牌的袜子，那也是吃了不少苦头、学了不少真经的啊。什么就叫卖袜子的？

苏兆红对他公然蔑视，不管有理没理，一吵架就先冲他说“你个卖袜子的”，哪里还有点做妻子的情分？

于大海遇强则强，遇软则软。进入中年后，更受不了委屈、愤怒、焦虑或挑衅了。他一见苏兆红阴沉着脸，宁愿立刻摔门离家，也不肯多问她一句：“你怎么了，是不舒服吗？”

苏兆红呢，见他扭头就走，恨意顿时涌上心头。等他再进家门，不等他问，直接就发动起战争。

两个人对负面情绪的认识有着本质的不同。于大海认为，必须将坏情绪当做情感的杂草除掉，它不能带来任何好处。但苏兆红却暗暗期望着，她能从难堪、气愤、不屑、口角的土壤上，培育出美丽的幸福之果，且收益颇丰。

表面看只是家庭矛盾，但其实两人价值观已然发生对立。于大海离婚的念头，一旦萌发，立刻不可收拾。

离了好，离了比在一起好。至少不用动不动就吵，或者就算吵，想到已经不是两口子了，也不至于伤心崩溃。

甚至连面都不用见，电话里说两句，感觉势头不对，直接压掉就可以了。

比方此刻，七点不到，苏兆红的电话就来了：“今天是童童开学的日子，既然你听不进我说的，那我来给他讲讲上学的重要性总可以吧？”

于大海断然拒绝：“不要。”

“万事开头难，第一步走好很重要。于大海，你一定要重视起来，这是童童上学的第一天！古代那是要举行开蒙仪式的，要让他爱上学校和书本，要培养课前预习课后复习的好习惯，要告诉他成绩的重要性……”

仿佛没听见于大海说的“不要”两字，苏兆红已经进入了宣讲模式。

于大海冷冰冰地说：“说完了吗？我挂了。”

“叭”的一声，真的挂了。

童童两手扶着《小学生手册》，其实耳朵一直伸着在听爸爸说话。像很多单亲家庭的孩子一样，他无师自通地就从于大海的口气里听出了什么，而且立刻断定是妈妈打来的。

他低垂下眼皮，放平书，小手指头在一行行字里划过，嘴里喃喃自语，仿佛认识这些字似的。

于大海看见他这个样子，就知道儿子在用一种笨拙的办法，假装对父母的不和表示不在乎。他顿时有些后悔，至少这个电话不该当着孩子的面接。他装作什么也没发生，用轻松的语气问童童："你是吃牛角面包，还是面包片夹煎蛋？"

童童的情绪转换，不如于大海。但他努力克制心中的不快，没有发泄出来，只是低着头不说话。

于大海理解儿子心里的难过，没有哪个孩子愿意听见父母对话这么冰冷绝情。虽然他从没觉得这么冲是对苏兆红的冒犯，但打心眼里，却认为应该对童童道歉。

放下手里的锅，他坐到童童对面，两手将孩子的小脸捧着，对着自己，诚恳地说："刚才爸爸对妈妈凶了，让你听见了，你心里有点不舒服，是吗？"

童童点点头，表情有点冷漠，掩饰着内心的痛苦。

于大海眼睛看着童童："好，爸爸保证，以后不当着你的面，跟妈妈发火了，行吗？"

童童是个大度的孩子，比于大海和苏兆红都宽容。他点点头，认为头顶这片小乌云已经飘过去了。他从椅子上滑下来，站到于大海跟前，挽起袖子，要和他一起做点什么。于大海拿了一张小凳子来放在他的脚下，让他陪着他站在灶台边。

鸡蛋是童童打的，平时这项高难度的工作，从没交给他做过，但今天有点不同，他更需要抚慰。而且童童深深懂得什么叫领情，在打坏了两个蛋后，他主动说："谢谢爸爸。"

于大海心里感慨，如果苏兆红能稍微显示一下女人的柔情、知趣、含蓄，或是软弱，他们恐怕也不会走上离婚这条路。

想到这里，他不由伸出胳膊，紧紧抱了一下童童。

童童站在凳子上，眼睛看着平底锅里滋滋响的煎鸡蛋，一本正经地对于大海说："爸爸，我一想到要去新学校，就挺激动的。我昨天晚上都失眠了。"

鸡蛋煎好了，于大海从冰箱里拿出一袋面包来，放在餐桌上："是啊，其实我也有点激动。儿子要上学了，这可是件大事。"

童童说："那你觉得我是不是应该穿得正式一点？"

于大海转身进厨房，拿碟子和果酱出来："你说得没错。你打算穿什么，想好了吗？"

童童点点头，指了指他卧室小床上放的一套衣服。于大海探头一看，只见上衣是件嫩绿的长袖T恤，裤子是卡其色的九分裤。于大海点点头："不错，你还挺会搭配的。"

童童的小脸就很得意地放出光芒来。

于大海跟儿子最讲究平等。

童童五岁时，喜欢在院里的空地上骑自行车玩，等要回家时，就站在楼下喊于大海的名字。意思是让于大海下去帮他把车抬上来。

童童仰着脖子喊"于大海、于大海"，邻居们就逗他："你怎么直呼你爸的名字哪？"

童童说："那要是我喊爸爸，谁知道是谁家的孩子呀？"

于大海觉得儿子特聪明。他颠不颠地下了楼，直夸童童："叫得好，再叫大声点就更好了！"

因为有这样平等的意识，童童打小说话、口气用词都跟大人似的，几乎不说孩子话。于大海认为这样对孩子，尤其是男孩子的自信培养很是重要。他很少反驳童童的观点，只要不出格，都让孩子自己拿主意。

等吃了饭，收拾停当要出门了，于大海才发现儿子的衣服出了问题。

那件被他夸做搭配得好的嫩绿色上衣，原来竟是他公司搞促销时的宣传T恤，而且还是女袜。后面硕大的一行广告词："丹妮女袜，陪你找到真爱。"

这样穿着去上学，明显不合适。于大海看看表，时间有点紧，但他觉得得跟儿子讲清楚，否则就会闹笑话了。拉了把椅子，让儿子坐下，又拿出纸。他把这句广告词写在纸上，问童童："儿子，这里的字认识几个？"

童童找了一圈："女，女厕所的女。你，你我他的你。还有……没有了。"

于大海点点头："不错。关键字都认识。上厕所不会搞错。要我给你念一遍吗？"

童童点点头。

于大海就声情并茂地念了一遍："丹妮女袜，陪你找到真爱。"

接着问："啥意思知道不？"

童童说："是袜子的广告。"

于大海说："没错。"

说完，也不解释，就睁着眼睛看着儿子。

童童看看于大海的表情，顿时就明白了："是不是上学穿广告衫不合适呀？"

于大海一拍儿子的肩："我儿子太聪明了，一点就通。没错哦，上学穿这个有点随意了。你不是想穿正式点吗？"

童童就跑进卧室换衣服去了。

因为这么小小的一耽误，去学校就有点迟了。

二十七小的校门，正对着繁华的解放路。开车送孩子的家长，车找不到地方停，放下孩子就得赶紧走。

于大海想到童童第一天上学，最好能陪着进教室，顺便见见老师，打个招呼认识认识。于是就将车停在了两条街外，带着童童走去学校。

这下彻底迟到了。

早读课开始十分钟后，于大海才领着童童进教室。新生的班主任叫秦蕊，是个三十出头的年轻老师。特别有上进心，一心想带出个明星班来。假期特意到北京去学习了一段时间，一肚子的新想法，打算在这个班开始实施。

刚点完名，强调了课堂纪律，童童就在门外清脆地喊了声："报告！"

第一天上学就迟到，这在秦蕊老师看来，简直不可理喻，都是什么样的家长才会对孩子的前世今生如此不负责任？她一肚子火地回了声："进来。"

门推开了，先看到的，居然是张大人的脸。

于大海一脸歉疚地对她说："对不起老师，我们迟到了。外面不好停车，我想孩子第一天来，我最好能带他进来，顺便也认识认识老师。所以，车放在了别处，走过来就迟了。"

秦蕊老师毫不客气，机关枪一样开火道："知道不好停车，为什么不早点出发？"

头一摆，冲童童："进来，坐到座位上去。"

于大海心里咯噔一下，顿觉这个老师很是严厉。儿子在宽松的状态下待惯了，遇到这么个老师，对他还真是个挑战呢。

果真，第一节语文课，秦蕊老师就对孩子们提出要在班里给自己找个"对手"，对手可以是好朋友，也可以是同桌。

"因为咱们是著名的二十七小，是重点小学，在所有会考中成绩都是名列前茅的，所以我们也不能拖学校和班级的后腿。为了取得好成绩，我们每周都会测试，测试后就有分数。你的对手如果成绩不如你，就会将他差你的分数，加到你的卷子上。等下一次，对手一定不愿意服输，如果他努力学习后，考试成绩打败了你，你就得把自己的分数毫无保留地送给他。"

这么复杂的关系，有几个孩子能听懂，不得而知。但秦蕊老师不着急，只要考过一次，该懂的就都会懂了。就算孩子不懂，家长也会立刻明白。

找对手的工作刻不容缓，童童和很多同学一样，选择了他的同桌做对手，一个长得挺可爱挺乖巧的小姑娘——田枕月。和她的名字一样有诗意，小女孩很文静，一身粉红，让童童特别满意。以致连测试是什么都没弄明白，他就主动对田枕月说："放心吧，我可以把我的分数都送给你，而我不会要你的分数的。"

田枕月很害羞，不知道童童这么热情是为哪般。她紧张地想了想，说："我要问问我妈妈。"

童童下午三点就放了学，于大海还在上班。刘艳华和儿子说好，下午她先接到自己家。于大海下班后，来她这里，顺便吃完晚饭，再带童童回去。

按刘艳华的想法，童童上了二十七小，这父子俩就应该一起住到她这里来，接送方便、吃饭也容易，毕竟她没事啊。可于大海不乐意，非要自己带儿子，还说这样才能跟童童交流得更好。

孙子一进门，刘艳华就端出了早凉好的酸梅汤，童童一边喝一边给奶奶汇报学校里的事。有一个挺漂亮的女孩子做同桌，是件让童童顶得意的事儿。他给奶奶描述了一下田枕月的穿着后，就说："我要把我的分数都给她。"

这话吓得刘艳华一哆嗦，差点把手里的玻璃杯都砸了："啥？你的分数都给她？童童，你知道什么是分数不？"

童童点点头，很是沉着："当然知道，就是卷子上的数字呗，红颜色的笔写的。"

瞧这说得轻松的。刘艳华可真担心：卷子上的数字？切，有这么简单吗？

谁不知道，分数、分数，那可是学生的命根呀。孙子的竞争意识严重不够，这跟儿子的教育大有干系。

要说儿子离婚，刘艳华是赞同的。苏兆红那性格，她从来就没喜欢过。一个女人家家的，心气那么高，处处争强好胜，甚至在家里，都一副非赢不可的架势，实在是太讨厌了！离，离了好！

但说到孩子教育，她却觉得苏兆红的那一套，是有道理的。刘艳华是“文革”前的大学毕业生，认可的还是老一套教育方式。自古以来，中国人就头悬梁锥刺骨、凿壁借光，学习从来都是件苦差事，必须当回事。

尤其现在，竞争越来越激烈，一分之差，常常会差出一大截人生来。偏偏儿子于大海一说这个就烦，口口声声学做人比学功课更重要。得，后果显现了，这才开学第一天，孙子竟然要送分数给漂亮女同学了！

刘艳华最担心的就是这个。她可不想看到几年之后，童童学习成绩出了问题，上不了重点中学，不仅耽误孩子前程，还会招惹苏兆红再来找于大海算账。到时候，于大海连带她这个做奶奶的，不都落下把柄给苏兆红了吗？

于大海五点下班，六点就到了刘艳华家里。

童童饿了，先吃了饭，正趴在客厅的地毯上拼他的乐高玩具。

刘艳华一脸紧张地将儿子拉进厨房，口气严肃、出了大事似的说：“今天童童说，要把自己的考试分数送给他的同桌呢。那是个小姑娘，好像长得挺漂亮的。这孩子，上学了，是正式学生了，对分数看得这么淡，那可不行啊。你得好好教育教育他，他听你的。”

于大海一听就乐了，手伸出去，捻灶台上碟子里的菜吃：“这小家伙，还知道喜欢漂亮姑娘啊。”

刘艳华打他的手：“童童现在这么小，姑娘再漂亮，对他也没啥用。重要的是学习态度要端正。上了小学，和幼儿园再不一样，你也得重视起来。千里之行始于足下，打好基础最重要。你去跟他谈谈，问问这个送分数到底是怎么回事，我都没有听懂。”

说着就将儿子搡了出去。

刘艳华在厨房热汤热饭，于大海一边洗手，一边问童童：“今天有什么新鲜事吗？有没有好玩的同学？”

童童拿着卡片站在于大海旁边，一本正经地说：“我有了一个对手，她叫田枕月，是个女孩子，很可爱的。老师说了，要把自己的分数给对手。我说我可以给她，她却说要回家问问妈妈。”

说着，露出不屑的神情来：“女孩子就是胆小。”

于大海听得出这里的意思，估计是童童没弄明白老师的话。他也不多说，只是点点头：“那她妈妈同意，估计就没问题了是吧？”

童童说是，又问爸爸：“今天老师教大家写自己的名字，我的名字太难写了，我就写了你的名字，可以吗？”

于大海愣了一下，反问儿子：“我的名字你会写啊？”

童童说：“我会写于和大，海也会写一点。”

于大海估计童童会写那三点水。他听着挺逗乐，擦擦手说：“行，要不等吃完饭，我教教你怎么写自己名字？”

童童不干：“我喜欢你的名字。我不想写自己的名字。”

刘艳华一直乍着耳朵，听儿子怎么教育孙子呢。谁成想这越来越不像话了。

她急了，追了出来，对童童说：“自己的名字可得会写，否则你丢了，怎么告诉警察叔叔呢？”

童童大不咧咧地说：“我不会丢的。我知道怎么找回家，我还知道爸爸的电话。家里的电话，奶奶和妈妈的电话，我也记得。”

刘艳华生气地说：“老师让写自己的名字，就得会写。这是功课，又不是玩耍，连这个都不愿意，以后学习更难的字，怎么办？”

于大海见母亲面有不快，话也重了，就对儿子说：“奶奶说得对，自己的名字一定要学会写。否则以后你当了大明星，总不能给粉丝就写个于大再加三点吧？”

这话一说，童童也乐了：“好吧，那一会你教我。”

写字这事摆平了，于大海想想，还得把老师讲的“对手”这两字给孩子解释清楚。

老师实在是太不地道，给这么小的孩子，就灌输人与人的对立意识，把好好的集体非弄成动物世界不可。

真不知她怎么想的，弄不好和苏兆红就是一类人。这世道是怎么了，女人都成这样了！

他装作若无其事地问童童：“你知道对手是什么意思吗？”

童童点点头，又摇摇头，不确定地说：“是同学吗，要戴拳击手套打一打？”

于大海说：“当然不用戴拳击手套，所以也不用上台去打架。老师的意思，其实就是好朋友。你说呢？”

童童点点头：“随便吧，反正田枕月是我的好朋友，而且她也打不过我。”

第二章　地下活动

暖暖在学校，和刘沐紫关系不错。

刘沐紫正巧是张玲玲的女儿，和快人快语热心肠的张玲玲一样，沐紫也是个挺爽快的姑娘。而且张玲玲和老公、省人民医院肝胆科大夫刘永福对她的教育，一贯比较随意放任，只当平常孩子，从没抱什么大希望，这孩子明显比暖暖活得潇洒。

邱天是班里公认的帅哥，和暖暖一样，也喜欢学设计。新学期开始，他给每个同学做了一张祝福加油的卡片送给大家，自己绘画，自己写词，像模像样，一点也不比外面买的差。

暖暖拿了这卡片，心里特别高兴。虽然里面的句子，与沐紫和其他同学的都差不多，但她总觉得这卡片对自己是有特殊意义的。她喜欢邱天，是的，非常之偷偷地喜欢。

于是，她决定回他一个祝福，也画一幅画，或是做张卡片送给他。她把这想法告诉了沐紫。

沐紫说：“哎呀，你是不是爱上他啦？”

暖暖脸红红的，赶紧否认：“别胡说啊。我只是觉得应该这样做。人家好心好意，送你卡片……”

沐紫说：“得得得，喜欢就喜欢，有什么了不起的。喜欢又不是仇恨，挺美好的心理活动，干嘛不好意思承认？要我说，你也别写什么卡片或是画什么美少女的画了，那多傻多酸啊。你啊，整个四幅漫画，调侃调侃他吧。他保证开心，而且对你印象深刻。”

这点子出的，让暖暖顿时心花怒放。对啊，画个漫画多好啊。就拿邱天送卡片这事当素材：他特认真地忙碌着，剪刀都用坏了，词穷意尽，半夜睡觉都在琢磨，最后卡片到了她暖暖的手里，暖暖泪奔。

想得挺好，可是一提笔，就犯愁了。暖暖没画过幽默漫画，线条一出来，总是没那种爆笑的效果。她着急地咬笔，笔头都咬烂了，还是画不出来。

突然就想到了袁二元，那天他来敲门，不是给妈妈说，自己是个画家，晚上熬夜，早上要睡觉吗？得，去找他好了，他一定会有办法的。

正好苏兆红晚上下班迟了，暖暖利用上晚自修前的十几分钟，赶紧去敲袁二元的门。

袁二元正在吃晚饭，很是丰盛：一只烧鸡，半瓶红酒，半盆沙拉，两根玉米，还有几条烤肋排。

晚饭几乎是他一天吃得最多最扎实的一顿，毕竟要工作到大半夜，一天的营养都在这顿饭上。

暖暖害羞地叫了他一声老师。他像很多搞创作的人一样，时不时地会犯糊涂，看着眼熟，嘴里嘟嘟囔囔着：“你是你是……辣（那）锅（个）……辣（那）锅（个）谁，最近我没带学生了呀……是要来学画的？”

暖暖小声又害羞地主动说，我是楼上那个弹琴的，我想请教老师个问题。

袁二元终于想起来了，这是楼上那小丫头。他抹把嘴巴，把门打开，问暖暖：“辣（那）你吃饭了没有，进来跟我一起吃点？”

暖暖摇头又点头：“吃了，不吃了。”

说着忐忑地进了袁二元的房间。

袁二元的房间和苏兆红家上下楼，都是三室两厅，但格局却有些不同。

袁二元装修时将书房和小卧室打通了，又加大了饭厅，客厅就变得比较小。放了一长一短两个沙发，便满满的了。他接待客人多在画室里，那里搞得是比较空旷。

暖暖下意识地去坐客厅里的沙发，沙发上还放着没叠的被子。袁二元一瞧这乱劲，就叫暖暖出来，带她直接进了画室。

暖暖一闻到油彩味，就激动起来；再看顶到屋顶的画，简直要顶礼膜拜了，两眼放光，手足无措。

袁二元发现了暖暖这苗头，立刻紧急刹车：“不要，不要这样，盲目崇拜最最要不得。小姑凉（娘），你可千万别当回事。我画画就是为了点点糊口钱噻，和大街上千千万万赚钱活命的人一样。你必须拿我当手艺人，千万不能当画家。OK？好了，你说吧，是什么事要我帮忙？我能做到，保证不含糊。”

暖暖就把画拿了出来，坦言说自己没学过绘画，但一直特别喜欢。漫画是送给一个同学的，可是画得太像日本卡通了，想画成花生漫画的那种风格，所以就想到了老师。

袁二元又摆手：“噢，别叫老师，叫大叔就可以了。来，我来看看。”

拿过纸，又拿枝笔，就在暖暖的画背面，直接两笔，便将画风扭了过来。又叮嘱暖暖几句，告诉她这类漫画的用笔窍门。

果真，暖暖一试，就有了那么点影子。

她高兴地直跳，袁二元露出一脸狡诈的表情，说：“是给喜欢的男生的吧。”

暖暖闹了个大红脸，连忙摇头。袁二元说：“就唆（说）是也没得什么的，不就送幅画吗？对不对？”

暖暖点点头：“谢谢大叔。”

袁二元说：“辣（那）你以后有僧（什）么问题，或者想学画等等，直接来找我就括（可）以喽。你也别谢谢我，我也不收你的钱。唯一的要求，就是你把弹琴时间箩（挪）一箩（挪），别那么早成吗？”

离刘艳华住的地方不远，就是东湖公园。

好早以前收费，进了门，要想参加其他项目，比方参观玉器馆啦，进茶园喝茶听戏啦，还要另收费。现在门票一律免了，就成了老头老太太们的乐园。

东边角还成立了一个特别的组织，有人开玩笑是老干部活动中心，其实就是老妈妈相亲团。

现在的孩子实在太不让人省心，不仅大把的剩男和剩女，还有像于大海这样结了又离的。转眼两年了，于大海没一点再婚的意思，也没见他交女朋友，刘艳华急得团团转。

这个妈妈相亲团，她早知道。第一次进来，颇为忐忑，担心儿子年龄偏大，又是二婚。谁知人家早有准备，一见来了生面孔，知道进了“新货”，直接就问：“儿子还是闺女？”

“离异还是头婚？”

"房子存款可有？"

"有没有孩子？"

问完，一挥手，让她领表填写，一点也没为难的样子，还直说："条件不错，这里三十多岁的女的，多了去了。正好。"

什么就叫正好了，又跟谁正好？

刘艳华是新手，还搞不清楚状况，正在发呆，一个不怎么看得出年龄的老太太，就走了过来。只见她相貌清秀，穿着整洁，瘦瘦小小的，声音也低，对刘艳华说了声"你好"，就站在了她的旁边。

刘艳华有点紧张，老太太却像是老手，眼睛示意，自己想看看她手里的表。刘艳华把表交给她，她却不跟刘艳华交换自己的表格，而是仔细看于大海的个人情况。嘴里一边小声念叨着，眼神挺专注，一看就是在认真分析比对。

突然停了声，把表凑过来，指着一栏问刘艳华："有带孩子没有？这栏你怎么没写清楚。"

刘艳华赶紧拿老花眼镜，果真，她是没填。老太太口气严肃地说："这是多么关键的一点啊，你怎么没有填呢？"

仿佛没填就意味着欺骗似的。她的口气可让刘艳华太不痛快了，心里也添了更多的紧张。

这离异已是劣势，再拖个油瓶——虽然童童很可爱，说他油瓶真不合适——但在别人眼里，孩子那可不就是油瓶吗？

她摇了摇头——天知道她干嘛要摇头，她可没一点嫌弃童童的意思啊，可她摇头了！摇着头，又拿过表，从包里掏出笔。

老太太却一脸高兴，挡住了她："好啦好啦，你不用填了，那我就知道情况了。你也别再给别人换这张表了。我呀，我真是众里寻他千百度，那人却在啊你这里。对上了对上了，我们俩的孩子，一定是绝配，肯定特别合适。你这张表，就交给我吧。现在让我们来商量商量怎么让孩子见面的事！"

刘艳华见老太太这么高兴，自己也高兴起来。

真没想到，事情会这么顺利，那她应该早就来这里了，何苦徘徊在外面犹豫了两年呢？甚至，她还可以在于大海离婚前就来这里的，多看看多聊聊，遇到个特别合适的女孩，再同意他离。哎……

老太太将刘艳华拉到了路边的一棵大树下，先不着急介绍自己闺女的情况，而是将旁边的其他老太太“诽谤”了一下：“我在这里两三年了，对这些人都比较了解。别看那些闺女，大多是没结过婚的，但因为相亲相得多，谈对象的次数也特别多，当然，受伤害的次数也相应就特别多。对男人都挺有经验的，心气也越来越高，很难搞定。要说找老婆过日子，真还不如离异的女人哪。婚姻失败过一次，女人会特珍惜下一次家庭生活，加上曾经吃过离婚的苦头，和男人接触就会很小心，只要是彼此看对了眼，保证会死心塌地的。”

刘艳华听她这么说，也觉得特有道理，加上于大海就是离异的，情况还真差不多。她点点头，表示同意，同时猜测这老太太的女儿是个什么情况。

老太太先介绍自己：“我叫陈湘惠，退休前在冶金设计院工作。”

刘艳华正好有认识那个单位的人，就说出名字来。陈湘惠便欢呼道：“认识认识，是很好的朋友。昨天还见到了，真没想到，世界这么小。你是哪个单位的？”

刘艳华说，自己是气象局的。陈湘惠绞尽脑汁也没想起认识气象局的谁，这个话题就不了了之。

两人又问了问各自住的地方，房子都是曾经的单位集资房，都不算大。刘艳华老伴十年前就去世了，陈湘惠也说自己是一个人。

“不过，我女儿自己的房子还蛮大的，是二楼，还送了一个大阳台呢。她种了很多花，每天下了班，哪里也不去，就侍弄她的花，要么就看书做饭。我真替她发愁，这样下去，怎么能再婚呢？”

刘艳华也赶紧表示，儿子也是一样，除了忙工作，个人的问题再也不想。另外，儿子的房子也挺大，虽然没有种花，但阳台也挺大，楼层又高，视野特好。夏天的时候，在阳台上烧烤都可以。

“我女儿不知道我在给她找对象。她要是知道我来这里，非生气不可的。所以，我很想跟你商量商量，用什么方法让他们见面最合适。”

刘艳华听陈湘惠这么笃定的语气，心里有稍稍的不快。她还对她的女儿一无所知呢，就要这么见面了？这个老太太是不是也有点太不懂事了？

她眉头刚皱，陈湘惠就明白了，立刻爽声笑道：“你看看你看看，是我糊涂好吧？我还没有对你介绍过我女儿的情况呢。”

果真，陈湘惠的女儿也是离异的。离异四年，三十六岁，比于大海小个几岁，没孩子。在省里某个质检机构工作，算事业编制，刚提了高工。

离婚的原因是前夫工作调动，去了南方，两地分居时间长了，男人就不规矩了。

"女儿傻啊，他说离，她就答应了，什么都不要，房子还是自己单位集资的。不过傻人有傻福，大家都说她心眼好。"

刘艳华听了这话，对陈湘惠的女儿，也增了几分好感。离婚都不闹不要，至少说明性格不虎。她见识过苏兆红的说一不二，处处较真，真是怕了。

刘艳华就也说了儿子离婚的内幕，前儿媳妇性格太刚，巧的是儿子又特男子汉。两人就是因为处不来，总吵架，就离了。

这话让陈湘惠听得有点感慨："第三者都没一个，就离了婚。那真的是过不下去了。"

第三章　办公室不相信眼泪

太阳下山了。袁二元吃完了一堆东西，擦擦嘴，看时间还早，打算下楼溜达一圈，顺便把垃圾丢了。

立了秋，小区外面的花坛边，老头老太太们率先穿上了马甲。见他还是一身夏天的打扮，大裤衩、肥T恤，住他楼下的烟草局退休老干部陈为民就招呼他："二元呀，你的身体真棒！嗯，没个女人可惜了。"

正巧苏兆红走过。她才刚下班，肩上背着包，一手抱着两大档案袋的稿子，一手提着顺道买的菜和水果。听到陈老头说这话，她忍不住看了袁二元一眼，神情严肃，莫测高深，冷冰冰的，没丁点热气。

袁二元不在乎。仿佛那天敲了门，气氛虽不太友好，也没达成共识，但总算是公开了楼上楼下的邻居关系，就应该见了面招呼一声。他一边冲苏兆红点头扬眉做熟人状，一边扯扯自己的汗衫，跟陈老头调侃："我火气这么大，怕是莫得女人能招架住。"

老头老太太们一起呵呵乐，苏兆红在大黑框眼镜后面，皱起了眉头，心里狠狠说了句："下流！"

她可太讨厌这个市民气兼流氓气十足的男人了。还是画家呢，画什么，画三级片的吧？

瞧这德性，岁数一把，也没个正式工作，整天走东晃西的；白天睡懒觉晒太阳，晚上躲在黑房子里涂涂抹抹、装腔作势，跟无业游民二流子有什么区别！

教育暖暖，袁二元也成了反面教材。

“这就是学艺术的人！你看看，哪里有点正常样子？非主流、边缘化、一把岁数了，不结婚不成家，孩子也没有。看着特自由特潇洒，不用朝九晚五没人管是吧，其实谁也不会拿他当回事。纯粹一个老不正经，你可千万别走这条路，听见没？”

暖暖嘟囔着辩解：“人家还有点名气的好不好？市中心就有人家的雕塑作品呢！他有自己的工作室，还带过好多学生！”

苏兆红说：“名气？什么名气？袁二元？到底是外号啊，还是大名啊？叫这个名去办身份证警察能同意吗？画家我只知道刘海粟、齐白石，他那算什么名气？还真够大言不惭的！”

抱着这样的心态，她当然懒得跟袁二元打招呼。恨不得大步流星，赶紧远离这帮社会闲散人员才好。

可刚走到垃圾桶边，一袋垃圾就冲她飞了过来，不偏不倚，正落在她脚下。

垃圾袋没绑紧，“唰”的一声，口全开了，里面油乎乎的破纸团先掉了出来；接着是鸡皮、骨头、冰激凌盒子、剩下的半块饼子，还有没用完的油彩……最可恨的是，一块鸡骨头，正扎在她的小腿处，早上才穿的新丝袜，顿时扎出一个洞。

苍蝇更是以迅雷不及掩耳之势，嗡嗡飞来。

苏兆红哎呀一声尖叫，抬起头，就见袁二元从花坛那边冲她跑过来，一边跑一边赶紧又是敬礼又是弯腰道歉：“哎哟，对不起！看看我的什么破眼神！惊着你了是吧？对不起对不起，没一点点故意的意思哦。离桶子不远啊，以为肯定能投中的。谁知道，太巧了太巧了……”

他一口一个太巧了太巧了，倒好像给了苏兆红多大惊喜似的。

苏兆红横眉冷对，不打算就这么放过他。她得教训教训他，谁叫他这么不靠谱的？

“画家同志，你好好看看，这是什么？垃、圾、桶！垃圾桶呢，那是让人放垃圾的。垃圾堆，那才是丢垃圾扔垃圾的地方！”

她声音不大，但语速却越来越快：“明明看见有人路过，还伸胳膊乱扔，安的是什么心啊你？有没有素质，讲不讲文明了？你这住的是楼房，是小区，不是河滩郊区民工棚！”

说着，抬起腿就让他看：“还有，这都吃的什么东西啊？脏了吧唧的，弄人一身，成心恶心人是吧？”

话说得这么不客气，袁二元并不生气，赶紧伸出胳膊，要给苏兆红擦腿。苏兆红跳着躲，袁二元跟着追。刚一碰上，苏兆红就挣着嗓子叫起来："流氓，流氓，少碰我。"

她不会尖叫，但沙哑的叫喊声，因竭尽全力，竟把袁二元给吓着了。

他赶紧起身，一脸严肃："铝（女）同志，流氓这词儿可不能随便乱叫！我不是在帮你擦嘛，怎么就成流氓了？你看看，周围这么多人，天还如此地明亮，我就是流氓，也不敢对你耍啊。那不是找打吗？"

袁二元为人随和、爱乐呵，小区里的人百分之八十都认识。见人就带三分笑，爱讲笑话。遇到大家有什么活动，还会主动帮着画海报。

苏兆红则不同。一来工作忙，没有时间跟邻居们套近乎；二来她是知识女性，对婆婆妈妈家长里短根本没兴趣，打心底里觉得见到人就闲扯，本身就是种很俗气的表现。

或许她是独特的、善意的，然而单凭想象力却很难看出这一点。她总是将自我意识牢牢戴在袖筒上，给人一种清高、正经，甚至有点侵略性的印象。离婚前就不苟言笑，离婚后这不容侵犯的气质就更明显了。

正是下班放学的时候，院子里人挺多，花坛那边的老头老太太们也凑了过来。听袁二元这么说，就有人哈哈笑起来。这笑声明显是对袁二元的支持，更是对苏兆红的讽刺。

苏兆红听着很不爽。她不耐烦对袁二元说："你少贫嘴吧，扔垃圾就不对，就是流氓作风，还想浑水摸鱼是吧？谁要你擦啊，你安的是什么心啊，能占便宜就占是不是？我看你是裸体模特画多了，没见人家穿了丝袜吗？"

苏兆红就算穿了丝袜，也看不出丝毫性感的成分来。其实她长得挺好，身材也保持得不错，可女性的温柔可爱全被紧张强硬给淹没了。

当她瞪圆了眼睛指责袁二元对她图谋不轨时，引来了更多的笑声。

陈为民挺不客气地调侃道："这个女同志，您还真别想太多了。依我看，就算你不穿丝袜，袁画家也不会想浑水摸鱼的。"

苏兆红气得手脚发抖。这些人怎么都这么阴暗，这么坏啊！她一个女人家家的，谁也没得罪过，怎么就招来这么多不怀好意的看客？

可见袁二元并非善类，他游手好闲，笼络人心，真不是个东西！

巧的是，暖暖正好放学经过。看见这一幕，赶紧挤进来，先问苏兆红是怎么了，又问袁二元："大叔，你和我妈吵架啦？"

袁二元见苏兆红尴尬，也不想继续下去了。他趁机表示友好："姑（凉）娘，你跟你妈说，我真是不小心。要是她还不乐意，我买双丝袜送她成不？"

苏兆红满脸通红："你少装好人，好像我多不讲理似的。乱扔垃圾就是不对、不对！无耻，可悲！"

说了这一句，就拉着暖暖朝单元里走。袁二元赶紧表态："我没说自己对啊，我不是一直在道歉吗？"

争执中，苏兆红最不能忍受的，是自己不想说了，对方还要回一句。听了这话，她气鼓鼓地站住，扭头看着袁二元，眼神里露出威胁，低沉着声音："得了，两块钱！你给我闭嘴，我不想再跟你说一句话！"

袁二元被这犀利的眼神吓着了，而且听她叫他两块钱的口气，满含杀气。他耸耸肩膀，说："好吧，闭嘴就闭嘴。"

苏兆红朝他逼近一步："你还说！"

袁二元不说了，冲周围的人笑笑。暖暖看不下去了，拉着母亲就走。上到二楼，袁二元伸出头，声音又不屈不挠地追了上来："尊敬的苏女士，要我赔你一双丝袜吗？"

苏兆红气得直翻白眼："厚颜无耻、厚颜无耻。暖暖，看见没有，这就是画画的。"

童童下午三点就放了学。

离天黑还早，大部分孩子都会报名参加各种课外补习班，补习学校的广告在校门口也是密密麻麻，铺天盖地。

秦蕊老师也说，不要浪费大好时光，人生能有几回搏！孩子们，让你们的爸爸妈妈，带你们去学习奥数、英语和作文吧！我带过那么多学生，成绩好的学生，能考上好大学的学生，哪个不是从小一路补习学校上过来的？只要功夫深，铁杵变成针。学习时间花得多，对成绩的提高，就是很管用！

老师的话，于大海听到了，可他没当回事。即便要上，他也不会上什么奥数英语。为了卖袜子，他曾参加过在美国的一次培训，两个月，见识过西方人对孩子的教育方式。他们对体育和艺术的重视，是中国父母远远比不上的。他也看到孩子从小养成锻炼身体和表达优美情感的习惯，成年后是多么头脑灵活，待人落落大方。

他欣赏那种由内而外的自信，决定照着西式教育，为童童塑造一个好心性、好性格。

他找了两个项目，打算利用下午的时间，让童童参加。一个是游泳，一个是萨克斯。之前他都征求过童童的意见。童童欢呼雀跃，很是高兴。

名报了。游泳的地方有点远，于大海得开车带童童去。于是和儿子说好，下午早点把作业写完，练习萨克斯；还要早早在奶奶家里吃好饭。晚上的时间，就全部待在游泳池里。

童童特别乐意。在他看来，萨克斯、吃饭、游泳，都是玩。有这么多玩的项目，写作业几乎可以忽略不计了。

苏兆红没听见秦蕊老师说要上补习班，也没听过秦蕊老师的对手理论——那还是她在北京学习时，从一个青岛老师那里学来的经验呢。

她却比谁都着急。各种补习学校的小广告，她收集了一大堆。在办公室，也拿着笔圈圈点点，想找到最适合童童上的班。

受网络冲击，杂志社这几年越来越难办，以前广告业务都承包给广告公司，现在编辑们也有了一定的任务量。因为是文摘类刊物，编辑们接触的又都是搞文字的人，中间的彩色插页，就为出版社做新书广告。其中教育类书籍最好做，毕竟在市场中，这类书还算好卖。钱多，广告当然就做得起。

但还是不能做到每期都能完成任务。这一期，姓蔡的女编辑，就开了天窗。

苏兆红将她叫到自己的办公室，手里拿着铅笔，在清样上戳戳点点："两万块，怎么办？弄不来，这钱从你工资扣啊？你是没当回事呢，还是觉得这行太不景气，想离开了？"

蔡编辑三十出头，胖胖的，爱说爱笑，平时大家都叫她菜包子。她除了编三个栏目，还做一些编务工作，工作一直都很认真，人也挺负责。广告任务没完成，苏兆红冲她发脾气，其实心里也觉得过意不去。可是这是纪律，是规定，是编辑都要完成的，她能怎么办？

菜包子见苏兆红这么不讲情面，立刻眼圈就红了。苏兆红最见不得这个，口气立刻威严起来，声音低低地说道："不许掉眼泪，办公室不相信眼泪！任务没完成，已犯大错，再哭，就错上加错。我给你们说过多少次了，广告拉不来，杂志社就要解散。大家都是吃文字饭的，出版社编辑或作者总认识那么几个吧？我们的回扣也给得挺高，只要肯下功夫，还怕没人愿意干？我看你最近总是早出晚归的，都把心思放到哪里去了？”

小蔡嘟囔着说：“儿子要换新幼儿园，找不到合适的。收费都特高，天天跑这事，急得人满嘴打泡……”

苏兆红一听是孩子的事，只好挥挥手，让她出去。年轻父母不容易啊，赚得少，孩子投入却一点也不能少。

她给张玲玲打电话：“比我们高一级的那个姓翟叫翟晓的师兄，做书商的，你还跟他有联系没？请他吃个饭？”

张玲玲假装糊涂：“谁啊你说的？”

苏兆红不客气：“少来了，当初追过你的那个，满脸疙瘩痘，说话大舌头。”

张玲玲假装生气：“你想求人还这样损人家，也太不像话了吧？没联系，多少年都没联系过了。”

苏兆红说：“我有他的联系方式，我想拉着你一起去。希望他能念在旧情人的分上，给我们杂志社赞助个仨瓜俩枣的。”

张玲玲说：“快别，最多是旧情不是旧情人！早都黄脸婆了，别破坏了他对我的美好印象，顺便把你的生意也给弄黄了。”

苏兆红说：“不会。上次见到他，他还跟我打听你呢。”

张玲玲只好说舍命陪君子。这几天不吃晚饭了，但愿能瘦几斤，否则糊了翟老板的眼，回家还得洗眼睛。

和翟晓的见面，还算顺利。张玲玲也挺帮忙，使劲恭维对方，挽回当初拒绝人家的无情。

苏兆红夸她表现不错。张玲玲得意地说：“二十年河东二十年河西，女人过了四十，就得识趣，就得装乖，就得学着讨好男人。对了，还要处处抢着付账。“

说完，看着苏兆红掏钱包。

翟晓答应给苏兆红一笔广告。这天，说好要来她办公室商量细节。

苏兆红就趁这点空闲时间，给童童把补习班报了名。周一周四下午学英语，周二周三下午学奥数，周五学作文。

三门课价钱可不少，一学期全部加起来要九千多。小一万了，这钱得于大海出。可补习班那边盯得紧。苏兆红说，等上课去时再交。对方却说，要是她没时间来学校，他们立刻派人来取，顺便送来听课证。

对方挺会说话的：这人头数必须尽快定下来，大姐你也知道，我们是知名的补习学校，想上的人多了去了。你钱不交，我们就当你没诚心。

苏兆红看看包里，正好有要给印刷厂的一笔钱，干脆先给童童拿一万吧。

交了钱，拿起电话，正要给于大海说一声，翟晓却推门进来了，苏兆红就把这茬给忘记了。

翟晓矮、胖、黑，眼睛眯成条线，鼻子扁扁的。脸上总带着迷迷糊糊、无所用心的表情。看见他，你会怀疑“人不可貌相”这句话。他的相貌，和他的气质相辅相成，都比较俗气。

在学校时，他因高调宣布人生的几大追求而出名：奢侈、肉欲、饕餮。他在宿舍里谈感官的快乐，被别有用心的男生们传播到各个女生宿舍，甚至连低一级的苏兆红都知道了。

那还是上个世纪八十年代末期，社会普遍厌恶享乐，以艰苦自律为荣。即便现在，稍有点文化的人还是不愿坦率承认追求享乐，因为这个词总是和纵欲无度联系在一起的。

但翟晓不会。他认为，金钱是幸福生活的起点和目标。而晒太阳、跟朋友聊天、干净的房间、一杯清水等等这样朴素的乐趣，绝对是不入翟晓的法眼的，甚至是可悲可怜的。

没人知道他这些想法来自何处，但从年轻时，就没什么人喜欢他。相貌的平庸，加剧了这份反感。

他总是让人瞧不起，可又不能小看他。他大概也知道这个，所以越发扬扬得意，当做人无他有的特别本事。

翟晓侃侃而谈。除了书目做插页外，他还要求为自己再做一篇关于成功人士的报告文学，“就从知名文化策划人的角度来讲好了”。

苏兆红心里鄙视他“沽名钓誉”，可看在钱的分上，又赶紧将蔡编辑喊来，对翟晓说这是编辑部笔杆子最好的编辑，然后叫她去写。

现在不再是学生了，别说五斗米，两斗米，她也肯折腰了。

过了几天，杂志下了印刷厂，她才想起来给童童报名补习班的事情。赶紧找到刘艳华，把听课证给她，匆匆通知她送童童去补习学校上课。

刘艳华一听这事不错啊，比游泳练琴吃饭都有意义多了。也没告诉于大海，放了学，直接就送童童去补习学校上课了。

童童哪里愿意！而且这和爸爸跟他说的太不一样了。爸爸说的都是好玩的，奶奶送他来的地方却是要受罪。他上了一小节，就自己跑出了补习学校的门。小家伙还算有心眼，没有瞎跑，在路边借了一个漂亮姐姐的手机，给于大海打电话："爸爸，你快来接我吧。奶奶把我送到一个魔窟里了。我刚逃出来，你要是不快点来接我，我就没有出路了。"

于大海吓了一大跳："儿子，什么魔窟？你跟我说你在哪里，我这就出发，立刻来接你。"

童童描述大楼，又形容街道。说了半天，于大海也不知道是哪里。只好命令他坐在路边等。

于大海立刻先给母亲打电话。

刘艳华和一群家长正等在补习学校的门外，根本没想到孙子早从侧门跑到街上去了。

于大海问："妈，童童你见了吗？"

刘艳华说："我送他去树人了。他妈妈给报了个特好的补习班，钱都交了，当然不能浪费。他在教室，我在大门外等他呢。"

于大海抱怨道："这么大个事情，你怎么也不先给我说一声呢？童童跑了，他不喜欢上补习班！现在在学校的侧门门口呢，要是你方便，就先过去，就在花园路上！"

刘艳华一听，也急了："这孩子怎么这么大胆，自己敢乱跑。等我找到他，非教训一顿不可。"

于大海赶紧阻止："别，妈，你不准跟童童动粗，也别说他。上补习班这事没经过他的同意，他不愿意当然是可以的。该检讨的是我们大人。"

刘艳华不高兴："得，你这是对老爷啊还是对儿子呢？你就这么惯他吧。算了，我赶紧去找童童了，不跟你说了。"

于大海也挂了电话，专心开车。

童童不委屈自己，才不傻坐在路边等呢。刘艳华赶过去时，他正拿本新买的漫画书在看。

刘艳华知道他身上没钱，就问他书从哪里来的。童童大不咧咧地说跟书店里的老板换的。

刘艳华吃惊地问："拿什么换的？"

"我的听课证。"童童回答得嘎嘣脆。

刘艳华头一昏，追着问："他就给你这么一本书？"

童童说："他还想再给我两本呢。我一看没意思，就没要。"

刘艳华气得抓起童童就朝书店去："我的孙子啊，你这个败家子，真要气死奶奶了。你知道这张听课证多少钱吗，小一万呢。你就这么给我换了本小画书？"

书店老板，是个胖子，懒洋洋的，却不妨碍他动坏脑筋。见刘艳华拉着童童来了，知道是家长来找他算账的，也不起身，还装作不认识童童。

童童用手指他，说听课证就是给了他。他一声不吭，面无表情地看着这一老一小，意思似乎在说，你们这老弱病残的，想怎么着吧。

刘艳华把漫画书扔他柜台上，冲他要听课证："你还大人呢，还自己开着店当老板呢，就这么欺负小孩子啊。你这么做生意，赚黑心钱，就不怕赔本睡到大街上去啊？让大家都来说说，有这么没良心的店家吗，做生意最讲的是童叟无欺，有你这样的吗？"

刘艳华嗓门大，顿时吸引来了许多人。胖子不急不慌，拿起书看两眼，转向童童："书是从我店里出去的吗？"

童童说："是。是你跟我换的，用……"

胖子打断他："后面怎么没盖我们店的戳呢？你是偷出去的吧？小孩，爱看书是好事，可别学偷书啊。小小年纪，你说你学啥不好，干嘛偷书呢？完了还骗家长，说我拿了你的听课证。我拿那个干啥，我又不上一年级……"

童童听到胖子这么说，又急又臊，顿时眼里就冒出了泪水。拉着奶奶的手使劲晃："奶奶，奶奶，不是我偷的。真的是拿听课证换的。"

刘艳华气得心脏病都要犯了。她相信孙子不会说谎，这孩子足够自信，平时于大海也从不骂他打他，处处都能尊重理解他，他丝毫没有必要撒谎。她冲胖子说："你别跟我说这些，骗孩子不心虚，不怕老天报应啊？"

吵得正热闹，于大海来了。童童一见爸爸，委屈地都抽噎起来。于大海三言两语问清了事实，二话不说，就冲胖子甩了十块钱，说："这是书钱，把听课证给我。

你不给我也行，发票在我那里，我去再要一张。你卖给谁谁也进不去，信不？”

傻胖子这才明白自己输了，没话可说了，嘟囔着把听课证从柜台下面扔了出来。

等出来了，于大海对刘艳华说：“以后再碰到这种事，你得跟我先说一声。别带着童童乱跑。”

刘艳华不高兴地说：“我那叫乱跑吗？这是他妈给他报的班，而且树人是多好的补习学校啊。我刚才在外面还听说，你不上这补习学校，以后就别指望能上重点中学。重点中学，都是从这些补习学校里招奥数得奖的学生的。而且奥数这东西，不从一年级学起，后面怎么又学得会？这叫蹲坑班，懂不懂？”

于大海听着更生气了：“就是你们这些人，把这些补习班市场给哄起来的。搞得老师课堂上不好好教，都想把学生送到这里来，然后吃回扣。还蹲坑班呢，真会拿自己当厕所。”

老少三口在刘艳华家的楼下分了手，于大海带着童童去体育馆游泳了。

童童刚下水，苏兆红就在泳池的玻璃窗外面，冲于大海招手。于大海猜出是什么事，不想出去，在泳池边冲她比划口型：“干吗？”

童童看见了妈妈，激动地直冲于大海喊：“妈妈，爸爸，妈妈来找你了。”

于大海不能再装傻，只好走了出去。苏兆红立刻扑了过来，语速快得如密集的子弹：“怎么回事，该上课的时间，竟跑到这里来游泳了。你知道那张听课证要多贵吗，我可是已经付了款的。而且人家不退的，你是占了位置的。”

于大海不高兴：“你是来要那报名费的吧？告诉你，没门。你没经过我同意，就给童童报补习班，是绝对错误的。念你这次是初犯，我暂且放过你。以后再出现类似的情况，你就不要再来看童童了。”

苏兆红一脸错愕：“于大海，你没得精神病吧，说的是什么话啊？我也算见人无数了，还真没见过这么不知好歹的！你知道那个补习班有多么难报名吗？再说儿子成绩好一些，你能掉两斤肉还是少两块钱啊？现在竞争是一年比一年激烈，以前耽误暖暖就算了，还想让童童一上学就落在后面吗？”

于大海不满：“你怎么知道童童落后了？这才刚开学几天，你就知道他落后了？我说过多少次，人生是场长跑，学习是一辈子的事，跑慢一点，跑稳一点，跑得心平气和一点，没什么不好。孩子这么小，还在人生的童年时期，多玩多运动，才能有轻松快乐的心态。何苦让他这么小，就天天想着奔前途、好成绩、上名校？

这是家庭暴力、是心灵摧残！”

于大海滔滔不绝。苏兆红听得不耐烦：“好好好，你清高，你超脱，你比全中国人民都懂教育！你看过谁跑马拉松不吃苦头不花时间不费力气的？我懒得跟你再说，把钱还我！”

于大海说：“不还。给你个教训，看你以后还自作主张不？”

苏兆红气极：“什么叫自作主张，我是童童的妈，我难道没有资格关心他吗？”

于大海说：“关心前提前通知我一声，总可以吧？”

苏兆红右手指指着于大海：“好，你牛，于大海，你记住你的话！”

苏兆红的威胁，于大海并没记住，几乎是第二天，就让苏兆红抓住了把柄。

他惦记暖暖，因为是高三，暖暖的周六也要上课。而周日作业如山，根本腾不出空来。于大海抽了周三的下午，放学时特意去看暖暖，带她去学校旁边的肯德基，要了点东西，聊了半小时。

暖暖边聊边看表，一脸担心妈妈会生气的表情。看得于大海心里哆嗦，真为闺女发愁。他努力安慰她：“别太在乎你妈，你得为你自己多想想。心态保持平和，不紧张不纠结，这才最重要。”

暖暖点点头，又偷偷瞄表。

回家迟了，苏兆红问出了内情，立刻给于大海打电话：“于大海，你关心暖暖，请她吃东西，能不能先给我说一声？她回家迟了，写作业弹琴上晚修，都要向后推。我也会受影响，明天早上起床也会迟。你这是什么意思啊，能不能不要这么自作主张，打搅孩子的正常学习和生活？”

于大海气愤，想半天，只好说：“算你狠，苏兆红。那钱，我还你！”

第四章　送　锅

于大海将钱拿到苏兆红的办公室去还她，进门就见翟晓正坐在沙发上。

他也是于大海的师兄，还不知道两人离婚的事。好几年没见于大海了，赶紧伸手去握，还开玩笑："哟，上着班还来探视老婆啊，放心不下啊？"

苏兆红一脸尴尬。翟晓问她于大海的情况时，她含含糊糊地应付了过去。打心底里，她不想让别人知道她离异的事儿。

现在听翟晓这么明确地说出来，就慌了神，脸红蔓延到了耳朵根。于大海看这情形，立刻就明白了是怎么回事。

他不想给苏兆红难堪，加上不喜欢翟晓这个人，也懒得再多说，就点点头，把话题岔开了："翟总，生意可好？"

翟晓说："马马虎虎，马马虎虎。"

于大海说："别谦虚了你就。现在的父母，差不多都被你们这些奸商一网打尽了吧。隔三差五就推出一个概念来，一会虎妈一会狼爸的，反正是个个如狼似虎，眼睛全盯着北大清华哈佛耶鲁剑桥牛津，怎么变态怎么来。父母们一窝蜂地跟在屁股后面学，你们数票子数到手软。为了更有可行性实用性，还弄出一二三条来……"

苏兆红不客气地说："于大海，你别跟个愤青似的好不好，怎么就叫变态了？噢，你不喜欢的就是变态？哪个父母不希望孩子能有个好前途，上名校，有出息？你看都没看过翟晓的书，又怎么知道没有用？如果大家都喜欢看，那就说明它有一定的社会价值。老翟，等广告做完，你送我一套吧，就要那什么虎妈狼爸的。"

翟晓点头："没问题。保证你能活学活用。"

于大海不满地说："苏兆红，我那是愤青吗？我最看不惯的，就是自己活得庸俗窝囊，却要求孩子出人头地，扬眉吐气。上哈佛可以啊，你先自己上一个试试啊。瞧瞧人家虎妈，她敢那么横，是因为自己也足够优秀，她肯定比孩子更了解其中的酸甜苦辣。可悲的是，多少父母，心灵既不强大，更不细腻，从不设身处地，只会照猫画虎，没有人生的通盘考虑，只会死死盯着分数……"

他摇头："太可悲了，太可悲了。"

翟晓眼前一亮："于兄，你这些想法也代表了不少家长呢。怎么样，有没有兴趣，也写个东西。我保证给你做成畅销书。"

于大海摆手："我可不敢，每个孩子都是特别的，因人施教才是根本，都搞成流水线上的产品，那不成笑话了吗？我可没那个胆子，拿自己教育孩子的方法去让别人模仿。我只求我儿子能快乐健康自信简单，上名校、第一名什么的，我不感兴趣。"

翟晓看出眼前这夫妻二人的分歧了，但最好奇的还不是这个："咦，我记得你们生的不是个闺女吗？"

苏兆红赶紧打岔："于大海你那些理论，就是教育乌托邦、柏拉图，现实中根本站不住脚。算了，翟晓，不跟他说这个。于大海，你说吧，你来干啥？"

于大海最看不惯苏兆红的这个样子，又虚伪又蛮横。他打算不陪她玩了，把钱朝桌上一放："我来给你还钱！"

说完就要走，拉开门，对翟晓说："你可能还不知道吧，我们离婚了，离了，早离了！"

从苏兆红那里出来，想象着她的尴尬样，于大海心里很是舒畅。离都离了，还跟我凶！

他开车去母亲那里接童童。刚进门，刘艳华就问他，有没有时间，帮她去送个东西。于大海剥香蕉吃，问道："什么东西？远不远？"

刘艳华说小东西，正好那女的住的地方离这也不远。

于大海就问，是你的什么人，朋友吗？

刘艳华迟疑了下下，点头说是的，又加一句，比我小点。给她送个小锅具，我从她那里借来用的。

于大海看看桌上，放在一纸盒子里，他打开，竟是个焖烧锅。

"奇了怪了，你要用这个，不会买一个呀，怎么借呢？"

刘艳华就说："我不知道这个锅熬汤效果怎样，所以借来试试。"

于大海带童童去游泳还有好一会儿，就决定先去送锅。童童要跟着去，被刘艳华一把给拉住了。

"奶奶给你好吃的，让你爸爸自己去。"

刘艳华的急切，让于大海有点奇怪，但没多想。等门开了，他心里又是一愣：母亲不是说是她朋友吗，怎么她还有这么年轻的朋友？

原来这送锅的主意，还是陈湘惠想出来的。

"让你儿子主动上门，两人见一见，好歹也能留个印象，是不是？"

她特意把焖烧锅拿到公园里来，交给了刘艳华。中年男女了，对人对事，一个比一个挑剔，第一面印象很重要。别说好印象，只要不坏，或是没啥印象，那都是成功的一半！

送锅！这简直是神来之笔！既符合老太太们之间的交情，又因为足够家常显得亲切。

纠结在刘艳华心里好几天的事，突然有了办法。她说不出的高兴，拍着陈湘惠的手，直夸她真聪明、真有想法。一时间两人显得很是亲热。

来开门的，正是陈湘惠的女儿严冬美。这天是周五下午，严冬美提前下了班。刚进家门，于大海就来了。

陈湘惠还没告诉严冬美有这人来送锅，她以为她还在下班路上呢。于大海看看门牌，没有错，就把锅递了过去："这锅是还你的吧？"

严冬美打开纸箱，朝里看看。锅看着眼熟，好像是陈湘惠的，但似乎又更干净更新一些。她不能确定，疑惑地问于大海："那么你找谁，要送给谁？"

于大海没觉得母亲说过什么名字，只说是她的朋友。他不确定地说："是我母亲叫我送来的，说送给她的一个朋友。"

严冬美拿着锅进了厨房，招呼于大海也进来："坐坐吧，那也许这锅就是我母亲的。可是真奇怪，为什么不送到她那里去呢？"

于大海进了屋，左右看看。

房间里挺干净，很安详，靠窗处放着一张椭圆形的桌子，还铺着钩花的桌布，显得很漂亮。沙发背后是两盆常绿植物，沙发前放脚处，有一块磨旧了的花地毯。因为楼层比较矮，整个房间的光线都有点暗。

严冬美皮肤很白，五官清秀，身材偏瘦。好好收拾收拾，年龄看着能小好几岁。她从厨房出来，端了两个剥开的橙子，放在桌上，招呼于大海坐："要喝水吗？"

于大海想赶紧走，却见严冬美招呼他，又觉得那样不够礼貌。他没话找话："那你是不是给你妈妈打个电话，告诉她锅送到你这里了？"

"哦，对。"严冬美拿起电话，正要拨，陈湘惠的电话已经来了："是的，是有这么一口锅。你呀，你跟这人先一起坐坐，陪他聊聊。我马上就到，我来之前，别让他走。我还要给他妈妈带点东西回去呢。"

话说到这里了，于大海当然就更不好离开了。

两个人都有些尴尬，不知道说点什么。还是于大海没话找话："你这房子不错啊，在市中心。"

严冬美不善言辞，只会点点头："还行。"

于大海不想冷场："你母亲住得离你远吗？"

严冬美想了想，吭哧出两字："有点。"

于大海见她不是很乐意说话，就站起身，走了几步，四处看看，没看见任何孩子和男人的迹象，张嘴想问，又知趣地闭上。

这个神情被严冬美看见了，她不由笑了，察觉到自己的冷淡来，赶紧补救："你想问什么就问吧，没事的。你吃苹果吗，我去给你削一个？"

"不用不用，"于大海赶忙摆手。他转悠这么几步，终于发现自己可以做的事情了："你这桌子腿怎么不平？"

严冬美说是张老桌子了，有一个腿是有点摇晃。不过用得也不多，习惯了。

于大海顺手就从装锅的那个纸箱上掰下一块来，叠了两下，放在了桌腿下面。又叫严冬美找来榔头和钉子，钉死了，再压，桌子纹丝不动了："估计是接口什么的松了，现在就行了。"

严冬美谢了又谢，趁着放榔头时又给母亲打了个电话："怎么回事啊，你还来不来了？"

陈湘惠不急着回答，而是反问道："人怎么样？长得精神吗，说话做事还得体吗？"

严冬美小声地说："你这是干什么呢？随便叫个人就到我这里来？你再不来，我可让他走了啊。"

陈湘惠赶紧说："别啊，你们再聊聊，多聊几句。看看他到底怎么样？问问工作，问问生活，平时都爱干什么，吃什么。朋友怎么样，都是些什么人……"

"妈！你……你这是干什么啊？给你说过多少次了，你不要管我的事。你还这么干，跟人说也不说，就赶个男的来见我。我不想见男人，不想不想不想，谁也不想见！"

严冬美又气又急。她终于知道这男人是来干什么的了。原来竟是母亲派来相亲的，难怪没话找话说，还帮她垫桌腿。

严冬美以为于大海心知肚明，刚有的好感，也成了泡影。她带着赌气的神情，回到了客厅。

离婚后，对母亲总是干涉自己的私生活，她就特别不喜欢。加上感情受挫，她心里深深觉得谈情说爱，是一件让人很累很辛苦的事儿，对此她一直比较抗拒。

但陈湘惠一年比一年着急，最近这半年里，更是密集轰炸。就像今天这样，不跟她打声招呼，就把男的推到她跟前的事，已经干了四次了。每次都闹得不欢而散不说，最糟糕的是，严冬美的情绪好几天都缓不过来。

心里怀着对母亲的不满，将于大海也变成了"迫害"她的同谋，语气颇不友好："你在什么单位工作啊？干什么工作的呀？住在哪里啊？平时都爱吃什么啊？朋友多吗？他们都是干什么的？"

因为刚做了点事，和一个单身女人待在一起的忐忑，总算有了点缓和。于大海重新坐下后，心里觉得舒展了很多，正准备拿块橙子吃呢，严冬美突然这么说话，吓了他一跳。这人没精神病啊，怎么变脸比翻书还快？

又赶紧把橙子放了回去，他不相信自己的耳朵似的看着严冬美："你是问我？"

严冬美说："是啊。要是你愿意，你也可以反过来问我。不过，我估计你早就都知道了。"

于大海赶紧摇头："没有没有，我什么也不知道。"

他察觉到她的极度不快，索性站起身来："我不等你母亲了。我也还有事，得带儿子去游泳。"

严冬美一听，怎么的，还有个儿子？

于大海说："是啊，每天都要带他游泳，还要学乐器。我还准备再让他学点什么运动项目，男孩子嘛，你知道……"

他拉开门，转过脸，就看严冬美的表情无比惊讶："每天……都要带他去游泳？你们……住在一起？"

于大海一步跨出了门："当然，那是我儿子，不跟我，跟谁？"

他觉得这个女人真的很奇怪，甚至有点令人恐怖。他匆匆对她说了声再见，三步两下地下了楼。

刚一进门，刘艳华就激动地迎了上去，满眼睛都是问号。见于大海表情没什么变化，就说："咋啦？"

于大海说："什么咋啦？没什么啊。锅送过去了，你朋友不在，她女儿接收的。怪怪的一个女人，说话缺根筋。对了，你听你朋友说过没，她闺女有病？"

刘艳华听了这话，心里顿时发凉："怪怪的？是指脾气很怪，还是穿得怪？看着像个病人？没听说过啊。"

于大海就说："就说两句话，我怎么知道她脾气怎样。不是说她真有病，哎，就是感觉说话挺怪的，刚好好的，突然一下，气氛就变了。你跟她妈妈怎么认识的，她妈还说要给你带什么东西呢。我瞅着不对，好像人家也不太欢迎似的，就走了。"

刘艳华还沉浸在怪怪的这两字里，越想越觉得可怕，敷衍道："还带什么东西哟。"

心里有点失落，拿着抹布去抹桌子。

于大海喊童童收拾东西跟他走，刘艳华又跟了出来，追着问："她都怎么怪了？谢谢你没？"

于大海摇头："没注意。"

刘艳华问："那是问你什么了？还是……"

她突然想起什么来："冲你做什么动作了？"

于大海大笑："妈，你可真有想象力！没有，也没什么。她呀，就查了几句户口，然后问了几句儿子的事。"

童童听见说他赶紧接话："说我什么啊，我认识她吗？"

于大海摇头："不认识。就随便那么一说。"

刘艳华忘记了自己填表时的那一幕，虽然她没写儿子离异后带孩子，但有孩子那可是不争的事实啊。问问这不至于就怪吧。

她追着问，于大海终于说："她问是跟儿子住在一起吗，你说这不是废话吗？"

确实够废话的。刘艳华也有些不高兴了。

送走了于大海和童童，她拿出电话本，查到和陈湘惠一个设计院的那位老朋友的电话，打了过去。

好久没有联系了，两人寒暄了片刻，刘艳华才切入正题。

"向你打听个人，退休前和你一个单位的，叫陈湘惠。"

对方说知道啊，搞测绘的，挺聪明个女人。怎么啦?

"人怎么样？家庭怎么样，老公退休前是做什么的？"

"哟，问这么仔细，是要给人家介绍对象怎么的?她离婚很多年了，好像女儿十岁左右就离了。以后也找过几个男的，但都没成。挺可惜的。最可惜的是，听说女儿也离了。"

刘艳华后悔这个电话没有早打，有点懊恼地说："这么说是单亲家庭啊。"

对方愣了一下："你是说她闺女，那是。不过那孩子长得很清秀，从小就乖。"

刘艳华心里不舒服，儿子刚才说的怪，尽管并不清楚具体情况，但似乎因为有了单亲这个佐证，变得可以理解起来。

她闷闷不乐，刚放了电话，铃声就又响起来。

一拿起来，正是陈湘惠，挺着急地说："怎么电话刚才一直占线呢?孩子们见了面了，就想跟你通通气。"

刘艳华情绪不高："好啊。"

陈湘惠没听出异样，赶着说："你不是说儿子离异后没带小孩吗，怎么又冒出个儿子来？"

刘艳华的不快终于爆发："我啥时说过这个了，不合适就算了。"

陈湘惠莫名其妙地看看话筒，满肚子的奇怪："我也没说不合适的话啊"。

第五章　傻女当道

叫月亮的这个姑娘，二十五岁了，说大不大，说小不小。身边同龄的不少女孩子，已经开始为结婚成家着急了，整天琢磨怎么钓个金龟婿，一劳永逸。但也有比她大十岁甚至十多岁的，还满脸无所谓到处跑场子，胳膊上挽的男人也换个不停。

是的，月亮是个模特。长了张挺好看的娃娃脸，但却并不靠脸吃饭。她是脚模，宣传的产品，不是鞋子就是袜子，对了，还有足浴盆。

她性格挺好，正好迎合了时下傻女当道的味儿。她没什么野心，而且知道自己的相貌不算出众。亏就亏在学历不行，才上了个三本的艺术学院，但能混到现在这样儿，也就算不错了。

虽然不小了，可一直没碰到合适的男人。喜欢她的，她看不上。她觉得还不错的，别人又没把她当回事。这么些年，就这样阴差阳错地过着。和很多爱玩的姑娘一样，她甚至觉得如此阴差阳错，也是一件挺好玩的事儿。

直到见到于大海，月亮心里那根正经弦，才“咣啷”一声，被拨动了。

“得，就是他了。”

四十刚出头的于大海，依然挺拔，又不乏成熟男人的稳健。对待月亮这年龄的女孩子，眼神里少不了看闺女似的忍让和宠爱。平时看着挺随和，但拿起主意来，又特利索。

“行，就这样。”

“你去把货弄回来。”

“超市那边我去谈。”

“可以了，我知道了。”

一听到于大海说这些话，月亮就花痴一样出神地盯着他看：“哎，他咋这么坚定这么能干呢？光听听这语气、这句子，就让人心里特踏实，特有安全感！”

第一天给于大海的袜子拍广告，她就通过广告公司把于大海的情况打听清楚了。

等于大海来看样片那天，她特意装了一袋吃的零食，薯片、开心果、杏仁、酸奶、果冻……一来显得自己单纯——惦记着零食总比惦记着钱的女模特可爱一些，不是吗？二来也显得自己会关心人——讨论样片时间都会比较长，总会有疲乏的时候，她带了吃的来，就会显得很贴心。

见到于大海，她就把这袋零食给递过去了，顺便递了个媚眼：“于总，特意给你带的。”

于大海打开看看：“这么多好吃的，我哪里能吃得完。”

月亮就说：“吃不完带给你儿子吧。”

于大海说：“这可不行。我对儿子的零食控制可严格着呢。来来来，”他招呼大家，“这是月亮小姐带来的吃的，请大家！”

一群人围上来，顿时就分了个精光。

月亮有点尴尬。但她做出没心没肺的样子，冲着大家继续向于大海表白：“你们是沾于总的光啊，这可是本小姐带给他的！”

有人打趣：“月亮，你对于总这么特殊，安啥心啊？”

月亮看了一眼于大海，清脆地说：“什么眼神啊，这都看不出来呀。”

苏兆南三十岁了，尚未结婚。总是说找不到有感觉的女孩。看了月亮穿袜子的样片，突然就心跳不已。

“我说呢，我怎么这么多年，都找不到让人心跳的女孩。原来光顾着看人家的脸了，没注意脚。现在终于明白了，原来本人对脚比对脸对身材都更有感觉！姐夫，这才是真爱吧？”

于大海调侃他：“什么真爱啊，你这叫恋足癖。是变态。”

苏兆南说：“变变变什么态啊，怎么这么难听啊！喜欢脸喜欢胸那不是变态，喜欢脚就成变态了？我觉得脚又穿袜子又穿鞋的，基本都属于内在美的范畴了。”

“那胸还戴胸罩呢！”于大海逗他。

看见月亮赤裸裸地向于大海表白，苏兆南就有些着急。他真怕于大海抗不住，赶紧问：“姐夫，这姑娘明显是冲你来的啊，你意下如何？”

于大海看了眼月亮，拍拍苏兆南的肩膀：“放心吧，你大胆去追。她太年轻了，不是我的菜。我现在可不仅仅是找老婆，最重要的，是要给童童找个妈妈。合童童的心意，比让我满意更加重要。”

苏兆南眨巴眨巴眼睛：“姐夫，你这是真心话啊？”

暖暖偷偷把自习早结束了一节课，来跟袁二元学画画。

高三了，老师反而盯得没以前那么紧了。大家都靠自觉，学得猛的，中午都待在教室里；也有早早离校的，多是因为教室太吵，想找个清静的地方。

谁也没想到暖暖这个一贯听话文静、成绩很好的女孩子，离开学校，竟然是去学画画了。

袁二元很乐意指导暖暖，每次半小时。看看暖暖的画，做一些指导，再布置下一次的作业。他说话算数，真没要暖暖的学费。

暖暖画画的功底不错，但毕竟没经过专业的训练，有些可惜。要去考试，非得学一些基本的笔法素描不可。他为暖暖补习的，正是这一部分。

画室里有不少现成的静物可以用来写生，暖暖很用功，对袁二元也充满了信任。

袁二元很少问她的私事，但暖暖觉得袁二元很是亲切，言谈中，不知不觉把自己的苦恼就倒给了袁二元。

“不敢让妈妈知道我想学设计，她认为这是胡来。”

“不喜欢弹琴，一直不喜欢。可是妈妈说，既然开始学了，就要坚持下去。”

“她希望我能学医，或是学建筑之类的。其实我见血就晕，对工科又没兴趣。可说了也白说，她会说，啊，事在人为。”

袁二元对此不大理解。他一辈子都活得随心所欲，又做着自己喜欢的工作，打心眼里对苏兆红这样的行为不满。

“那是你以后一辈子的生活，她为什么要替你定职业，或是学什么专业呢？”

暖暖说：“她是为了我好吧。怕我以后受苦。”

袁二元摇头：“会受什么苦？吃不上饭，还是穿不上衣？你一个大活人，有手有脚的，又不四（是）个哈（憨）儿，干点什么都不会饿死自己啊。她的担心，真的很莫（没）得意思。”

因为觉得暖暖很有前途，是块学艺术的料，袁二元决定出面，亲自和苏兆红谈谈，让她别干涉孩子的爱好和选择。

他太高看自己的能力了，以为自己只要足够真诚，拿出一片好心来，苏兆红就能给他这个面子。

为了这次谈话，他特意晚上推迟了工作。知道暖暖去上自习了，就去敲苏兆红的门。

苏兆红正在家里编稿子。要发稿了，她得抓紧着点。虽然她不具体编稿，但每期的卷首语和目录上的文章标题，都是她亲自操刀。这些东西，可是一本杂志的灵魂。卷首语看主编的水平，标题抓读者的眼球——编辑部除了她，还有谁能干?!

她穿着一身酱色的家居服——不好看，可耐脏。短发用一个发卡拢在脑后，大黑框眼镜松了，时不时地就落到了鼻尖上。手里拿枝多色笔，在校样上又是画又是涂的。

正改个不亦乐乎，门铃响了，她侧耳听听，不想起身。估计是走错门的吧，现在上门找人，谁不会先来个电话呢?

门铃却没停的意思，她不耐烦地站起身，嘴里问道："谁呀？"

袁二元器宇轩昂地说："是我，老袁！"

谁是老袁？苏兆红不认识什么姓袁的人，唰的拉开门，见是袁二元，不由愣了："你不是叫二元吗，怎么姓也改元了？加一元，三块钱啊？"

袁二元知道她在调侃他，也不恼，指着房间问："可以进来坐一会吗？"

苏兆红扶着门框，一本正经地说："你是有什么事吗？暖暖最近钢琴时间已经改了，你还有什么意见吗？"

袁二元说："我不是来提意见的，就是想跟你谈谈心。"

苏兆红警觉地伸出头探了探外面，见没人，又挺直了身子："谈心？我们俩？哦，你孤男我寡女的，这有点不合适吧？"

袁二元有点急，说："你想多了，苏同志！我根本没那意思，你说我是那么无聊的人吗？我是有正经事，想跟你聊聊。"

苏兆红撇撇嘴，小声嘟囔："你个画画的，能有什么正经事呢。画笔秃了，还是油彩没了？"

打开门，请袁二元进来。又特意不关住门，留个小缝。

袁二元在沙发上坐下，见苏兆红抱着胳膊，手里的笔也不放，站在一边，就冲她招招手，让她也坐下来。

苏兆红摇头："我不坐，我坐的时间太长了，得站会儿。你就说吧，啥事？"

袁二元说："是关于暖暖的。我看她很有灵气，也有想法，虽然没有系统学过绘画，但悟性相当好。你应该支持她学画画，以后学设计或动漫都蛮好的。"

苏兆红瞪圆了眼睛："你从哪里知道她悟性很好的，你把你那两块钱的坏思想灌输给她了？"

见苏兆红要变脸，袁二元有点慌："苏女士，你这样不顾孩子的追求和感受，是不对的，是不符合现代家长的作风的。孩子有理想，喜欢点啥子，你就应该尽量支持她，让她找到最能发挥自己才能的领域。这样以后她才能做得长久，做得好，做得大，也会更有成就感啊。"

苏兆红哪里有耐心听他说这些，挥着手赶他起来送他出门："得得得，我知道了。谢谢你亲自前来指正，我记住了。你走好。不送了！"

袁二元没反应过来，也看不出一脸严肃的苏兆红到底是在敷衍他还是生了气。他转过身冲她说："辣（那）你的意思是同意暖暖跟我学画画了？放心，我不收她学费的，只是希望她能考上自己喜欢的学校和专业。"

说着话，人已经被苏兆红送到了门外。还想继续说，苏兆红已经关了门。

"这是什么人啊，懂不懂人情世故啊。居然找上门来，教我怎么教育女儿！他不结婚不养孩子的，怎么会知道这世道要混出头有多难！该死！"

于大海见了严冬美，足足过了三四天，才反应过来。

那可能是场相亲，是母亲刻意帮他安排的见面。否则严冬美不会那么敏感，气氛也不会那么诡秘。

他当即打了个电话给刘艳华，问她是不是这么回事。

刘艳华此刻却不乐意了。对方是在单亲家庭中长大的，儿子第一面就觉得有点怪，而且陈湘惠对儿子带着孙子还挺有意见。这三条，无论哪一条，拎出来都会是再婚中的大问题。

于大海听了，却哈哈笑，说："原来是这么回事啊，你该对我早说的。要我看，都不是大问题，单亲家庭固然会有问题，但我不也离了婚，暖暖和童童不也都是单亲家庭的孩子吗？世上那么多孩子，双亲家庭的孩子，一样问题很多。要我说，主要是看家长能不能关心孩子，这才是最重要的。"

刘艳华说："可是……"

"至于她的怪，那是有了误会。其他的，都好解决。"

刘艳华不大高兴地说："你的意思是看上她了？"

于大海说："我都对她没啥印象了。不过你说年龄差不多，工作也还行，那就认识认识呗。我自己好说，但总得给童童找个妈吧。那我完了再联系联系她好了。"

刘艳华拦着，说："哎，你也别急，或者我再帮你踅摸踅摸，找个更合适的？"

于大海说："主要还要看童童的感觉，毕竟那也事关他的生活呀。"

这会儿他想起来了，严冬美的房间干净优雅也很温暖。她爱养花，当时沙发上还看到有本书，是什么书呢？林清玄的散文集？

这些留在他脑海中的东西，每样都给严冬美加了分。让他觉得，还是有必要再去了解一下。

严冬美和张玲玲，正巧都在质检所。他索性就去找张玲玲了。张玲玲现在在工会当个小头目，闲差事，但上班下班时间卡得挺紧。不像严冬美，在实验室里，反而比较自由。

于大海进了门，就见张玲玲趴在电脑上，正在看道菜谱，旁边放着纸笔，嘴里念念有词地往纸上记着。

"油两勺，葱姜蒜，均切末。盐，糖，酱油适量……"

于大海说："这么认真学习，该同志真是难得。"

张玲玲知道他在讽刺她，就停了笔，"喝"了一声："于大海，你怎么越老越有型了，骗了几个下一代了？"

于大海说："张玲玲，这么长时间没见面了，一见面你就给我扣帽子。"

张玲玲请他坐下，又给他倒水喝。问他来自己这里有什么大事。

于大海有点迟疑，不知道从何说起。

张玲玲却眼前一亮，惊喜道："哟，我知道了。你是想请我帮忙对不对？想跟苏兆红复合？我就说嘛，你们早该复婚了，吵也吵了，离也离了，恨也解了，气也没了，该受的罪也受了，孩子也都跟着吃了苦头了。赶紧着，复婚吧。你看这世上，还真没几件事有后悔药可以吃呢，偏偏离婚就有，这可是来之不易的福利啊，不要白不要哦。”

说完，还卷卷袖子，就好像立刻要大干一场似的：“你说吧，怎么弄才好，是要我帮着请苏兆红出来呢，还是半夜敲她的门，把你偷偷送进去？”

于大海见张玲玲这么兴奋，赶紧声明：“别瞎想，和苏兆红没一点关系。你还觉得我们有复婚的可能吗？至少我从没动过这个念头。依我对苏兆红的了解，她就更不会有了。张玲玲同学，你怎么就像生活在童话世界里似的。”

见他一脸的坚定，张玲玲有点讪讪然：“真的啊，真的不会复婚了？那一夜夫妻百日恩的……”

于大海赶紧挡住：“快住嘴，我最听不得这句话。一身的鸡皮疙瘩。我是来跟你打听个人的，说是你们单位的，严冬美，知道不？”

张玲玲这才恍然大悟：“严冬美啊，你是说这个人啊……知道知道，办公室就在二楼，要我带你去看她吗？”

于大海说：“不用不用。我就是来打听打听她，见过一面，有点印象而已。”

张玲玲说：“唉，苏兆红要知道这事，会不会生我气啊？你让我说什么才好呢。”

于大海说：“她生什么气啊。我是我她是她的，我们俩现在不是夫妻了，连朋友都谈不上，你怎么还没弄懂呢。”

张玲玲挺伤感：“这夫妻什么的，真没意思。想想你们上学那会，那么腻歪，好像天底下只有你们两个人，一个叫亚当，一个正好叫夏娃。我们都以为你们结了婚，生了娃，从此定会白头到老，成为百年好合的楷模呢。谁知道，竟然反目成仇，变做路人。你们这么做，让我们这些凡人对爱情对婚姻，太没信心了。简直就是毁灭希望嘛！”

于大海说：“张玲玲，快别抒情了，你不擅长这个。谁也不想这样，对不对？我们是做过努力的，很大的努力，否则不会还要个童童。到头来，还是散伙。我们两个人还好说，可怜的是孩子。他们有啥错啊，要替我们背这黑锅。所以，我得给童童找个妈，得让他有个完整的家。你可不知道，现在单亲家庭的孩子，压力大啊……”

张玲玲说：“嗯，说起当年要童童的事，还真是不容易。好吧，要是真没希望复合了，那我可也就给苏兆红介绍对象了哦。丑话先说在这里，别到时候你心里又酸，记恨上我，来跟我算账。反正我看你是想开了，都已经开始行动了……"

于大海说："行。你怎么着都行。我只是担心她那脾气，得找个什么样的男人，才能伺候得了哦。"

张玲玲说："这你就不用操心了，只要碰对人，苏兆红保证特温柔。"

于大海说："好吧，但愿你说得对。"

两人闲扯着，张玲玲就把严冬美的情况告诉了于大海：人挺好的，文气，人缘好，爱干净，工作特认真，又没啥野心。总之，大家评论都不错，虽然单身几年了，但从没听说过有什么绯闻。

于大海到张玲玲这里来，还真是提醒了张玲玲，也该关心关心苏兆红的事情了。两年多了，一直抱着他们会复婚的想法，苏兆红说过多次没门，张玲玲总以为那是她在嘴硬。

按常人的理解，没有第三者，婚姻就谈不上实质性的摧毁。而且两人离婚后还经常为孩子见面，虽然吵个不停，但不是有句成语叫心如死水嘛，当真不吵了，那可能才真的没戏了呢。

晚上回到家里，张玲玲对老公刘永福说起白天于大海来的事。当年上大学时，他们四个人常在一起玩。刘永福跟于大海也很熟悉。现在两口子离了，搞得他也别扭，好久没见于大海了。

听说于大海想找对象了，就说好啊，要过好日子，态度最重要。好好找个女人，心善，不乱花钱，脾气温柔点，对孩子好，就行了。苏兆红吧，吃亏就吃在太犟，太要强。女人不能这个样子的，争强好胜，吃亏的总是自己，对不对？

张玲玲说："刘永福，听你那意思，他们离婚都是苏兆红的错了？话不能这么说吧，一个巴掌能拍得响啊？苏兆红太犟太要强，于大海就不犟不要强啊？男人可以犟可以不服输，女人就不行啊？你这是什么见识啊，一点逻辑也没有。说穿了，就是性格不合，不是一路人，干脆走不到一起——性、格、不、和，就这四个字。"

刘永福不犟，处处让着张玲玲，这会儿想到人家都离了婚，更觉得自己不容易，保住婚姻真幸福。赶紧点头称是："好好好，还是老婆大人英明，看得清楚。"

张玲玲想起自己要说什么了："我们得把苏兆红的事情放在心上了，得帮她找个对象。你看暖暖转眼就要上大学了。这一走，她可就空了巢，总是自己一个人，那可不行啊，会出心理问题的。我们得多关心她，知道不？你周围要是有离婚的，条件差不多的，赶紧告诉我，OK？”

都说踏破铁鞋无觅处，得来全不费工夫。张玲玲到处打听离异单身男时，翟晓主动找到了她。

翟晓在学校时，喜欢过张玲玲，追个不亦乐乎，直到张玲玲把刘永福带给他看，才算偃旗息鼓。毕业工作没几年就下了海，当书商，前些年还真是赚了不少。这些年情况不太好了，他转向教育类书籍，东攒攒西凑凑，跟着风挣点小钱。

他结婚很迟，但离婚频繁，用他自己的话说，已经三进三出了。心里倦了，也想安顿下来。正巧那天听到于大海说和苏兆红离婚了，再看苏兆红，知根知底的，既是师妹，又是同行，可能凑到一起成个家，不会太费事。

翟晓和很多行动力强的人一样，想到哪里，就打算先去做一做。他不怕尝试，更不怕失败，唯独怕多想。他的长项不是思考，正面反面左右想，那还不如脱了鞋子先跑两个来回呢。

他来找张玲玲，开门见山：“你撮合一下我和苏兆红吧。我觉得我跟她挺合适。”

张玲玲看了他一眼，哎哟，怎么还是那么俗气，那么不招人待见呢？而且因为做书商这行，坑蒙拐骗，谄上欺下的，还沾染了不少别的坏毛病，看着还真是让人不舒服。

张玲玲不客气地说：“得了，我敢跟你打赌，你不是她的菜。你看人家于大海，虽然离是离了，可人家当年多帅啊，那眼神、那打扮、那头型，都跟小虎队似的。可见苏兆红是看长相的。你就别凑这热闹了，成不？”

翟晓不这么认为，说话还大着舌头：“人都是此一时彼一时。苏兆红现在已是人比菜花黄了，要找个岁数差不多的男人难着呢，更何况我的情况也不算太差，至少还有俩钱不是？我要找年轻漂亮的，那比她找个帅的，可容易多了。主要是看在大家还算熟悉，都了解对方的分上，才这么想的。你呢，就帮我去问问她想不想再婚，帮我约一下，让她有个心理准备。至于她愿意不愿意，我来问她。”

张玲玲鄙视道：“还中文系的呢，还出版商呢，有点文化行不行啊？人比菜花黄，那叫人比黄花瘦，好不好？”

虽然瞧不上翟晓，但他的话也不是没有道理。也许经过离婚，经过坎坷，苏兆红对男人的想法也变了呢。

年轻时看帅看浪漫，中年了，女人的安全感更重要。翟晓好歹算个款爷，有俩小钱，苏兆红也许会为这个看上他。

反正本来也要问她这个事，不如给翟晓个面子，当着他的面，就约下苏兆红好了。

于是，一个电话拨了过去。

苏兆红正在办公室里训话，又是对着倒霉的蔡编辑。上一期的校正没放上去，小幽默小笑话却没忘！苏兆红一毕业就做编辑，一板一眼全跟着老主编学的，错个字就觉得对不起读者。接到张玲玲电话，挥手让蔡编辑出去，气咻咻地把这事讲了一遍。

“我刚工作时，要是错这么几个字，非得被老主编活活骂死！”

张玲玲吃惊道：“苏大人，你不会还这么迂腐吧。都什么年代了，读者谁还关心错别字呢？你的老主编是什么年代过来的，反右啊、文革啊，批林批孔啊，错别字闹不好就会砍头的啊！你说你不多在内容上下下功夫，说点新鲜话，提点新想法，老盯着那几个错别字干什么。改革开放都三十年了，苏兆红同志！”

苏兆红嚷嚷：“你懂不懂啊，张嘴就瞎评论。这是编辑素质！起码的素质。社会风气就是被你们这些稀里糊涂的人搞坏的……”

还要发牢骚，翟晓在张玲玲对面敲桌子，示意她说正事。

张玲玲横一眼翟晓，对苏兆红说：“好好好，我落后我素质差，整天浑浑噩噩，不思进取，好了吧？我呀，是跟你说个正事，想介绍对象给你，有没有兴趣？”

翟晓头凑过来，想听，被张玲玲一把推开了。

苏兆红没想到是这事，突然有些紧张。加上暖暖要高考了，她懒得操心这个。可她也知道，自己不可能一直这么过下去，总得找个伴才行。她想张玲玲说这话，肯定是有原因的，就支吾道：“你什么意思啊，是有什么人选了吗？”

张玲玲说：“就想问问你有没有这想法。”

苏兆红说：“一时说不清楚，这样吧，咱碰个头。周六下午，等孩子们去学校了，咱们找个地方喝茶。”

两人说好了时间地点，就挂了电话。

张玲玲对翟晓说：“听清楚了啊，到时候你先去。我迟点到。该问的你就问。”

翟晓挺高兴，冲张玲玲举拇指：“不错不错，你办事我放心。不过我得说你一句，做编辑的，错字别字，还是越少越好。”

转眼到了周六下午，苏兆红穿了件烟灰色的呢背心裙，里面是件黑毛衣，背了个大黑包出了门。

即便是周末，不用上班，还穿上了她认为特休闲的休闲装，也还是一副严肃认真的职业女性的样子。

茶馆服务员带她到卡座处落座。她刚放下包，翟晓就站在了桌前。

“我一直看着门呢，这才看见你进来。”他一屁股在她对面坐下，“喝点什么，我来请。”

苏兆红奇怪地问：“原来你也在这里等人啊？”

翟晓说：“我就是在等你。你看，你迟到了十分钟。”

苏兆红说：“原来你是跟张玲玲一起啊，她还没来吗？路上车堵，公交都堵。”

翟晓说：“以后吧，你就别坐公交了，我买个车送你吧。你说，你想要什么车。”

苏兆红一脸茫然，今天这翟晓怎么了？怎么舌头大，脑袋也大了？

他从学生时就不是个大方人啊。她说：“我连驾照都没有呢。对开车我没啥兴趣。”

翟晓说：“那就更要送你辆车了，有了车，你就非学不可了。”

苏兆红看看翟晓：“我说，你没发烧吧？”

翟晓说：“没有，见到你我清醒得很。”

苏兆红说：“那你是钱多得没处花了，见人就送车的？干脆折现给我好了。要不是因为认识你，我真要拿你当精神病了。”

翟晓说：“我怎么会见人就送车呢，那不是因为你吗？”

话说到这一步，已经很清楚了。无奈苏兆红打死也没把翟晓和自己想到一起。她实在是糊涂了，搞不清楚状况了。

她看看表：“张玲玲怎么还没来，一定是她跟你串通好了整我，要看我笑话。真无聊啊，你们俩，都什么年龄了，还玩这些。说吧，你是不是想送我个玩具车。放心吧，你拿出来，我保证装作惊喜若狂，配合你。”

轮到翟晓傻眼了。他这才知道苏兆红有多么不开窍、多么不解风情！难道一定要让他讲明白吗，要让他对她深情表白吗？

不，他都一把年纪了，而且他是个特实际的人，风花雪月的东西，根本就不在他的理解范围内。

他觉得他都说出要送她贵重东西了。在商人圈里，给女人送东西，这就已经是很隆重很明确的表白了呀。

两个人都在犯糊涂。

苏兆红的座位后面却坐了个看热闹的明白人，正是袁二元。拿张报纸，他在等朋友。听到后面人说话，很有意思。再听，竟是苏兆红的声音，就更感兴趣了。

见苏兆红没明白翟晓的意思，他乐不可支。想看翟晓下一步该怎么办。他可是见过翟晓这样的人，炫耀银行卡，是种表达感情的特别简单可行的方法。

果真，翟晓接着说的就是："要不，就给你买块表吧。你看你的表，太便宜了。我给你买个浪琴吧？"

苏兆红看了一眼自己的表。不错，这表确实不贵，但特别耐用，还是结婚时买的呢。当时也不便宜，于大海去香港时，花了一千多港币。在那个年代，也算是个奢侈品了。她一直戴着它，不是因为还惦记着于大海，而是表的款式好，而且戴出感情来了，加上没坏，换块电池走个三年没问题。

"我的表怎么了？"苏兆红一脸茫然，"我看着挺好的呀。浪琴那么贵，你送我我也不敢要啊。怎么的，是你能买到免税的，还是便宜的？别是假货吧我说！"

翟晓见她还不明白，有点急了："怎么会是假货呢，那是我的心意懂不懂？我就是想，你跟我在一起，怎么也得显得有点档次不是？你看我戴的表……"

他一甩胳膊，亮出表来给苏兆红看："我们做生意的，这个装备也算是门面。江诗丹顿我是戴不起，但这个牌子，还是可以的。看看，认识吗？你知道多少钱吗？"

苏兆红凑跟前，只见表盘上乱七八糟，大盘里还套着三个小圈，找半天没找到牌子的标志在哪里："怎么看着这么乱？这表还管别的国家的时间啊，你胸怀世界啊？"

翟晓真生气了，特别痛心地说："苏兆红，你怎么这么不时尚呢？这些不是其他国家的时间，而是秒针、分针、指南针，还带潜水的气压表。你太落伍了，太OUT了，好歹你也是一个杂志社的主编啊，是有身份的人啊。你应该提高生活质量了，严重需要提高了。幸好有我，以后我来教给你怎么过有品质的生活吧，怎么花钱，怎么用钱。"

苏兆红似乎有点明白翟晓的意思了，可她实在不敢相信这是真的。翟晓？和她？他没病吧？

“你的意思是，你教我花钱？”

翟晓认真地点点头。

“那……花的是你的……还是我的？”

袁二元听到这里，再也忍不住了。他仰起脖子，就哈哈大笑起来。

这熟悉的声音，立刻刺痛了苏兆红。她腾地站起身，果真是袁二元，正坐在她的背后。意识到失态了，忙拿报纸去挡脸。

“两块钱，你跟踪我？”苏兆红见袁二元躲躲藏藏的，立刻就想到了前几天两人的口角。

一见误会大了，袁二元赶紧否认：“你别瞎想啊，我跟踪你干什么。我只是听你和情人说话，实在有趣，忍不住笑几声罢了。”

苏兆红提高了声音，从降B升到了降A：“情人？什么情人，啊，什么情人！你不要血口喷人，无事生非。我们只是老同学说说话，跟情人不情人是没有关系的！你坐在这里，偷听别人说话就算了，还哈哈大笑，这是一个文明人做的事情吗？”

说到文明，袁二元知道自己吵不过苏兆红，连忙伸手投降：“好好好，我错了，我不该笑出声，我应该忍着。可你的这个情……老同学，实在是太有趣了。我是不该听，可谁让你们没找个包厢说话呢，是吧？”

翟晓见苏兆红还要吵，就拉住了她。他可不想让这个男人把正事给搅和了。在他看来，别人爱笑不笑，笑了他也掉不了一块肉。

而且他认为，这男人之所以笑，肯定是见苏兆红总不开窍，替她着急。

他大度地劝住苏兆红：“好了好了，别人笑笑，不是什么大事。”

又冲袁二元：“这个这个，我们不是情人……不过胜似情人。啊，老同学、老同学。”

这话说的，让袁二元没忍住，刚为掩饰尴尬喝的一口水，噗的又喷了出来。

正热闹，张玲玲来了。

刻意来迟了个十五分钟，就是为了让翟晓好好表白，没想到，看到的却是这么一幕：翟晓尴尬地擦着一脸的水，苏兆红气鼓鼓地瞪着袁二元。

事没办成，还惹得大家都不快。苏兆红气愤地对张玲玲说：“这都是什么人哪，有点钱就可以这么跟人说话啊？他拿我当什么了，看见钞票就走不动路了是不是？我是那种人吗？张玲玲你说，我什么时候是那样的女人了？难道同学那么多年，我就给他、给你、给所有人，留了这么个见钱眼开的坏印象？"

张玲玲赶紧否认："哪里会！当初你就跟小龙女似的，怎么可能会见钱眼开？不过，人到中年了，现实点也没什么不好。好歹翟晓有俩钱，又知根知底……"

见苏兆红要发脾气了，赶紧说："好好好，我知道你看不上他，嫌人家是暴发户，气质庸俗，相貌也差了点。行，你看不上他，算我白忙活，完了我跟他说明白。你们自己别尴尬就行。不过苏兆红，我个人觉得吧，男人嘛，到了这个年龄，是骡子是马，非得掏出钱包来遛遛，你说是不是？否则，飞了那么多年，天空中又留下了点什么呢？我们总得知道他飞过吧？"

苏兆红说："那是，你说的这个我懂。男人的事业很重要，事业的好坏，当然体现在收入上。不过翟晓另当别论，你看看他跟我说的那些话，那么赤裸裸地谈钱，换了你，你也受不了。"

张玲玲说："那可是翟晓同学的一片真心好不好……好好好，我不说了，玩笑玩笑。不过我声明啊，有人送车送表，就算是玩具的，本人也乐意至极。"

第六章　我是狮娘

暖暖的班主任叫卢秀玲，是英语老师，四十多岁，曾经带的高三班创下了八中高考的最好纪录。她带班的一个重要经验就是，不仅和同学打成一片，而且特重视调动家长的积极性。

高三开学一个月后，第一次家长会隆重召开了。卢秀玲没像其他班的老师，在自己班上开，而是找到了校图书馆的一间会议室，家长们围着大桌坐了两排。老师往前一坐，就感觉跟在单位似的，都拿出了纸和笔，不当回事都不行。

卢老师清清嗓子，跟大家问好："家长朋友们，大家好。非常欢迎你们能在百忙之中，抽出时间，来参加这个会。至于我，从高二就开始带这个班，不会没有家长不认识对吧？我就不介绍自己了。你们，除了个别平时联系比较少的家长，我也基本上都认识。带这个班以来，你们给了我很大的支持，我非常非常感谢。不过，接下来的一年，将是需要我们加倍努力，异常辛苦的一年。我需要你们在座各位的更多支持和鼓励，我希望你们能将孩子的高考，纳入今年的家庭重大计划和长远规划之中。无论你们工作有多忙，无论你们将要面临怎样的挑战和机遇，也要将自己的事情，暂时朝后放一放；把孩子的事放在最最最前面。一切以孩子的高考为重。不要说我是危言耸听，也别怪我小题大做，这就是中国的现实。高考往往决定了一个人的命运，虽然不是全部的命运。但至少，在这个环节，是非常重要的一步。如果本来可以走好，却没有走好，必然会给孩子今后的人生带来困难。而这，肯定是做家长的最不愿意看到的。我也是个母亲，女儿前年考上了很好的大学，我很庆幸当时我没有带毕业班，可以花比较多的时间在孩子身上。而花时间多陪陪孩子，这也是我能告诉各位家长朋友的最主要的经验。希望你们都能记住。"

老师的话很中肯，态度也很亲切，家长们频频点头。

苏兆红因为做的杂志有一个教育栏目的，所以每一期都会给老师送一本，也算是联络感情。两人关系不错。她早知道卢老师的孩子考到了复旦大学经济系，又羡慕又佩服，一心想从卢秀玲这里取到真经。

卢老师话音刚落，她的手就举了起来：“卢老师，你说得很对。我们做父母的，最不想看到的，就是孩子没有发挥出自己的潜能，达到她能达到的高度。现在社会竞争太激烈了，高考又集中体现了这竞争的激烈程度，它可以说是参与人生竞选的最有分量的一块砖。孩子上了高三，我想每个家长，都会感到心里的担子沉甸甸的，也都特别想做到最好。我最近也一直在想，怎么才能让孩子也明白这个道理呢？怎么才能让她有更强的危机感、使命感、紧迫感呢？让她知道人生能有几回搏，万水千山总是情……哦，错了……的意义呢？我特别希望能有一个系统的指导意见，不仅鼓舞我的斗志，也能激发起孩子的勇气，以便我们一起度过这战斗的一年！”

这段话特别有感染力，一下子就让家长们的眼神变得集中而兴奋起来。有人立刻说：“对，我们太需要老师的意见了。”

另一个家长说：“也需要大家一起集思广益，说说看用什么方式，能让孩子成绩提高。对我来说，只要能对孩子成绩有用的，无论是口头激励，还是物质表扬，都可以。”

一个胖胖的父亲站了起来，官气十足。

“我刚才在开会前，也和一些家长做了一些交流。现在感觉大家的积极性也都很高，对即将来临的高考，既充满了期待，也有很多不确定的担忧。我是一个高三考生的家长，也是一名工作繁忙的公务人员。这是孩子长这么大，我第一参加他的家长会。之所以会百忙之中抽出时间来到这里，就是意识到高三的重要性。虽然我很认同，孩子教育中家长不可缺位，但毕竟一个高三学生，一天的大部分时间，都是在学校里度过的。老师和学校的作用，其实就特别大。光靠家长的力量，那是明显不行的。我很疑惑，像我这样的家长，每天和儿子几乎没有见面的时间——因为晚上应酬多，回到家里，他已经睡觉了；早上他出发时，我还没有起床——我又能为他做什么呢？今天老婆一定要我来这里，我为此放弃了一个市里很重要的会议。现在听到家长朋友们，都摩拳擦掌，渴望着和孩子们一起奋斗，我就有点疑惑了：难道做父母的，仅仅凭教育或是监督，就真的能让孩子的成绩有显著的提高吗？我觉得，可能还是老师和学校，需要承担的责任更多一些吧？”

张玲玲迟到了。这个时候，才在门口探头探脑的。卢老师冲她点点头，她吐着舌头进了门。看见了苏兆红，赶紧伸出手冲她挥挥。

苏兆红听到这个胖家长发言，很不高兴，认为这是一个特别不负责任的男人在说话；又见张玲玲如此重要的会议也敢迟到，就气不打一处来。

张玲玲对沐紫的教育，一直比较放任，而且对苏兆红的方式，虽然从没明说，但明显不太感冒。这让苏兆红心里也一直很不爽。

此刻终于有了报复的机会，苏兆红腾地站起来，冲那个胖父亲说道：“这位同学的父亲，看样子，你也算是个国家栋梁，社会的有用之材，却用这样的方式教育孩子，还真是让人很吃惊。什么叫这是第一次参加儿子的家长会，什么叫每天和儿子几乎没有见面的时间，什么又叫学校老师才更重要？这分明是在掩饰家庭教育上的无能，给自己找借口而已。古今中外，小孩的成长，都离不开父母的帮助，你把责任推给老师和学校，其实就是不想承担起自己的担子。连克林顿做总统时，都能每天抽出半小时跟孩子说说话，你再忙总没有克林顿那么忙吧？刚才还有个家长，竟然迟到了！在我看来，和你一样，这根本就是态度问题！每个好学生的背后，都会有个乐意全身心付出的家长——而且这个家长，都有一套行之有效的教育方式。今天我们来到这里，就是想找到一个方法，学习其他家长的经验，找补自己的不足……”

卢老师见苏兆红把那个胖父亲和张玲玲都弄得脸红红的很尴尬，赶紧站起来解围：“大家顺便认识一下，这位发言的同志，就是咱们省里著名文摘期刊《意文》的杂志主编苏兆红女士。她编的杂志，上至天文下至地理，不仅知识面广，还有很多的人生哲理。许多家长都拿这本杂志当做孩子的必读之物，尤其对写作文帮助很大。她的孩子成绩不错，而且还多才多艺，这和她多年的培养是分不开的。今天她提出了一个很重要的观点，其实对很多家长都是有用的，那就是怎样才能找到一个实用可行的方法，让孩子的潜能得到最大发挥……”

突然张玲玲发言了：“虎妈虎妈！虎妈不就是个现成的例子吗？特适合苏兆红，真的。苏兆红，你说是不是，这就是你现成的榜样和教材啊。”

张玲玲不生苏兆红的气。刚才苏兆红那么不给她面子，她也无所谓。她知道苏兆红就那性格，不仅特要强，而且特正经，处处都严格要求自己，对别人当然也难免会比较挑眼。

卢老师笑着点点头：“还别说，到了这个时期，各位家长有时间能去学学虎妈，也许会是一个办法。我们不见得要学她怎么做，毕竟那是在美国，和国内教育体系不同。但可以学学她那种死死咬住不放松的精神。孩子还小，又在人生关键时期，需要我们做家长的时时鞭策。”

这时，那个胖家长又站了起来：“虎妈那是要从小抓起的啊，现在都高三了，孩子连句话都不想跟你说，再去做虎妈，那不是激化矛盾吗？”说着摇头：“不行，具体情况具体分析，我是做不到、肯定做不到……”

苏兆红又站了起来。

她很是睥睨地瞧了一眼那个胖家长，声音又低沉又庄重地说：“我呢，我今天就在这里先表个态，我是双手赞同虎妈那一套的。别说虎妈，我呀，我要更进一步，做狮娘！像狮子那样的老娘！都到这么关键的时候了，还唧唧歪歪摆困难谈条件干什么呢！孩子要努力要冲刺，我们做家长的，不也需要拿出一股拼劲吗？感谢大家的提醒，我算是找到自己的状态和方向了，狮娘！就做狮娘了！”

好一番表白，铿锵有力，勇往直前，还真是鼓舞人心呢。顿时在座的一群家长都兴奋地鼓起掌来。

卢老师趁热打铁：“好，于暖暖妈妈的这个表态，真是太给力了！希望通过这一年，苏主编也写出一本‘如何做狮娘’的书来。到时候，不管市场上怎么卖，我先向你保证，我会让我的学生和家长都来买的。在座各位见证过这个奇迹的家长，保证也都会买的，对不对？”

过了一周，童童的学校也开了家长会。

偏偏于大海的重要客户临时要见他，去不了，正急得打转，就见苏兆南坐在桌前偷偷摸摸玩三国杀。他猛地一敲桌子，苏兆南吓得一个激灵，赶紧关了页面，求饶道：“姐夫。”

于大海生气地说：“少叫我姐夫，这是办公室，不是网吧。”

苏兆南赶紧点头：“不是周末嘛，我就放松了一下……”

于大海说：“你去童童的学校，帮我开个家长会。华南区的老王临时过来要谈事情，我走不开。”

苏兆南立刻跳起，兴奋地叫道：“没问题，咱是谁啊，童童的舅舅！在某些时候，做舅舅的比当爸爸的还管用，对吧？”

于大海拍他一巴掌：“去吧去吧，坐着听听就行了。别真把自己当回事太爱表现啊，老师见不是父母来，可能会不高兴的。”

苏兆南去了学校。

周五的下午，为开家长会，孩子特意提前一节课放了学，童童被奶奶早早接回去了。

苏兆南不仅没有表现，而且低调的过了头。他居然在秦蕊老师的开场白没几分钟，就睡着了！

他自己也不知道是怎么回事，是因为很久很久没有进教室的缘故吗？是因为老师的话一如既往地那么不待听吗？还是因为回到学校就唤起了他对童年课堂的记忆？总之，当秦老师刚开始讲“对手”的规则时，他立马就睡着了。

睡就睡了吧，苏兆南还肆无忌惮地打起了小呼噜。这顿时让身边的爷爷奶奶、爸爸妈妈们惊作一团。谁都不想让老师误以为是他们发出的声音，那不是会影响到老师对自己孩子的态度吗？

一个人拉凳子，前后左右的人，纷纷拉开了凳子，就像苏兆南是个让人避之不及的传染病人似的。

田枕月的妈妈还迫不及待地举起了手，当了告密者：“秦老师，这样的人来开家长会，多影响我们大家啊，都听不清楚老师在说什么了。”

秦老师是个视尊严为生命的老师。她不愿意当着家长的面，随便发脾气，那样会显得自己很没教养。

她是个人民教师，不仅要做孩子的榜样，面对孩子的家长，更要树立起一定的威信来。

她早看出来了，苏兆南虽然坐在童童的座位上，但并不是童童的爸爸。而且，他太年轻，太不把家长会当回事了。他像个贼一样，小心而心虚地坐下，两眼到处看看，仿佛走错了地方；当看到秦蕊老师投来的目光时，还下意识地低垂了眼皮，就好像做错了事的小学生。

赝品！假冒！伪劣！

这是秦蕊老师脑海里最初冒出的几个词，接着就是：“不像话，真糟糕，太差劲！”

竟然让别人来替自己开家长会，这个孩子入学后的第一次家长会！于大海啊于大海，你的儿子以后要能好就怪了！

田枕月的妈妈告了状，其他家长都扭过身来看苏兆南。秦蕊老师也停了讲话，一言不发地看着苏兆南。

教室里突然安静了下来，正在打着小呼噜的苏兆南，本能地感觉到了危险，突然醒了过来。

擦了一把口水，四处望望，接住了秦蕊老师冷峻严肃的目光。他害怕了，立刻坐直了，才发现大家都在看着他。秦蕊老师有意识地将沉默的时间拉长了，想给这个“现行犯”以足够的威慑和震撼。

苏兆南知道自己错了，而且问题还比较严重。他摇头晃脑，嘴里嘟囔，想大事化小小事化了。他举起手来，刚说声对不起，又放下。站起身，又觉得不妥，赶紧坐下。

田枕月的妈妈终于忍不住发话了：“喂，你动作轻点，别整这么大动静。”

说完，又加一句自言自语：“这是谁的家长啊，我闺女和你家孩子同桌，这能让人放心吗？”

苏兆南看了身边这嫌弃他的女人一眼：短发，矮矮的，胖胖的，穿身紧绷绷的连衣裙，一副特标准的贤妻良母相。他又望望四周，人人都很认真，确实就他显得吊儿郎当不务正业。他向老师鞠躬，赶紧认错：“老师，对不起对不起，保证不敢了不敢了。”

秦蕊老师用犀利眼神发完了功，终于说话了。她清清嗓子，冷冷地道：“你不是于童童的爸爸吧？”

苏兆南说：“我不是他爸爸，不过我是……”

秦蕊老师不让他解释：“我们这是家长会！家长会的意思，我想你是懂的吧。既然不是于童童的爸爸，你来干什么？”

苏兆南脱口而出：“我是来打酱油的。”

秦蕊老师忍无可忍，一拍桌子：“你出去。居然到这里来打酱油了，你也太不把学校、老师、其他家长、孩子的前途放在眼里了吧。”

她指着门，大义凛然地说：“出去！”

苏兆南左右看看，没有捕捉到一缕同情的目光。还说什么呢？他只好低着头，走出了门。

心里不安，这事于大海肯定会知道的。瞧那老师的得瑟劲，她能陈述事实不火上浇油就谢天谢地了。

正在发愁，手机响了。

一看，是苏兆红的。

苏兆南刚接通，就听老姐不客气地问："苏兆南，你在哪里？"

怎么？消息传得这么快？姐姐这就兴师问罪来了？

苏兆南了解姐姐的脾气。在孩子教育问题上，她就是个装甲部队，屁点大的事，也会开着坦克上街。这要是让她知道了真相，还让人活不活了？

"怎么了？"他强装镇静，"家长会刚结束，我出来了。"

"家长会？什么家长会？"苏兆红的声音一下子挣扎着高起来，捕捉到了不祥的信号。

完了，苏兆南恨得掐自己大腿，原来老姐并不知道他在童童班上出丑的事。是他自己没沉住气，一张嘴给暴露了。

"没什么，"他想混过去，"你找我干什么？"

"让你有时间来拿月饼票！先不说这个，说你那个家长会，怎么回事？你去替童童开家长会了是不是？好啊，于大海把你给支去了？他的儿子他不去，让你去？这才几点？就结束了？不可能！苏兆南，你把话给我说清楚了，到底怎么回事，你是不是进去报了名就跑了？这可是童童上学以来的第一次家长会啊！我可告诉你，这对他意义重大，你不能就这么浮皮潦草。具体怎么个情况，你说不说？不说我直接给他老师打电话了啊。"

听那架势，苏兆红立刻就要挂电话了。苏兆南急了，他可不想让秦蕊老师恶人先告状，到时候他就更说不清了。他赶紧接话："得得得，就这么回事。姐夫临时有事，来了客户，走不了，就让我去。结果我有点小困，打了个瞌睡，就被老师给赶出来了。我保证……"

话音未落，电话已经被苏兆红压了。再打，苏兆红根本不接。

临时有事，来了客户？骗谁？这也能算理由？谁不知道业务都是饭桌上谈的，你于大海什么时候少吃少喝过，现在居然要在办公室谈生意了？

在苏兆红的心里，她一直觉得童童跟了于大海会很可怜，生怕于大海会疏忽儿子，而她会将此放大千倍百倍。于大海没有去开家长会，她已经看到了引发出的最悲惨的画面：童童被老师冷落了；老师讽刺他了；同学不理他了；班长轮流当，可到了他，竟跳过去了！

苏兆红拎起包，就去于大海的公司了。于大海的办公室在金贸区的一幢写字楼里。没离婚前，苏兆红经常来。这两年再没有去过了，认识她的人却依然都在。一见她露面，大家的表情都有些震动，嘴里含糊着不知道该怎么称呼。

苏兆红完全没有感觉到他人的目光。她径直朝于大海办公室走去。秘书王强是个干练的小伙子，走过来说："苏姐，于总在里面跟人谈事。你先坐会，我给你倒杯水吧。我去告诉他你来了。"

苏兆红沉浸在为儿子打抱不平的愤怒里，哪里还能有等通报的那个耐心！她刻薄地回道："于总在谈事？不是在里面跟什么女人鬼混吧？"

说着，一把就推开了门。

于大海已经听见了苏兆红的声音，刚站起来，想看个究竟，苏兆红已经站在了他面前。

房间里果然还坐了其他三个男人，看来谈得正酣，几个人表情都很惊讶。

于大海将苏兆红往外赶："出去说出去说。"

苏兆红不想给他这个面子，身体一横："干吗出去？我就说两句，说完就走。不耽误你谈事。你手放开，拉拉扯扯干什么，我们现在没关系了，你再动手动脚，我打 110 了。"

于大海那个气啊，这个女人真是他的噩梦，什么时候才能结束才能到头啊？

他扎着双手，不敢再推苏兆红，声音放低："那也出去说，这是办公室。"

他放低了声音，那就是在向苏兆红低头了。他只希望她能给他一个面子，一个男人，这个要求过分吗？

苏兆红才不要给于大海面子呢。凭什么啊，他给过她面子吗？就在前几天，不还在翟晓面前，在她的办公室里，狠狠戳了她一下吗？不给，就不给！

"要是你连童童的家长会都不能去参加，你就没有尽到监护人起码的责任。我今天来，就是要跟你说一句：把儿子给我！你带不了就趁早说，这可是他有生以来第一次上学的家长会，你就不去。你自己说说，你还像个当父亲的吗？还有点对儿子的爱吗？心里还有孩子的前途、孩子的未来吗？你想过没有，你这样做，老师会怎么看他，其他孩子会怎么看他，他心里会留下怎样的遗憾……"

眼看苏兆红还要滔滔不绝，于大海赶紧挡住了："行行行，你道理多责任强，你伟大光荣正确。可童童跟我，是有法可依的。你想换监护人，去找法庭说，好吧？别来这里费口水，耽误了我的生意，你是赔呢还是怎么着？"

他态度冷冰冰的，倒是大大出乎了苏兆红的意料。她盼望着于大海跟她吵一架，因为今天明显于大海理亏。无论怎么吵，她都能赢。赢一架，这对离婚夫妻来说，该是多么鼓舞斗志、心情愉快的事啊。

可于大海不跟她吵，而且趁她一放松，竟将她推出了门外。站到了门外，她终于清醒了，恢复了理智，也看见了周围人同情又好奇的目光。她努力抬起头，整理了一下衣服，扶扶眼镜，走出了公司。

苏兆红这一天注定赢不了，注定要气上加气。

从于大海那里出来，刚上公交，就看见了刘沐紫正和两个女同学有说有笑地叽里呱啦聊着天。看见苏兆红，刘沐紫高兴地喊了一声"阿姨"。

苏兆红看看表，还没到放学时间呢。而且刘沐紫上这车，也不是回家的路啊。

她问她："怎么，你们这是去哪里？"

刘沐紫说："我和我同学去看陈柏霖，他在人民广场有个发布会，我们去要签名。"

苏兆红愣了，虽然她并不知道陈柏霖是谁，但她知道肯定是个明星之类的。这话这行为，也忒不像高三学生干的事了吧？

张玲玲是怎么教育孩子的，有机会她一定要好好说说她！

她点点头，尽量装作见怪不怪地随便问了句："暖暖还在学校吧？"

刘沐紫说是。

另一个女孩子立刻接上："没有啊，于暖暖最近都走得早。她跟我们一起走的。"

苏兆红看见刘沐紫的手在使劲拉那个女同学，是不要多说的意思。她心跳加快，暖暖在背着她干什么？刘沐紫是想要隐瞒什么？

她声音陡然大了起来，个别字因为紧张还破了音："沐紫，你有什么事不能瞒着我啊？暖暖怎么了，她提前放学干什么，谈恋爱了？"

说到"谈恋爱"这三个字，苏兆红的脸色顿时变了。虽然她只是在猜测，可是几乎觉得百分百可以确定了。

刘沐紫赶紧摇头，这个时候谈恋爱，那苏兆红还不要了她的命？她不敢不说实话了，嗫嚅着：“她去学画画了。阿姨，暖暖她就是想学画画而已。”

三个女孩子一起用看怪物的眼光看着苏兆红，心里一定在想，这是个什么妈妈啊，为什么对女儿学画画都这么如临大敌？

苏兆红闭了嘴，她不说话了。她知道暖暖在哪里学画画了，又是袁二元！

这个幽灵一样，没让她一样能舒心的两块钱！

袁二元正坐在家里，指导着暖暖做素描。如果要去考正规学校，这些基本功的训练，是非要不可的。

门砰砰响起，夹杂着苏兆红的喊声：“暖暖、暖暖，你出来！”

暖暖顿时变了脸，手里的笔也抖起来。袁二元一看，忙安慰她：“别怕，紧张什么，又没做坏事。我去开门，你该干啥还干啥。”

袁二元打开门，苏兆红就朝里闯。袁二元见势头不对，手脚麻利地将门给堵上了：“你要干什么？这里是我家好不好？”

苏兆红仿佛才看见他这个人似的，鼻子里哼出冷气，满脸的瞧不起：“你把我姑娘弄你家干什么？”

袁二元作无辜状：“怎么是我弄来的？她有脚有腿，她自己走来的！来了也没做坏事情，她是在学画画，是要考大学用的。”

苏兆红最恨听这个，火气冲天：“考大学、学画画！没门！我女儿绝对不能去学这个不中用的东西！告诉你两块钱，于暖暖成绩好得很，冲一冲完全有可能上北大上清华，她怎么可能去学设计学动漫！小孩子头脑发热不懂事，你一个过来人，也什么都不知道吗？你自己干着这无聊的行当，要名没名，要利没利，年纪一大把，正常生活都没有，还想拖年轻人下水！她是个女孩子，以后要跟你似的不结婚、不生孩子、半夜三更不睡觉？她是要学医学工程学金融学商的……怎么会去学画画自毁前程？谁年轻时没点热爱艺术的冲动，你一个成年人，利用年轻人的热情误导她，这样做太卑鄙了吧？”

说着，头越过袁二元的肩膀，冲房间里面叫道：“暖暖，你给我出来！你不出来以后就再也别进家门了！”

袁二元被苏兆红数落得张口结舌、气急败坏：“你你你，你这个女人，年龄不大，也受过高等教育，可怎么这么固执，对人对事有这么多偏见！”

一扭头，见暖暖眼里含着眼泪，一脸委屈，手里的画纸也拧成了一团麻花，嘟着嘴巴，冲了出来，跟袁二元鞠了躬，也不理苏兆红，就上了楼。

楼梯口上，已经站了几个看热闹的邻居，苏兆红见暖暖出来了，不再跟袁二元啰唆，追了上去，嘴里喊着："暖暖，暖暖。"

袁二元不再客气，冲她的背影来了一句："老巫婆！"

苏兆红转身瞪了他一眼，用手指指，那意思是以后跟你算账。

暖暖进了自己的房间，而且反锁了门。

苏兆红到了自己的地盘，觉得心里有底了，懒得再去哄女儿。她换衣服进厨房做饭，顺便冲暖暖的门喊："该练钢琴了！"

没动静。再喊，还是没动静。

她热馒头、摘菜，打疙瘩汤，还是没动静。看看墙上的挂钟，十五分钟过去了，她扯起了嗓子："暖暖，你今天打算怎么办？时间都过去了，要拿学习时间来补吗？"

暖暖没声音。

苏兆红有点心虚。她蹑手蹑脚地凑到门上去听，什么也没听见。这孩子，不会有什么想不开的吧？

她急了，斜起肩膀就撞起门来，嘴里喊着："开门，开门。"

门开了，暖暖表情冷峻地看着她。

"练琴，"苏兆红不客气地说。

啪，暖暖把门关上了。

这是暖暖长这么大，第一次跟苏兆红冷战。

以后的几天，她跟她不说话、不搭腔、不回应、不附和。总之，于暖暖同学不跟苏兆红女士交流了。自己该干什么就干什么，唯独不理苏兆红，就拿她当空气。

苏兆红冲暖暖喊，戳着自己鼻子问她她是不是她妈妈，暖暖统统不理。她吃她做的饭，喝她烧的汤。苏兆红特意为闺女买的小零食，暖暖拿来就吃。吃完进了自己房间，门一关，再不开腔。

苏兆红心里发慌，不知道该怎么收场。

正巧张玲玲单位里分了一箱油，拿来给她一桶。苏兆红就给她讲起来龙去脉。顺便又说了说那天在公交车上看见沐紫的事。

“你可得抓紧点，别让沐紫以后怪你。”苏兆红说，“咱们毕竟是大人，比孩子见得多听得多，比他们总有判断力一些吧？再说，当母亲的，哪里会害自己的孩子呢？当然是从最好的角度来替她考虑的。我现在挡着暖暖走这条路，以后她自然会感谢我的。当了名医，做了高级技术人员，或是管理人员，她就知道我当初挡着她，是多么有道理了。你说是不是？”

张玲玲对苏兆红这种教育方式从来不以为然，她说：“哟，又是你那套狮娘理论？搞得孩子都不跟你说话了，还不反省一下，还要再接再厉呢？要我说，你也别太过分了，孩子有自己的路，自己的人生，需要他们自己去摸索去领悟。你想得再周到，也没法替她过一生对吧？还有，老师是要升学率，要成绩的，到了高三，当然会阶段性地摧残学生，那是她的任务，她的工作。可孩子是我们自己的，你说你跟着她瞎起哄什么啊？”

两人在这个话题上，谈得很不投机。

张玲玲见苏兆红不高兴，就换了话题：“那个，于大海在找对象了，你知道不？他来打听我们单位的一个女的呢，说是别人介绍的。”

苏兆红虽然早就不在乎于大海了，可听到这个消息，心里还是嗖的疼了一下：“那女的干什么的？”

张玲玲说：“实验室的，工程师。人不错，长得不出众，但性格挺好的。我说，你也可得抓紧，别到时候于大海结婚了，你又不开心。”

“他结婚跟我有什么关系，我有什么不开心的。”苏兆红嘴硬着，但忍不住还是道出了心里的小九九，“哼，我就不信我会落在他的后面，我一定要找个比他条件好、还比他帅的！一定要赶在他前面，把个人问题解决掉！”

第七章　姓于的了不起啊

叫岳平的这个男人，从他记事起，身边就不缺献殷勤的女孩子。他随和，亲切，当然，最主要的还是因为相貌出众。

四十多岁了，还总有人一见他，就会扶住额头，拍着脑袋说："你你你，太像那个……那个叫什么的男演员了，广告上的那个，对对对，吴彦祖！"

是不是因为桃花运不错，才使得婚姻不保的？又待在医院这种女人成堆的地方，想要洁身自好都不容易。

离婚三年多，已经交过四个女朋友了。其中三个是同一家医院的，结果就是，分了手，不仅朋友没得做，连原来的好朋友，因为要选择站队，都跟他疏远了。

现在终于明白了，不能再找同事了，而且，同一医疗系统的，都不要再找了。否则，婚事不成，还弄得恶名在外，以后还要不要在这行当里混了？

岳平和刘永福是同事，也是好朋友。

他对刘永福酒后吐真言，说了几段情史，做出不堪的表情，摆手摇头："学医的女人，太可怕了。大概是见多了肠肠肚肚，病毒伤口什么的，心肠都硬着哪！不行，我再也不找学医的女人了，那话里话外，都飞着手术刀——甜蜜时解剖你，分了手还要来扎你。真受不了！我得找个温柔点、浪漫点、文艺点的女人……"

刘永福突然就想起了苏兆红。

苏兆红一点也不温柔、浪漫，更谈不上文艺。可是她不是学医的。

张玲玲天天把苏兆红的事情挂在嘴边，催刘永福用点心，到处打听着点。这个岳平，不是现成可以拿去给老婆邀功的人选嘛！

合适不合适，以后再说。先让老婆大人高兴高兴再说。

刘永福再看岳平，真是相貌堂堂，一米八几的大高个，又是医院里的一把刀。张玲玲保证会说好。

回到家，放下包，就乐不颠颠地跑到厨房去拍张玲玲的屁股。张玲玲正煎炒炖煮满头汗水地忙着：“得得得，拍什么马屁？有话就说！”

刘永福说：“给你的那个好朋友，找到了一个下家。”

张玲玲一头雾水：“我的哪个好朋友，什么下家？赌博啊，还是炒股啊？”

刘永福不满地说：“哎，就是苏兆红呀。终于出现了一个大帅哥！她不是说要找个帅帅的吗？”

张玲玲啪地关了火，转过身，一脸认真：“真的假的，真的是大帅哥，有多帅？比起于大海呢？”

刘永福啧啧赞道：“那比于大海帅多了，而且人也不错，跟我是哥们。”

张玲玲眯起了眼，看着刘永福：“你不会是在说岳平吧？他那么花心，苏兆红能拿得住吗？”

刘永福点点头：“现在他改正了，不花了。他说不想再找学医的同行了，想找个温柔点浪漫点文艺点的。”

张玲玲说：“那也不能是苏兆红啊。她哪里有一点温柔浪漫和文艺呢？”

拿起锅铲，想了想又放下：“不过也说不好，这男女之间的缘分，常常是别人看着没戏，两人一碰头就石破天惊的。既然岳平那么帅，工作也不错，不如就跟苏兆红说说，看她怎么想。”

说办就办，张玲玲一点也不想耽误，围裙上擦擦手，就抄起了电话。苏兆红也刚回到家里，还跟暖暖冷战着。看着闺女紧闭的房门，正在生闷气。

张玲玲开门见山，一点铺垫都没有地就说：“苏兆红，给你说个事儿。刘永福医院里有个外科大夫，副主任医师，和你同年，离婚也两三年了。特帅，身高……刘永福，刘永福，有一米八没？有啊，好！身高一米八，浓眉大眼英俊儒雅，人挺开朗，特招女人喜欢。想介绍给你，怎么样？”

苏兆红听着挺不错，至少是刘永福熟悉的人，比去网上征婚或是去婚介所什么的，靠谱得多是不是？

不过，听着张玲玲的介绍，苏兆红还是不太放心，怕被女儿听见，压低了声音："既然那么帅，怎么找不到别人呢，医院里女的那么多。"

张玲玲说："本来是轮不到你的，他在医院里谈过两三个，最后都没成。反而搞得自己特被动。这次特别说明了，不想在医院里找了，学医的都不想找了，要找个温柔浪漫文艺的。咱不是学中文的吗？"

苏兆红说："那我也不温柔浪漫文艺啊。"

张玲玲说："你是没碰上喜欢的男人。当初和于大海，那不也挺温柔挺小鸟依人的嘛，你都忘了？女人嘛，都一样，真要遇到喜欢的了，就跟面条似的，捆了拉了的，可塑性强着哪。"

苏兆红说："你这都是什么理论啊。本性总会有暴露的那一天的，到时候再离婚再闹？"

张玲玲说："那你再想想好了。不过我可提醒你，你要想完全由着自己的性子来，在完全不乔装不打扮不装腔作势的状态下，找个能喜欢你的，那肯定特困难。找对象，别说离异再找的，就是年轻人，也得拿出最好的那一面啊，也得装一装啊。再说了，想找个温柔浪漫文艺的，那也是男人的人之常情。其实他也知道，这世上，有几个女人能做得到呢？"

苏兆红想了想，也对。谁找对象不得装装啊，装酷装能干，和装温柔装浪漫有什么不同呢？再说，这个男人真的条件很好，年龄工作相貌都不错，她不是想赶在于大海之前，把个人问题给解决了吗？

"得，就是他了。"苏兆红说，"按理说呢，暖暖今年高考，情况特殊，我不该分心的。不过先见见吧，谁知道是个什么情况呢。"

张玲玲就说："对。先见见。再婚找个合适的真的不容易，找找感觉，先看看再说。"

刚要挂电话，又加句叮咛："温柔浪漫文艺。"

苏兆红很迷惑："怎么就叫温柔浪漫文艺啊？是眼神很迷茫，还是穿条长裙？"

张玲玲挠挠头。她也不是很清楚，但凭着本能，她说出了一个真理："傻一点！装得傻一点总是没错的，男人都喜欢女人傻。只要会装傻，看着比较糊涂，肯定就显得温柔浪漫文艺了。"

苏兆红顺势看了一眼客厅里的穿衣镜，搓了搓脸，张嘴瞪眼，露出一副傻相来："好吧，你说得没错。那我就傻傻向前冲好了。"

童童上的网球课，正好是周五下午三点。

这天下午一般没什么课，但会有班会。班会上，这一周内表现好的同学，会在名字后面贴小红花；表现次之的，会贴小红旗。大部分孩子，名字后面都会有点东西。唯独童童，已经连续两周，空空如也了。

这张名单，就贴在对着教室门的墙上。童童一抬头，看见自己屁股后面什么都没有，就有点奇怪。他见到秦蕊，赶紧追着问：“老师，为什么我的名字后面什么都没有？”

上次苏兆南来开班会，尽管于大海道歉解释了，可秦蕊老师已经先入为主，对这对父子失去了好感。现在童童又因为要去学网球，特意提前一节课走人，不参加班会。这样的无组织无纪律，还想要小红花?

秦蕊不客气地说：“那你得问你爸爸，班会都没有参加，怎么给你评优呢？”

童童搞不清楚这里面的逻辑，一板一眼地说：“可是我要去上网球课呀，爸爸说老师同意请假了的。”

秦蕊笑笑：“所以你没有参加班会啊。”

童童不屈不挠：“虽然我没有参加班会，可我表现很好，应该拿小红花的。”

秦蕊没见过这么大胆的小孩子，还跟老师辩，就有些着急：“小红花至少要给参加班会的同学吧？”

她不再跟童童说话，径直走了。

童童抱着胳膊，坐在桌前叹了口气。

田枕月挺同情他，向他揭秘：“开班会时，老师念一个同学的名字，大家就举手，举手多的拿小红花，少的拿小红旗。可是老师没有念你的名字。”

童童眨巴眨巴眼睛，没有忍住，眼泪落了下来。

到了周五，于大海早早来接童童。和往常一样，他在校门口等，可童童迟迟不出来。转眼十分钟的课间休息结束了，下一堂铃声响了，童童还没出来。于大海就去教室找。

果真到了班会时间，秦蕊老师正站在讲台上，语重心长地讲着什么。于大海悄悄凑近窗户，看见童童正坐得笔直，眼睛定定地望着老师。

于大海奇怪，这小子是忘记了还是怎么的？他探头探脑，有孩子已经看见了他，扭头去看童童。还有人在对童童比划，告诉他爸爸来了。

童童看也不看于大海一眼。这让于大海着实吃惊。他看看时间，有点来不及了，只好敲门。

门没关紧，秦蕊其实也早看见了他，这会就下了讲台，问他："是来接童童的？"

于大海歉意地点点头："是，带孩子去打球。不好意思，打搅你开班会了。"

说着，冲童童招手。

童童却动也不动，还把头低了下去。

于大海哎呀一声，放大了音量："于童童，要走了。快，收拾书包。"

童童不动，于大海只好走进教室，来到儿子跟前，伸手拿书包，要带童童走。

童童却伸出手，把桌子给抱住了。

这让于大海又惊又讶。他看看老师，又看看儿子，说："怎么了，是不想去打网球了吗？"

童童咬着嘴唇，摇头，不说话。

田枕月替童童发言了："童童爸爸，童童是想拿小红花。"

于大海噢了一声，还是不明所以："这拿小红花，和去打网球有什么关系吗？"

田枕月说："不参加班会就没有小红花拿。"

都说童言无忌，秦蕊老师慢了一步，没挡住孩子的真话。她也知道自己这样做不合适。果真，于大海的目光转向了她。

这是个较真的父亲，尤其在儿子的教育问题上，他有很多新鲜的想法。说真的，秦蕊老师最怕见到这样的家长，也最不喜欢这样的家长。他不唯分数是从，而分数，却是老师的尚方宝剑。这就意味着，他对老师手里高举过头的宝剑，看都不乐意多看一眼。

"秦老师，这是怎么回事？"

秦蕊说："这是一个小规定。"

"什么规定？我们请这一节课的假是经过教务处批准了的。"

"我知道。但孩子不在课堂里，总不好评优吧？"

"评优是只评这一堂课吗，还是这一周的表现呢？"

秦蕊老师说："去走廊说吧。"

于大海脸都急红了。他真生气了。他知道这个老师是在通过孩子发泄对他的不满：他第一天就迟到，没来开家长会，又不让孩子参加班会，还没给孩子报任何补习班……他挑战了老师的权威，但她怎么就没看到，他也是为了孩子的健康成长呢？和她一样，他也在为儿子付出心血啊。

两个大人之间的不愉快，孩子们敏锐地感觉到了，突然安静得可怕。童童更是瞪圆了眼睛，两只小手紧张地捏着课桌。

"爸爸，"他突然站起身，大声说，"我不要小红花了。"

"那可不行，"于大海说。他终于给了老师一个面子，头一歪，跟着秦蕊出了门。

走廊上，两人都压低了声音。

秦蕊三言两句冷冰冰地说："你带孩子去打球吧，我会给他评小红花的。"

于大海还想说，终忍住了。他冲童童招手，童童拿着书包，走了出来。

下一个周一，童童来到教室，果然看到自己名字后面有了小红花。他挺高兴，站在那张大纸下面看了好一会。

事情本来以为就这么完了，可秦蕊却有些患得患失。她觉得自己丢了面子。

她给苏兆红打了一个电话。

按理说，苏兆红的联系方式是不在秦蕊老师那里的，可苏兆红因为不放心儿子，特意到学校找过秦蕊，然后把自己的电话留给她。而且说明了在教育孩子上，她和前夫有着根本的矛盾。

"如果于大海有什么问题，不好好配合老师，你就给我电话。孩子不能太随意了，我真担心他会耽误了童童。"

秦蕊老师的这一状，正好说明了于大海在教育儿子上随意的一面。

秦老师还说："他太不把孩子的前途当回事了，完全没有意识到教育形势的严峻。就不说耽误课去打球这事了，单单不上补习学校，就是一个特别错误的选择。我的女儿才三岁，已经上了两个早教班了。我是处在教育第一线的，怎么会不知道这条路的艰难呢？于童童的爸爸这样教育孩子，完全是脱离现实的做法。我跟他多次说过，不如让孩子去上私立学校或国际学校好了，以后就走出国的那条路，别在中国应试教育这条线下受罪了。这完全是两种教育体系，你自己有想法，但在我们这种公立学校根本不适合。你猜他怎么说？"

"怎么说？"

"他说他只是想让孩子过得快乐点。他从没想过让孩子去上什么私立学校，更没想过要送孩子出国。他还说，他的要求不算过分。"

“再没其他？”

“没其他。总之，就是不配合。”

苏兆红听了，当然着急。没听完就已经坐不住了：“不参加班会，只是为了去打网球？作业呢，考试呢，都很一般？那还打什么网球啊？班会不重要，谁说的，于大海？不重要为什么每周都要开，他这是根本不懂老师的良苦用心！班会就是一个小结，对对对，对每个孩子都是一个提醒！你没错，秦老师，你做得很对！就是不该给他小红花，否则其他孩子不也都要请假吗？这是纪律，孩子从小就要懂得什么是纪律，散漫只会带来失败。我早就说过，孩子交给他带太让人不放心了。谢谢你告诉我这一切，我会想办法的，童童不参加班会是不对的，这样的事绝对不能再继续下去了。”

放下电话，苏兆红心潮起伏。

想起为儿子跟于大海吵的无数次架，她抚摩着自己的胸口，一遍遍自言自语：“镇定镇定，别急别慌。想办法，会有办法的。不要去吵，不要去闹。真理就是真理，只要说清楚，他一定会明白自己错了。”

这一次，她决定用一种知书达理的方式来和于大海沟通。她不会再提着包去他公司里破门而入了，也不会抄起电话就展开辩论。她努力做到心平气和，深呼吸十下后，才给于大海发了个短信：“干吗呢？”

于大海正忙着看财务报表，看到这条短信，第一反应是：“太奇怪了，这么温柔，又想要干什么？”

他决定不理苏兆红。可这三个字确实太奇怪了，太让他士别三日刮目相看了。几分钟后，他忍不住拿起手机，揉揉眼睛，再看了一遍这三个字。

没错，是：“干吗呢？”

这是怎么个情况？苏兆红发错了人？还是给他设什么套？

按理说，即便是这三个字，依苏兆红的性格，那也应该是感叹号，而不是问号。

再一个，苏兆红根本就没耐心跟他发什么短信。文字哪里有声音来得直截了当？她的愤怒、不满、指责，短信怎么能表达清楚呢？

挣扎着的沙哑声音，加上发自胸腔的共鸣，还有随时可以秒杀全世界的犀利眼神，那才能酣畅淋漓地发泄她的情感哪！

干吗呢？这简直像是“吃了吗”，太温暖太亲切太家常了，于大海不由浑身起鸡皮疙瘩。

他警觉而硬邦邦地回了三个字："想干吗？"

苏兆红强压怒火，回道："聊聊？"想了想，还是加了一个问号。

于大海被这两个问号彻底迷惑了。苏兆红玩的这是哪一出，总不会是想复婚吧？想当初要离婚，她可比他坚决多了啊。

不放心，他干脆直接给张玲玲打了个电话："你最近觉得苏兆红有什么奇怪的念头没？"

张玲玲丈二和尚摸不着头脑："你这话说得奇怪，从何而来？"

于大海就说了这两条短信："吓着我了，她这是玩什么名堂？突然温柔了？"

说到温柔，张玲玲就哈哈笑了起来。她以为自己找到了答案，赶紧喜滋滋地给于大海报告："温柔好温柔好，苏兆红能有这个意识，就说明她进步大大的。我呀，正准备给她介绍个对象呢，人家第一个要求就是温柔。苏兆红这两条温柔的短信，就说明她认真了。"

于大海一听这么个情况，不由乐了："你们这么沆瀣一气那不是害人家吗？苏兆红是什么女人，老虎！狮子！还温柔呢，老天保佑那个倒霉蛋吧。"

张玲玲不乐意了："于大海，你这才脱离虎口几天啊，怎么就这么说苏兆红呢？当初恋爱时，她哪里不温柔了？她变成今天这样，你就没一点责任啊？"

于大海不答应："那我成这样，她就没责任啊？连你都说，我是脱离虎口……"

张玲玲意识到自己没说对："算了算了，不说你们两个。离婚夫妻，对周围的朋友是个最大的考验。到底要站在谁的一边，也太让人为难了。"

于大海说："你就选择苏兆红吧，她那人死党不多，你得多开导着她点。而且，也可以给我透露点消息。"

张玲玲说："呸！还想打听人家什么啊你，都没关系了——是你说的。"

有了张玲玲的解释，于大海就放心多了。给苏兆红放心回了条短信："好啊。想聊什么，我也好做个准备。"

苏兆红说："随便聊聊，可以吗？"

于大海说好啊。

他不想主动约时间地点，"随便聊聊"？事情绝对没苏兆红说得那么简单，她根本就不是个随便聊聊的人。即便没事做，有充裕的时间，她也不知道随便聊聊是什么意思。她就像一颗子弹，目标感超强，抬臂、上膛、瞄准，射击，打个稀巴烂，这才是她的作风呢。

随便聊聊，这是她跟谁学的四个字？少来了。

于大海敷衍的回答，果真再一次激怒了苏兆红。她恨不得把手机捏烂了才好。

“我这是干什么，凭什么要对他百般友好、口气下作？做错事情的是他不是我，好不好？”

气头上，她也将电话打给了张玲玲：“你说说，这样的男人，该不该死？他什么态度啊，我这么大度这么有礼，他该不该主动说个时间地点呢？奶奶的，有些人就是下贱，就是不能给好脸！”

张玲玲吓了一跳，这才知道苏兆红并不是在朝温柔的方向努力。她赶紧劝道：“你这样做没错，干吗老是气势汹汹的？每一次都闹得不欢而散不说，还解决不了问题。跟他好好谈谈没什么不好，毕竟事关童童——不过我插一句，我没觉得于大海有什么做错的。那个小红花，本来就是老师不对，凭什么不给童童啊？好吧，以上的话当我没说。别再生气，既然已经都装温柔了，就继续温柔下去吧。主动约他谈谈呗，只要好好说，让他明白并接受你的意见，就可以了。吵是没用的，没离婚时都没用，离了就更没用了！切记切记！”

苏兆红点点头，人走茶凉的道理她懂。但她还是童童的妈，不是？

动了个心眼，她把时间定在了周五下午。

于大海想了想，就说：“那你三点到南苑宾馆的网球场来吧，我在那里带童童打球呢。”

苏兆红等的就是这句话。

到了周五下午，她提前几分钟，来到了网球场。场地整个下午都租给了少年培训队，孩子们吵吵嚷嚷地从四面八方来了。

苏兆红抱着膀子，特严肃地看着那些孩子，心里百般想不通。下午三点，学校还没放学，这些个家长是怎么想的？难道都想让孩子当李娜吗？

突然就看见了童童，新剃了个小光头，肩上扛着拍子，一颠一颠地走了过来。

于大海离得有点远，正在整理手里提的包，里面装着水瓶和毛巾之类的。还没看见她。

“童童，”苏兆红喊了一声。

童童看见了她，立刻高兴地跑了过来：“妈妈，你怎么来了，是来看我打球吗？”

苏兆红摸着他的头：“可不是嘛。怎么样，好玩吗？”

“不好玩，”童童的话让苏兆红吓了一跳。这孩子怎么回事，这才刚开始学几天，就打退堂鼓？

“那，是你自己要学的，还是爸爸非要你学的？”

“我自己要学的呀。”童童回答得毫无压力，“开始学游泳，我不喜欢了，就换了网球。可我现在也不喜欢网球了，我想学乒乓球。”

“这都什么时候的事？”对孩子，苏兆红可没必要像对于大海还要装一装，“开学后才开始的，是不是？”

她口气已经生硬了。童童点点头，有些吃惊地看着她：“妈妈，我学了这么多东西，你不高兴吗？”

“学东西要有毅力，要有长进。”苏兆红说，“像姐姐，学了钢琴，就一定要坚持下去。”

“可她并不喜欢钢琴啊，姐姐喜欢画画。”

“但她学了啊，”苏兆红已经着急了起来，“你这么东一榔头西一棒子，会什么都学不会学不好的。学什么就要学下去，懂吗？”

这话被刚走到跟前的于大海听见了。

他立刻替儿子辩护起来：“接触这些项目，不就是要发现孩子到底喜欢什么吗？他喜欢的，自然会坚持学下去。不喜欢的，再学也没用。”

苏兆红说：“重要的是坚持，不坚持你怎么知道你能不能学好呢？你看暖暖，钢琴现在不也弹得很好吗？以后她自然会感谢我的，尽管不喜欢，但到底将一门技艺学得精湛了。童童也是一样啊，要学什么，你就该鼓励他坚持学下去，老这么换怎么行？”

苏兆红的口气已经开始着急了。童童习惯地站在父母中间，看着他们争执。于大海拍拍他的背，让他去场地里打球。

童童问：“那乒乓球呢？”

于大海说：“下周去。我先要去报名。”

童童高高兴兴地去打网球了。于大海转过身，望着苏兆红：“你要说什么，总不会是来给我讲童童不能换项目吧？”

苏兆红看见了于大海，心里那努力压着的怒火和不满，怎么都难掩饰了。加上刚才童童说的这事，于大海见怪不怪的态度，更是让她恼火。

“童童不开班会是怎么回事？你跟老师争吵是怎么回事？你还想不想给老师留个好印象了，还想不想让儿子在学校学会遵守纪律了？老评不上小红花，对孩子打击大不大？成绩一点也不优秀，玩这些没名堂的东西还要占用上课时间对不对？童童不上补习班不学奥数不学英语也就算了，听说老师布置的作业有时候也做不完……他才上一年级，学习习惯、学习态度、学习方法，都是急需培养的东西，而你是怎么做的……好好好，你不喜欢我说学习，那么就说你给他报名的这些课外活动吧！游泳没学几天就换网球，现在又要打乒乓球，什么好玩玩什么，遇到困难就退缩，这又怎么寓教于乐，培养出坚持和不怕困难的好品质呢？而你让他学习体育项目，不就是为了这个吗？全变成玩耍，怎么可以！还有……”

于大海怒了，生气了，声音陡然也高了起来：“你要跟我聊聊，就是为了说这些个？”

苏兆红点点头：“是啊。这还不够吗？你想听什么？你还以为我要跟你诉说旧情！啊？我们之间只有道不完的愤怒，我真是后悔，本以为好好跟你说，还能说通你呢，还能让你明白其中的道理呢。儿子交在你的手里，真是毁了毁了毁了……于大海，你一定要反思自己这样教育孩子，到底是为他好，还是害了他！”

苏兆红说着说着，就又有些歇斯底里了。

她恨于大海为什么永远弄不明白，这样带孩子会毁了孩子的呀。可怜的童童，她当初为什么就没坚持一下，把孩子要到自己身边呢？

“跟你说过多少次了，我的事不要你管，包括我怎么教育童童。这都属于我的事，你懂不懂？”

于大海也火了，被其他家长盯着看的滋味并不好受。于大海是个爱面子的人。他可受不了自己成为别人的笑柄。眼看着已经有好事之徒要围过来看热闹了。

又气又急的，他不由推了苏兆红一把：“你赶紧走，该干啥就干啥去！童童还要训练，别打搅孩子。”

这一推，把苏兆红的斗志给推了出来。她上前一步，靠近了于大海：“你打我？对我动手？于大海，我说错什么了，要你这么对我？今天童童要换乒乓球，明天他就要去学体操。等到你把所有项目转一圈，你才会知道，错过了孩子学习的最好时机！他什么都没学会，学习成绩也没名堂，小红花更是与他无缘！而这就是你和儿子的下场！到时候，你又该怨谁，怨我？怨我该提醒你时不提醒，怨恨所有的人不关心你和儿子！"

"我什么时候怨过你了？"于大海一脸气愤，"你就快别自作多情了。我和儿子很好，非常好，不是一般的好。你赶紧走人吧，别来瞎搅和了。"

苏兆红见于大海这么嫌弃她，心里很不是滋味。两人好歹还做过那么多年的夫妻，怎么现在一见面就成了这个样子？这离婚到底是因为他厌恶她在先，还是因为分开了才越发厌恶？她恨于大海这个态度，难道就不能对她客气一点吗？

"我自作多情？"她后退一步，脸上说不出的失望，"我是童童的妈！是他的亲妈，这点你是不是忘记了？我关心儿子，那是我分内的事！和你没一丁点关系。我并不关心你好还是不好，而你说出这样的话，才是自作多情！"

于大海被苏兆红说得哑口无言，气急中举了举拳头。苏兆红没客气，冷眼鄙视着他的一举一动。

看见于大海举拳头的童童扔了拍子，一边抹眼泪一边跑了过来。他先是抱住苏兆红的腿，又去拉于大海。他以为爸爸妈妈要打起来了，小身体吓得直抖。

于大海最不想看见儿子受到这个影响。他立刻换了笑容，哄儿子开心："哟，你怎么球也不打了？我和你妈吵着玩呢，可别把你吓着了。你看我们谁也没生气，对吧？"

他笑得爽朗，苏兆红却怎么也笑不出来。童童依旧眼泪汪汪。他不相信于大海的话，只管问苏兆红："妈妈，妈妈，你是不是和爸爸闹着玩？"

看着儿子可怜巴巴的样子，苏兆红内心的火苗，噎着憋着使劲朝肚里咽。无奈，她只好点点头。

童童的苦恼和怀疑说不出来。他拉住苏兆红的手，求她："那你对爸爸笑一个。"

苏兆红比哭还难看地冲于大海咧了咧嘴。于大海拍拍裤子上的土，搂住童童，将他往球场上带："哪里能说跑就跑呢？耽误别人训练不是？"

苏兆红看着父子俩的背影，噗的呼出口气。

回到家，暖暖依然不和她说话。苏兆红忍不住把在于大海那里受的气发在家里。

她一边做饭，一边把锅碗瓢盆摔得咣当响：“姓于的有什么了不起，都惹不起啊？摆明了是欺负人啊。”

暖暖听见了她的话，猜到可能是又跟于大海吵架了。她悄悄掏出手机，给于大海发了个短信：“你惹妈妈了？”

于大海正带着童童在一家粥店吃晚饭，很快就回了：“是她惹我了。”

暖暖说：“我也惹她了。”

于大海放下筷子，耸耸肩。虽然他会让苏兆红不高兴，但可不希望女儿和苏兆红闹。暖暖高三了，更需要一个平和的环境。他想了想，干脆拨通了暖暖的电话。

暖暖在自己房间里，手机铃响。苏兆红听见了，她立刻就将门给打开了：“你已经几天没有练琴了？打电话却有时间？”

暖暖不说话，也不看她，把电话直接关了。

于大海见暖暖没接电话，就有些紧张。他了解苏兆红的脾气，一旦强硬起来就不管不顾的。

他给暖暖发了个短信：“半小时后，我在你去晚自习的路上等你。”

苏兆红见女儿把电话掐了，短信接着就来了。心里不由一紧，太可疑了，这是什么人？这么有默契？

她伸手问暖暖要手机：“给我。你不是说要学习吗，拿个手机玩干什么？”

暖暖看了她一眼，随手把通话记录和短信都删了，就扔给了她，出门吃饭去了。

苏兆红没看见短信，怀疑更大了。这孩子，到底在搞什么名堂？

晚饭很简单，苏兆红买了半只酱鸭，几个花卷，炒了一把空心菜，拌了一个豆腐丝，给暖暖煎了个鸡蛋，外加一锅小米粥。

暖暖不跟苏兆红说话，但不妨碍苏兆红和她的交流。她该说的话，绝对不会停下来。

和平常一样，她给暖暖盛好饭，将菜推到暖暖跟前，咬了口花卷，又开始了老三篇：“高三了，关键时期了，什么是重点，心里一定要有数。人生说起来，就是几个重要的关键点，把握好了，付出努力了，后面的台阶就好走了。你可不能分心，物理数学比较弱，要多做题。李阿姨家的小楠姐，据说当初高三时做了好几麻袋的题，没那几麻袋，哪里能进清华？每个考上好大学的高三学生背后，都是好几个麻袋堆在那里呢。要不我也去买几个麻袋放在家里，你做完的卷子，就扔进去。等我们的量上去了，就会有质的飞跃了……还有，你头发长了，是不是该剪剪了……”

话没说完，暖暖已经三下五除二地喝完了粥，拿起一个花卷，就去背书包换鞋，要去上晚自习了。

苏兆红急了。

她重点还没说呢：“刚才谁给你的电话和短信啊？我可警告你啊，你要是搞什么鬼名堂，手机我是要没收的啊。”

暖暖听她这么说，依然不回答，随手将手机扔到了沙发上，拉开门就走了。

“姓于的了不起啊！”苏兆红望着关掉的门，气得直跺脚，想了想，又觉得不妥，拿起手机，匆匆追了出去。

刚到街口，就看见于大海的车停在路边，暖暖正和于大海快速地说着什么。于大海面色凝重，突然打开车门，让暖暖上了车，开走了。

苏兆红抓着手机站在当街，半天只说出一句话：“你们姓于的了不起啊！”

暖暖将自己和苏兆红冷战的前因后果告诉了于大海。于大海越听越生气。他问暖暖：“你确定自己想学艺术类，学和绘画有关的专业？”

暖暖点点头：“我确定。”

于大海说：“行，那我来说服你妈。”

暖暖怀疑地问：“她能听你的吗？”

于大海说：“不听也得说不是？”

坐在后座的童童告状：“姐姐，妈妈和爸爸下午吵架了。”

于大海说：“都告诉你了是闹着玩的。”

童童不信：“反正以后我不会和田枕月吵架的。”

第八章　纱　裙

这一次，轮到于大海要求跟苏兆红“随便聊聊”了。他几乎复制了之前苏兆红给他发的短信，连小心翼翼的问号都没什么变化。

到了这个时候，他突然理解了苏兆红为什么会那样跟他说话——她强压怒火，放低身段，只是为了让他能多听她说几句。

于大海不生苏兆红的气了。而且为了让苏兆红明白他的这番领悟，他还给她特意发了一条示好的短信：“我向你学习啊！”想了想，又加上两字：“呵呵。”

苏兆红的回复没一点领情的意思，比他当初还狠：“不聊，没什么聊的。”

于大海被噎得够呛，只好亲自上门，去苏兆红的办公室。

大中午的，大家刚吃过饭，都在桌前休息。编辑部几个房间，全弥漫着一股饭菜味。大部分人都是自己带饭，微波炉热热就吃。

苏兆红行动慢了，才刚加热取出来。抬头见于大海站在门边上，想想前两天他对自己的冷酷，眼皮都不想抬，视而不见地捧着饭盒，坐到了自己的桌边。

于大海套近乎：“有牛肉味，不错，是牛肉味，你卤牛肉了？”

苏兆红不理他，随手从桌上抓过一本杂志，边吃边看。

于大海坐在她对面，看看饭盒：“果真是牛肉。我就说嘛。”

苏兆红依然不理他。

于大海清清嗓子，干咳两声：“听说你和暖暖不说话了？”

苏兆红严厉地看了他一眼。

于大海赶紧替暖暖打掩护：“不是暖暖告的状啊，我就是偶尔听到的。而且，你反对她学画画，为什么？既然是孩子愿意的？"

苏兆红举起勺子点点他："你说过的，带孩子的事，属于私事。别管我私事行不行？"

于大海就说："那你也管童童来着啊，我当然可以管暖暖了。我也是她爸爸不是？"

苏兆红被呛得没了话说。

于大海苦口婆心，先声明："我不是来跟你吵架的。我承认前两天我态度不好，你那么说我，也是为了童童好。我今天来讲暖暖的事情，才理解你的心情。所以，我们能否达成三个共识：别急，别气，别吵？"

苏兆红不干："到我这就不能急不能气不能吵了？世上的规矩是你定的啊？"

于大海说："你看你，又着急。我这不是带着诚意和歉意来讲和的吗？不是就想跟你好好沟通沟通吗？"

苏兆红大口吃饭，咕咚咽下去一口："讲和是吧？好啊，那你说我瞎搅和、自作多情，是不是说错了？"

于大海想想，要接着谈话，还非得先认错不可，于是点点头："大丈夫能伸能缩，你说错了就错了。"

"错了就错了，和能伸能缩有什么关系？"苏兆红火起，把饭盒盖啪的一合："你这是来讲和的态度吗？"

于大海见苏兆红这么得理不饶人，好好说话的想法就有些淡了。

他有些着急："苏兆红，我们是谈孩子的事，你别上纲上线行不行？我就想跟你说，暖暖的梦想和爱好，你得尊重，得支持！不能把你的想法强加在她的身上。她画画有天赋，有艺术感觉，让我看，学设计或动漫没什么不好的。一个人能发现自己喜欢做什么，不是件容易的事情。很多人一辈子都不清楚自己爱好什么，搞得做一样烦一样。我们做家长的，只要孩子高兴，而且也有积极性，就该多支持她鼓励她。哪里有你这样，强压不许的呢？"

苏兆红像喷发前的火山，突然冷峻到极点："她给你说的是吧？她说我不支持她不鼓励她还压迫她是吧？"

于大海说："不用她说，你的脾气我还不知道吗？你就是女皇，要说一不二，谁都得听你的安排。孩子未来干什么，成为什么样的人，也得听你的安排。苏兆红，我们只是父母，不是上帝。你得把心态放平和一些。她的路要自己去走，自己嚼过的馍才香。即便她苦她累她受委屈，那是她选择的，她怎么样也不会后悔，对不对？”

“你怎么知道她不会后悔？这个世上类似的例子还少吗？等她苦了累了受了委屈，她就会怪父母当初为什么没有给她讲清楚，为什么不把她从这条明显走起来要困难的路上拉回来。我们过的桥走的路总比她多吧，为什么不把经验教训告诉她，让她少走一点弯路呢？”

于大海说：“你可以告诉她困难，但选择权总还得交给她吧？”

苏兆红气愤地说：“你这话等于没说！她小小年纪，知道什么是选择权！”

于大海说：“苏兆红，你一口一个后悔，难道你也埋怨过你的父母吗？”

苏兆红利落地说：“当然！我可以埋怨他们的太多了。第一，当初我考大学，他们没坚持让我学理科，弄得现在人不人鬼不鬼的。第二，跟你恋爱时，我爸就说过我们俩不合适，但他们却不下狠心强拆开我们。结果搞得我中年离异。就凭这两样，我就能有足够埋怨他们的理由！”

于大海吃惊地说：“你还真能推卸自己的责任，苏兆红，看不出来啊。学文学理就不说了，可结婚离婚不都是你拼死拼活要干的，赖给你父母干什么？真是服了你了！但愿暖暖以后不要像你，连为自己的选择负责任的勇气都没有。”

苏兆红说：“所以在她心智不成熟的时候，就不要给她选择的机会！我们做父母的，该包办时就得包办。”

于大海还想苦口婆心：“苏兆红，做父母可是一门深奥的学问，你不能凭意气凭冲动。”

苏兆红一挥手：“得得得，你少跟我说那些没名堂的破理论。高考就是战场，成者为王败者寇，其他的都不做数。”

也许是在办公楼上，两人总算控制着没真吵起来。

但苏兆红对暖暖向于大海告状，非常生气。她不打算再纵容暖暖的坏脾气了。第二天早上五点过一点，她举着闹钟站在了暖暖的床头：“起床，弹琴！谁让你晚上不弹的！”

苏兆红脸色铁青，不容置疑的语气，吓着了暖暖。暖暖不敢反抗，只好乖乖地起来弹琴。

琴键按下去没几分钟，袁二元就又上门了。这次不仅穿着睡袍，还可笑地戴着顶睡帽。

“这是怎么回事，不是说好早上不弹了吗？还要不要人休息了？”

苏兆红毫不客气地说：“亲爱的两块钱老师，您的好学生，为了学画，只能抽出这个时间来练琴。你当老师的，不打算支持她啊？”

这个周末，有点重要。

张玲玲刘永福约好了岳平，一起和苏兆红吃饭。

苏兆红着急地问张玲玲：“你们怎么给他介绍我的？”

张玲玲说：“吹呗。天花乱坠，涂脂抹粉。”

苏兆红不快地说：“那实事求是地说，我就没一点值得夸耀的啊？”

张玲玲笑：“逗你呢。放心吧，总之说得很好，亦真亦假，把你描绘得很不错。”

苏兆红气愤：“你还真能宽人心。跟他说温柔浪漫文艺了吗？”

张玲玲说：“就按这标准来的。所以，你穿衣服，可得注意点啊，别那么死气沉沉，保守木讷。算了，出发前我来你这里，帮你收拾收拾好了。”

苏兆红不服气：“也没见你穿得有多花哨啊。”

周六下午，暖暖去学校补课，要到晚上九点多才能回来。

苏兆红四点就开始翻箱倒柜找衣服，换了好几身，才算确定了。

结果张玲玲一来，就全盘否定：“这都穿的是什么啊，跟个大粽子似的，里三层外三层，把自己包这么严实。这哪里是相亲的态度，简直就是鬼子进村嘛。不行不行，有大领低胸的衣服没？”

苏兆红吓一跳：“什么低胸大领？我哪里有胸？”

张玲玲拉长调，“嘿”了一声：“没听说过吗，女人的胸就像海绵里的水，挤挤总是会有的。”

“不行不行，这把年纪了！”苏兆红紧张地直摆手，“我年轻时就没整过这些，别弄得不自然了。到时候让人笑话。”

张玲玲眼一瞪：“必须打扮得性感点。你想想，人家都说了，除了温柔，还要浪漫文艺。这两个词是什么意思，那是对气质要求颇高啊，正儿八经总不是浪漫文艺吧。其实也不难，来点流苏，露点沟沟，头发乱点，再披个披肩啥的，就齐活了。”

苏兆红听张玲玲说得这么笃定，不由笑起来："这是什么扮相啊，我哪里会那个。"

张玲玲不屑道："还杂志社主编呢。你看看那些个时尚杂志的女主编，哪个不是妖精中的妖精？我们刘永福一说你干什么的，岳平眼睛就睁大了，说，做这个工作一定很有趣吧。在他的想象中，你还指不定有多小资呢。你不能破坏人家这个好印象，懂不？"

苏兆红傻傻地点点头，犯愁地叹了口气。

张玲玲说："走，我们现在就去现代城买套时装去。非把他给震了不可。"

现代城离苏兆红住的地方不远，所以张玲玲也才会想到这个店。只是里面的东西贵得要命，苏兆红平时从来没在那里买过衣服。

看张玲玲这么热情，也不好拒绝，索性豁出去了，拿了信用卡，不放心，又拿了两张银联卡。

张玲玲说："放心，五千块以上的，咱们不买。也不能为了个约会，倾家荡产不是？"

苏兆红已经大吸气了："五千块！喂，我一月才四千多点！还不倾家荡产？"

"舍不得孩子套不了狼。岳平收入高，除了本院手术，还常在外面接活，到时候让他给你赔三倍四倍。"

苏兆红心一横："好吧，那只好这样了。"

刚出门，又站住："鞋子怎么办？五千块的衣服，总不能就配这鞋吧。"

张玲玲说："那就连衣服带鞋子，不超五千块。"

女人买衣服，是件很费时间的事情。需要看需要试，还要货比三家。可今天她们任务重时间急，看和比这两环节都省了。

直接找到导购小姐，把需要大概一说，人家就给领到三楼，问了句："想要民族一点的，还是西式一点的？"

苏兆红说："民族。"

张玲玲说："西式。"

两人同时张口，售货员不由愣了一下，眉毛扬起来，那意思是到底听谁的。

苏兆红没自信，立刻缴械投降："我也不懂，就这么一说。"

张玲玲想了想，也只好说："其实我也不懂，不过我们有个要求，这衣服得看起来比较温柔浪漫文艺。”

售货员想了想：“浪漫配文艺是可以的，但一般浪漫文艺和温柔却不好搭。要看着温柔，就会比较保守，而保守就会显得不那么浪漫。比方这一件——”

她拿出一条韩式的直筒裙来，圆领，八分袖，高腰线：“这件穿上肯定显得比较温柔，也得体，但显得很正式，就不那么浪漫了。”

说着，又拿出另一件——裸色，长袖，纱裙，低V领：“这套就比较浪漫，比较有女人味。”

看了看两个穿着老土的中年女人，终于猜出是个什么状况了，加了句：“很适合约会。”

张玲玲一拍手：“那就这件。”

苏兆红为难地说：“这会不会太年轻了，是小姑娘穿的吧？领口太低……”

售货小姐变戏法一样，手里立刻有了另一件衣服：“这件白色的小西装，套在外面，马上就不一样了。”

苏兆红看了看，觉得还行。

张玲玲刚点头，又摇头：“不行，不要小西装，小西装不文艺。”

售货小姐明白了，转手就拿了件蝙蝠袖的披肩式开衫：“这件文艺，前长后短，特有味道。”

张玲玲二话不说就推着苏兆红进了试衣间。

苏兆红换好衣服，连自己都不认识自己了。她人瘦，这么多年，腰还一直保持在一尺九。虽然这种风格的衣服从没穿过，但气质总体还是知识女性，顿时显得高贵文雅了很多。

张玲玲赞不绝口，左右看看，两只手又帮她挤乳沟，诧异道：“你怎么回事？得搞点东西抹抹了。”

售货员机灵地从旁边内衣店里拿了两片乳垫来，二话不说就塞进了苏兆红的胸罩里：“这是聚拢的，管用。”

两件衣服，再加一双鞋子，四千八百多。

还需要一双透明丝袜，苏兆红坚决不在现代城里消费了，拉着张玲玲去了旁边的超市。然后去女厕所里换好。

时间已经迟了，刘永福给张玲玲打电话：“你们怎么还没到啊？岳大夫着急呢。

哈哈哈……”

张玲玲大声地说：“塞车塞车了，得换条路走。”

苏兆红出来了，张玲玲慌慌张张地看了一眼：“太好了，从没见你这么有型过！”

两人上了出租车，张玲玲突然大叫一声：“没化妆！”

苏兆红从包里摸出一管口红来，张玲玲看着她手忙脚乱地画嘴唇，又帮着她抹去画错的部分。

见面的地方是家日本馆子，也是张玲玲的意思，为的就是突出温柔浪漫文艺。

刘永福不乐意：“不好吃，还吃不饱。人家岳大夫会乐意吗？我可告诉你，外科大夫身体都特好，能吃着呢。”

张玲玲气呼呼地说：“日本馆子很贵好不好？我们贴钱请客让他欢乐，他还有啥可挑的。”

等一身新装的苏兆红进了这个地方，连刘永福都觉得这馆子选得太对了，太配了，太相得益彰、相辅相成了。

虽然还是短发，戴着黑框眼镜，可有了这么一身行头，加上饭馆里朦胧的灯笼，苏兆红身上竟显出一种既浪漫又正经的风韵来。

刘永福吃惊地噢了一声，刹那之间，似乎竟没认出她来。

岳平站起身，立刻殷勤地迎上去，主动为苏兆红搬椅子，让她坐在他的旁边。

张玲玲乐不可支地给刘永福使眼色，大声嚷嚷，说路上有人碰车了，堵了个一塌糊涂。

说完，又冲苏兆红挤眉弄眼，那意思是“有戏有戏”。

苏兆红一进门，就相中了岳平。他高个头，相貌英俊，气质潇洒，长得像吴彦祖，却没有吴彦祖那么英气逼人、遥不可及。

他是中年内地版的吴彦祖，有着恰到好处的成熟，更有随和与亲切。最神奇的是，一点肚子也没有，一看平时就很注意锻炼。

苏兆红的心怦怦直跳。在岳平身上，嗅到一股清新的西瓜味，一定是什么高级香水吧。她后悔自己光顾着买衣服鞋子，怎么就没买瓶香水呢？

岳平彬彬有礼，先问苏兆红：“累了吧？喝点什么饮料或是茶，叫服务员来点？”

苏兆红赶紧摇手：“水就可以了，其他不需要的。”

确实，她平时很少喝饮料或茶，忙忙碌碌，哪里有那个情调喝三喝四的，能喝上白开水就不错了。

岳平却是个很注重生活细节的人，以为苏兆红是客气，就加了句：“贡熙怎样？我特意自己带了点，让他们来泡？”

苏兆红没管住自己的嘴巴，脱口而出：“贡熙是什么？”

张玲玲给苏兆红使眼色，脚又在下面踢她，那意思是少说点话。

苏兆红却没明白她的意思，以为张玲玲让她多表现，赶紧地追上一句：“是给皇帝进贡的？吃的还是喝的？”

苏兆红平时说话，一贯比较生硬，少幽默少含蓄，加上她着急的口气和动作，立刻就暴露了其很不温柔的本质。

岳平听她这么说，不由有些诧异地看了她两眼，仿佛不相信自己眼睛似的。

张玲玲急了，假装东西掉到了地上，弯腰去拣时，伸手掐了苏兆红的小腿一下。苏兆红吓了一跳，刚要喊，又捂住了嘴。这一收一放，将桌子晃得动了两下，岳平刚抽出的筷子，都从盘子上落了下去。

苏兆红脸红脖子粗。她终于明白张玲玲的意思了。伸手去帮岳平扶筷子，又站起身，说出去一下。

她刚出包厢，张玲玲就跟了出来。

“怎么回事啊你？”张玲玲压低声音，不客气地说，“你能不能不要说话？温柔温柔，温柔这两字最重要的宗旨，就是少开口懂不懂？”

她说着一拍自己的脑门：“苍天啊大地啊，这事怪我，光顾着买衣服了，忘记内涵了。记住，别抢着说话，尤其是自己不懂的东西。”

“那贡熙是什么，你知道不？”苏兆红还念念不忘。

张玲玲摇头：“谁知道什么鬼东西，岳平那家伙跟个老娘们似的，就爱整这些个幺蛾子。你不知道就别吭声，知道不？随时记得，要温柔要浪漫要文艺。你见过哪个特文艺的女的，直不愣登地就问啥啥的？人家要问，那也问得很有水平很有意思，比方‘贡熙很好听啊，用来做人名一定不错’什么的。”

苏兆红点点头：“好嘛。”

两个人很奇怪，上辈子苏兆红一定欠了张玲玲什么。从一入学做朋友开始，苏兆红就很少跟张玲玲犟。这个世界上能让苏兆红屈服的人还真不多，张玲玲差不多是唯一的一个。

张玲玲捣捣她，小声问："你觉得咋样？"

苏兆红抿抿嘴，难得的有点不好意思："很满意。真的很不错啊。"说完又加一句，"各方面。"

张玲玲暧昧地笑："什么都没做呢，就各方面了？你不试试怎么知道他全能？"

这下苏兆红听懂了，打了张玲玲一拳头："你老这么流氓，刘永福怎么受得了你？"

两人小话说完了，假装从洗手间回来。重新进包厢前，张玲玲又叮咛一句："装傻！"

刚进门，岳平就指着苏兆红的衣服说："那个，你那个露出来了。"

苏兆红心一跳。她第一反应，竟是自己胸罩里塞的两片垫子。她吓坏了，低声叫了一声，下意识地捂住了胸口。

张玲玲这才看见是她衣服后面的标签没剪下来，暗自叫声不好，赶紧替苏兆红解围："后面后面。"

虽是后面，可这一惊一揪，岳平该看的都看见了。心里对苏兆红的好印象，已经是大打折扣。

随后的两个小时，苏兆红使劲装傻，却也难以挽回败局。岳平的笑话，更多讲给了刘永福和张玲玲。对苏兆红的关注，明显少而又少。

这一切，张玲玲和刘永福是看出来了，可惜苏兆红还蒙在鼓里。她想她已经很少说话了，光是傻笑，已经显得够温柔了，岳平没理由对她不留好印象。

第九章　很有意思

吃完了饭，四个人出了饭馆的门。刘永福和张玲玲肯定一路，岳平得负责送苏兆红回家。苏兆红上了他的车，张玲玲站在下面冲他们挥手告别。

车一发动，张玲玲笑还带在脸上，却对刘永福说出冷冰冰的话来："完蛋了，岳平能看上她，我把头给你。"

张玲玲跟刘永福打赌，总爱说这句恐怖的话，延续了他们俩年轻时谈恋爱的语风。刘永福慢条斯理见怪不怪地说："看不上就看不上，我要你的头干什么？"

张玲玲生气地说："我就说他们俩不合适，都怪你。"

刘永福喊冤："是我先说来着的。你非要试试，电话是你给苏兆红打的，好不好？"

张玲玲不讲理："我不管！反正是你回家说的岳平这档事。都怪你都怪你，花了小五千，就买这么两件破衣服！"

刘永福张大嘴巴："小五千？那可以吃多少顿了。你们这些个女人，是怎么回事啊？事情还没影，就敢这么投资！苏兆红糊涂你也糊涂啊？你就不拦拦？"

张玲玲气得跺脚："是我撺掇她买的。完了完了，她肯定会生我的气！"

这两人哭天恨地，在后悔做这个媒，苏兆红却浑然不觉，甚至她还一直以为岳平对她很有意思呢。

岳平是个绅士，永远不会跟女人翻脸，而且特有礼貌。也许正是因为他这个特质，才特容易招女人喜欢。女人总以为他的亲切友好，就意味着好感甚至爱慕。苏兆红也不例外。

一上车，岳平就体贴地问她，是开窗户还是开空调，空调不会觉得冷吧？苏兆红和于大海在一起，除了谈恋爱时还有点小情调，这么多年早习惯了有话直说。于大海也不是个细腻人，更不知道体贴为何物。弄得苏兆红也拿自己当爷们，哪里能想到居然有男人会问她开空调好还是吹风好？

"空调好空调好，"她受宠若惊，不假思索地回答道。

空调开了，没几分钟，苏兆红就开始打喷嚏。岳平奇怪地问："你过敏啊？"

苏兆红点点头，岳平从抽纸盒里拿张纸递给她："那就开窗好了。"

他关了空调，打开了窗户，苏兆红擤着鼻涕，连声说不好意思。岳平看了她两眼，说："你这个人……有意思。"

苏兆红最受不了人这样说话，说一半留一半的。她瞪大眼睛："什么叫啊……有意思？有什么意思？"

岳平不想得罪她，笑着摇头："总之有意思。"

苏兆红想了想，难道他是在说对她的印象吗？是在对这次见面表达好感吗？

那么，她是不是也得表示一下呢？

于是，她严肃起来，换了副挺认真的表情，说："那我也说说对你的看法啊。"

岳平吃了一惊。他可没想到一句有意思，竟要换来苏兆红对他的评价。他没说什么出格的话呀。

一紧张，手就有些哆嗦，强装镇静地说："这个这个，你还真要说呀。"

苏兆红点点头，怪认真地说："应该的应该的。"

岳平哭笑不得："好吧。那你注意点啊，嘴下留情，我这人脆弱。"

苏兆红直不通通地说："我对你印象挺好的，真的，你长得很帅。"

岳平耸耸鼻子。

"而且听张玲玲说，你在医院做手术，也很有名。技术很好，很了不起。我其实一直对医生这个行当，很是仰慕，非常希望女儿能学医呢。"

听到这，岳平赶紧说："不会吧，现在医患关系那么紧张，当医生的收入又不高，还很辛苦。"

苏兆红说："话不能这么说，这个职业本身很高尚，不是一般人能做得了的。我说到哪里了，哦，对，你技术很好。还有，你待人特有礼貌，很有绅士风度。这在中年男人中，真的不多见了。你看大部分男人，过了四十，身心都比较放纵，也不注意素养……”

岳平赶紧自嘲：“那你是没见到我人后的一面。你这么表扬我，还真是让我惭愧。”

苏兆红要做总结发言了：“总之，我对你很满意。本来以为这话，要先给张玲玲他们说呢。不过既然你先说了，我也觉得不告诉你真实想法就不好了。”

岳平一脸糊涂：“我先说了？”

苏兆红点点头：“是啊，既然你对我印象也不错，我觉得我们还是可以继续发展的，你说呢？”

岳平点点头，又摇摇头。他还能说什么呢，不能再说了，说了会引起更大的误会，搞不好今晚上连家都不能回了。

他还是去跟刘永福张玲玲说吧。这女人，别看穿着流行的裸色纱裙，还是低胸，实在是……很有意思、很有意思。

他嘴里只会说这四个字了。

苏兆红终于到了。她在门口跟岳平告别：“再约啊。”

岳平点点头，眼睛躲闪着，开走了。

苏兆红心里美滋滋的，事情这么顺利，真是让她没想到。她哼着歌，《如果云知道》，哼了两句，不对，怎么换成“可爱的女孩，我的热情像大海……”了。天哪，这都是跟于大海谈恋爱时哼哼的歌啊，真是昔日重现啊！

她心情不错，新鞋还不夹脚，走着走着，就想来点小跳跃。跳了两下，发现步子错了，怎么同手同脚的？嗨，真是年纪大了，装点天真，都这么难。

正在琢磨手脚该怎么放，身后传来呵呵的笑声。她扭身一看，竟是袁二元。正百无聊赖地、手插在衣兜里散步。

苏兆红站住，看他：“笑什么？”

袁二元真是厚脸皮。他似乎从没意识到自己和苏兆红已经发生过不止一次两次冲突了。他只知道这个人是邻居，是他认识的女人。既然认识，又是邻居，见了面就要打招呼，就要说话，能说多少算多少。

“好笑就笑喽，”他大不咧咧地说。“你好像挺高兴的。刚才送你回来的，是男朋友啊？长得挺帅嘛，你赚到了哦，难怪这么高兴。”

苏兆红听着不对头，警觉道：“什么叫我赚到了？”

袁二元说："他外形那么好，配你绰绰有余了。你还不是赚到了啊？"

"哎，这话是怎么说的？"苏兆红不服气，"我是那种以貌取人的人吗？重要的是，他是个医生，很有本事的，外科大夫。求他动手术的人，排长队，从年头排到年尾。"

"医生？啧啧！"袁二元说，"你还真是大胆，敢找医生，还是外科大夫。你就不怕他X光，看你个从里到外啊？"

袁二元一说这话，苏兆红本能地又去捂胸。

从里到外？

难道他真能看透？这乳沟可是垫出来的啊！

她下意识的动作，让袁二元不由哈哈笑起来："你紧张什么，这么穿不就是为了让他看吗？"

苏兆红不习惯心里的隐秘或是欲望被人这么赤裸裸地说出来，眉头立刻皱了起来："这是你的龌龊想法吧。他是君子，怎么会这样想！"

袁二元看苏兆红这么维护岳平，就调侃她："看来你对他很满意呀？他对你呢？"

苏兆红逞强，说："也不错。"

袁二元摇头："我看未必。"

苏兆红反问："你看？你会看什么？"

袁二元就说："我是个男人，就凭男人的本能，也能知道。比方送你回家这事，你一下车，他至少应该目送你直到看不见，或是下车送你到楼下——如果约会三次以上，就可以一起上楼的——可他连眼皮都没抬，一踩油门就走了。所以你看……"

苏兆红被分析得有些着急，恼羞成怒："我看？我看什么？这都是你看的！我对他很有把握，我们说了什么，我也懒得告诉你！"

她不再理袁二元，直接上楼。袁二元跟在她的后面，继续絮叨着："你说他是医生？那以后看病是不是会方便点？我有滑囊炎，上楼下楼关节就费事，能不能帮我找他看看，要不要动手术？"

苏兆红不理他，径直上楼。

袁二元又说："暖暖最近情绪怎样啊？你真不让她画画啊，是不是应该再想想？"

苏兆红到门口了，扭头发现袁二元竟跟着她到了自己家门口。她警惕地转身，严厉地问：“你干什么？跟着我干什么？”

袁二元说：“你今天很漂亮，这一身衣服很有味道——我就是要跟你说这个。”

说完转身就下了楼。苏兆红拿着钥匙，对着门，一时间不知道该来个什么表情。

事情竟还没完，回到家收拾完毕，出门丢垃圾时，门口竟贴了一张纸。过道灯昏暗，看不清楚，她一把扯下来，进了家门，才看到是一幅漫画：一个女的，撅着屁股，咧着大嘴，穿着短裙，胸口飞出一串桃心，对着一辆屁股后面冒烟的小车正抛飞吻。

苏兆红凑近看，放远看，终于意识到这是袁二元画的她。虽然女人屁股和胸都很夸张，但戴着黑框眼镜，又是短发！最可恨的是，裙子还是低胸的！

从里到外，哼，他倒是看得清楚。

被袁二元无端“调戏”了，搁在以前，苏兆红非上门赠他一个“变态男”的巨型匾额不可。可这次不同。被大有好感，甚至已经喜欢上了的男人夸做“有意思”，这本身就是一件很有意思的事情。爱屋及乌，甚至对看见过岳平的袁二元，还有了点“同谋犯”的好感。

自己心里的那点小涟漪，跟张玲玲倾诉，苏兆红还觉得有点不好意思。她可以告诉张玲玲事情的经过，还可以描述很多的细节，但对一些硬性的指标，她觉得无论自己还是张玲玲，可能都没法弄清楚。

两三天后，岳平还没电话，苏兆红就有些着急了。她不知该怎么办，心里的疑惑，也开始加深。

无奈之下，想起了袁二元。

好歹他也是个男人，而且是个搞艺术的男人。他对人心或人性，总比其他人看得要明白一些吧？当然，最主要的，还是因为他是个男人。男人总比女人更懂男人一些。

苏兆红敲开袁二元的门，袁二元条件反射地有些紧张：“暖暖不在我这里啊，最近我也没教唆她学画画。”

他先自我撇清，苏兆红赶紧说：“没事，你别心虚。我没事，就是来坐坐。”

袁二元更紧张：“无事不登三宝殿，没事意味着更大的事，对不对？”

这么说着，还是把苏兆红让进了屋，请她坐在那张乱哄哄的沙发上。

这会儿轮到苏兆红紧张了。她左右看看，又上下看看。终于下定决心，直抒胸臆："那个，我就是问问你，你觉得你了解爱情吗？"

别看袁二元在苏兆红这里不怎么受待见，可其实他的女人缘一直很不错。

一个搞艺术的单身男人，无论在什么年代，都会吸引女人的注意。尤其是中年女性，有了点闲钱和时间，浪漫之心还未死掉，总觉得自己枉费了青春年华，得趁着没老赶紧补补。像包法利夫人那样的，从古至今就没缺过。内心比较贫瘠，总觉得只要有个艺术男在身边，无论心灵还是经历，就足够丰富了。

他可不想成为女人的另一块标签。

看看苏兆红，也觉得奇怪，怎么看她都不像是这种女人啊——

"啊，你什么意思啊？这是想聊情感话题？"

苏兆红哪里知道袁二元的内心斗争！她沉浸在自己的那点破事里，自顾自地往下说："要是女人喜欢上了一个男人，男的要怎么样才能感觉得到呢？"

袁二元压抑住内心的不安，拍拍身上的衣服，仿佛沾了多大的灰似的。他吭哧着说："你这是在替你自己问啊，还是在替别人问？"

苏兆红着急地说："这有什么区别吗？你难道不知道我的意思？非得让人说清楚？"

她的意思是，那天既然袁二元已经看到岳平来送她了，也知道她有个追求者，那么她的问题，肯定就是关于她自己和那个追求者之间的。这个袁二元，还非要追着问，成心让她难堪是吧？

可对袁二元来说，他早就忘记了苏兆红的那事。而且，当时那个男人的态度一点也不热情，在他看来，就是萍水相逢而已，苏兆红根本没戏。

所以，他哪能想到苏兆红是在问这事呢。现在听苏兆红说，"你难道不知道我的意思，非要让人说清楚"，就更觉得是在说自己了。

天哪，润物细无声，当春乃发生；门前一群鸭，低头思故乡。这是什么时候发生的事，又是怎么发生的，他怎么一点也不知道呢？

他伸出手指，指指苏兆红，又指指自己："你的意思，我不懂？你和我？"

他表情诧异，又带点玩笑。苏兆红猛地愣住了。她不知道袁二元这吊诡的笑容来自何处，但很快就明白了："啊？你想到哪里去了？哎呀！"

她恼羞成怒了，腾地站起身来，脸上竟冒起一团红晕，说话也有点语无伦次了："说什么呢，我我我……你你你，你自作多情！"

说着就要走。袁二元在那个刹那明白了是怎么回事，他赶紧伸手拦住了苏兆红。

"开玩笑呢，苏女士，苏主编，苏总！我知道你说谁了，不就是那个送你回来的男人吗？怎么了，他跟你说什么了？"

岳平哪里再跟苏兆红说过什么，留在苏兆红心里的，除了那句有意思，也再无其他。可是他为什么一直不联系她呢？

苏兆红从学生时代就是个好学的学生，工作后又是一个认真勤恳的编辑。她什么事都要弄清楚弄明白，尤其是跟自己有关的事，更不能含糊。

她诚恳地对袁二元说："你也别笑话我，我也顾不上被人笑话了。就是有点糊涂，特想弄清楚。既然他对我说过好多次，他觉得我是个很有意思的人，可是为什么就不再找我了呢？"

"他说你很有意思？"袁二元问道，"是用什么语气说的？"

苏兆红就照猫画虎地模仿岳平那天的口气，说："你这个人很有意思，很有意思。"又问："你是男的，你应该知道男人说女人很有意思是什么意思吧？"

袁二元还真不知道。他想了半天，只好摇头："我没对女人说过类似的话，我还真不是很清楚。"

"怎么会呢？"苏兆红着急了，"你是男的，你怎么会不知道男人是怎么想的呢？或者是当他说了这话后，我应该对他也说点什么，让他看出来我的意思。可我没说，让他误会了？"

袁二元不忍心让苏兆红着急了，只好拐着弯安慰她："其实你和他真的不合适。你看如果他一直没找你，那可能就意味着他觉得你虽然很有意思，可他却对你没多大意思。你刚进门时，说想跟我谈谈爱情是什么，那我就告诉你我的理解哈。我认为，爱情就是两个同类的人互相吸引。如果他不找你，并不意味着你不好什么别的，很可能只是因为你们不是一类人。"

苏兆红听着玄乎："一类人？同一类人？那我是跟谁一类的？"

袁二元这次反应倒很快："我觉得我和你就是一类人。都比较认真、单纯、不圆滑、不世故。"

这次轮到苏兆红伸手指了。她指指袁二元，又指指自己："你和我？"

袁二元赶紧辩解："你别误会啊。和我们同类的人是有很多很多的，还有很多别的男人。但送你回家的那个男人，不是这一类的，我不太了解。不过如果他不给你一个直接明确的回复，完了又不联系你，仅仅从这两点看，他似乎和你不是一类人。”

苏兆红没问出自己想要的答案，心里很不舒服，连带着对袁二元也生了气。

“我跟他不一类，那我们俩肯定也不是一类人。你是否圆滑世故我不知道，但你一点也不认真单纯。别把那么好的词总往自己身上堆。”

袁二元逗她：“那这些好词放你身上挺合适是吧，我没说错吧？”

苏兆红想了想，点点头：“应该没错。我身上的褒义词，就是比你多。”

开着玩笑，她拉开了门，要走。袁二元刚要关门，苏兆红又推了把门，特认真地问袁二元：“那天我穿的纱裙，真的很好看？”

袁二元点点头：“确实挺好的 。反正和你平时太不一样了。我还以为是章子怡呢。”

这玩笑开得可太气人了，不过苏兆红来不及生气，她还得求证点什么：“有没有让人感觉温柔、浪漫、文艺？”

袁二元说：“当然！而且还得再加一个词，性感！”

苏兆红听了这个词，有点不太赞同。她皱皱眉，嗔怪道：“你是拿我开心吧。”说着就下了楼。

袁二元见惯了苏兆红母老虎的样子，猛地看见她如情窦初开少女似的羞涩，又诧异又有趣。关了门，摇摇头，笑起来。

第二天，苏兆红穿了纱裙，没敢披那天买的波希米亚外套，而是套了件平时穿的黑西服。

出门后，她没走平时走的那条路，坐了另一路会经过医院的公交车。到了医院，她特意下车，站在门口换乘去单位的公交。

她是希望能遇到来上班的岳平，假装偶遇，然后寒暄，提醒他该给自己打电话了。可左等右等，岳平没来，倒是错过了好几班去编辑部的公交车。

看看时间，已经差不多了，眼睛不再往公交来的方向瞧，而是冲着医院家属院的方向。家属院离医院有个一站路远的样子，大部分医生都住在那里。

正在翘首以盼，突然一辆车停在了她旁边，大红色的奔腾，张玲玲的头探了出来：“嗨，你怎么在这里？”

张玲玲上班远，家里的车她开，但上班时多会把刘永福先顺道送到医院里。刘永福刚要下车，看见了苏兆红，吓得把放出去的腿又缩了回去。张玲玲恼火地说："你这是干什么？见到鬼了？"

刘永福嘟囔："怎么一大早的，苏兆红会在这里等公交？"

张玲玲眯起她的近视眼一瞧，可不是苏兆红吗？她二话不说，直接就把车开到了苏兆红跟前："嗨，姐们！你怎么在这里等车？岳平这小子，也不送送你？他上班，顺便就把你留在这里了？"

说着，脸上带着暧昧的笑。

苏兆红猛地看见张玲玲和刘永福，吓了一跳。再听张玲玲这么说，又看看她那表情，她突然明白这两口子在想什么了。

敢情他们以为她昨天晚上在岳平那里过夜了，早上岳平上班，顺便将她放在了医院门口的公交站上。

"不不不不不，"跟唱歌似的，苏兆红喊出一连串的不来。刘永福知道张玲玲说错话了，赶紧补救："市中心修地铁挖路，好几路公交都并了线，你一定是中途下车，到这转车的，对不？"

苏兆红像捞到救命稻草一般，赶紧点头："平时坐的24路突然不走了，只能转车。"

张玲玲一摆手，示意苏兆红上她的车："赶得好不如赶得巧，上来吧，今天我送你。"

刘永福下了车，苏兆红上了车。一坐定，张玲玲就一脸鬼笑："哼，骗谁呢你！肯定是昨晚约会了，否则会穿成这样？"

苏兆红脸红得跟喝醉了似的，除了指责张玲玲瞎说外，什么也说不出来。

张玲玲见她有点不高兴了，也不知该说什么，只好转移了话题。

苏兆红想到张玲玲看她穿这一身的眼光，心里就很慌乱。本来只想着要碰见岳平，却没想过穿成这样，还得面对同事。她在杂志社工作二十年了，可从来没穿得这样性感过。

她有点后悔，觉得自己冲动了。进了电梯，下意识地裹紧外套，看看四周，都是其他楼层其他单位的人。正在暗自庆幸没有编辑部的熟人，小蔡却在关门的一刹那，手里举着葱肉包挤了进来。空气中顿时一股浓烈的葱肉味，她自己也觉得不妥，赶紧四处点头致歉："不好意思啊，污染大家了。这是门口老马家的包子，闻出来了吧？”

有人跟她开玩笑，说：“干吗吃葱肉的啊，那不是还有胡萝卜有白菜的吗？你这么污染我们事小，也就一分钟的事。到了办公室，你就不怕有人轰你啊？”

小蔡左右看看，说：“才不会呢，我们有个黑包公似的主编，特严肃特正经，见不得一切无聊的人和事，更别提包子这样庸俗的事了。要是有人敢拿这说事，就等着挨批斗吧。”

“这年头，哪里还有什么正经人啊。你们领导男的女的？”

小蔡聊得欢快，索性拿出一个包子吃了起来：“女的！更年期！离异！硬邦邦！凶乎乎！干巴巴……”

幸好电梯到了编辑部那一层，小蔡赶紧挤出门，朝自己办公室跑去。

平时编稿子，从没见她弄出过什么精彩的句子或标题来，说起领导坏话，叠词形容词还挺多。要是编辑部在二十楼，指不定她还能说出多少惊世骇俗的词呢。

电梯门却没在小蔡身后关上，还有人继续跟了出来。这让小蔡吓出了一身冷汗：“刚才说苏兆红的坏话时，没看见里面有熟人啊。”

走下来的，不是苏兆红还是谁呢？

只是因为换了件纱裙，头发弄了弄，她居然就没有认出来！难怪说人是衣裳马是鞍呢。如果没有了鞍，那马也不能叫马，换成小蔡这样粗心大意的，估计就叫人家驴了。

小蔡知道自己闯祸了，刚才说的一切，都落在了苏兆红耳朵里。她只好玩命地挽回坏影响，大力赞美苏兆红。

“主编大人，我太那个有眼不识泰山……啊，不，不是泰山，而是嫦娥，是美女，是志玲姐姐！原来你稍微收拾收拾，就这么漂亮啊！你以前真是浪费了自己的姿色。”

苏兆红听到“姿色”二字，很不舒服地皱了皱眉。小蔡立刻换词：“看着吧，一会保证编辑部轰动。”

苏兆红被夸得心里欢喜，原来她还是有女人的虚荣心的，而且一点也不比别的女人少。

她裹紧的黑西服终于敞开了，纱裙的全貌露了出来。她挺胸抬头，一路前行，沿路就见编辑们个个表情诧异。还有人听到风声，立刻拉开门来，探头出来看的。

编辑部几乎全是女人，从二十多岁的美术编辑，一直到五十多岁的财务大姐，没一个省油的灯，嘴巴快得赛过火箭。

苏兆红一路听着窃窃私语，看着大家满眼探究的笑，她努力做到视若无睹。直到进了办公室，关上门，才长长吁了口气，坐到办公桌前。想了想，又站起来，关上了百叶窗。

她像是趟过雷区、侥幸逃生的战士，又害怕又快乐，又紧张又慌乱。电话铃突然响了，吓得她竟跳了起来。

坐在外面的小蔡推门进来了，"主编，翟晓翟总来了。"

话音刚落，翟晓就腆了个肚子推门进来了。一进门就嚷嚷："给你电话也不接，房间还搞这么黑，是在搞什么见不得人的名堂吗？"

嚷嚷声在看见苏兆红后戛然而止，翟晓突然变成了近视眼，眯起眼，又睁大，又眯起来，又睁大，终于看清楚了，眼前的女人确实是苏兆红。

"苏兆红，你整容了！"翟晓没用疑问句，而是非常笃定的肯定句。

他的语气惹恼了苏兆红。

"你才整容了呢！"她反唇相讥，"有这么跟人问好的吗？"

苏兆红说着，拉开了百叶窗。翟晓终于看清了苏兆红的变化在哪里。他忍不住拍手称赞。

"兆红，"他亲切地换了称呼，"你早该这么穿了，多女人味啊，多妩媚啊，我都觉得你不像你了。"

苏兆红脸红了。她实在不习惯因为外貌被人夸。她听惯了人们说她有才华，坚强，甚至一身正气，哪里沾过女人味、妩媚的边啊。

"至于吗，不就是件衣服吗？"她嘟囔着。

"当然至于！非常至于！"翟晓一脸的绝对肯定，"你这么一穿，我就忘记了我是来干什么的，只想请你去唱卡拉OK！"

之前和苏兆红的"误会"，对翟晓并没有太大影响。他是个不容易动情的人，所以也谈不上受伤。

和苏兆红说那些话，不过是权衡利弊的一个结果，和爱无关，甚至谈不上有多喜欢。关于这个，苏兆红也很明白。

翟晓那天果真没谈正事。他说到做到，晚上非要邀请苏兆红去唱歌，并且在扬歌包了间大包厢。苏兆红带着编辑部的女人全都去了。连财务大姐都唱了一首《红梅颂》，几个小编辑偷着笑，说怎么唱得跟京剧似的?

苏兆红与民同乐，加上有点思春，就声情并茂地唱了一首《敖包相会》。翟晓抢着要跟她对唱，苏兆红没同意，自己男女全唱了。

唱完，她找个借口上洗手间，就悄悄溜回了家。耽误了暖暖吃饭，她已经够愧疚的了，不能再继续疯疯癫癫玩下去了。

回到家里，第一件事，就是脱下裙子，叠整齐，放到一个纸袋子里。

她是一个以理性见长的女人，这种太过感性的行为，实在是超出她的能力范畴。她有点哆嗦地，踩着凳子，将纸袋放到了柜子最高一层的最角落里。

第十章 暖暖的抵触

开学两个多月了，暖暖需要买的资料也越来越多。但因为跟苏兆红在冷战，她不好意思去问她要第二天就要交的三百块钱，只好到于大海的公司求父亲。

“爸爸，给我三百块钱吧，我要交资料费。”

于大海吃惊地问：“你和妈妈还没说话？”

暖暖坐在转椅上，落寞地点点头。

于大海说：“还是……你没跟妈妈说话？”

暖暖转了半圈，想想，又点点头。

于大海表情严肃，手翻着桌上的台历，若有所思。突然站起来：“这样不行，你们不能这样下去。住在一套房里，彼此都不说话，大家的情绪都会受影响的。尤其是你，学习压力这么大，回家又是这个气氛，没一点快乐了，会得抑郁症的。”

暖暖闷闷地说：“我早抑郁了。”

于大海刮她鼻子，笑：“小孩家家的，抑郁个什么。走，我跟你回家，我得跟你妈妈好好说说。”

暖暖不乐意：“别，谁能劝动她啊。而且我现在不想跟她说话，我觉得这样挺好的，省得她啰唆我。”

于大海想了想，先把钱给了暖暖：“你先回，我晚点过去找你妈妈谈。家庭冷战不能要，那是冷暴力知道不？你觉得省事了，可对亲情却是个大伤害，对自己也是个伤害。要学会好好处理矛盾，冷战可不是好办法，知道吗？”

暖暖点点头，慢慢站起来，又转过身：“爸爸，妈妈上周六晚上去干什么了你知道吗？她穿得好漂亮。”

于大海心里一顿。

他了解苏兆红这个人，别看在外面风风火火的，但其实没什么业余活动，朋友圈子都不多，穿衣服更是很少用心。突然穿漂亮，是因为交了男朋友?

他感觉暖暖也在怀疑同样的事，而且暖暖对此事很有抵触。也许是难以接受高龄一把的女人，打扮得花枝招展去见男人吧?

他赶紧点了点头："知道知道，她的杂志社的广告发行部门有活动，去参加晚宴了。打扮漂亮一点也是正常的，对不对？"

见暖暖还是一脸不相信，于大海就说："你舅舅也去了。陪她去的。"

这么一说，暖暖就信了："真的啊？"

于大海撒了谎，只好继续下去："是。"

暖暖心里一块石头落了地，跟于大海挥手："爸爸，拜拜。"

刚出于大海的办公室，迎面就遇到了苏兆南。

苏兆南很喜欢姐姐这俩孩子，赶紧套近乎："暖暖来了？我也要下班了，走，舅舅带你吃好吃的去。"

暖暖摇头："我得赶紧回家去。迟了妈妈会闹的。"

苏兆南扔下手里的东西，追着暖暖："那我开车送你回去，坐公交多麻烦啊。"

两人上了车，苏兆南问暖暖来干什么，暖暖就说来要资料费，又带出跟妈妈冷战的事情来。

苏兆南同情地说："你妈妈那个人，就是一个字：硬！两个字：超硬！三个字：无比硬！"

暖暖开玩笑："金刚！"

到了路口，看见有卖糖炒栗子的，苏兆南赶紧下车，给暖暖买了一纸袋上来："快，趁热吃。"

暖暖撒娇："谢谢舅舅。"

两人吃着聊着，暖暖就想起了苏兆红上周末的事来，问苏兆南："舅舅，你们上周六参加的活动有意思吗？"

苏兆南一脸迷惑："上周六？什么活动？没有什么活动啊。"

暖暖嗔怪道："你什么记性啊。我妈妈不是也去了吗？我刚问过爸爸的，他说妈妈的杂志广告发行搞活动，请客户。我妈还穿了纱裙呢，低胸的，我从没见过她穿成那样。你不是陪她去的吗？"

苏兆南不过脑子地一摇头，回答道："没有，哪有的事。我上周六去郑州出差了。你妈还穿低胸裙？过分啊，干什么去了，穿成那样！"

一边说着，一边转弯倒车，停在了暖暖家的楼下。

暖暖脸色变了，栗子也不吃了，连跟苏兆南再见都不说，就低头下了车。

苏兆南没心没肺的，一点端倪都没发现，头伸出车窗还追着问："你确定是纱裙？长的短的，那能好看吗？她小腿那么粗，喂，你就说舅舅说的，还要不要形象了？"

暖暖已经进了单元门。

苏兆红正系个围裙，切菜炒菜。听见门响，就从厨房出来，晃着刀，对暖暖说："回家迟了十分钟啊！快点，赶紧洗手练琴。弹完出来吃饭。要你早上弹，非挪到下午放学，这时间哪里有早上那么精准！干什么去了，怎么迟了？"

暖暖一如既往地不理她，把栗子放在餐桌上，去洗手。

苏兆红大惊小怪地问："咦，买栗子吃？这东西胀肚子，吃了还怎么吃饭？谁让你买零食吃的？"

暖暖从洗手间出来，拿起栗子，就手打开了电视机！

她盘了腿，一屁股坐在沙发上，看起电视来。

这可是公然挑衅啊！

暖暖已经不看电视很久了，因为没时间，更因为苏兆红大呼小叫不让看。浅薄、分心、庸俗乏味没意思！那都是些什么内容嘛，要么乱七八糟，要么谎话连篇。别看，会活活看成傻子的。

为了以身作则，苏兆红也不看电视。甚至暖暖去上晚自习了，她也不打开电视。渐渐地，电视声音在家里都像是绝迹了。

暖暖这么明目张胆地打开，不是挑战又是什么？

而且就快吃晚饭了，她还吃栗子！也太不把她这个娘放在眼里了吧！这已经从不让学画画发展到了公然为敌。

苏兆红生气了，直接上去，就把电视给关了。

暖暖跳下沙发，快速地又给打开了。

苏兆红，关。

暖暖，开。

两人几个回合后，都守在电视机旁边，谁也不走，找着机会去按开关。苏兆红提着刀，暖暖捧着栗子。两人眼睛里都要冒出火星来，彼此看着，一脸的臭表情。

苏兆红终于忍不住了，一把将机顶盒电线给拔了，把盒子抱在了自己的怀里。暖暖要来抢，被她抡着刀给挡住了。

暖暖可没想到母亲竟会冲她抡刀，顿时就吓住了，又委屈又气愤，眼泪汩汩流下，满脸倔犟地瞪着苏兆红。

“你要干什么？”苏兆红问暖暖，“你到底是要干什么，跟我有什么天仇地恨的，我做了什么对不起你的事情？啊？不理不睬我多少天了，我哪天不是给你好吃好饭做着，连内衣内裤都给你洗掉。你还要怎样？就是恨我是吧，就是不想见到我是吧？你今天是故意要挑衅，要让我发疯对不对？好，我们就来比一比，看看谁怕谁。”

说着，苏兆红举起机顶盒，哐哧就扔在了地上。电线外壳，在脚下散开。

袁二元刚吃完饭，正抹着嘴巴准备出门溜达。听到楼顶这一声巨响，立刻叫声“不好”，二话不说，就朝楼上跑来。

走到门口，刚要敲门，门已经拉开了。苏兆红正站在门边上，冲房间里眼泪长流的暖暖喊：“你这么不待见我，是我走还是你走？我们还有必要在一个屋檐下生活吗？还能做母女吗？你说吧，到底谁走合适？”

听到这话，袁二元二话不说地就进了房间，顺手将门给关上了。

“不要这样激孩子，”他说。看见地上的机顶盒，诧异地问：“怎么这个摔起来，声音也会这么响？我还以为哪里爆炸了呢，吓了我一跳。真想不到，真想不到，一个小小的盒子，声音这么大，能量这么大……”

他对着盒子发完感慨，再看母女俩，还在相互怒视。赶紧伸手，先拉暖暖：“不能这样跟妈妈瞪眼睛，瞪时间久了，眼皮会松。你看你妈妈，就是老瞪老瞪，眼角全是皱纹。”

又拉苏兆红：“有话为什么不能好好说呢？你是大人，又是母亲，怎么能这样意气用事？孩子要是真的走了怎么办？说话要过心，要将心比心……”

“少来了，你！要你管！”苏兆红火冒三丈地一把摔开他的手，却又立刻指着暖暖给他告状，“你看看这个孩子，看我的这个眼神，哪里还有点母女情分？一回家就冲我这样，我都不知道自己做了什么，哪里惹恼了她……这就是你带的好学生！"

"不要不讲理啊！"袁二元才不要背这个黑锅呢，"她只跟我做过一星期的学生，可做了你十八年的女儿了。你的影响肯定比我的大撒。"

苏兆红没理了，于是放弃纠缠这个话题，对着暖暖："你说吧，到底出了什么事，你今天要这么反常？"

暖暖咬牙切齿地说："上周六晚上你干什么去了，穿成那样？你以为我没看见你啊，一回家就换衣服？"

苏兆红恍然大悟，暖暖这是生气她秘密约会没告诉她？事情还没影子，她怎么说？如果仅仅是这个，那这孩子是不是也太不懂事了？

"是去约会了吗？"暖暖还在追问。

苏兆红刚说了句"是……"，就被袁二元给打断了："对了，那晚我在广场饭店看见你了。是什么公司搞活动，到处都是气球自助餐什么的，对不对？你那晚穿得是有点过分，和平时太不像了，我都没认出来。"

苏兆红见袁二元一脸等会再说的表情，只好点点头："是。"

暖暖狐疑地看看苏兆红，又看看袁二元："真不是约会？"

苏兆红含糊地说："真不是。"

暖暖口气缓和了一些："我不要什么狗屁继父，我不喜欢家里来个奇怪的男人，吃饭睡觉放屁什么的。"

苏兆红还想辩，袁二元悄悄拉了拉她："我来给你看看这盒子还能修好不。你在做什么饭，怎么一点肉味也没有？暖暖要高考，营养得跟上啊。"

苏兆红进了厨房，没好声气地说："我忙得四脚朝天，哪里有时间去买肉！热点剩汤就不错了！"

第十一章　你喝凉水吗

这天晚上，暖暖去上自习时，于大海果然来了。进门直接就问："上周六晚上你干什么去了？听说还穿了纱裙？"

苏兆红一脸委屈："这是什么世道啊，至于吗，穿件新衣服全世界都能知道？怎么了，你也想管管我约会的事？"

"真是去约会了？"于大海抓住了话把，"跟谁，能说说吗？"

"一个医生，"苏兆红说着，转身进厨房去洗碗洗锅，看上去漫不经心，其实还是很得意的。

"刘永福的好朋友，张玲玲给介绍的。人特帅，特像吴彦祖，外科大夫，技术挺好的。反正他们对他赞不绝口，赚得多，也有社会地位。医生嘛，越老会越吃香。对了，我曾经给你说过没有，我从小有个理想，就是做个医生太太？"

她故意恶心于大海，但看于大海的表情又挺严肃。于大海知道她的小九九，不给她扬眉吐气的机会："说过吧，不过你说过很多类似的理想，医生太太啦，运动员妻子啦，韩星老婆啦，主席夫人啦……怎么，和这医生对上眼没？"

"当然了，"说到这，苏兆红擦灶台的手不禁停了停，眼神也迷茫起来。已经过去四五天了，岳平一点消息都没有，这到底算是对上眼了还是没对上呢？

她的迟疑被于大海发现了，笑了起来："没有你说的那么确定吧？别是一厢情愿哦。"

苏兆红不跟他说这个，扔了抹布："你来干吗，打听我的私事？这是谁告诉你的？"

“暖暖。”

“暖暖？”苏兆红终于炸了，“好啊，你跟她又说了什么？不是不让你不经过我同意就见她了吗？难怪她今天一放学就冲我发脾气，又叫又嚷的。你给她都说什么了？”

她步步逼近，于大海只能节节后退：“没有啊，苏兆红，我可是维护你来着。我看出来她不想见到你约会，告诉她你去参加杂志社活动了。还说是兆南陪你去的。她当时挺高兴地走了……对了，肯定是后来见到兆南了，所以回家才发脾气！”

苏兆红听他这么说，也觉得有道理，不仅吁了口气：“这臭丫头，气死我了。我约会不约会，是我自己的事情，她凭什么管天管地的？难道我以后就不能有家庭了吗，就不能再找个伴了吗？她这样要求我，根本就是错误的。”

于大海说：“你也知道被人改变意愿，有多么不乐意了吧？”

见苏兆红张嘴要吵，赶紧抱拳求饶：“今天不说这个。童童一人在家呢，我还得赶紧回去。我就是来跟你说一声，不要再跟暖暖冷战了。孩子学习压力很大，回到家里，又这么不愉快，人会垮掉的，会直接影响成绩的。你难道不怕？”

苏兆红一听会影响成绩，立刻就蔫了：“是她不跟我说话的好吧，我一直还是跟她说话的。”

于大海说：“想想办法，让孩子情绪好一点。你是家长，主动权在你手里，缓和一下，就会好的。我也会给她做工作的。记住，千万别耍你那个臭脾气。”

“我臭脾气？”苏兆红刚要叫屈，突然想起两个小时前还砸过东西，指着鼻子的手放了下来，改了腔调，说道：“好吧。”

于大海从苏兆红那里出来，想到她真的去约会了，就有些诧异。

他不大相信那个帅帅的、医术好、还特体贴人的男人，真的会对苏兆红一见钟情。年轻小伙子对女人怎么看，他现在已经想不起来了，但像自己这样的中年男人，又离过婚，最怕的就是一个累字。苏兆红这样的女人，实在是让人很累很累。她得理不得理都不饶人，也不放过自己。活脱脱把生活过成了打秋千，踩啊蹬啊冲啊，而且千万别停！

他想到了严冬美，自从上次从张玲玲那里打听过她的情况后，还没真正约过她呢。他是不是该主动点去见见她，了解了解呢？

第二天中午，他真去了质检所，为了装得像那么回事，他还带了几双袜子。

还是先去找张玲玲。张玲玲这次不看菜谱了，正儿八经地在看一份文件呢。还拿个红笔，又圈又点的。

于大海笑道："不学做菜了？"

张玲玲说："别小看人啊，我是能文能武。武能下厨，文能画圈。"

于大海奉承："那是，谁能比得过你张玲玲啊。"

"咦，今天说话不别扭了，是有求于我吧？"

于大海说："你火眼金睛了不起，可不是有求于你吗？"

张玲玲想了想："你是来见严冬美的吧？"

于大海再夸她："神了，你简直可以算命了。"

张玲玲说："我不仅能算出这个，我大概还知道，你为什么要来。"

于大海反问她为什么。

张玲玲说："肯定是受刺激了。怎么的，你知道苏兆红见大帅哥的事了？"

于大海说："知道了。可你猜得不对，我才没受什么刺激呢。而且我感觉，她和那个男人肯定没戏。不仅她和那个男人没戏，和大部分男人都将没戏——瞧她那整天争强好胜的样子，谁乐意找她啊。"

张玲玲不满："于大海，你这话说得就不对了。各花入各眼，好多男人就喜欢特要强的女人呢。再说，苏兆红那天特漂亮，你肯定从没见过她性感的一面。"

于大海讪笑一声："听说还穿了纱裙？"

张玲玲听于大海这么笑，就板了脸："于大海，你这么笑就不厚道了啊！"

于大海怕引火烧身，赶紧停止呱唧："好了好了，但愿人长久，千里共婵娟吧。她能幸福我为她由衷高兴，肯定的！你帮了她，现在也帮帮我呗。"

张玲玲说："你要干什么？不就是去见严冬美吗，还要我带你去啊？"

于大海突然有点害羞起来："给我个借口吧。我这么突然闯进去，太可疑了。就假装是来检测袜子好了。"

张玲玲看看他："嘿，还挺多心眼。好吧，我给你填个单子，你去敲门吧。"

于大海装模作样地填了单子，就去二楼实验室了。

严冬美刚忙完一单活，正端杯热茶在喝，一边看着本花里胡哨的杂志。于大海敲敲门，咳嗽了一声。严冬美抬起头，没想到是他，心一慌，站得猛了点，水都洒了出来。

这个失措的小动作，不知怎么的，让于大海挺高兴。刹那间他觉得自己有自信了许多。他装作似曾相识的样子，眼睛从小睁到大：“哟，你是那个……那个……我们见过是不是？”

严冬美脸红红的，点了点头。努力保持镇定：“你来做什么？”

于大海不回答她的问题，继续他的话题：“你叫那个……那个……严冬什么？”

严冬美也不想跟他继续这个话题。那天他匆匆离开，两人都有些不快。她也懊悔自己没沉住气，话多了一点，简直是欲盖弥彰。事后不知道他妈妈会怎么告诉他。

她才不相信他今天这个样子呢，难道他就一点疑心也没起？

不过严冬美不会不给人面子。她不说话，只是笑笑，从于大海手里拿过单子来看。

“这些数据好像得去旁边实验室做，我这里是分析室，偏成分的。”

于大海可没想到还有这么一说，测测弹力，那是他随口说的。现在赶紧改口：“那你能测什么就测什么好了。”

严冬美抿着嘴笑，把单子还给他：“那你得去重新填表。得写详细点，否则我们没法做。”

于大海没辙了。他只好实话实说：“好吧，我知道了。那多余的这几双袜子送给你穿吧，你穿着舒服，就说明质量不错。”

严冬美看了他一眼，也不打破砂锅地问，而是走到桌前，给他倒了杯水：“我们这里有冰块，你想喝凉水吗？”

第十二章　狮娘计划

苏兆红和暖暖的第一次冷战，终于在于大海来的那个晚上结束了。

苏兆红吭哧着给暖暖草草认了个错："那天丢了你的面子，把你从两块钱那里拉出来，是我不好。以后注意方法。"

暖暖也给苏兆红认了错："我不该关门不理你。"

最根本的问题——暖暖想学绘画类的专业，两人都没触及。

苏兆红想当然地以为，暖暖不提画画的事了，就意味着接受她的观点了。那么接下来，是不是就该朝着梦想中的学校一路狂奔呢？

暖暖梦想中的学校是什么，苏兆红没问过。但她觉得全中国孩子心目中的好学校都差不多，不就是北大清华人大复旦吗？

八中是全省重点中学，差不多也是最好的中学。暖暖的成绩，年级排名能有个二十左右，最好进过前十，最次也没出过三十。按这个成绩，冲一冲北大清华，也不是没有可能。至少，中科大上海交大之类的，还是比较有把握的。

暖暖去上课了，苏兆红正好刚发完这个月的稿，有一两天的休息时间。

她特意到楼下的文具店买了几张大开的硬彩卡纸，还买了长尺、彩色笔等等。

小店是老两口开的，卖货的老太太认识她，好奇地问："你是要做什么？手工还是宣传栏？"

苏兆红低调地说："就做个表格而已。"

老太太挺替她发愁："这么大张纸，做张表，要不错行，不容易啊。你眼睛花了没？"

苏兆红最不喜欢别人猜她的年龄，虽然不怎么修边幅，但自觉远远没到年老昏花的模样。她冲老太太眨巴眨巴眼：“你看我像老花吗？还早呢！”

她出了文具店的门，老太太跟老头子撇嘴：“我看她就差不多了，什么眼神啊，交了钱，可落了两枝笔。”

苏兆红回到家，把餐桌收拾干净。卡纸铺在桌上，一张粉红，一张粉蓝。虽然眼没花，但她也怕会错行，所以买了两张。

她要给暖暖做一张时间表，计划书。这还是昨天晚上躺在床上，突然想起来的。

孩子的每一分钟都要利用好，唯一的办法，就是让她掐着时间表来做事情。这么大张纸贴在家里的墙上，怎么都是个敦促或监督。

要细化，还要量化。这是她的想法。

就从早上起床开始。穿衣，洗脸，刷牙，上厕所，十五分钟绰绰有余了。然后是吃饭，苏兆红自己会在孩子忙那十五分钟的时候，把早饭做好。等暖暖出来，正好吃上热的。煮鸡蛋，上桌前她会给把皮剥好，苹果也会削好。面包、果酱，豆浆，最多十分钟，就可以了。

平时孩子难免会在这些时候磨蹭，从起床到出发去上学，常常需要四十分钟。这样一算，二十五分钟就够了。剩下的十五分钟，正好背一篇古文。

上学后的时间，就不在她眼皮底下了，不好细算，但她可以在表上给暖暖规划出来。路上十五分钟，可以用MP3听听英语。进了教室，就是早读，早读结束后，可以去上个厕所。课间操高三就全部取消了，暖暖总说时间不够用。这二十分钟，做道题总是可以的吧？

下午四节自习，放学路上，再听听英语，权且当做休息。回到家，弹半小时琴，立刻吃饭。

现在看来，暖暖的晚饭，也有浪费时间的现象。

苏兆红一般最多做三个菜，孩子常常不吃到最后一口，不下桌子。仿佛是害怕下了桌就得去学习一样，她常常会吃多。吃多了的后果就是困倦，发懒，更不想动。

苏兆红笔咬在嘴巴里，想了想，以后减掉一个菜，她自己吃快点，暖暖速度就会加快。十五分钟，连喝带嚼，够了！

自习是去学校上，但回到家后，还得再学两到三个小时。上床时间一般是一点到一点半了。这里面就包括出来上厕所、喝水、找吃的、跟苏兆红说两句话什么的，最主要的是，临睡前洗澡，也很浪费时间。洗完还要吹头发！

苏兆红想了想，决定给暖暖把时间换一换。以后下了晚自习，一回家就先洗澡，洗完澡再去学习。这样头发不用吹，剩下两三个小时自然就干了。

而且她还得盯着点，孩子喝水要吃什么的，她直接给端到房间里去，别让她找个借口，一出来就溜达五分钟。

这么算着、抠着，终于把一天的作息时间，给细细地画到表格上去了。竟也没浪费纸，一张就好了。

还觉得不过瘾，看看纸的两边，空地不少。写点标语吧?

拿出彩色笔，想了想，写点什么呢?

就写前几天在网上看的现成的吧！“只要学不死，就往死里学！”当时她一看到这条，就觉得太对胃口了。这正是她想在暖暖身上看到的高考精神，这也是她认为的人生最精彩的一种奋斗状态。

学和死的搭配，有种奇妙的功效，让人激动，催人进取。不成功便成仁。多么的悲壮！

还有一条：“多考一分，干掉千人！”

高考是残酷的，孩子！竞争是没有情面可讲的。这也就是你的漫漫人生路。

她想象出自己站在这条标语前，感慨万千的样子。

这还不够，她用黑色的粗笔，在表格的最上面，写下了四个大字：“狮娘计划！”这是有专利权的，是有著作权的。是她这头狮娘想出来的，而不是别人可以随意拿去复制的。

还不过瘾，又在这四个字后面，画了头似狗非狗的“狮子”。

她搬个凳子，站在上面，将卡纸朝客厅最显眼的地方——电视机上面贴，可再看看，下面还有点空的地方。

赶紧跳下来，凑着空地，再写了四个大字：“冲刺目标。”

接着，就是具体内容：

一、北大清华不是梦。

二、复旦上交握手心。

三、最次也得985。

这几行字是用红笔写的。

然后，不顾腰酸背痛，把纸给贴到墙上去了。

晚上，暖暖回到家，苏兆红正在厨房忙着，大着嗓门喊她：“先洗手，再去客厅墙上看看。”

暖暖没洗手，先去客厅看。一见这张牙舞爪的计划书，就一肚子不高兴。她一声没吭，洗了手，就去弹琴了。

苏兆红三下两下地做好了饭菜，端上桌。正好暖暖弹完琴。她喊她出来吃饭。暖暖看见桌上菜不多，撅了嘴：“没一样好吃的。”

苏兆红减了一个菜，正在心虚，听暖暖这么说，赶紧辩解：“怎么会，怎么会不好吃？你看这麻辣豆腐，花椒粉是我亲自碾的。还有西红柿牛肉汤，不是你最爱的吗？少废话，赶紧吃，吃饭时间只有十五分钟啊。吃不完我直接收拾碗筷！”

暖暖不高兴地坐下，又说：“米饭太烫，十五分钟吃不完。”

苏兆红立刻说：“行，从明天开始我提前回家做饭，保证你吃的时候不会烫！动作快！”

说着，自己身体力行，端起碗就扒。

暖暖看了她一眼，不满地说：“你又不上晚自习，你吃那么快干什么？”

苏兆红说：“我跟你一样，十五分钟吃不完，我自罚。”

暖暖端起碗，吃了一口，说句：“真没劲。”

苏兆红不理她，心想说话也会浪费时间。

暖暖却不罢休，突然又问：“狮娘是谁？你吗？”

苏兆红点点头。

暖暖说：“谁这样叫你了？”

苏兆红说：“我自己封的。快吃饭，少说话。”

暖暖纳闷：“自封的？为什么搞这么难听的名字？”

苏兆红说：“为了和虎妈对应。你看虎妈的孩子，都上了哈佛啦，你可不能辜负这狮娘两字啊。”

暖暖吃了口饭，再次说句：“真没劲。”

苏兆红说：“有劲没劲，咱们都得按照这个表格来执行。”

暖暖说：“你那些标语，可不可以不要那么血淋淋的？太吓人了吧，又是死的，又是干掉什么人的。这是参加高考，又不是参加基地组织。”

“要的就是那种拼搏的精神。”苏兆红看了女儿一眼，心想不多说点还真不行，“都跟你似的，总说真没劲就对了？都高三了，这意味着你到了人生的一个关键时期，冲上去和掉下去，将是两个完全不同的世界。居然还把真没劲挂在嘴边，真是要命。你们这代孩子，是不是头脑里就没有拼搏的概念啊？我上中学时，学校组织看女排赛，那些个运动员，哪个身上没有伤，郎平、孙晋芳，她们举起的拳头，那就是敲开命运之门的巴掌啊，那精神、那血性……”

暖暖听不下去了，三口两口扒光了饭，站起身：“十五分钟到了，得，我要走了。”

苏兆红看看时间，离上晚自习还有点富余，想起自己把这段时间没计划在内，着急道：“你去教室时间还早，得做题啊。”

暖暖说声知道了，就进了自己房间，还关上了门。

好一会没出来。苏兆红觉得奇怪，去推门：“干吗呢，都过了四分钟了！”

暖暖喊了声：“换衣服。”

苏兆红瞪圆眼睛：“换衣服？换什么衣服？好好的，是去上学，又不是去听歌剧，你换什么衣服？”

门一推开，暖暖正脱了校服，拿件外套在比划。

苏兆红警惕地问：“为什么要换这件？校服不是挺好嘛，又没脏。”

暖暖说：“上体育课了，有汗味。”

苏兆红不满地说：“大家都这么忙，谁有那个闲心闻你的味道？别换了。”

她的潜台词是：“臭点才好，让男生离得远一点。”

暖暖仿佛看透了她的想法，张口就替她说了出来：“你是想让我臭点臭点更臭点是吧，这样才没男生跟我说话。”

这么快就被戳穿了，苏兆红很没面子，但她强撑着，说：“没错。”

暖暖哼了一声，推她出门：“我才不要那么臭呢，要臭你自己臭去。”

关于臭不臭的，母女俩很快就不说了。暖暖上学去了。苏兆红在家里收拾，洗洗涮涮。

看看盐没了，就准备出去买一包。一开门，豁然发现门上又贴了张纸。扯下来一看，果然又是袁二元的杰作。画的正是刚才在家里发生的那一幕：暖暖身上衣服脏兮兮的，苏兆红却在旁边大呼小叫：“好香好香。”最奇怪的是，她顶着一个狮子头，而暖暖一脸尴尬的表情。

看来暖暖在楼下，是碰到袁二元了。不仅说了狮娘计划，还讲了换衣服的事情。这个两块钱，手可真够快的啊，这么点时间，居然就把作品贴到她门上来了。

苏兆红知道自己无论吵还是打，都弄不过袁二元，那人纯粹是一个赖皮狗。最好的办法，就是不理他。只当没有这回事。

再一低头，门把手上还挂着个塑料袋，翻开看，里面放着砍好的排骨、整鸡，还有肘子、一包搅肉之类的。东西是在超市买的，收银条也放在里面，后面还有一行字：“给暖暖补身体。你把钱装信封袋里，塞进我家门。”

苏兆红心想：“这人还一点也不吃亏啊。”

她拿着画仔细看，看到那活灵活现的“狮子头”，又气恼又可笑，终于没忍住，扑哧一声笑了出来。

第十三章　有其母必有其女

这两三个月，刘艳华依然隔三岔五地去妈妈相亲团。她也终于混成了一个“老人”，大家都知道她是为离异的儿子来的，手里的表格，复印了不知多少份，也不知道被多少妈妈们来咨询过。

自从打过那个电话后，她就不怎么搭理陈湘惠了。她听出来了，陈湘惠嫌弃于大海带着个儿子。

但这还不是最主要的，重要的是，随着刘艳华在这里待的时间渐长，对陈湘惠的作风越了解，就越发觉得这个老太太不地道。

敢情陈湘惠一直在脚踏好几条船。她在这边稳住了刘艳华，转身就又把闺女的资料递到其他人手里去了。

刘艳华开始不知道，每次来就只跟陈湘惠一个人通气，说完情况就走。后来其他老太太提醒她，你走了，那个陈湘惠怎么不走?

妈妈相亲团里女多男少，严冬美在里面岁数差不多是最大的，并没有明显竞争优势，但赶走一个算一个。

何况陈湘惠挺会说，即便人家儿子小严冬美十岁，她也会凑到跟前推销闺女：“女方大点好，会疼人、更懂事。而且我姑娘工作稳定，收入也不错，自己有房，又没孩子。这么好的条件，打着灯笼都难找哇。”

这对其他妈妈，明显是种威胁。按理说，大家聚在这里，虽然是在为孩子找对象，但都喜欢做出一副不是只能在这里找的模样来，很多老太太都会用这样的开场白：“大家聚在一起也是好玩，顺便操心一下孩子的事情。除了这里，身边亲戚朋友，不还发动其他人在帮忙吗？”

老太太们的态度，都比较淡然，或者至少，要装出比较淡然的样子来。为此，大家还有其他活动，比方要好的几个人，会在旁边的角落一起跳跳“锅庄舞”。还有人会坐在一起，掏出毛线来打毛衣，谈天说地中，再翻出几条其他线索来：

老同事的儿子，年岁相当，但和我闺女不对眼，要不我介绍给你？

我有个老同学，他家有个姑娘，29岁了，留过洋，你家儿子有兴趣没？

……

刘艳华跟大家混熟了，心态就平和了。她也抱着有则加勉、无则不悔的心态，参与到了其他老太太的活动当中。聊天、跳舞、一起买菜、听保健讲座，只要有人喊，她立马相跟上去。

但陈湘惠不然。

不仅不抱团，还特别执拗，仿佛来到这里，只能做一件事，那就是给闺女找个对象。必须心无旁骛，必须专心致志，否则就会功亏一篑，前功尽弃。

这样一来，她那种不达目的誓不罢休，甚至有点死缠烂打的精神，就特别让人看不顺眼。

这天，刘艳华刚到，西南角边就出现了一个陌生的老太太，东张西望，想走近又不好意思凑过来的表情，就和当初她第一次来时一模一样。

见来了生人，正说着话的老太太们眼睛都盯上了，声音也小了。刘艳华正在琢磨，这老太太也不知道是为闺女还是为儿子来的。陈湘惠已经第一个蹿了过去，说了两句，二话不说，就将那个老太太拉远了。

刘艳华旁边的郑大妈，一甩毛线，拿下巴点点陈湘惠，对刘艳华说：“得，肯定是个儿子。她又是第一个冲上去的，赶紧把人家拉开，恨不得立刻谈妥，最好让别人再也别来。你还记得不，当初你来的时候，她不也是这样对你的，第一个迎着你，还把你拉开？这个老太太，真是执著啊，张罗了这么多个了也没成，一点也不气馁。也好，让她给大家去打头阵，她家那姑娘，也不知道是个什么情况，怎么就这么难找呢？白费了当妈的这一片苦心啊。”

周围两三个老太太，一起点头：“可不是嘛，没见过陈湘惠这么着急的！这个地方，好歹也算是个市场了，双向选择呗！她总这么迫不及待地去抢，说真的，把闺女的名声都搞坏了，谁以后还敢找她啊？”

有人就捅捅刘艳华："对了，你家儿子见过她闺女没？到底人怎样，怎么这么难成？"

刘艳华想起于大海说的"怪"来，就跟这几个老太太说了。

"听说陈湘惠离婚很早，不知道是不是这个原因，影响到了闺女。我家儿子只见了她闺女一面，就再没见了。估计没戏了。"

"闺女长得咋样？"郑大妈还盯着陈湘惠和那老太太，"陈湘惠倒是挺秀气的。"

刘艳华摇头："看照片还行。不过谁知道呢，相片这东西都不准的。我没问过儿子这个问题，现在的孩子，都不愿意说。何况我当初还是瞒着他的。"

"瞒着的？"几个人好奇，一起围过来要她说。

刘艳华就把送锅的事说了一遍，正说着，突然身边的几个老太太都不说话了，眼睛也变了方向。刘艳华一看，陈湘惠正在那边拉那个老太太，老太太直摇手，要走。

"看来是谈崩了。"郑大妈说。顺手把毛线和签子放进了兜里，拍拍衣服，站起身来，"我去试试，问问情况啊，要是不合适我闺女，再看看适合谁。"

陈湘惠没谈成，有些失魂落魄，又不想走，正东看西瞧的，突然看见了刘艳华，赶紧朝她走过来。

刘艳华心说"糟糕"。她可不想跟她聊天。装作有事，转身要朝外走。陈湘惠追了上来，一边喊着："老刘老刘，等一下我。"

刘艳华只好停下来。陈湘惠倒没一点受冷落的感觉，挺亲热地挽住了刘艳华的胳膊："才来就要走啊？"

"去买点菜，"刘艳华甩甩手里的菜兜。

"急什么，菜什么时候买不行？"陈湘惠拉住她，"我看你跟那几个妈妈们聊得很好，她们没合适的闺女给你家儿子啊？"

刘艳华说："你都知道他们情况的呀，人家孩子太小了，给我儿子不合适。"

陈湘惠说："嗨，小什么呀。女孩子过了二十五，和三十五四十五，就都是一样的了。都不好找对象，你看看这些妈妈们，给急的。"

刘艳华不同意陈湘惠这种自己不行、就把一船人都打翻的说法。

"那怎么能一样呢？二十五和三十五肯定不同，更别说四十五了。就因为人家孩子才二十五，所以我都不好意思去跟人家推荐我儿子，岁数差太多了，那不是害人家吗？何况女的寿命还长……”

陈湘惠找到了支持自己的论据：“就是，女的寿命长，就该找个年纪小点的男人。这样才能白头偕老不是？可你看看，这些家长都什么封建意识啊，一听我闺女大个几岁，立刻躲闪，说儿子会不高兴。有什么不高兴的，连见都没见过，听个年龄就不高兴了？那这儿子的心理承受素质也太差了吧！哼，她看不上我，我还看不上她呢。”

刘艳华估计她在说刚才那新来的老太太，就问她：“她儿子多大了？干什么的？”

陈湘惠撇撇嘴：“二十八了，也老大不小了，居然还嫌我闺女太大了。”

刘艳华没客气：“都大了八岁了，确实有点大了。你不能见人就这么推销自己姑娘啊，也得差不多才说啊。”

陈湘惠说：“这不是着急吗？我我我……咳，我就是想看到她尽快成家，冷了热了，能有个人照顾她。老这么单着，让人多不放心啊。你体会不来我的心情……”

刘艳华说：“怎么体会不来？做父母的，不都一样？我那个儿子，还带着孙子，又当爹又当娘的，我能不着急啊？可着急有什么用呢，你急他不急的。”

说到儿子，陈湘惠突然想起了正经事：“对了，我听我家闺女说，她和你儿子又见了一面。这是怎么个情况啊？”

刘艳华一听吓了一跳：“又见了一面？我儿子没说过啊，我可一点也不知道。是谁主动约的谁？”

陈湘惠听刘艳华这么说，就有些不满：“我可宣布啊，我闺女是绝对不会主动勾引你儿子的，所以她也绝对不会主动去约他的。”

刘艳华更不满了：“那你的意思是我儿子约的你姑娘？这就更不可能了。见过那一面后，他回家来第一句话就是，那女的有点怪，怪怪的。知道不？我儿子评价你女儿怪怪的，他怎么会去主动约一个怪怪的女人呢？你一定是听错了，要不就是你姑娘胡思乱想的。”

这话说重了，陈湘惠受不了了：“我姑娘胡思乱想？你是想说她为你儿子得了相思病？这也太扯淡了吧！她从头到尾都不知道你儿子是个什么身份，还以为是送快递服务的呢！再说了，她怎么怪了，要说怪，也只能怪你儿子！那次见面，我女儿话都没跟他说两句，她能怪到哪里去？不就送锅拿锅个事吗？是你儿子想多了，好不好？”

刘艳华也生气了：“你是说我儿子自作多情了？你这不才是扯淡吗？都多久了，就那么短暂地见了一面，他连她长什么样都忘记了，从何而来自作多情？而且，男人和女人不一样，我儿子是男人最好的年龄，事业资产都不错，他真要答应，我给他找个二十出头的小姑娘都没问题！”

陈湘惠说：“可他带着个儿子。我可听说，带儿子再婚，那可困难着呢。二十出头的小姑娘，谁乐意一结婚就做继母啊？真要愿意了，那也不是因为看上你儿子，不过是想找碗饭吃。你可千万别说这样的大话，到时候不仅害了你儿子，遭罪的还有你孙子呢！”

陈湘惠说到最后一句，觉得足够铿锵有力掷地有声了，她已经赢得了这场辩论赛，于是自己就把比赛结束了。转过身，连句再见都不说，转身就走了。

气得刘艳华站在街边，半天缓不过劲来。

“有其母必有其女，哼！”刘艳华生气道，“到底是谁去见的谁？”

心里窝着这么大的火，刘艳华哪里能憋得住。菜也不买了，回到家就给儿子打电话。

于大海早上正在看广告的样片，苏兆南坐在旁边，对着月亮的脚，一遍遍赞叹：“不错，真不错。姐夫，确实很性感是吧？”

于大海鼻子里唔一声：“嗯，是够性感的，五个指头都有。”

苏兆南说：“我把这双脚设置成我的桌面了，一开机，我就能看见。”

于大海看了他一眼，认真地说：“你没觉得月亮不够成熟吗？眼睛还有点金鱼眼。作为一个模特，是不是还是有那么点瑕疵呢？”

苏兆南说：“可人家的脚完美无缺。”

于大海不理他了：“行，那以后你就跟脚过一辈子去吧。”

苏兆南不满他的态度：“这姑娘对你情有独钟，你还这样说她。”

于大海说：“那我不说她了，我也夸她，成吗？”

苏兆南赶紧摇头：“别别，你还是盯着她的瑕疵吧。”

正说着，电话响了。正是刘艳华。

“大海啊，我问你个事。你得实话跟我说。”

“行。”于大海想，多大的事啊，这么严肃认真。

“你是不是又见严冬美了？你们俩是谁约的谁啊？”

于大海一听母亲问这事，还真有点挠头。谁约的谁？表面看是巧遇，其实这巧遇是他自己设计的，当然是他约的她了。

可母亲的口气这么气咻咻的，又是为了哪般？他决定先问清情况再说。

“咋啦？怎么突然问起这事来了？你从哪里听到的？”

刘艳华着急地告状：“她妈妈，我早上遇见她妈妈了。那个老太婆，实在是讨厌。她看不上我们也就算了，还贬低我们。要我说，你们见，那也是她闺女勾引你，她那个骄傲啊。大海，我们可不能跟那女的有什么拉扯。有其母必有其女，相信我这句话，妈是这个样子，她家闺女也好不到哪里去。”

“妈，你这都在说些什么啊，乱七八糟的，”于大海没听出一句有分量的话来，“你就别替我操心了，我的事我自己有主意。”

“我不管你干什么，但不许跟这个女人再见面。”刘艳华没有办法了，只好拿出老太太不讲道理的威风来。

于大海一听母亲急了，只好哄她：“我呀，我就是凑巧碰到了她而已。人家对我怎么想的，我还不知道呢。你着急什么呢？别抱偏见，人其实挺好的，也许你跟她妈妈不和，那也只是因为不了解，了解多了，理解就多了……”

“理解？理解什么？她那样的人根本无法理解！你还记得你说她闺女怪吗，她也怪，就是一样怪！我才不要理解她呢。”

“好好好，不理解就不理解。我知道了，还要上班呢，不能多说。挂了啊。”

讲不清楚，于大海索性挂了电话。摇头。

苏兆南通过只言片语，听明白了个大概。凑到跟前：“姐夫，你在见女人啊？”

于大海说：“说那么难听干什么？什么叫见女人？女人哪天不见？又不是和尚庙。”

苏兆南有点小着急：“你和我姐，真的就这么散了？你们没复婚的可能了？”

于大海又气又笑：“要能挽回，离婚干吗？你看我是那么不理智的人吗？当然没法复婚了，而且你姐都开始约会了，说是个医生，人还特帅，她满意得不得了呢。”

苏兆南大惊：“还有这样的事情？我怎么一点也不知道？”

于大海讽刺他：“你有那么美的脚丫子要操心，哪里还想到你姐？”

第十四章　有情的无意的

苏兆南惦记着月亮，借口谈工作，每天都要给她打电话或是发短信。月亮是多精的人，怎么能看不出来？

她没通告时，起床常常就到了中午。刚打开手机，就看见苏兆南的短信，说公司新到了一批货，堆堆袜，质量颜色都特新潮，想送她十双，问她喜欢什么颜色的。

月亮看着短信，撇撇嘴，不客气地回苏兆南道："现在谁还穿袜子啊？还堆堆袜呢。只要买双好鞋子，不是冬天，光脚就能对付。"

苏兆南一见她回信息了，估计是醒了，立刻就把电话打了过来。装得挺严肃的，还是谈工作的口气："月亮啊，正是考虑我们以后还要长期合作，我才向你推荐这批袜子的。你是脚模啊，不是别的什么模特，是靠脚来吃饭的。你可不能像街上随便的女孩子，动不动就光着脚丫穿皮鞋。你得对你的脚好一点，除了平时保养以外，还要多穿袜子，并且穿质量很好的袜子。用脚一时，养脚千日啊！脚这个东西，人们常常容易忽略它们，但它们其实比手更娇贵。你看那些手模是怎么爱护手的吗？平时洗手，连洗手液都很少用，怕酸碱度不合适，更别提吃手抓饭，或是提重物了。而脚却每天都要走，不是关在鞋子里，就是承受身体的重量，最容易受到损坏了。你一定要有职业精神，爱护脚像爱护我们的眼睛一样……"

月亮听着烦躁，跟老妈妈似的，有完没完了，不是看在客户的分上，电话早压了。她干脆说："本小姐不穿堆堆袜啊。"

苏兆南赶紧说："那穿护肤袜，养颜袜怎样？纯棉、加厚、柔软、亲肤，没事就套上，是很好的养护品，怎么样？在家里穿，连拖鞋都省了。"

月亮敷衍道：“多少钱啊？”

苏兆南：“哪里能要你钱呢，送你的。要不，我现在就给你送来？你住哪里？”

月亮不耐烦地说：“我在外地呢。回来再说吧。”

苏兆南的满腔柔情被这么戛然一挂，差点被憋出内出血。嘴巴张着，半天说不出话。

同事王强刚进来，见他这表情，立刻猜出八九不离十：“苏经理，又被人甩了？”

苏兆南缓过神来，冲王强：“什么叫又被人甩了？你见过我被人甩过吗？”

王强一副见多识广的口气：“没见过，还猜不出吗？你都这岁数了，还没个固定的女友……”

苏兆南自尊心大受伤害：“我什么岁数了？刚三十，我告诉你，男人三十正是花苞，又成熟又好看，还有经验。我想甩谁那还不是小菜一碟？”

王强偷笑：“我怎么刚才听你要给谁送袜子去，没送出去？”

苏兆南自嘲：“这不是帮我们自己推销产品吗？”

王强说：“苏经理，这追女孩子送袜子是不是也太老土了？”

苏兆南说：“那不是正好有这么个借口嘛，我们是卖袜子的，又不是卖钻戒的。否则我直接送钻戒，不就带回家了吗？”

王强跟苏兆南同岁，可已经是两岁孩子的父亲了。苏兆南看他那从容的样子，心里又羡慕又嫉妒。

也顾不上逞强了，凑过去：“你看，虽然咱俩同岁，可你都当了孩他爹了，这足以证明你比我有经验。来，给哥教两手，当人家不爱搭理你的时候，用什么办法，才能把东西送到她的门上去？”

王强被人求，立刻很得意。先炫了一会，就跟大夫看病人似的，撕下一张纸，拿出一枝笔，就差搭脉了，问苏兆南：“对方是个什么情况啊？干什么的？芳龄几何，相貌怎样，性格如何？”

苏兆南真像急病乱投医，无比虔诚地说：“是个模特，二十五岁，个不算高，但很美。挺可爱的。”

王强疑惑地说：“模特？个不高？没你高？”

突然恍然大悟：“你早说啊，天天看你捧着个臭脚丫子看，原来是月亮那个丫头片子啊！”

苏兆南不满地说：“什么叫丫头片子啊？什么叫臭脚丫子啊？臭脚丫子那是你，人家那叫艺术。”

王强自知失言，赶紧点头：“好好好，那是艺术之脚。你给她送袜子，被拒绝了？”

苏兆南苦着脸：“可不。”

王强想了想：“别送袜子了，送那什么吧，护脚霜。弄瓶高级的，送给她。她干这个的，知道行情啊。公司正打算进这么一批货呢，美国的，小两千呢。你买一套，连磨砂修脚带滋润的。”

王强这主意，还真是出到点子上了。

月亮刚巧也才知道有这么一个牌子的东西，正打听着要人给她从美国带一套回来。苏兆南主动要送上门，她当然欣然接受。

“多少钱，我给你。”为了不让苏兆南想多了，她主动拿出八百块钱，就往苏兆南怀里塞。

苏兆南怎么能要呢，好不容易才把月亮给约出来了，收了她的钱，那不成你买我卖了吗，哪里还有约会的意思呢？

“不行不行，”他赶紧拒绝，又加上一句，“算我们公司奖励你的。以后还要合作不是？”

话这么说了，月亮就不客气了，而且把这份感谢，送给了于大海：“你们于总这个人，就是理解人。你看我就做了这么点工作，除了报酬，还给护理品。我说，他真的还是单身吗？”

苏兆南后悔得肠子都要青了，自己费那么大劲，又掏钱又出力的，竟然功劳变成于大海的了。

可他也不能刚说完就收回啊，如果说是自己买来送月亮的，她还不又要给钱啊？

“是啊是啊，”他只好顺着她说，“他人确实不错。工作能力也很强。”

月亮想了想，突然凑近了苏兆南：“哎，我给你说啊，也不知道怎么搞的，我见他第一面，就觉得感觉特好。怎么说呢，于总这人特有男子汉的味道，特给人安全感，让你觉得吧，很正派，但也挺随和。你说是不是？”

苏兆南能说不是吗?

月亮眼睛一亮:“那你帮我和于总撮合一下呗。你帮我去问问，他对我印象怎么样?”

话说到这个分上，苏兆南觉得再不说明白，就对月亮不好了。

他清清嗓子，拿出很诚恳的姿势来:“月亮，我这么跟你说吧，我就给你交个底。这事也不需要我去问于总，因为我们每天都在一起，他想什么我都知道。不错，他确实是单身，离婚两年多了，他的前妻，就是我的亲姐，所以我跟他的关系，还不是一般的熟。”

月亮听到这里，吃惊地瞪圆了眼睛。

苏兆南继续:“他们俩是没什么可能再在一起了，所以于总现在也很想找个对象，不仅是给自己找老婆，百分之八十还是为了给我那个外甥找妈。天下女人多了，可能当好后妈的，真的还不多。于总把这个事情，当成了一件大事。他得特认真地去踅摸，去了解。他对儿子的那份关心，我给你说，是天下做父亲的少有的。所以，至少有一点我是肯定的，他不会找年龄相差太大的女的，这不合适。”

月亮立刻说:“怎么不合适了，怎么不合适了?谁说年轻女孩，就没有母爱了呢?你听过那句话没，再小的女孩身上也有母性，再大的男人也有孩子气。我这个人，母性就特强。我从小的理想，并不是当模特什么的，而是做母亲。而且我自己也没孩子，正好可以对你的外甥好。还有，只要他喜欢我，我喜欢他，夫妻感情就能好，夫妻感情好，家庭气氛就好，无形中对孩子也是很好的环境啊。我觉得你这么说不对，一定不是于总的真实想法。”

苏兆南见月亮这么执迷不悟，只好实话实说了:“他愿意找什么样的女人，这我不是很清楚。但有一点我知道，他对你真没那个想法。你的这个委托，我没法去说。”

月亮不大高兴:“他对我没意思，会让你给拿来这套东西啊?最少，这也说明，他对我的工作是满意的。拍出来的效果是很好看的，对不对?”

苏兆南苦瓜着脸，半天说不出话来。

月亮对于大海念念不忘，让苏兆南很是苦恼。

这天苏兆红正好找他，要他帮自己的杂志社约个广告商见面。苏兆南没精打采地坐在一边，半天一言不发。

等广告商走了，苏兆红不满地数落他："怎么跟吸了大烟似的，干吗呢，对我有什么不满的啊？"

苏兆南长叹一口气，说："郎有情妹无意，你说怎么办？"

苏兆红眼前一亮，苏兆南这个老大难居然要主动追女孩子了？

"哟，天大新闻啊，你动不动这个也看不上，那个也看不上。我发动了多少亲朋好友，给你介绍女孩子，弄得把人家全都得罪光了。好了好了，你终于觉醒了，终于遇到你的真命天女了是吧？那赶紧脱了鞋，撒开丫子追啊，还叹什么气呢？妹无意？再无意，也驾不住那郎使劲追呀。你都这岁数了，经历也多，脸皮也厚，还怕追不上啊？那女孩多大了，年轻点，可能还得费点功夫。岁数如果大了，抓紧点，就成了。"

苏兆南说："哪里有你说得那么容易。她呀，不大不小，二十五岁，是个模特。"

"模特？"苏兆红很警惕，"这不好这不好，太不靠谱。你是找老婆，又不是干别的。模特怎么行，那结了婚，多影响安定团结啊。职业不稳定，见得人又太复杂……"

"可她看上我姐夫了，没看上我。非要跟他好……"

苏兆红眼瞪老大："看上于大海了？一个模特？天哪，这怎么行，那童童还不成悲惨世界了？"

苏兆南见姐姐这么一惊一乍的，懒得再多说："怎么就成《悲惨世界》了，还《傲慢与偏见》呢！你想象力也太丰富了。不跟你说了，走了。"

苏兆南走了，苏兆红也没心情工作了。

"模特？才二十五岁？这哪个男人能抗住啊？怎么就看上于大海了呢？他要是跟这个小姑娘怎么了，那肯定没心管童童了啊。人家还是个孩子呢，又贪玩，又会玩，他还哪里有心思带孩子啊？这个，太不妥了，不行，我非得说一说不可。"

转头一想，跟于大海说？那还不又吵成一锅粥？哪次她好心好意去提醒他什么事，他听进去过呢？哪次又不是吵得最后连干什么都忘记了呢？

"这话得说，但不能我给他说。"

苏兆红立刻想到了一个合适的人选，就是刘艳华。

她知道刘艳华下午会比较早地接童童回家，于大海下班后才去她那里接儿子。苏兆红就抽中午时间，去了刘艳华那里。

还在路上买了一点水果。刘艳华看到是她，多少有点吃惊，这两个女人一直不怎么合拍，离了婚，就更难得见一面了。

刘艳华问："来看童童？可童童还没放学呢。"

苏兆红说："我正好到这附近办事，看有家苹果挺好，就买一点，放你这里，给童童放了学吃。"

刘艳华接过苹果，没想让苏兆红进门，还站在门上说："行。那我放冰箱里，每天给他削一个。我会告诉他这是你买的。"

苏兆红自己一下就进了门，拿过塑料袋，打开冰箱门，自己往里放。又说："你也吃，也不是专给孩子吃的。只是这水果看着挺好，所以多买了点。"

刘艳华不想承她这情，说："我不爱吃苹果，就给童童留着好了。"

苏兆红不请自坐，跟刘艳华拉起了家常："童童最近怎么样，乖吗？学习状况呢，来你这里，写作业吗？"

刘艳华赶紧说："写啊。一放学我就盯着他写作业，不写完不让吃饭。他爸爸接了他，晚上回去不是打球，就是吹萨克斯，也没时间写作业了。所以我就盯着他。"

苏兆红点点头："那就好。于大海对孩子没什么要求，我真怕他这样的态度，会影响童童的成绩。"

刘艳华虽然赞同苏兆红的教育理念，但不喜欢听她数落儿子的不是。她赶紧辩解："大海那多忙啊！一个男人，又管理着那么大个公司，又要赚钱，又要应酬，还要带孩子，不容易啊。"

话递到跟前了，苏兆红哪里有不接上的理："那是。他该找个老婆了，帮着管管孩子做做饭，家也得有个家的样子。不过呢，我听说，他和一个很年轻的女模特好了？还是小姑娘呢，自己都是孩子，能带好童童吗？我真担心。"

这个消息，刘艳华还是第一次听。她压抑住好奇和心跳，尽量装作早已知晓的样子："大海能控制住局面的，女孩子年轻点没什么，做模特也没关系，只要心地善良，就一切都好办。"

苏兆红吃惊地看着刘艳华，她怎么这么笃定，而且还帮着于大海说话。难道，这已经是真的了？连刘艳华都知道了？

她着急了：“那童童呢？这么年轻的女孩子，怎么能当好继母？要照顾孩子，要打理好家里，她还是个模特，一贯会玩的，那能弄好吗？你就不担心吗？”

刘艳华终于知道苏兆红无事不登三宝殿是个什么意思了，原来她是来告状的啊。怎么的，你也着急了？你着急你关心童童，可你早干吗去了？

“有些人岁数倒是足够大，工作也体面，可偏偏弄不到一起啊。孩子还是照顾不上，那还不是白瞎吗？”

她没对苏兆红客气，重话脱口而出：“我说你们离都离了，又不打算和好。于大海跟谁好，再急那也轮不到你是吧？”

这话说得苏兆红又臊又气。她要不是为了童童，于大海就是下找十八，上找八十的，也跟她没关系。看到刘艳华不高兴的神情，她还能说什么呢？只好站起身，走了。

苏兆红走了，刘艳华才真的急了。

到底是真是假啊？这个于大海，前几天还说去见严冬美呢，才过了两天，就成年轻女模特了。刘艳华可接受不了女模特做儿媳妇。她觉得女模特和苏兆红比起来，那还不如苏兆红呢。

“喂，”她立刻给于大海打电话，“你是跟什么女模特在一起吗？”

于大海吓一跳：“妈，你可不能信谣传谣啊。又从哪里听到的绯闻？”

“你别管我从哪里听到的，你说说，是不是有个女模特？”

于大海笑着逗她：“女模特多了，你说的是哪个啊？”

刘艳华生气地说：“你不许给我找个模特什么的，听到没有？你还有孩子，岁数也不小了。找个小女人，现在看不出什么区别来，等你七十了，老眉咔嚓眼了，她才刚五十，还能活蹦乱跳呢，你看她会有耐心伺候你不？”

于大海说：“哎哟，我的妈啊。你就放心吧，没影的事，你在那嚷嚷什么呢。没有女模特，没有小女人。就算人家爱我，我也不敢找啊，对不对？”

这话说得让刘艳华放了心：“对，你千万别犯糊涂啊。”

可第二天，见到了陈湘惠，她还是没忍住，把女模特的事渲染加工了一下，宣传了出去。

“男人不受年龄影响的，特别是到了我儿子这个年龄，岁数反而会加分。你看，有一个二十多岁的小姑娘，最近就在追求他。还是个模特呢，听说长得漂亮得不得了，脾气好，又活泼。如果不是看这个职业不稳定，我就让儿子找她了。"

陈湘惠听着刘艳华赤裸裸的炫耀，怎么能不受打击。她一回家，就把这事告诉了严冬美。

"你对这个男人可要警惕啊，听说有模特在他身边呢。哼，拖着个油瓶，还这么花心，别理他了！"

第十五章　严冬美

其实，严冬美那次在实验室再见于大海，并没有延伸出更多的故事来。

对于大海来说，只是想对严冬美再认识一次，不想错过一个机会而已。

而严冬美呢，她当然知道于大海是为何而来，因为之前张玲玲没管住嘴，早对她说过，于大海来打听过她。

两人公事公办地聊了会儿袜子。严冬美带于大海去了旁边的实验室，为了表示是自己带来的人，她还陪着多站了一会。于大海走之前，为了表示礼貌，又来她办公室告了个别。

前后最多一个小时吧。

但严冬美的一个小动作，让于大海记住了她。

她的实验室里除了器皿瓶子，很少有别的东西。办公桌在靠窗的角落里，前面就放着一把皮转椅子。于大海进去时，她正坐在那里看书。见到于大海，她给他让出这把椅子来。于大海不好意思，非要站起身让她坐下。

严冬美立刻从储藏室里，拿了另一把木头的小椅子出来。这把椅子，就像是幼儿园小朋友的椅子，很小也很矮。她擦了擦，自己坐了下来。

两人面对着面。于大海坐得高，人又高，多少就有些威风凛凛、高高在上的感觉。

从表面看，这是一个礼貌问题，让客人坐比较好的椅子。但于大海却觉得，这个动作体现了严冬美内心谦卑的一面，会令人肃然起敬。

因为如果换了苏兆红，她要么会同意跟于大海换个椅子，要么即便站着，也不会拿出一个小朋友坐的椅子出来坐在他的对面。

而且，严冬美坐在那样一把小椅子上面，在于大海的俯视下，竟一点也没有局促之感。

她问他儿子还游泳吗，于大海才想起上次说过要带童童游泳的事。

他点点头：“一周三次，其他时间打乒乓球。”

严冬美笑吟吟地赞道：“爱好真多。”

于大海就又说起童童吹萨克斯也不错，鼓足了腮帮子，能飙出个跑了调的高音来。

严冬美呵呵笑。又站起身端杯水给他，很自然地，用两只手捧着递给他。

于大海心里说：“这女人如此懂礼，谦虚，真是太……”

太什么？太好，太美，还是太合适？

两人相处时间不长，严冬美也没说出什么有意思的话来，于大海却感到如沐春风，非常舒服。

他从严冬美那里出来，站在办公楼前，拿出电话，就特想跟什么人说点啥。可找谁说呢？

拨通了苏兆南的电话。苏兆南问：“姐夫，你在哪里呢？公司有人找。”

于大海说：“你先对付着，我想开车转转。”

苏兆南察觉到不对：“姐夫，你没事吧。你在哪里，要不我来陪你转转？”

于大海乐不滋滋地说：“偏不，我就想一个人转转。”

苏兆南很奇怪：“偏不？姐夫，你怎么突然说话这么嗲？噢，是不是……”

于大海不让他说出来，啪就挂了电话。

严冬美呢，她也并不像于大海看到、感觉到的那么平淡如水，在她平静的外表下，也在捕捉于大海的点点滴滴。

相比第一次见，于大海这次表现得从容大气多了。严冬美很欣赏他何时何地都不局促的男人味，但感觉最好的，还是他谈起儿子时的那种快乐。

于大海走了，严冬美将他没喝的那杯水碰在手里，摸了摸，还温着。

检测数据要一周以后才能出来，于大海想，等去取数据时，再跟严冬美见一见。他得想个什么样的借口，才好约她呢？

可就在这一周里，出了“模特事件”。

严冬美听陈湘惠说于大海身边有女模特在追，心里顿时一沉。

在男女关系上，严冬美似乎从没觉得自己有把握过，离婚前就没自信，离婚后就更没自信了。男人都是多变的怪物，会对不同的女人产生兴趣，而且，他们似乎自己也常常说不清楚。

父母离异很早，严冬美对父亲没有特别的感觉。她谈不上了解他，更谈不上能感知到他的喜怒哀乐。是不是就因为这样，她对男人总是觉得有点茫然？

好啊，原来还有女模特。严冬美听到这个消息，就觉得于大海变得陌生了，他成了令她丈二和尚摸不着头脑的无数男人中的一员。

她让心里刚浮现出的一点涟漪，尽量平静了下去。

于大海并不知道。他掰着指头在算哪天可以去质检所。每天上班时，他都翻翻桌上的台历，看一眼写有“去取数据”几个字的那一页。

终于到了那一天，可偏偏他却忙得一点时间都没有。直到下午快五点了，他才腾出时间。弄的这一天，他的火气都有点大，员工见到他都躲着。

跟那边实验室打电话，说等他到五点半。

“不过，一般我们五点就可以下班了，”工作人员说。

于大海开车出门，天边起了乌云，黑压压的，街头还刮起了旋风。一看就是快要下暴雨了。好在路上顺利，竟然没塞车，也没遇到一个红灯。

三步两跳地，他上了二楼。不去取数据，先去敲严冬美的门。门紧关着，走过一个穿白大褂的严冬美的同事，好奇地看了他一眼：“严工下班了，刚走一会。要不，你给她打电话吧。你有她电话吗？”

所里关心严冬美的人还真不少啊，看见一个男人找她，好几个办公室的门，都开了，有人探出头来。

于大海赶紧说：“我是来取数据的。不在就算了。”

他连旁边实验室都懒得进去，扭头就下了楼。

果真下雨了，雨还挺大。于大海紧跑两步，钻进了车里。刚开出质检所的院子，就看见了严冬美。

正站在斑马线前，举着把伞，准备过马路呢。可是绿灯亮了，她却不走，转过身，朝他的车的方向走来。

于大海吓了一跳，以为她看见了他，本能反应是躲一下，可又觉得不妥，伸出手刚要按喇叭，就见严冬美小跑两步，竟站在了另一个女人的旁边。

那是个年轻妈妈，怀里抱着一个小孩，伞也没带，正低头跑着找躲雨的地方。

严冬美把伞递到了她的手里，说了几句什么，那个年轻妈妈接了伞，抱着孩子走了。严冬美看看四周，找了个屋檐，站下来等雨过去。

这一幕，让于大海心里说不出的激动。他轰隆发动了车，一下就停在了严冬美的跟前："快上车，我送你。"

严冬美做梦也没想到，好人有好报会这么快就变成现实，而且眼前这个男人，正是自己这几天在想的那个人。

她脸腾的就红了，摇手致谢："不用麻烦你，我等等雨就会停。"

"上来上来，"于大海的口气毋庸置疑，"我一踩油门的事。"

严冬美上了车，头发也有点乱。她像做了多大的错事似的道歉："太给你添麻烦了。不好意思。"

于大海就说："我希望你能总给我添麻烦。"

这话说得有点暧昧，严冬美没敢接话。她心里想，那模特呢，你真这么不怕麻烦啊。

于大海关了窗户，外面的风雨就成了纸老虎，甚至连声音都听不见了。于大海说："我刚看见你把伞给别人了，真不错。大家看你的眼光，都充满了赞美。"

严冬美没说话，笑了笑。

于大海开着车，也沉默了一下。

经过短暂的不安后，严冬美才想起于大海是来干什么的。

"你的数据取到了吗？"

于大海说："没有，没有。"

严冬美奇怪地问："他们实验室没人吗？没看见他们下班啊。"

于大海想起自己根本就没去那个实验室，但又不好意思承认，随嘴道："没人，没看见人，我就出来了。"

严冬美掏出手机："那我给他们打电话，咱们再返回去取吧，否则你还得跑一趟。"

于大海赶紧摇头："不用不用，今天也迟了。我改天再来，我跟他们说好了的。"

严冬美就放了电话。两人又不知道该说什么了。

于大海想了想，觉得自己还是要更主动一些。眼看着快到严冬美住的地方了，他决定一鼓作气："那个，那个，周末不知道你是否有时间，我们一起吃个饭？"

严冬美看着他，他眼睛正盯着她看，一脸探究紧张的表情。

严冬美想了想。她不知道该怎么办，是否该给他也给自己一个机会？可是万一，她当了真，他却只是拿她当了饭友之一，她还能承受这样的打击吗？她决定实话实说。

她说："你这是在约我吗？"

于大海没想到她会这么直率，只好点点头。

严冬美说："谢谢你。我也对你很有好感。而且我周末也有时间。可是我想知道，你和女模特的事是怎么回事？"

她话语挺坚决，但语气却很温柔。于大海吓了一跳，急了："什么女模特？这无中生有的。"

严冬美笑："我是听我妈妈说的，可能她听你妈妈说的。我的生活清净惯了，不喜欢也没有能力应对乱局。所以……你明白？"

不等于大海回答，她已经打开了车门。她把包顶在头上，转过身冲他挥挥手："再见。"

雨还没停，于大海着急地看着她就这么跑了。他弯腰拿起雨伞："哎——这有伞。"

严冬美一闪身，已经进了单元。

第十六章　童童的“脏”话

没约到严冬美，于大海很是郁闷。想到母亲大嘴巴，就有点生气。

谁知进了门，他还没来得及问刘艳华情况呢，刘艳华先来告状了：“不得了了，童童说脏话了。”

于大海有些吃惊，童童怎么会说脏话呢？他一直很注意自己说话，不给孩子坏影响，看电视也很小心。童童没那个环境，也没交到什么怪朋友，他突然冒出脏话是为哪般？

刘艳华摇头：“很难听很难听，你得去管管。”

童童正在小房间里看漫画书。

于大海进去，问他：“今天怎么样啊？”

童童点点头：“挺不错。”

于大海问：“跟奶奶也挺好的吧？”

童童说：“当然。”

眼睛还不愿离开书，手指一沾唾沫，翻了一页。于大海一看就急了：“儿子，这书是学校图书室借的吧？那么多人都看过，你这么翻书，不讲卫生啊。”

童童就说：“苦逼啊。没事的。”

刘艳华站在于大海边上，就赶紧拽他的胳膊：“听听，听听，他说什么。”

童童说出“苦逼”这两个字，让于大海吃惊又好笑。孩子很少上网，他从哪里知道这么个新鲜词的。

他一屁股挨着儿子坐下来：“你跟谁学的这个词？还会什么？”

“悲催。”童童一本正经地说，“我们班男生都知道这些词，谁要不会说，会被笑话的。”

于大海觉得太可笑了：“那你知道啥意思不？”

童童小圆脑袋点一点，认真地说：“当然知道啊。苦逼就是特别难受，悲催就是特别痛苦。”

于大海哈哈笑，拍他脑袋，找到书包提上：“走吧，游泳去。”

刘艳华不放心地跟出来：“没事啊？”

于大海：“没事。你别总担心。孩子出问题，那是会随着时间积累的，不是一句话就能做到的。”

出了门，才突然想起来，又转身问母亲：“那个什么女模特的事，你给严冬美的妈妈怎么说的？”

刘艳华警觉地问：“你怎么知道？好啊，你又跟她见面了是不是？不是说了不要再见她了吗？她不合适。她脾气怪，妈妈也怪。怎么跟你说，你就不听呢。不为你自己想，也得为童童想吧？”

童童听见奶奶说他的名字，就仰起头来：“奶奶，我怎么了？”

刘艳华气呼呼地说：“够悲催的事儿。你问你爸爸吧。”

童童转过头，又望着于大海：“怎么了，爸爸？”

于大海突然想到了一个主意。他知道该怎么办了，摸摸童童的脑袋，说：“没什么，爸爸想带你去见个人，是个阿姨，看看你对她感觉如何。”

说着，父子俩下了楼。

刘艳华站在门口，看着他们的背影，想喊又闭了嘴。

童童的网络用语还没完，于大海很快就意识到问题有点严重。

起因是一大早，童童突然问他：“爸爸，你看过暴乳小护士吗？”

于大海差点把嘴里的早饭吐出来，看看童童。他正慢条斯理地扯着面包吃。仿佛刚才那几个字不是从他那天真无邪的小嘴里出来似的。

于大海尽量稳住自己：“没有。你看过啊？”

童童不屑道：“你怎么都没看过呢。我们班小庄说他爸爸都看过。”

于大海一听，这是小男孩们又在一起吹牛。可童童接着又说：“我想请田枕月来咱们家里一起看。”

刚咽下去的饭差点又一次喷出来，于大海觉得不跟儿子说清楚不行了，搞不好真的闹了笑话，那还不让田枕月嘲笑？

"你知道那是什么吗？"于大海问童童。

童童往嘴里塞口面包，又喝口橙汁，老气横秋地说："大概知道吧。"

于大海紧张地问："那是什么？"

童童说："就是护士给小朋友打针呗。"

"小朋友？打针？"于大海又差点笑翻过去，"这也很好看吗，你还要田枕月来看？"

童童无所谓地耸耸肩，一副不知道说什么才好的表情。

"那暴乳呢？什么意思？"

"就是抱着酸酸乳喝呗。"

于大海强忍住笑，看着儿子，觉得要说清这个问题还真是棘手。

他决定用启发式教育："儿子，你知道不知道，大人和小孩是有区别的？"

童童想了想，决定认同这个说法："大人穿的衣服都大！还吃得多。"

于大海说："除了这个，还有别的啊。比方大人遇到比较恐怖的事情，不那么容易掉眼泪，对不对？"

童童同意，大声说："大人也不爱笑！"

于大海有点讪讪地说："是。为什么会这样呢？是因为人长大了，看得多了，见得多了，就不那么容易受外界的影响了。"

"什么叫外界？"

于大海抠抠眼皮，越发觉得太难了："就是被别的人或事影响。"

童童点点头："哦，那又怎么样呢？"

于大海凑近他说："比方说，如果我跟你去超市，超市里什么东西都有，可却没有营业员。这时候，就有些人会偷东西，他们觉得反正没有人看着，对不对？也许你会叫我，爸爸，我们也拿点东西吧，别人都拿了。可我是个成熟的大人，我就会摇头，认为这样的事不能做。"

童童听到这个例子，很是生气，小脸一下涨得通红："爸爸，我才不会叫你拿东西呢！我怎么会当小偷呢？爸爸，你这样说我，我很生气。"

于大海也察觉到这个例子举得太伤人了。而且，童童已经发现了其中的破绽：

“那偷东西的是大人，还是小孩啊？”

于大海只好点头承认：“是大人，是大人，是不懂事的大人。对不起，爸爸说错话了。”

童童见爸爸认错了，就大度地说：“好吧，那我原谅你。估计你是脑袋一时糊涂吧。”

父子俩再没就“暴乳小护士”聊下去。于大海神奇地发现童童也忘记了这事，再也没说过。

他越想越觉得此事可笑，忍不住当笑话讲给了苏兆南听。苏兆南听了也乐不可支，连声说小孩太逗了。

于大海看苏兆南乐得前仰后合，突然想起了模特的事，感觉这事肯定只能是从苏兆南口里流传出去的，顿时严肃起来，问他是不是这么回事，都跟谁说过。

苏兆南拍着脑袋使劲回忆，终于想起是给苏兆红说过。

于大海奇怪地摇头：“不会啊，你姐知道了，我妈怎么会知道呢？她们俩从来就没对过味，难道还会为这事通气？”

苏兆南大不咧咧地说：“要想人不知，除非己莫为。你自己清白，就没人会知道！”

于大海生气地说：“我怎么不清白了？那个月亮是你的菜好不好，跟我有什么关系，你再到处去说，我就对她不客气了！”

苏兆南赶紧求饶，做了个封嘴的动作：“好好好，我保证……拉上拉链。”

但拉链到底是拉链，等下班后一见到姐姐，苏兆南就又巴拉巴拉起来。

先是把童童的网络用语说了一遍，又讲了“暴乳小护士”的故事，一边讲一边不亦乐乎。

苏兆红越听眉头皱得越紧，突然呵道：“打住！于大海就没把这危险性讲给童童听吗？”

苏兆南笑声顿停，奇怪地问：“什么危险性？”

苏兆红说：“看黄色网站的危险性！天哪，这么小的孩子，简直是要命了。”

苏兆南说：“姐，你也忒大惊小怪了吧？怎么就要命了？人家童童根本就不清楚是怎么回事情，看也没看过，也没当回事，说完了就完了。哪里有什么危险？我姐夫说了，你老是去强化，才危险呢。”

苏兆红大声说：“不强化，不说清楚，那就让小孩子们自己去搞懂是不是？你知道孩子的心是多么不可测吗？他们好奇心那么重，又不知道轻重好坏，等开始看了，再去管，那还能来得及吗？于大海那个人，就是没头脑，总要跟孩子讲平等、讲顺其自然。要是都一样了，那还分成年人和未成年人干什么？我们做父母的，就是要引导孩子，教育孩子，带着他们朝对的方向走，对不对？”

苏兆红慷慨陈词，苏兆南不置可否。

他习惯了姐姐动不动就发宏论，东张西望，一下就看见了墙上贴的“狮娘计划”。凑过去看看，奇怪地问：“这是什么玩意儿？”

苏兆红恨死了弟弟用这么个口气：“什么叫玩意儿？你好好看看，看看你姐是怎么当家长的！再和于大海比一比，就知道他多么不用心。这是我给暖暖量身定制的高考计划！只要按着这个时间表来，用好这一年，她就不可能考不上理想的大学！”

“姐，你自封狮娘啦？”

苏兆红点头：“怎么了？”

苏兆南冲她举大拇指：“你牛。这封号可比母大虫一丈青什么的牛多了。可惜了，施耐庵没遇见你，否则你早就名传青史了。”

苏兆红得意地进厨房看煮的菜：“那是。”

正说着，暖暖放学回来了。刚进门，就大喘着气，一屁股坐在了沙发上：“累死我了。跑了一路。”

苏兆南赶紧给暖暖倒水，帮她拿下书包：“怎么了，跑什么？”

暖暖喝口水，给苏兆南指墙上那张纸：“舅，你没看见啊。那就是我的催命符，我得掐着时间到家，否则，”做了一个勒脖子的动作，“就会被绞死。”

苏兆南说：“哪里会有那么恐怖。”

暖暖说：“那你去问我妈。”

苏兆红听到了这一切，面无表情地走出来：“暖暖说得没错。计划定了，就是要用来严格执行的。晚回来五分钟，接下来的每一步都会迟五分钟。不能按时去学校上晚自习，被老师骂，看看谁难受。”

苏兆南不满地说：“姐，你这也太过分了。哪里有那么严重。”

暖暖放下水杯：“得，我得赶紧弹琴去了。”

说着就进了房间。

苏兆南靠在厨房门边上，看着苏兆红忙："姐，暖暖已经是很优秀的孩子了。人们都说，响鼓不用重锤。她自己的压力一定已经足够大了，你不用再这么加压了吧？"

苏兆红看了他一眼："你这话，是于大海说的吧？"

苏兆南赶紧摆手："我就是说说人之常情，跟我姐夫没关系。"

苏兆红呵道："少一口一个你姐夫的。你有几个姐？对了，他那个模特呢？"

苏兆南说："那模特不是他的，我什么时候说过是他的了？"

苏兆红急了："你不是说的那姑娘黏得挺紧吗？那他于大海没黏性，她能粘住啊？这不就是在来往的意思吗？"

苏兆南撇清："没有啊，没有的事啊。我可没说过他们俩在一起啊。这事闹的，你的前婆婆都开始追问姐夫了。他还问我怎么回事呢。"

苏兆红心虚，就没敢把这话说下去。

苏兆南今天来姐姐这里混饭吃，顺便给暖暖带了点水果，有暖暖最爱吃的猕猴桃。

暖暖在房间里练着琴，想到桌上的猕猴桃，有些馋。悄悄开了门，刚准备出来吃点，就听见苏兆南在问苏兆红："跟你约会的那个医生怎么样了？我听我姐夫说的，据说你那天还穿得很潮，纱裙都穿上了？行啊，姐……"

暖暖听得如此清楚，顿时就呆住了。手里的猕猴桃落下来，刚巧砸在旁边的水杯上，摔到地上，发出清脆的破裂声。

暖暖打心眼里，没法接受苏兆红再找男朋友。在她看来，这是一件说不出来的恶心闹心烦心的事儿。她已经知道谈恋爱是怎么回事了，要是一本正经的妈妈也去那样和男人约会，她怎么可以接受呢？

早就怀疑妈妈突然穿纱裙，其中有鬼，看来还真是这么回事。最可恨的是，连爸爸都帮着妈妈骗她。这一骗，就更证明其中有鬼了！

苏兆南看暖暖煞白的脸，再看苏兆红提着锅铲一脸的茫然和着急，就知道自己说错了话。空气中酝酿着狂风暴雨的味道，他也不敢再吃饭了，说了两句无意义的话，赶紧先溜了。

暖暖终于爆发喊声："到底怎么回事？"

苏兆红咬咬嘴唇，只好承认："只是见了一面，以后要怎样，谁也说不上来呢。这是我的生活，你总不能不让妈妈以后有家吧！"

暖暖开始哭了："我就知道我就知道，你对我这么狠，就是不想要我了。你要去找别的男人过，就去过好了。我不要你管，你让我走！"

说着就要朝外冲，苏兆红赶紧扑上去抱住她。争执中，她第一次让了步："行，这人我不再见了。行不行？"

暖暖问她："你说真的？"

"真的。"

母女俩这一闹，暖暖上晚自习还真是去迟了。苏兆红坐在房子里，灯也不想开，叹气好久。

许是这事对苏兆红有了刺激，第二天上班时，她居然把毛衣给穿反了。

是件开衫，虽然不用系扣子，还是黑色的，但正反总是有区别的。苏兆红自己毫无察觉，就这么穿了一整天。奇怪的是，编辑部也没人说有问题。

直到下班回家，在院子里遇到了袁二元。他好奇地问她："衣服是穿反了还是就这样式？"

苏兆红低头一看，果真！她懒得回答袁二元，蹬蹬蹬上了楼。

晚上给张玲玲来龙去脉讲这事："你说说，我都被摧残成什么样了，这妈也太难当了吧。我这才多少岁，就得一直这么守着啊？孩子太不懂事了，我还得让着她。心乱事多，衣服都穿反了。整整穿反了一天！"

张玲玲好奇地问："一直没人说？"

苏兆红说："没有。今天还来了作者，来了厅里的领导，加上编辑，这么多人，竟然谁都没发现。最后是我楼下的一个神经病看出来的。"

张玲玲哈哈笑，打击她："苏兆红，如果你还想找对象，那你真得检讨自己平时的外貌了。人人都没发现你穿反衣服说明了什么，说明你在别人眼里，已经不会引起任何注意了啊。倒是那个神经病，人家至少还把你当女人看咧。"

第十七章　爸爸的女朋友

于大海终于下定决心，再约一次严冬美。他借口去取数据，又一次去了质检所。他请严冬美一起跟他去吃顿饭，同时，他还想再带一个人。

严冬美一听他还要带一个人，就不好意思再拒绝了。她答应得挺爽快，送于大海出实验室。走廊上的人，纷纷好奇地缩头、关门。

严冬美苦笑："让你见笑了。"

于大海说："不见笑不见笑，这对我来说，是礼遇。"

饭馆找得比较偏僻，于大海怕遇见自己熟人，更怕严冬美遇见她的熟人。两人八字还没一撇呢，小心一点最好。

他要带的人不是别人，正是童童。那天刘艳华说到要顾及童童的感受，等于提醒了他。是啊，他是找老婆没错，但同样也是在给童童找母亲不是？他怎么能不带童童去呢？孩子的感觉，不是也很重要？

担心晚上吃饭会太迟，所以他把时间定在了中午。这个时间，也让严冬美觉得挺好、轻松。

头天晚上，父子俩躺在床上。于大海就告诉了童童，要去带他认识那天说的阿姨。

童童见爸爸挺正式的表情，无师自通，突然就说："是你的女朋友吗？"

于大海吓了一跳，这惊讶不亚于听到"暴乳小护士"。他小心翼翼地问童童："如果是，你愿意见吗？"

童童和暖暖不一样，毕竟小，而且对完整家庭的渴望，大过接纳新人的困难：“愿意啊。我希望你快点给我找个妈妈，这样星期天我们就可以三个人一起出去玩了。”

童童的回答，让于大海很感动，不由地湿润了眼眶。婚姻破碎，于大海觉得最对不起的，就是两个孩子。他们没有做错任何事，却要承受单亲之苦。

于大海对儿子说：“爸爸和妈妈离婚，很对不起你和姐姐，虽然这是我们没有办法的事。我一定会给儿子找个好妈妈，会和你自己的妈妈一样疼你，好不好？”

童童完全同意，用力点头。

于大海说：“所以，等你见了那个阿姨，你得告诉爸爸你最真实的想法。”

“什么叫最真实的想法？”

于大海想了想：“就是你愿不愿意让她到我们家里来，当你的妈妈。”

“哦。”童童点了点头。不说话。良久，突然问：“爸爸，你和妈妈，不能再住在一起了吗？永远？”

于大海沉默了一会儿：“现在看来，是不能的。”

“那以后呢？”

“以后，可能也不能。”

他想尽量把话说温柔点，给孩子一点缓冲。他不知道儿子心里到底是希望他有女朋友，还是盼望着他和苏兆红破镜重圆。但无论怎样，他都得把真实的情况告诉童童。他不能瞒着他，否则以后怎么办？

对伤口，孩子却有着想象不到的自愈的能力。

虽然他长长地叹了口气，让于大海无端揪起了心，但接下来，童童已经做好了迎接新生活的准备。

“爸爸，我能给你的女朋友提几个建议吗？”

于大海点点头：“可以啊。不过呢，她还没答应做我的女朋友呢。我们只是刚认识，需要我跟你，还有她，一起互相了解。但是，你有什么想法，也是可以告诉她的。”

童童沉浸在自己冒出的新念头里，对爸爸说的阿姨还不是女朋友，并没有特别在意。他掰着自己的小指头，说：“我就想对她提三点要求。”

于是，第二天中午，当于大海带着童童，出现在严冬美面前时，童童立刻就把烂熟于心的要求，告诉了严冬美。

“阿姨，我想对你提三个建议，你愿意听吗？”

他坐在严冬美的对面，一副严肃的表情。

严冬美看着好笑，赶紧点点头，先夹了颗蜜枣，放在他的盘子里，然后身体前倾，听他说。

严冬美的亲和和温柔，都让童童非常满意。他无拘无束地说：“第一，你能不能以后穿裙子啊？”

严冬美那天穿的是裤子，但她是喜欢穿裙子的。于是她点头：“好，以后我见你，保证穿裙子。”

童童很高兴：“第二，你能给我做鸡翅膀吗？”

严冬美很认真地问他：“我只会做红烧鸡翅膀，那你喜欢吃什么样的啊。”

童童小手一挥，说：“红烧的就很好。”

那意思是这个问题也过了。

“第三，如果你和爸爸结婚了，我能不能每天都吃西瓜？”

哟，这话太突兀了。不仅严冬美觉得有点难堪，于大海也不好意思。但两人却都有惊人的默契，没有任何的阻拦或是解释。

于大海看着严冬美，眼睛里露出抱歉的意思来。严冬美却根本没有看他，很认真地对童童说：“只要不是拉肚子，我觉得好像没什么不可以的。你说呢？”

她这才抬起头来看于大海。她的嘴角，带上了一抹揶揄的笑，这抹笑，让于大海的心突然狂跳起来。他几乎在刹那间就认定了，严冬美正是他要找的那个女人。

温柔，聪明，大度，善解人意。

她一定可以做好童童的妈妈。

童童呢，童童在说完了自己的三个要求，并且严冬美都态度极好地答应了他之后，他不由又兴奋又激动，抬头看了看爸爸，示意他低下头，俯耳过来。

“她可以做你的女朋友。”

这是童童给严冬美下的结论。

翟晓来了。

一进门，就给苏兆红桌上放了一个方方的盒子，盒子上有里面产品的图，看上去像个特大号的耳机。

苏兆红正拿个笔在纸上写着什么，被这嗵的一声吓了一跳，拿笔戳戳那盒子：

“这是什么？”

翟晓人胖，从A点到B点，不管多远，都要先喘几口。苏兆红站起身，倒了一杯水，放在他面前。

翟晓喝了口水，来了精神，又故作神秘：“你猜？我这是给你送大礼来了。”

一听送大礼，苏兆红就心跳眼热。杂志社虽然隶属文化厅，但两年前改制，已彻底自负盈亏。这帮老员工，当初可都属于厅里的工作人员啊，现在被抛出了体制外，要自己养活自己了。能力和心态都没到位，加上网络冲击严重，虽然收入没什么太大变化，但物价这样涨，不升就意味着降不是？

所以，苏兆红很头疼的一个事，就是拉广告、拉赞助，总想和企业搞活动，落点闲钱。翟晓好歹也是个在生意圈里混的人，在商言商，他说送大礼，除了钱，还有什么？

苏兆红凑近看盒子，终于看见特大耳机后面的三个小字：“养脑仪”。

“养脑的？”苏兆红奇怪地问翟晓，“你说的大礼，就是它？”

翟晓依然一副神秘的表情，点点头。

苏兆红说：“我们俩谁脑子不好了，要养养？你看我不对头？”

眼见苏兆红要误会，翟晓赶紧放下杯子：“这是个新产品，还没在市场上正式卖呢。人家厂家想走直销的方式，电视网络做广告，平面媒体这一块，我是第一个给谈下来的。第一时间，就想到你的杂志了。一来这产品和我们的教育对口，二来也给你增加点收入，何乐而不为呢？”

苏兆红看看这盒子：“东西质量有保证吗？”

翟晓做出一副被侮辱了的表情：“质量？保证？看你说的，你看看——”他转过盒子的另一面，上面写了不少洋文，“这专利可是从英国进口来的。英国的技术，怎么会没有保证？”

苏兆红还是有些犹豫：“什么批文、出品号都齐全的吧？它都在哪里做过广告，我们也得了解一下？”

翟晓说：“你去看吧，几乎所有的地方台，都在轰炸似的播这个产品的广告呢。卖得很好，你知道为什么吗？比起那些内服的养脑液之类的东西，这个东西外用，而且一天只需要二十分钟，用轻柔音乐、超声波、轻微按摩等方式，起到一个放松心情、减缓压力的作用。我今天拿一个给你，就是让你回去给暖暖用用。孩子不是要高考了吗？这东西正好。如果你心烦意乱、失眠盗汗、经期紊乱什么的，用这个也最好了。”

苏兆红严肃地说："翟晓，我还没到更年期好吧？"

翟晓仿佛没听到苏兆红气愤地抗议，接着说："你封底的价钱是多少？"

苏兆红说："三万。"

翟晓大方地说："给你三万五。你在插页再加个软文广告。你想这一年下来，就是四十万啊。"

苏兆红动了心。她把盒子拉到跟前，掏出那个大"耳机"来，左看右看，还是像个耳机。只是耳机上还带了几个按键，翟晓说是频道。

"你试试，你试试，"翟晓催促她，"你就戴上，然后靠在椅背上，半躺着。这样效果最好。"

说着殷勤地从对面绕过来，要帮着苏兆红放倒椅子。苏兆红害怕这样的无微不至，嗷地叫了一声，两手乱抖："别别别，我自己来。"

翟晓笑话她："你跟我还客气啥？怕男人啊？"

苏兆红觉得这话特不庄重，就很严肃地瞪了他一眼。然后，小心翼翼地将椅子放倒一些，小心翼翼地把耳机挂在耳朵上。

翟晓又凑过来，要贴着她的头帮她调试频道，被苏兆红一瞪眼，吓退了。

到底是耳机，声音还挺立体的。她一连换了好几个频道，有海浪声，有慢音乐，有颂歌，还有念诗词的。到了超声波，什么也听不见，但耳朵眼里却感觉痒痒的，像小虫爬，又很舒服。

"多少钱一副？这耳机？"她问翟晓。

翟晓很惊讶的表情："一副？耳机？这是高级仪器，是高科技好不好？你怎么就叫它耳机了呢？"

"好吧，这高科技多少钱一副？"

翟晓见苏兆红执迷不悟，全然不懂科学的力量，只好摇头："市场价得要一万三呢。不过如果是我们杂志的读者，只要拿封底的广告，就可以打折，八千九！"

苏兆红差点没从半躺的椅子上掉下来："这比买个音响什么的可贵多了。现在好点的MP4才多少，你这个不也就是能放放音乐吗？还不能下载，哪里值这么多？"

翟晓急了："苏兆红，要我说你真没文化！你还是把这养脑仪在当耳机用。来来来，我给你好好看看产品说明书，看看人家用的什么材料，这两个大耳机——不对，不是耳机，这里面的材质，是跟普通的耳机一样的吗？所以养脑健脑的东西，就在这两片海绵里面，它会源源不断地释放出刺激大脑的脉冲电波来，又正好跟我们脑子的运动，在一个频率上……"

"得得得，"苏兆红听着头疼，"你呀你也别跟我讲这么深奥。你也知道现在做广告的规矩的，产品质量问题，我们杂志社不管，这是厂家负责的。广告后面我们会发免责声明的。"

"那当然。"翟晓说着，就从包里拿出一叠合同来，"这个我先放你这里，你看看。放心，广告款我会先付。"

翟晓迈着小短腿出去了，苏兆红把"耳机"重新塞回盒子里。想了想，又拿起来看看："八千九，疯了啊，谁会买这个破玩意。"

正在自言自语，蔡编辑进来了。拿了些票据，要苏兆红签字，都是其他编辑外出公干的火车出租住宿票。

苏兆红皱着眉头看，叹口气："钱越来越少，以后这样的差，我们可能都出不起了。"

小蔡看了看盒子，问道："主编，这是你带来的耳机啊？"

苏兆红转了转盒子："你看看，那不是耳机。据说是养脑仪。"

小蔡很兴奋："还有这个东西呢？那我可得好好养养。整天被我儿子欺负的，脑子都彻底被气坏了。昨天晚上吃完饭，跟老公散步，看见街边有卖鞋的，交了钱，却忘了拿鞋。回到家才想起来，又赶紧跑回去。果真，小摊主不承认，我跟他吵半天，才拿回来。我老公说我，脑子里进水了。主编，不知道这玩意，帮不帮脑袋排水？"

说着，高高兴兴地将耳机套到耳朵上。一想不对，又取下来："是这样用的吗？是放在耳朵上的吗？不是养脑仪吗？怎么对着耳朵呢？"

苏兆红见她这么热闹，不由笑起来："你还真是个活宝。我也觉得就是耳机。是翟总拿来的，说要在咱们这里做广告。一月三万五呢，还算不错。做就做吧，我试了一下，也就是海浪排箫什么的。他说得天花乱坠，至少没什么坏处吧。"

小蔡戴到耳朵上，按了几个键，跟着音乐又是摇身又是晃腿的。

"不过，苏主编，"她突然想起了什么，凑近过来，"给这种关于脑子的产品做广告，是不是得特小心一点？毕竟看咱们杂志的人有很大一部分群体是学生。平时做做书的广告还好啦，突然冒出这么个过于商业化的东西，会不会影响我们的形象？"

苏兆红有点为难地说：“我也觉得不好。虽然我们发行量不算大，但很多读者还是很信任杂志社的。这个产品，往这一放，就感觉很不靠谱，等排到封底上了，就显得更水了，肯定会对我们的杂志声誉造成影响。可是你看，国内多少老牌的期刊，甚至特学术特文艺的，都开始做广告了，我们也不能只靠着书讯来赚钱啊。那能有几个钱呢？去年的印刷费，我到现在还没给人家印刷厂结算清呢。”

说着，字也不签了，一脸苦瓜相地坐着发呆。

小蔡很是同情苏兆红，小心地把“耳机”收起来：“主编，你真不容易。”

第十八章　鸡　汤

往常苏兆红下班回家，只要不错点，准能看见在院子里瞎晃悠的袁二元。不是逗人家的孩子，就是跟老头们瞎贫。他像个大明星似的，走一路跟人打一路招呼，又点头又挥手，满眼就看见他特活跃。

习惯了见到这个人上蹿下跳的，猛然不见了，眼里的人和物，就好像突然都变了味儿。以前苏兆红觉得进了小区，虽然有些吵，可袁二元大着嗓门的川普话，所到之处掀起的生活气息，还是很热闹的。

突然这两天，苏兆红走在路上静悄悄的，觉得有点不对头，到处看，也没看见什么特别的事。回了家，才想起来，是袁二元这个人没在楼下晃悠了。

到了晚上，该扔垃圾的时间，她会突然跑去拉开门看看，门上光秃秃的，也没有漫画。这个人怎么了？出差了，还是出国了？

静悄悄的，可不是他的风格。他是张扬的，热闹的，到处显摆的，处处要成为中心的呀。

“那个，暖暖，”苏兆红忍不住问女儿，“你的那个老师怎么不见了？”

暖暖知道她在说谁，但故意装作不知道：“我的哪个老师？我老师多了去了，你说的是谁？”

苏兆红说：“我能说谁！你老师再多，我又怎么知道在不在的？我能见到的，不就是楼下那个疯子吗？”

暖暖说：“噢，你是说袁老师啊。你不是不让我当他学生吗？现在承认他是我老师啦，那我可以跟他学画了？”

苏兆红瞪眼："你别跟我说三不着四的。不知道就算了！当我没问。他爱干什么就干什么去好了！"

暖暖"切"了一声，扭身进了房间。她还真不知道老师不见了。

到了去上晚自习，暖暖下了楼，就先去敲袁二元的门。敲了好一会，也没声音。

暖暖有点奇怪地走了。

女儿在楼下敲门，苏兆红悄悄在楼上开着门听着，没听到开门声，她也就关了自己的门。

"奇怪，"她说，"这个无业游民，哼，不知道又游到哪里去了。"

"无业游民"很快就露面了，而且找上门来。都快晚上十点了，苏兆红正在家里收拾房间，袁二元来敲门了。

"苏女士，不好意思，"他有气无力的，和平时的大嗓门完全是两个声线。而且因为没力气说话了，顿时也变得有礼貌起来："借点盐，我家里没盐了。太迟了，没地方买了，随便对付一个晚上。"

苏兆红奇怪地问："你还没吃饭吗？要盐干什么？"

他指指自己的喉咙："扁桃体严重发炎，说不出话来。吃不下东西，我烧点开水，医生说要多喝点盐水。"

苏兆红点点头："哦，好的。我去给你拿。"

进了厨房，嘴里念叨："难怪听不见他到处讲了，原来是嗓子疼了。哈！"

拿一个小碗，装了一碗，端出来。见袁二元正靠在门框上，低头看着自己的手，手背上还有棉签和胶布。

苏兆红就说："都打吊瓶了？那你不吃饭能行吗？"

袁二元点点头，接过盐："吊了三瓶，才刚输完液。哎哟，我平时是从不生病的，谁知道这一下竟……"

说着，腿脚软趴趴地扶着墙下了楼。苏兆红站在门口看了看，关了自家门。

没十分钟，暖暖就下晚自习回来了。见苏兆红正站在餐厅里，手上捧着个陶瓷罐子。

暖暖好奇地问："妈，这是什么，好吃的吗？我先声明啊，我可不吃。都这么晚了，吃东西要发胖的。"

苏兆红冲她说："先别换鞋，你把这罐鸡汤端给那个两块钱去。我看见他了，说是发烧生病了。一个大男人，也没个家，一病连照顾的人都没有，吃也吃不上，喝也喝不上。刚才居然上楼来问我借盐！你看到了吧，这就是画家，而且还是你口中有名气的画家——走上了这条路，就等于是自绝于人民，就等于自我流放，再怎么也没法过正常人的生活了。这可是活生生血淋淋的教训啊……"

暖暖捂住了耳朵："好了好了，不就端个汤，你至于念叨这么一大堆吗？多少画家功成名就家庭幸福你怎么看不见？"

气冲冲地上来端罐子，苏兆红又喊一声："等下。"

她打开冰箱，夹了一个鸡腿放进了罐子里，又拿了一小把挂面，塞给暖暖："去吧。"

暖暖下了几级台阶，苏兆红又打开门。"暖暖，暖暖，"她小声大气地叫。

暖暖回头："干吗？"

苏兆红说："千万别说是你妈要你送的，就说是你背着我偷拿给他的啊。"

暖暖定定地看着苏兆红："为什么啊。你这么啰嗦，我就不去了。"

苏兆红挥手："你就按我说的去！我就是不想跟他有什么来往。"

暖暖"切"了一声，下了楼。

苏兆红三步两步，蹑手蹑脚地下了楼梯，站在楼梯当间，听暖暖敲门。

门开了，就听见暖暖故意大声地说："袁老师，我妈叫我来端给你的！"

苏兆红气恨地一拍额头，赶紧朝家里跑。

暖暖这么出卖自己，让苏兆红心里特别不爽。这孩子是啥意思啊？

等暖暖一进门，她就冲上去："你怎么那样跟他说呢？我一个单身女人，他也是独自一个人。你不是受不了我给你找继父吗？你就不怕这么殷勤，引来是非吗？再说了，我凭什么给他送汤啊，那不是看他可怜吗？不行，你得给我把这个坏影响挽回来，去，去给我把鸡汤端回来！"

暖暖见过苏兆红的不讲理，但还没见过这么不讲理："你说真的假的啊？有你这样的吗，那以后怎么见人家啊？要端你去端。"

苏兆红恶声恶气地说："我问你，你为啥要那么说？我不是给你讲过了吗？"

暖暖不耐烦了："妈，你就别自作多情了好不好？人家袁老师是搞艺术的，是画家，审美的眼光高着呢。找他的女人也很多的，他哪里能看上你呢？你就直接送巧克力送花去给他，也没问题，他不会对你多想的。”

苏兆红听了女儿这话，气得简直要翻白眼：“哎，你这是什么意思？啊，倒成了我热脸去贴冷屁股了？成了我高攀了？你这是什么破眼光啊，还觉得我配不上他还是怎么的？那么一个衣服都穿不整齐、邋里邋遢、胡子拉碴、不结婚没老婆的人，反而成了你眼里的偶像了？”

暖暖要进屋去学习了，苏兆红跟在屁股后面，硬是要辩个清楚：“我跟你说，我比他可强多了。他要是求到我头上，拒绝他的是我，你懂不懂……”

暖暖不说话，关了门。苏兆红对着门举拳头，一脸悲愤：“这世道还有正义公平吗？”

想了想，又扭头冲门喊：“你这想法，是你自己的，还是他的？那个两块钱是不是给你说了什么？他自我感觉还真是……哎哟！”

一跺脚：“有这么气人的吗？”

送汤送出这么一场气来，还真是苏兆红没有想到的。

更没想到的是袁二元，暖暖给他拿来鸡汤和挂面，他就一阵惊喜。心想苏兆红这个女人还真是刀子嘴豆腐心啊，等他病好了，一定要去好好谢谢她。而且以后保证不计较她的坏脾气和刻薄话。

袁二元是因天气剧变引起的呼吸道感染，自己又没太注意，以为能抗过去。等发烧发到全身瘫软，才挪着去了医院。吊了几天瓶子，终于觉得轻松了，又有力气活蹦乱跳了，做的第一件事，就是给苏兆红画幅画。

好多天他没动画笔了，拿起纸和笔，心里挺兴奋。他想好了，要给苏兆红画一组关于狮娘的生活漫画，逗逗这个严肃的女人。

他就不信，她会不觉得有趣。

要说袁二元有啥想法，还真没有。

他不过就是这样一个人，自己活得轻松自在，也喜欢看到周围的人高高兴兴的。他只是觉得自己正好会画画，而画点小东西，如果能和旁人拉近关系，增进友谊，那岂不是很快乐的一件事？

小区里很多人喜欢他，正是因为他善于用漫画跟人打交道。看见一个可爱的小宝宝，他三下两下画一只苹果，再把孩子的眉眼加上，苹果把儿正好是孩子的朝天小辫。送到妈妈手里，那妈妈高兴得眼泪都快掉下来了。

"哎哟，谢谢你啊袁老师，你真是个有爱心的大好人，我会给孩子一直保留着的。"

看到刚跟老伴吵了嘴的气鼓鼓的楼下陈大妈，他一边听她骂那个老不死的，一边从工装裤的口袋里摸出个铅笔，随手抽张纸，就给大妈画一束怒放的鲜花，花里面藏着大妈的两只大眼睛。偏偏这花插在一个大倭瓜上，倭瓜上还画着陈为民的眉眼嘴巴和山羊胡子。

他撇着四川腔说："大妈，你回家就把这画拿给大爷去看。就说你这朵鲜花插在倭瓜上了，让他惭愧一哈。"

大妈扑哧就乐了，越看越乐，终于忍不住给了袁二元一个大大的拥抱："得，这下我心里平衡多了。"

吃了人家的嘴短，喝了人家的心都软了。袁二元一想到那罐鸡汤，就感动不已。

罐子是黑色的，不大，却挺精致，盛汤正好。加上一只肥美的鸡腿，简直可以直接端在饭馆的桌上了。他一拿起笔，脑海里就会出现那罐汤，终于决定就画个和鸡汤有关的场景。

人家都说千里送鹅毛，礼轻情意重。这邻居送鸡汤，才是真正的温暖在人心啊。袁二元三下两下，就画好了。

只见苏兆红黑色的大眼镜，夸张得几乎遮住了整张脸，她正站在灶台边熬汤，透过镜片，仔细看手里的菜谱，嘴边还有旁白呢："两克怜悯、两克善心、一克盐巴、一克假装无所谓、半两不生气、姜片适量……"

那装汤的罐子，正是黑色的，上面还画着袅袅上升的热气。

最夸张的，还是苏兆红不变的发型。顺着两边毛蓬蓬的狮子毛，乍得威风凛凛。

题目也写上了《狮娘熬汤》。

啪，趁苏兆红下班前，给她粘到了门上。

袁二元呢，又恢复了黄昏时到楼下散步的好习惯。

好几天没见到他了，那些熟悉他的人都围拢过来，嘘寒问暖的。连小孩子都跑过来，拉着他的手围着他转圈，拽得他站不稳当，不过还是把大拇指忠实地交给小孩儿攥着。

正寒暄着，苏兆红表情严肃，穿了一身深蓝色的西装，手里拿着纸袋过来了。

看了一眼袁二元，就像是不认识他似的，连点惊喜都没有，就黑着脸上了楼。袁二元早做好了向她表示感谢，并且等她问他病情的准备，脸上堆着笑，脚步已经朝她走去，谁知道她竟如此冷漠，就走了。

“又怎么了？”袁二元不由嘀咕，头转过去，看着苏兆红的背影。

陈为民陈大爷发现了他这个眼神，冷不丁冲他肩膀上拍了一巴掌：“我说画家，那个女人可不适合你。脾气太怪了，到这年龄了，过日子主要是让自己轻松，你说我说的是不是？”

袁二元刚点头说了声是，又跳了起来：“陈大爷，你吓我！你说谁呢？不不不，没有的事，影子都没有。不过大家都是邻居，我可受不了她成天对我看不惯的样子。我又没做错什么，对吧？我就是想跟她搞好关系，我这个人最受不了的就是被别人讨厌。”

不跟大爷啰唆，他直接上楼去找苏兆红了。

苏兆红刚看到门上的那幅画，正拿在手里念“旁白”呢：“两克善心……什么，一克假装无所谓。啊，什么叫假装无所谓？”

一抬头，见袁二元上楼来，笑眯眯地说：“看到了啊？”

苏兆红鼻子里冷冷地哼了一声：“假装无所谓是什么意思？这画我不懂，是画的我吗，是给我画的吗？”

袁二元赶紧说：“当然！这样的发型不是你还是谁？”

眼见苏兆红没一点开玩笑的样子，他也有点紧张了：“没什么意思，就是逗个乐而已。”

苏兆红一字一顿：“两块钱，我不是让你逗乐的。你要感谢我，就好好说声谢谢，我保证跟你会好好说句不客气。等下次你再生病，我该做的还是会做。可我不喜欢你画这么幅怪里怪气的画上来，还说我假装无所谓。我没假装，我对你就是无所谓。你也千万别自作多情，以为我送你点盐，送你罐鸡汤，就是在向你示爱。而你呢，则可以到处跟别人说我配不上你，因为你是艺术家，不是俗人！”

袁二元越听越糊涂，苏兆红这意思、这表情，明显是受了伤害了。谁伤害她了？难道是他的画，还是他做了什么，让她这么生气？

“我没跟别人说过配不配的啊？我哪里敢打您的主意呢？您是这个意思吧？”

得，你都改成您了。苏兆红能听不出其中的讽刺吗？

她钥匙一拧，开了门。扶着门，她对袁二元说："既然你这么高级，感觉这么好，就不要专门为我画画了。我消受不起，行吗？"

不等袁二元回答，她昂首挺胸已经进了门，并且把门关上了。

袁二元一肚子糊涂，糊涂得整个人都要昏过去了。他摸摸头，自己问自己："我这没发烧吧？"

刚转身，苏兆红又打开了门，头探了出来："我们俩谁配得上谁还是配不上谁，我说了算！"

嗵，门关了。

咦，这是怎么了？他说错什么，做错什么了吗？还是他的画传达出了什么不友好的、会引发误会的信息？苏兆红突然变脸，到底是什么意思？

二话不说，袁二元举起手指，就按门铃。

"叮咚，叮咚……"

苏兆红当然知道是袁二元，她心里还带着火气，不想给他开门。确实，那"一克假装无所谓"，再加上暖暖之前说的那些话，深深地惹火了她。原来在袁二元眼里，她果真是自作多情啊。难怪他总是用画漫画的形式来调侃她呢。

苏兆红觉得不仅受到了轻视，甚至还有侮辱。她既生袁二元的气，也生自己的气。

哼，搞艺术的，就是非正常人类，就不能跟他好好打交道！

袁二元不弄清状况绝不罢休。叮咚，叮咚，门铃丝毫没有停的意思。

苏兆红担心会引来更多的人看热闹，终于憋不住了。眼瞅着对面和隔壁都开了门，在等着她发话解释情况呢，她只好忍着一声不吭，眼神示意袁二元赶紧进屋。

袁二元做好了和苏兆红门里门外大辩一场的准备，却被苏兆红的眼神叫到了房间里。

他心虚极了，不敢相信似的，用手指指客厅的地板，问苏兆红："你确定，要我进来说？"

苏兆红心烦意乱，瞪了袁二元一眼。

她一言不发地就叫袁二元进了房间，这会不会让邻居怀疑他们有什么"奸情"？本来只想息事宁人，却又引来新的误会，这让苏兆红意识到自己做错了事。她关上了门，想想不对，又将门半开。

袁二元奇怪地嚷嚷道："你到底是在闹哪样呢？"

他嗓门大，口气又带着质疑，一听就是要闹事。苏兆红又赶紧将门关上。她严肃地说："你声音低点，没看见有人想看热闹啊？"

袁二元哪里注意到这些，再说有人热闹有什么不好？他是个爱热闹的人，从来就没怕过热闹。热闹多好啊，不热不闹有什么意思呢。他乐了，对苏兆红挤眉弄眼，说："你是说看我和你的热闹？"

苏兆红恼了："挑衅是吧，你就是想挑衅是吧？"

袁二元赶紧摆手："我哪里敢挑衅，我这是示好。示意的示，和好的好。你是怎么了，遇到什么事了，心情很差？"

进了苏兆红的门，他换了语气，刚才一心要说清楚的想法，现在变成了同情。

苏兆红这么紧张、这么神经质，一定是遇到了什么不开心的事情，所以才会冲他发火。

对，一定是这样的。

他觉得他把稳了苏兆红的脉，决定顺着这个脉络走下去："我说你怎么一见我脾气就这么大呢，还以为我做错了什么。原来是心情不好，遇到难处了啊。需要我帮忙吗？"

苏兆红眼睛盯着袁二元。她不知道该拿他当混蛋还是当白痴。谁遇到难处了，谁需要他帮忙了？噢，当画家就了不起啊，就可以欺负了人又不当回事啊？

她尽量压住火气，声音放平，语速放慢："袁二元，你是不是拿你自己当超级香饽饽啊，以为天下的女人都为你疯狂？这么说吧，我送你鸡汤，真没任何意思。就是看你生病，想着楼上楼下的，能帮就帮一把。我真没别的意思，更没假装什么。你觉得我对你有必要假装吗？"

她问得很真诚，袁二元一头雾水，赶紧摇头："没必要没必要，你干吗假装呢？"

"是啊，"苏兆红说，"我是没必要假装啊。你看，这段时间，我们一直处得还挺好的。你那么关心暖暖，还帮着我圆谎，又送吃的给暖暖，还当我的感情顾问，我真的挺感谢你的。虽然有时候还跟你说话不客气，可真心拿你当了可靠的邻居和朋友。你怎么就给我来了这么一幅漫画呢？"

果真是漫画！

袁二元现在知道了，问题还真出在了那张画上。可画的细节他已经有点记不清了，他说：“你拿过来，我看看，我是不是什么地方弄错了，让你误会了。”

苏兆红才不想拿画呢。她没好气地冲袁二元说：“我留着它干吗，早撕了。”

袁二元听出了她的愤怒，着急道：“到底是哪里惹着你了？是发型不美，还是腰太粗了？你总得给我个说法吧。再说了，什么叫漫画你不懂啊，它本身就是带着玩笑性质的，是让人可乐的……”

“我不想让人可乐，行吗？”苏兆红拦腰打断，“我一个单身女人，又要工作又要带孩子还要做家务，到底有什么可乐的元素，让你一而再，再而三地拿人开心？”

眼瞅越说越拧巴了，袁二元先认输，两手举起，做投降状：“好好好，我错了。没考虑到你的感受。不过还是要声明，送你漫画不是拿你开心，而是想让你开心。”

他那幅好男不跟女斗的表情，让苏兆红也意识到自己过分了。她怎么会不知道袁二元画漫画是为了缓和气氛呢，她这么刻薄地将他一军，以后还怎么相处？

“好吧，”她挽救局面，“我知道你是好意。”

袁二元追问：“那你到底是怎么了？”

苏兆红忍不住了：“假装无所谓的反面，不就是真的有所谓吗？你就是在调侃我，对你太有所谓了是吧？”

袁二元两眼迷茫。他已经有点想不起来一挥而就的漫画上到底写了些什么。

“我说你对我太有所谓了吗？”

苏兆红看着他傻不愣登的模样，一转身，拿出了“罪证”。她指给他看：“这不是写着吗，假装无所谓。假装！所谓！这话你是怎么想的？”

袁二元看见画还在，不由乐了：“你没撕啊。你可别犯傻扔了。万一哪天我出了名，这能卖大价钱呢。”

见苏兆红瞪着眼睛，又看看画，看到了那几个惹事的字。他轻松地“嗨”了一声：“就这也能招你生这么大气啊，没什么意思啊，不就是好玩吗？”

苏兆红不饶：“假装无所谓！你什么意思？”

袁二元大不咧咧地说：“这有什么意思？你想多了好不好？这就是潜意识，我就随手那么一写，就出来了。”

“潜意识？是你的潜意识啊还是我的潜意识啊？”

见苏兆红还在气头上，袁二元能说什么呢，当然只能朝自己身上摘呗：“我的，那肯定是我的潜意识。”

“假装无所谓？”

袁二元点点头，做出一副无辜的表情：“是啊。是我对你假装无所谓——其实很有所谓好吧？你有你的医生，怎么会对我想入非非呢。”

袁二元把一句尴尬话解释得这么滴水不露，终于纾解了苏兆红绷在弦上的气愤。看着袁二元圆乎乎的脸和无辜的表情，她又气又好笑，把画朝旁边一放，嘟囔道：“这还差不多。”

现在她也看出来了，在这个世上，她敢无理取闹的人，也就是袁二元了。袁二元是个好脾气的男人，他似乎天生就是为了包容别人才到世上来的。苏兆红察觉到了自己的胡搅蛮缠，不好意思地问他：“烧退了？”

袁二元的表情平平淡淡，仿佛刚才什么事也没发生似的，说：“退了。整死我了这次。幸亏有你的鸡汤。”

苏兆红就说：“要不，再给你带点？”

“不要不要，”袁二元拉开门，准备走，转过身又逗苏兆红，“别弄个一碗鸡汤引发的血案出来。”

苏兆红不好意思地站在门口，红着脸，半天吭哧出一句：“老袁，对不起啊，是我没控制好情绪。我……咳，我……”

袁二元不想她尴尬，替她圆场：“没事没事，话说清楚总比不清不楚要好。”

看着苏兆红满含歉疚的眼神，他跟她开玩笑：“你确定对我没意思，是吧？”

苏兆红扑哧笑了：“有，有，有很多行不行啊？”

袁二元假装严肃，诚恳地说：“那你以后见到我别太热情了，懂吗？”

苏兆红又脸红了。她不会跟男人说俏皮话，只能瘪着嘴，笨笨地眨巴眼睛。

袁二元见她这模样，又是好笑又是可怜，赶紧跟她摆摆手，说句“沙扬那拉”，转身下了楼。

第十九章　没头脑和不高兴

月亮的广告片拍完了，已经开始在本地的电视台播出了。苏兆南也没有理由再去找月亮了，有点着急。

想了好几天，他终于给月亮打电话了：“那个，那个，我认识了个风水大师，你想不想一起去看看？”

月亮直不愣愣地说：“什么，看风水的？我看风水干什么？”

苏兆南说：“就是看看今天适宜做什么不适宜做什么啊。”

月亮隔着话筒横空呸道：“这个东西你也信！以前我去看过一个风水师，他一见我就说今天宜约会和交配。你不会也是想做这个无聊的事吧？”

苏兆南吓了一跳，还有这么直率的风水师？虽然他不会这么说，但月亮也未尝没说出他心里的阴暗面。他嗫嚅道：“我哪里会那样，这不直接成流氓了吗？那今天宜吃饭或看电影，你想来吗？”

“不想。”月亮干脆得连一秒都没空，“你非得让我说出来，居心何在啊？我对你没感觉，约会的事请别提。”

苏兆南再次吓了一跳，心都要拧巴成麻花团了。这姑娘，也忒不给人面子了吧，也忒会伤人了吧。

他不想就这么落花流水屁滚尿流地抱头逃窜，忍着伤心，尽量放平语气：“你想哪里去了，我约你干吗？我是帮我一哥们约的，他要拍广告，找模特呢。我说我正好认识一个，是他想请你，还有我，一起吃饭看电影。”

“那你不早说清楚，”一听有业务，月亮高兴了，躺在床上，把腿举得高高的，欣赏着自己的脚，“他那里钱给得怎么样？一小时多少，你知道不？”

苏兆南哪里知道呢，这话就是随口的谎言，他还得赶紧找人来扮托呢。

“这个你们得具体谈，我不参与。”他装得一本正经，“我那哥们是个爽快人，一般来说，只要你别漫天要价，就没问题。”

月亮高兴道：“成。那几点见面？我好换衣服。”

苏兆南看看表，都已经快下班了：“六点半吧，我来接你。”

月亮说了好，刚要挂电话，又想起来：“于总去吗？你把于总一起叫上不好吗？我挺想见见他的。”

这回苏兆南没客气：“他要带儿子去游泳，没空！没时间！不可能！”

于大海成了他报复月亮的子弹，他觉得很是解气。

可是真到了饭桌上，月亮就又举起了于大海这挺机关枪，将枪口掉转对准了他。

苏兆南找不到广告公司的托，只好叫王强一起跟他去。王强一脸诧异：“你为那个闺女费这么大心思，真是有毛病啊，她有个别名叫没头脑是吧？告诉你，没头脑的好朋友，只能是不高兴。以后啊，你就别想再高兴了，思密达。”

月亮一看是王强，就很吃惊：“怎么是你，苏兆南不是说是个广告公司的朋友吗？”

王强强装镇静：“我一边卖袜子，一边就不能再开个广告公司了？”

月亮放了包，招手叫服务生过来点菜。王强就大声问苏兆南：“不高兴，你知道月亮小姐喜欢吃什么吗？”

月亮听他这么叫苏兆南，挺好奇：“你叫他不高兴？为什么，这是他小名吗？”

王强说：“这是因为他有个好朋友，所以只好叫他不高兴。”

月亮懒得看苏兆南，点头同意：“他是挺容易让人不高兴的。”

说着，啪啪点了自己爱吃的两个菜：“醉虾、醋溜土豆丝。我可以了。”

把菜单给了苏兆南，又接着说：“那他好朋友叫啥啊？”

王强刚要说，苏兆南踢了他一脚：“点菜点菜，你哪那么多废话啊！你赶紧给月亮说说你那边是个什么活！”

王强哪里有活呢？他瞪着眼，不知道说什么。幸好月亮见了是他，心里的热乎劲早消了一半，看他平时那开销，猜也猜得出没什么戏。她主动转移话题：“听说还要看电影？你请啊？”

王强报复的机会来了，他冲苏兆南一摆头：“他请他请。我不能去，我老婆孩子都在家，跟你们去电影院，回家会跪搓板的。那我不是不要命啦？”

月亮看看苏兆南：“就跟你啊，跟你有什么好看的？”

她老话重提：“不如这样，你叫于总出来，把他儿子也带上嘛。我也想认识认识他小孩的。”

苏兆南听月亮一口一个于总的，恨得牙根直痒痒。难听话他不敢说，王强倒是没客气：“我说月亮，你是缺父爱呢，还是没自信啊？总这么惦记老男人，也不想想和于总是不是差了辈分？”

月亮被人这么说，也不生气：“还真让你说对了，我就是缺父爱。十五岁前，他整天在外面吃吃喝喝会朋友，我连他面都少见。过了十五岁，他又跟我妈离了。实话告诉你们，我不仅缺父爱，还缺母爱，我就跟自己长大的似的。这样的女人怎么可能有自信？所以，我特想找个能给我安全感的男人。”

王强说：“那安全感，也并不意味你从此就安全了啊。我呀，我年长你几岁，就跟你说说，这安全感或是安全什么的啊，只能自己给自己。谁也给不了你。”

月亮不听。

苏兆南听他这么教训月亮，也不大满意。他正儿八经地说：“于总最近谈女朋友了，挺好的一个女人，他似乎很满意。所以，关于这事，月亮你就别想了吧。”

月亮一听就急了：“于总谈女朋友了？什么时候啊？我怎么一点也不知道啊！那女的干什么的，多大了，长得好看吗，可爱吗，会穿衣服会打扮吗？”

王强见她问出这么一串傻问题，直乐，冲苏兆南吼一嗓子：“不高兴！”他是想说月亮没头脑，没敢说。

苏兆南知道他什么意思，但心里被月亮的发问弄得怪难受的。他喝了一大口啤酒，说：“不知道，我也没见。但于总挺乐意的。你呀，你就快别参与了。”

月亮当场“失恋”，立马做痛苦状，举着酒嚷嚷着要干杯，还直说喝死算了。

“不高兴，不高兴，”王强不停叫苏兆南的“外号”，搂着他的肩膀揶揄他，“你说你咋就这么不高兴呢？”

月亮喝没喝醉，谁也不知道。但显然她没王强说的那么没头脑。午夜了，她突然给于大海打了个电话，口气特清醒，还透着点小慌张：“于总啊，不好意思，这么晚给你电话打搅了。我记得你说过你在省人民医院认识个肝胆科的大夫，我呀，我胆囊可能出了点问题。想找个信得过的大夫给瞧瞧。能不能你明天带我去找找你那个医院里的朋友？”

她一边说一边抽着吸冷气，于大海能说不吗，赶紧点头，没问题没问题。

偏偏问题就来了。

于大海带着月亮刚进医院门去挂号，严冬美迎面就拿着处方来取药了。三个人正好迎头碰上。

月亮从两人的表情上，立刻就判断出了具体情况。她哎哟一声，一把抓住了于大海的胳膊，半个身子也靠了过去。

严冬美脸色顿变。她强忍不快，冲他们点了点头。月亮突然指着电梯上的科室指示牌：“哟，妇产科在二楼。”

严冬美再也听不下去了，连药也不取了，径直出了医院的门。

于大海这才反应过来，月亮到底干了什么。他气愤地甩开月亮的手：“你这是干什么？谁要去妇产科了？”

月亮小心看他脸色，装可爱道：“我不就憧憬一下未来吗？”

于大海无奈地说：“月亮，你不能开这个玩笑。咱们不合适，没可能。算了，不说这个了，你的胆还疼不？”

幸好，于大海去过严冬美的家。到了下班，他带着童童，就一起来到了严冬美的住处。

于大海遇强则强、遇软则软的特质，见到严冬美，算是彻底给激发出来了。他对她泛起了无尽爱怜，甚至会在心里悄悄问自己，不是爱上了吧？

看来严冬美真是生病了。开门的是陈湘惠，她到女儿这里来照顾她了。见一个男人带着孩子，第一感觉就是刘艳华的儿子。

严冬美这事倒是没瞒着母亲，虽然陈湘惠不乐意她做什么继母，但严冬美还是把吃饭的事告诉了陈湘惠。

童童手里举着他为生病的严冬美阿姨画的画，大声叫陈湘惠：“奶奶好。”

于大海也颇有礼貌，点点头还微鞠躬：“阿姨你好，你是冬美的妈妈吧？她身体好点了吗？我带孩子来看看。”

一声奶奶，已经让陈湘惠心都酥了。她从没想过自己会这么容易就打开心扉接受了这个孩子。于大海的一声冬美，温柔、体贴，还带着恳求，更让她感受到温暖。她二话不说，就认可了这个看上去真能照顾好女儿、并能给她幸福的小伙子！

哦，不不，不是小伙子了。

有童童在，严冬美当然不好意思多问于大海月亮的事。于大海的解释也很言简意赅："不是你看到的那样，什么都没有，你要相信我。"

严冬美眼睛不看于大海。她跟童童玩拍手游戏。

于大海转身进厨房，帮着陈湘惠去做饭。他大力赞美陈湘惠的手艺，赞美她化腐朽为神奇，将梅干菜、鸡肉丝还有毛豆做在一起。

陈湘惠像天下所有的老太太一样，对自己厨艺的赞美，统统没有抵抗力。她越看于大海越顺眼，越看越顺眼就越怕严冬美会错失良机，她大声喊严冬美："冬美啊，你要不要来厨房，给你的朋友也展示一下自己的才艺啊？"

喊完，立刻对于大海说："我女儿的手艺也是非常好的，有的菜比我做得还要拿手！"

严冬美刚一在厨房门口露面，陈湘惠赶紧摘围裙，让地方，要让闺女来唱主角："冬美，快来，你来做一道家常凉菜，我来给你打下手。"

于大海知趣地说："阿姨，你去休息吧，我来给冬美打下手。我来帮忙。"

童童跟到了厨房来，大声问道："爸爸，你在做什么，什么叫做打下手？我也要打下手。"

陈湘惠赶紧将童童拉住："走，奶奶给你削苹果。让你爸爸跟冬美阿姨在一起给你做好吃的。"

童童不走，坚决要站在于大海和严冬美中间。他努力想弄清楚情况，凭什么爸爸突然不让他参与女朋友的事情了呢？

他左右看看，想在于大海和严冬美脸上找到答案。两个大人却只是对他笑笑，并没有提供更多的线索。

严冬美拿出蒜，让于大海剥，又拿出白菜，放在水龙头下冲洗。

童童卷袖子，嚷嚷着也要参与。严冬美顺手给了童童一片白菜叶，轻声告诉他，撕成碎条。

这天晚上，父子俩在严冬美家玩得很是高兴。

告别的时候，严冬美送两人出了门。外面有点凉，她返身回去拿了条围巾给童童围上。童童深深闻了一下，大声喊道："爸爸，阿姨的围巾真香。"

于大海看了严冬美一眼。严冬美在这意味深长，甚至可以说性感十足的注视中，突然有了那么一点颤抖。她平静的心被这注视打动了。

动了情的严冬美心想，也许自己到了该打开心扉的时候，也许她真的该勇敢一点，主动一点，不要想太多，只要接受和付出就可以了。

为了巩固自己好不容易才鼓起的勇气，她决定乘胜追击。

第二天中午，她去了于大海的公司。

这是她第一次主动来见于大海，而且带了一点浪漫的想法，那就是突然出现在他的面前，给他一个惊喜。

偏偏那天一大早，月亮就来于大海的公司了。和广告部谈完工作，她就来到了于大海的办公室里。于大海这里有一些国外脚模的资料和图片，月亮早前曾借去过几本，今天特意拿回来还给他。

月亮还书，当然是醉翁之意不在酒。一进门，见于大海一个人，就喜上眉梢，声音也发起嗲来："于总，你这么坐着的样子，猜猜让我想起了谁？"

于大海抬头看月亮，只见她两眼放光、一副喜出望外的表情，就淡淡地说了句："你爸爸？"

月亮撅起嘴巴："我爸爸有你十分之一帅，我就高兴死了。于总，难道你就这么想当我爸爸啊？"

于大海说："不敢不敢，爸爸不能随便当，但当个叔叔，总是错不了。"

月亮不干，一步跳进来，站在于大海的桌子对面："于总你这是占我便宜啊！"

于大海摇摇头，笑了笑："月亮姑娘，你就是请我占你便宜我也不敢。你可不能随随便便给我扣帽子啊。"

月亮直呼其名了："于大海，什么叫我请你占我便宜你也不肯啊？"

于大海说："我是说不敢。我可没说不肯。"

月亮咄咄逼人："那你到底肯不肯呢？"

于大海汗都要冒出来了，椅子赶紧朝后推："喂，我看你是想占我便宜好不好？"

月亮半个身子都扑在了桌子上，伸出胳膊，将于大海的衣服给抓住了：“于总，你说我占你便宜，那我就不客气啦。”

她撅起嘴唇，将于大海朝自己跟前拉。于大海慌乱地要站起来，她却一把将他又推远了，脸上的神情突然变得一本正经，语气里既迷惑又伤感：“于大海，你说，拿‘便宜’这两个字，用来形容人和人的关系，是不是挺伤感情的？”

于大海看了她一眼，发现她的表情，是一副已经被伤到了的模样。他突然觉得自己做得有点过分。一个小姑娘，挺单纯个人，只是因为喜欢他，又没做错什么，他干吗要这样不客气呢？

想到这里，歉疚之情油然而生。他站起来，主动绕过桌子，走到月亮的跟前。他发现月亮眼里已经有了泪水，这下于大海简直觉得自己是在犯罪了。他赶紧伸出手，放在月亮的肩头。

月亮的头顺势靠在了他的怀里。她哽咽着说：“我最后提一个要求，于总，你能答应吗？”

于大海狠了狠心，点点头：“答应。”

“那你能帮我穿次袜子吗？”

月亮这话，让于大海后悔不及，穿袜子？这是什么奇诡的念头，她到底是在喜欢他，还是只想捉弄他？要是对面有镜子，他一定能看到自己刹那变了颜色，尴尬至极的表情。他半晌没动，也没说话，月亮则悄悄地，也一动不动，只是靠在他的怀里。

早不该晚不该，严冬美就是这个时候，走到了于大海的门口。她看得无比真切，甚至连于大海放在月亮肩膀上的手指，都看得清清楚楚。

她几乎要喊出来，可是立刻捂住了嘴。她二话不说，以最快的速度跑到了电梯口，手指颤抖着，生怕压慢了按键。电梯还没来，她再也等不下去了，径直从安全通道，一路跑下了楼梯。

这一切，于大海并不知道。

他在尴尬中终于再次狠下心来，刚推开月亮，这姑娘就发出了一串笑声，之前的迷茫受伤，早就一扫而空。

她迈着猫步，绕着于大海走起了圈子：“于总答应给我穿袜子喽，于总答应给我穿袜子喽……”

她唰的拉开了门，将手放在嘴边，身体还前倾着，一幅要扯开嗓子广而告之的样子。

于大海刚要扑过去制止，月亮双手背后，转向于大海，几乎和他来了个脸贴脸。

“哈哈，你怕了。”月亮得意极了，仿佛做了多么了不起的一个实验，终于看到了期盼的结果，“于总，你也有慌了神的时候。好啦好啦，不逗你了。今天本姑娘的开心时刻，到此结束，拜拜！”

不等于大海说什么，她已经扬扬得意地出了门。

第二十章　撩　拨

虽然苏兆红对暖暖说，自己再也不见那个医生了。但对岳平，却还是很难放下。这么好一个人选，这么一个大帅哥，难道因为暖暖一句使气的话，就放弃吗?

苏兆红是一个对自己有要求、有目标的女人。她要强，不愿意落后于任何人。无论是自己的工作，孩子的成绩，还是幸福的家庭，她相信只要努力、努力、再努力，想要的，就一定都会得到。

张玲玲说她："你呀，让我说你什么才好呢? 四十岁了，还跟个干部似的，相信只要付出就一定能得到。当然,你能这么想，我也觉得挺羡慕你的。但另一方面，是不是我们也该学一些无可奈何、随性随缘、听听天命之类的东西? "

苏兆红眼睛瞪着，看张玲玲："听天命? 随缘分? 你这是什么意思，岳平给你说了什么吗? "

见她全然不知道自己说的是什么意思，张玲玲只好顺着苏兆红说："没有，他什么也没告诉我。那天他送你回家，没说什么吗? "

苏兆红点点头："说了啊，他夸我来着。"

张玲玲因为再没有从刘永福那里听到岳平反馈过什么，以为这事就这么结束了。现在听到苏兆红说岳平夸了她，不由起了好奇："他说什么了啊? "

苏兆红说："他说我很有意思。我就告诉他，我对他的感觉也挺好的。"

"有意思? " 张玲玲很迷惑，苏兆红这个人实在和有意思联系不上啊："他就这么说你? 有意思? 你怎么会有什么意思? "

苏兆红不满："我怎么就不能有意思了? 你的意思是只有你才可以有意思是吧? "

张玲玲也不客气："当然。这还有什么好怀疑的？你从来就不是个有意思的人，这点你自己不也知道？但他夸你有意思，也许你在他跟前表现不俗吧，或者他真的就看到了你身上有意思的那一面？"

苏兆红点点头，傻不愣登地表示同意："要不就是他想告诉我他对我有意思呗。"

"然后咧？"

"什么然后？"

"他约你了吗？"

"没有，"说起这个，苏兆红就有些迷惑了，"我记得我当时已经给他暗示得很猛烈了。我肯定很愿意跟他相处的，但他却一直再没有消息。这是为什么啊？"

张玲玲想着岳平的要求："温柔、浪漫、文艺。是不是还是这些要求，你没达到？"

苏兆红不同意："我怎么没达到，都穿了纱裙了。搞得暖暖还跟我吵了一架。"

张玲玲就说："那暖暖不乐意，你还想见他啊？"

苏兆红说："当然。她小孩家家的，懂什么呢？我找一个说得过去的男人，那不也是为了她好吗？对方收入高点，工作稳定，社会地位比较高，以后也能帮到她不是？万一还要出国读研呢，以后结婚还要陪嫁呢，相亲找对象时怎么介绍自己的家庭……这不都是很现实的问题吗？我想找岳平，想再成家，一方面是为了我自己——哪个女人乐意一填表婚姻状况就写离异呢，是吧？另一方面，我不也是为了她吗？给她一个新家，一个说得过去的继父。以后经济上也能松活一点，对不对？"

张玲玲点头同意。她抱抱苏兆红，真心觉得自己对她体谅不够，难道这不就是她的无奈吗？

岳平没有再提出见苏兆红，刘永福也不多问，心想这已经说明了一切。他侥幸事情就这么无声无息地完了。

可这天一回到家里，张玲玲一本正经地拉他坐下，要跟他谈谈苏兆红的事情。

"你那个岳平是怎么个回事？明明对人家有意思，撩拨完了，又没下文了，太不像话了吧？"

刘永福吃惊地两手一摊，做无辜状："他撩拨她了？对她有意思？我不知道啊，我完全不知道啊。”

又掩饰不住好奇：“岳平他怎么撩拨苏兆红的？”

张玲玲瞪他一眼：“你也忒猥琐了吧！还想知道撩拨的细节？”

刘永福就老实地靠到沙发背上，两手抱在胖胖的肚子上手指头转圈，眼睛看天花板，做出不想说话的样子。

张玲玲见他拿架子，就戳了他肚子一下：“你少装委屈了。来，跟我商量下，怎么才能让他们再见一面？”

刘永福面露难色：“岳平真的再没跟我提过苏兆红一个字。你说这不是明摆着嘛，他不大乐意。那我再去问什么呢？”

张玲玲一拍眼前的茶几：“就直接去问！我们再请一次客，再请他们俩吃顿饭！告诉你，苏兆红是我最好的朋友，她要是不幸福，就会给我找麻烦。我呢，我就不会放过你。我们必须帮她，一个女人家家的，多不容易啊，还带着孩子呢。找个男人，也能帮她分担着点不是？”

一听苏兆红不幸福了，这火还得烧到自己身上来，刘永福还能说什么呢？

“好好好，好好好。”

怕跟岳平解释起来啰嗦，在医院，他装得特随意，拍拍岳平的肩膀：“晚上一起去吃饭，随便吃点，周末了嘛。”

这天苏兆红不敢再穿纱裙了。她老老实实，穿着上班的深蓝色西服套装就来了。

上班前跟暖暖说得也很平淡：“我晚上有个应酬，谈公事。晚饭我做好了，在冰箱里。你回家热热吃了就行。记得啊，弹琴、上自习，别迟到。”

下了班，她去洗手间洗了把脸，拿出口红，对着镜子抹。小蔡跑了进来，尿急，连招呼都打得敷衍：“主编好。吃了吗？”

苏兆红气得发笑：“喂，有在厕所这么跟人问好的吗？刚下班，吃什么吃？”

小蔡出来了，站在镜子前一起洗手，有点吃惊地问：“主编，有重大活动啊？光抹口红不行啊，眉毛眉毛，眉毛才是最重要的。眉毛提神，眉毛是心灵的窗框。”

苏兆红对着镜子抬抬眉毛。她的大眼镜遮着，什么也看不见：“算了，我有窗框了，不需要了。”

小蔡问她：“那主编你是要靠一管口红打天下啊？”

苏兆红说：“可不。”

小蔡跑去办公室，转了一圈，两手空空地回来了，牢骚道：“咱们编辑部这些女人太OUT了，问了个底朝天连瓶粉底液都没问出来。得，幸好还有口红。”

苏兆红伸手在龙头下接点水，抹了抹头发，对着镜子左右看看：“得了，就这样了，走吧。”

小蔡站在后面冲她背影挥手，嘴里小声念叨：“丑媳妇也得见公婆不是？”

这回苏兆红的扮相，可没有丝毫温柔浪漫更别提文艺了。她就是一个穿着身藏蓝色盔甲的职场女性，还是忙了一整天，强打精神，来赴宴的。

进了饭馆门，岳平刚从洗手间里出来，迎面碰到苏兆红，居然眼睛越过她的头顶，完全没认出她来。

还是苏兆红叫了一声：“岳平。”

这低沉利落的女声，让岳平吓了一跳。他看见了苏兆红，可一时竟还是没想起她来：“哦，你好你好。也来吃饭？”

这话问得，苏兆红很是奇怪。什么话，也来吃饭？难道他和她吃的不是一桌饭？

“是啊，来吃饭。”她说，“你来得早？”

岳平还在紧张地想苏兆红的来历：“是。我有朋友在那边。我得先过去了。”

他扭身冲她摆手，再见。苏兆红愣在原地，看到他找个桌子坐下了，自己才跟了过去。

等她站到桌边，岳平就完全想起来了。

刘永福在，但张玲玲还没有到。

岳平一拍脑袋，赶紧笑着，站起身道歉：“哎，我这一天三个手术，大脑都不会转了。对不起，对不起。”

他给苏兆红拉椅子，请她坐在自己身边。同时心里也明白刘永福的意思了。

他严厉地看了一眼刘永福。刘永福冲他做出求饶的表情。服务员来端茶倒水了，张玲玲一路嚷嚷着也赶来了。

“太挤了太挤了，到处都是人，没一处清净的地方。要我说，还盖什么房子啊，这钱应该赶紧拿去开发外太空技术，把中国人移到火星上去四分之三，才能合适。”

刘永福按她坐下：“你有低血糖，要不要先要点点心吃？”

“不用！”张玲玲大着嗓门，“先问岳平和苏兆红想吃什么！”

岳平终于想起苏兆红的名字了，赶紧把菜单递过去：“苏主编先看，你爱吃什么，你来点。这顿我请，别客气。”

这话说得，还算懂事。其实岳平就是这么个人，他总觉得对不起女人，即便他不喜欢她，但还是本能地想在她那里落个好印象。

他不仅想起了苏兆红的名字，还想起来那天苏兆红跟他说的话。她是对他有期待的，怎么办呢？他能让她的期待落空吗？可他确实对她又没感觉啊。

苏兆红抿了抿嘴唇。刚才岳平对她视而不见的那一出，似乎让她只剩嘴巴这一寸大的地方还有自信了。她有点没精打采，随便点了两个菜，同时给张玲玲点了盘葱油饼。

岳平最初的冷漠，刺激到了她。

这个男人怎么这么奇怪呢？到底对她是个什么意思？难道真的只和纱裙有关，那裙子有那么大的魔力吗？男人的眼里，只看得见纱裙，看不见女人的灵魂？

张玲玲看出苏兆红的失落了，却不知道这是什么原因。岳平表现得挺好的呀，为什么苏兆红还是心不在焉的，失去了她平时的那股干劲？

她想她得讲点什么，鼓励鼓励苏兆红。

“我们所里最近发生了一件挺让人高兴的事儿。”她说，问刘永福，“严冬美，你知道她吧？那个女人，挺文静的，实验室里的。”

刘永福点点头：“你说过。”

张玲玲眉飞色舞地说：“她呀，比我们小几岁。结婚很迟，三十才结的。可没两年，就又离了。两地分居，那男人又找了别人了。以后就一直单了，单了好多年了。她人倒是随和，就是性格比较内向。可最近，追求者上门了，不仅特隆重地来办公室看她，还带着儿子一起来过。最有趣的是那个小儿子，爸爸还什么都没说呢，他对大家说，这是我爸爸的女朋友，以后要做我的妈妈。”

刘永福来了兴趣：“这小孩有意思。”

岳平也说不错。

张玲玲哈哈笑：“那男的，咱们都认识，更别提那个儿子了。苏兆红，就是于大海和童童！”

说完，没心没肺地又跟岳平解释："就是苏兆红的前夫和儿子。你说这世界小吧？"

苏兆红虽然无数次对张玲玲说过，她根本不在乎于大海爱找谁不爱找谁的，但听到这么具体的细节，还是有点说不出的感觉。

尤其是童童，居然这么快就忘记她了，还帮着爸爸去交女朋友。她努力压抑着心潮起伏，问张玲玲："这么说童童挺喜欢她的啊？"

张玲玲点点头："可不。不过你儿子要是能交给严冬美，那还真是让人挺放心的。她是个好人，又善良又温和。而且，我还能帮你盯着啊。这是好事，绝对大好事。"

苏兆红说："能这样当然好了。"

还是掩饰不住好奇："于大海是下班去接她？特意去的吗，接回家？"

"那我怎么知道接到哪里去了。"菜来了，张玲玲招呼说，"吃吧吃吧。我说这事的意思就是，各人自扫门前雪。于大海已经找到他的幸福了，你也得抓紧啊。对不对，岳大夫？"

岳平没想到张玲玲埋伏在这里呢。他吓了一跳，却又不好意思说绝情的话。只能含糊着："是啊，我们都要抓紧，对不对，苏主编？"

这话一出，他自己也觉得太暧昧了。

"我们都要抓紧？"唔，怎么抓，是一起抓还是彼此抓？是分头抓还是胡乱抓？

别说苏兆红，就算刘永福、张玲玲都误会了他的意思。刘永福一脸喜悦："好好好，要抓紧，一起抓一起抓。苏兆红，岳大夫可是在邀请你要努力抓啊。"

听了这话，苏兆红刚进门时的那点不快，终于消散了。她越来越觉得对岳平有把握了。是不是因为这样，她的话也多了起来？而且在大家都开始说别的话题时，她吃着吃着，又不屈不挠地绕回到了于大海和严冬美身上："他俩身高差多少？"

她没头没脑地这么插了进来，见大家茫然，赶紧解释："我是说严冬美和于大海。"

饭已经吃得差不多了，岳平见苏兆红又要开始讨论前夫，终于找到了离开的借口："你们聊吧，我还有点事，不能再待了。"

不等刘永福张玲玲问他什么事，他已经二话不说地站起了身，去柜台那边结账了。

岳平走得干脆、突然，但苏兆红并没有意识到和自己有关。她有些不满地问张玲玲：“这人怎么神经兮兮的？正说得好好的，说走就走的？”

“说得好好的？”张玲玲气不打一处来，筷子啪的一放：“你老这么一遍遍提前夫，还能叫说得好好的？换了我我比他跑得还要快。”

第二十一章　暖暖跑了

邱天发给暖暖的短信，被苏兆红看见了。

说来话长，暖暖在苏兆红的时间表下，压力倍增。最伤心的却是，不许学画画，不许提以后想学绘画或设计类专业的事儿。

邱天却没这个烦恼。他目标明确，家长也很支持。不仅每周有按时的美术课，还跟一些提前自主招生的学校开始了联系。他知道暖暖的想法，所以问暖暖要不要一起联系。暖暖彻底崩溃，突然大哭起来。

邱天的这条短信，就是帮着暖暖化解的。

“我很理解自己想做却被人阻拦的感觉。可是不管怎样，我觉得你都要打起精神来，其实是会有很多办法的，比方到了学校，还可以转专业什么的。你悟性那么好，人又聪明漂亮，不该为你妈妈小小的阻挠，就气馁就放弃。加油吧，我看好你。也希望有一天，能和你在一个学校一个班级里学习！”

这话过分吗？能有一个人这么安慰自己的女儿，为她打气，该高兴不是？

苏兆红却觉得简直是大逆不道。一是短信泄露了她这个做母亲的非常霸道不讲理的一面，二是居然在暖暖心里又吹起这把已成灰烬的火苗来。

啊？上了大学还要转专业？就是说，你一定要坚持要非常坚持去搞艺术了，对吗？一定要坚持要非常坚持走上一条常人少走的路，从此以后只能靠着天赋、灵感、感觉、运气等等这些虚无缥缈的东西吃饭了？

不行！我说过多少次了，这条路不能走。我们家祖祖辈辈，都没有人干这个，或沾点边干艺术搞创作的。这就说明我们的基因库里，没有这个基因；你的血液里，没有丝毫的艺术细胞！你可以当做爱好、当做业余喜欢，绝对不能当工作、当饭碗、当谋生的手段！

还有，你居然向别人哭诉我给你的压力，我对你多么不好，我以成绩论英雄，是不是？好吧，即便就是如此，可你看看天下有几个父母不是这样的？这是什么，这就是国情，这就是初级阶段！它就是这么残酷，只讲丛林法则，只讲弱肉强食。所以，我才要当狮子，你才要去做狼！懂不懂？

没有那么多的温情人性可讲，别以为你是女的，你就可以跟别人去哭哭啼啼。记住，以后永远都不要企求别人的同情。同情不能当饭吃，哭只能说明你无能。你记住我今天这些话，永远记住，它会让你以后走得不那么痛！

说完这通长篇大论，苏兆红就没收了暖暖的手机。

“放我这里了。至少放三个月。看看你的表现再说。这个东西搅乱军心，纯粹属于消遣品，而不是必需品，不在我们的计划表格之内。”

暖暖又不理苏兆红了。而且她直接向于大海提出，想跟于大海住。

于大海说没问题啊，我当然愿意，可你妈妈怎么办呢，她能同意吗？何况她住的地方离你的学校近，几分钟就能到教室。我得先跟她谈谈，给她那又臭又硬的坏思想做做工作。

苏兆红录音机似的，把对暖暖的话，又重复了一遍。于大海越听越气，烟盒拍在桌上，折断两根烟，把过滤嘴撕了下来。

苏兆红吃惊地说：“你这是干什么，精神分裂了吗？”

于大海看着她，把过滤嘴塞到自己耳朵里：“你没觉得你说的这些，都是些屁话吗？”

苏兆红生气：“是你要来找我听的，不是我上门去说给你的。你凭什么说这是屁话？你再这么说，别怪我骂你个不客气。见过没脸没皮的，还没见过心理素质好到找上门来挨骂的。”

于大海再次拿出语重心长的语气：“苏兆红，为这些事，我们争吵过多少次，都吵烦了吵腻了有没有？你说的这些，又是狼，又是虎又是狮的，你就这么爱把自己当动物啊？这么教育暖暖，那不是在告诉她尽量少点人味吗？可你知道为什么动物比人强悍，比人凶猛，却干不过人吗？就是因为它们没有情商啊，它们对心灵没有任何呵护和展望，它们只关心吃了上顿找下顿。你是想要暖暖变成一个只知道猎食，不懂活着为何物的人？就跟你一样？拿自己当狮子？”

这话太刻薄了吧！

苏兆红直接站了起来，指着于大海，用她特有的女中音：“你走，马上离开。这是我家，你少来跟我讲这些没用的东西。你是在骂谁，你是想说谁猪狗不如、没有人味儿？我告诉你，你骂我对你没有任何好处懂不懂？我是你的前妻，是你两个孩子的妈！你这么拿动物比喻我，那你把自己当成什么了？”

于大海承认自己说错了，举手低头：“我就这么一比喻。我的意思是，人的情商很重要，我相信你也看过类似的报道。一个人别说成功了，就说他以后能不能很好地适应这个社会，情商要占百分之八十。而情商是怎么来的，那是需要爱的啊，无微不至的爱，大量的理解和关怀！你付出多少，你拥有多少，暖暖就会学到多少。一个平和温暖的环境，家长有稳定的情绪，多多的理解，无数鼓励的话语，面对困难时坚强平静的心智……这一切，才是情商。你自己想想，这些东西你给了暖暖多少？”

苏兆红气愤地说：“你别说这些没用的。情商常有，可高考不常有。暖暖现在是特殊时期，你要我放下她的学习，每天光是拥抱她，让她过得舒舒服服的，那就是情商了？面对挑战，拿出狼或狮的劲头来，这也是培养情商的一种好不好？懂什么懂！”

“人生是场马拉松，孩子要三分教、七分等，你得有耐心。成绩可以上去，可心灵一旦受伤，那就是一辈子需要矫正的事情……”

“又来了不是？马拉松怎么了？我还是那句话，跑马拉松不需要付出努力吗？不需要流汗水吗？不需要死死咬住不放松吗？你见过谁跑马拉松，跑着跑着去摘花了、去游泳了、去游乐园里坐过山车了？于大海，你别总是拿你那套理论来说我——中国的现实就是如此，竞争就是这么激烈，还要三分教、七分等？现在早不是等的时候了！让我说，能跑到前面的孩子，情商都不会低！”

于大海被说得哑口无言，又把过滤嘴拿来塞住耳朵。

苏兆红说：“你这是夸大问题，就想从本质上把我批倒批臭。我说，我们就不能就事论事吗？暖暖马上要高考了，她需要无比的专注，需要彻底地投入，而且我不可能让她去学艺术类。我能做的，就是在这些方面帮助她，矫正她。我们所有的问题，只是这些。你扯那么多干什么？”

于大海生气地说：“她不想跟你住了，想去我那里。”

苏兆红一拍桌子：“不可能。”

于大海说：“那你们总这么不说话算什么？”

苏兆红说：“我没有不跟她说话，是她不理我。这笔账我得记着，现在不跟她算。等高考完了，我要让她好好跟我认错。”

“把手机还给她。要我说，那个男孩子没说错什么。”

“没门。”苏兆红就说了这么两个字。

于大海见她如此冥顽不化，气得直咬腮帮子。

苏兆红觉得这个话题已经讨论完了。她转了方向，不客气地问：“你都给童童灌了什么迷魂汤？他这么快就对严冬美接受了，要让她当后妈了？告诉我，你都跟他说了些什么？”

于大海和苏兆红谈话后第二天，暖暖的问题又一次升级。一张只有53分的物理试卷，被苏兆红看见了。苏兆红把卷子从抽屉里拿出来，放在餐桌上，只等着暖暖回来兴师问罪。

其实在八中这样的高中，成绩很好的同学，都面临过数理化不及格的现象。苏兆红难以忍受的是两点：一，暖暖藏起卷子没有说。二，现在是高三，还出现这样的分数，是不是也太可怕了？

暖暖一进门，看见这卷子，脸色就变了。她也害怕、也内疚、也患得患失、也很难过，偏偏妈妈要用这样的方式，来让她做交代、做说明。她能说什么呢？

“就说说这是怎么回事吧？为什么考成这样，为什么考完不说？卷子拿到后你做了什么，反思过问题出在哪里没有？”

为了这个批斗会，苏兆红特别恩准暖暖不用弹琴。暖暖什么也不想说。她已经够难受的了。她决定依然不理苏兆红。

苏兆红问了几遍，没有回答，气得一摔椅子：“你不张嘴是吧？是没胆说，还是没脸说？敢考这个分数，却不敢说。你就这点本事是吧？”

暖暖眼泪出来了。她只是觉得苏兆红在羞辱她。

苏兆红却也气得手脚发抖，觉得女儿在蔑视她。她越想越不能忍受，进厨房找擀面杖，要动武了。

暖暖拉开门就跑了。

饭还没吃！

苏兆红傻了眼，追到阳台上，只见暖暖已经出了小区门，却朝和学校相反的方向跑去。

她吓坏了，赶紧穿了鞋，跑下楼。到了院子里，才发现自己系着围裙的手里还拿着擀面杖。

正在楼下溜达的袁二元敏锐地意识到出了问题。不等苏兆红说话，他就跑到了前面，追到小区外面去了。

“暖暖，暖暖，”他扯着嗓子大喊。

暖暖回头看是他，也没丝毫犹豫，跳上刚到身边的一辆公交车，就走了。

袁二元跑得狠，弯着腰站在路边大喘气。

苏兆红追了上来，头发蓬乱，一脸慌张：“她她她，上了几路车了？”

袁二元说：“好像是 34 路。”

苏兆红一想：“那路车去哪里的？机电厂？没认识的人住那边啊，哎哟，这丫头真是要活活气死我了。”

袁二元说：“快快，给她打电话。”

说着，把自己的手机递了过来。

苏兆红颤抖着手指，拨通了，没人接。响了五六声，她才脸色煞白地想起来：“我把她的手机没收了。在我包里呢。”

袁二元一脸诧异：“孩子都那么大了，你怎么……”

他见苏兆红也不好受，没再说下去。

“只能等等了。等会去学校看看，她去上晚自习了没有。没有去的话，再到处打打电话，问问亲戚朋友，她有没有去别人家里。也别太担心，她只是跟你闹矛盾——我说，你们怎么这么多矛盾啊，你这个当妈的，能不能让孩子过得轻松一点啊？”

苏兆红这会儿已经没有了狮娘的威风，心里担忧又紧张，只剩下了恐惧。她没忍住眼泪，让泪水肆意地在脸上流下来，这可不是她的风格。她伸出巴掌擦，眨巴着眼睛尽力把眼泪往回憋，抽噎着给袁二元告状：“这孩子太不听话了，重点的话一点也说不得。”

袁二元说：“你才是老虎屁股摸不得好吧。”

苏兆红立刻反击：“潜意识啊你？动不动就想到屁股上。我哪里是你说的那样！”

袁二元看她硬忍着泪水，还要装强悍，还要不服输，真是又可气又可笑。

他忍不住说了她一句：“你何苦呢，总是处处压制孩子。就不能让孩子有点自主权吗？这样她也能尽快成长，你也能放松一些。母女关系也能改善，这不比考上什么样的好大学都更重要吗？”

袁二元这话，让苏兆红终于找到了发泄的靶子。她把这段时间集中攒起的炮弹，以猛烈的、毫不停歇的火力，朝着袁二元嗖嗖地发射了过去。

“我处处压制孩子？你是想说暖暖离家出走全是我的错？是我逼得孩子走投无路，不给她片刻喘息的时间？我是暴君，是虐待狂，是天下最狠毒的母亲，是吗？袁二元，我们邻居这么长时间，你说话要负责任，我是这样的人吗？不错，我对孩子是有要求，可天下哪个父母对孩子没有要求？而且我对暖暖的要求，并不过分，就在大街上，讲给路人听，十有八九的父母，也都能理解。我只是希望她能专心学习，能有一个好成绩，继而有一个好前途。这有什么错呢？今天的问题，是出在一张试卷上，都什么时候了，她的物理还不及格。我能不着急，能不多嚷嚷几句吗？何况，我还没怎么说呢，她突然就跑了。现在的孩子，怎么都这么没有承受能力呢？”

袁二元说：“她没考好，你还要说她，这不是乱上添乱吗？”

他耐着性子谆谆教诲：“越是这个时候，你越是应该拿出大将风度来，告诉她没有关系，下一次肯定会考好。只有这样，她才会觉得你这个母亲可以依靠……”

苏兆红冷笑一声：“她快十八岁了，已经不是处处要找依靠的年龄了。我可以告诉她没关系，她就会觉得，没考好，确实是件没关系的事情，下次不及格，也是可以的。我不能给她这样的暗示，不能给她这样的退路。高三是一场战争，教室就是战场。她必须拿出全部的精力，来赢得每一次考试。不及格，就是打败仗，就意味着危险，意味着耻辱……”

袁二元吃惊地说：“世上真有你这样的人啊！我一直以为人家说的什么虎妈，是为了卖书吸引眼球编出来的噱头呢。你真的觉得，考试不及格，就是打了败仗？就意味着什么耻辱？”

苏兆红看了他一眼，发现他不赞同她说的，决定转身就走，被袁二元一把拉住了。

“听我说一句，暖暖还是孩子，心智还不够成熟，抗挫折或是抗压的能力，还远远不够强大。应试教育已经让孩子承受了很多超出年龄范围的压力，做家长的，应该努力帮着解压，成为他们的依靠和海湾……”

苏兆红打断袁二元的话，低沉着声音：“暖暖情况特殊，我是个单身母亲，能替她抗起的，只有半边天。她要处处不输人，必须付出比别的孩子更多的努力。而她所能依靠的，也只有别的孩子的一半。认清这个现实，对她无论当下还是未来，都是好事。”

袁二元张大了嘴，半天说不出话来。苏兆红处处要强，走到哪里都是一副女强人的模样。他不仅常常忘记她是个单身母亲，更想不到她对自己和孩子，会有这样听起来颇为悲观的认识。

他突然觉得自己对苏兆红说的那些话，太苛刻了。他立刻换了语气：“对不起，不该这样说你。我帮你去找暖暖吧，你说去哪里比较好？”

苏兆红说：“不用了。你回去吧。要是暖暖去找你，就尽快告诉我一声。”

她闭了嘴，眼神有些呆滞。想了想，突然甩开了袁二元，加快了步伐，跑了起来。

袁二元在后面喊：“你去哪里？”

苏兆红一声没吭，眨眼就拐弯走远了。

暖暖的班主任卢秀玲还没到班上呢。她的家就住在校园里面的家属楼上。孩子上了大学，老公在外面有应酬，就她一人，正吃着面条，门啪啪响了起来。

她还从没见过苏兆红这么失魂落魄、不顾形象的样子，她一进来，整个人几乎就要栽倒了。

卢秀玲赶紧去扶：“你这是怎么了，苏主编？暖暖呢？”

她敏感地意识到这来访是跟孩子有关，果真，苏兆红的眼泪顿时流了下来：“跑了，我骂了她几句，就跑了。”

“为什么事呢？”卢秀玲也急了。暖暖是个稳重文静的好孩子，一般不会做这么偏激的事的。

“物理，物理只考了 53 分。卷子还藏起来，我气坏了……”

卢秀玲说：“哎哟，这次物理考试，全班只有一个及格的。暖暖这分数已经可以了。你说你……咳，暖暖是个挺自觉的孩子。她考不好，一定会比你更难受，你不能说重话啊。多关心孩子生活，多多交流，多陪陪孩子，这才是我们高三家长应该做的。"

苏兆红终于认错了，同时眨巴着眼睛使劲忍住眼泪："卢老师，我保证，以后再不说孩子了。怎么办啊，我该怎么办啊？"

卢秀玲扶着身体已经有些瘫软了的苏兆红："走，我们去教室。我会跟同学们说，暖暖只要联系过谁，都让他们告诉我。别担心，孩子是个好孩子，她心里会有数的，不会乱来的。"

"我就怕，怕她不乱来，可会有坏人……"

卢秀玲的眉头也紧紧皱着。下楼梯时，她说："苏主编，听说暖暖还在弹琴，不行了，高三了，时间这么紧，你得让她停下来。钢琴我的女儿也学过的，她本身还很喜欢学，当时我想弹琴就当是放松。但其实，还是很费脑。孩子每天要有一点休息的时候，什么都不想都不做的时间，一天半小时就够了。你呀，把这半小时给她吧。"

苏兆红吃惊地问："什么都不想都不做？半小时？会不会太多了？"

她想起了另一件事："还有，你们班是不是有个叫邱天的孩子？"

卢秀玲敏感地问："怎么了？"

苏兆红生气地说："叫他不要再纠缠暖暖，不许劝暖暖去学设计或画画。"

卢秀玲说："这个以后再说吧，当务之急，还是先找到孩子。"

那天晚上，暖暖根本没在学校露面。

苏兆红被卢秀玲劝回了家。她终于给于大海打了电话，于大海气愤无比，冲她摔了电话。

她在家里开着盏灯等暖暖，中间袁二元上来过两三次。张玲玲也跑过来陪她。每个人说的话，几乎都如出一辙："你不能给孩子太大压力了，别要求太高了。"

这会儿，苏兆红听进去了，她保证不会了不敢了，只要暖暖能回来，什么都好说。

刘艳华也被惊动了，气得要让于大海开车上门找苏兆红算账，被于大海给劝住了。折腾到快十二点，暖暖敲响了于大海的门。

当于大海告诉苏兆红，暖暖回到他这里了，苏兆红整个人都瘫了。当天晚上她睡在了沙发上，连回床上去的力气都没有了。

但是第二天，到单位后的第一件事，她给树人补习学校打了个电话。

“是的，是高三的学生。那种针对高考的课程，物理，主要是物理！要小班，要能快速提高分数的那种老师。贵？贵点没关系。时间紧啊，我要求也不高，只要能提高个二十分就可以了。其他科目？不，没太大问题。八中的学生，平时成绩也不错……是是，只有周六晚上啊，行，我跟她老师请假，能有时间，可以的，看你们安排。”

报完这个名，她给两个人打了电话。

一是张玲玲，鼓动她让沐紫也去上。

“价钱是贵了点，但这种天价补习班都是很值得的。一分钱一分货啊。必须抓紧了，我不是吓唬你，孩子能考个好点的大学和上一般学校，出来的就业情况是完全不同的。你得重视起来。周六晚上，我们一起给老师请假，孩子之间也有个伴，物理，是的，沐紫估计也学着难吧？你总得做点什么吧，这么多年放任自流，到了这个关键时刻，还不抓紧？一般人我告诉他吗，这不是看着是你吗？”

张玲玲被说动了。答应了。

另一个是于大海：“你把暖暖尽快给我送回来。告诉她，我手机还她。另外，那物理考试我也知道情况了，她的成绩其实还算不错。只是怪了，她干吗不给我解释呢？”

于大海气愤地说：“暖暖说你只想羞辱她，并不想听她的解释。”

苏兆红声音高了起来：“我那也是被她气的好不好？她考这么个分数，就不羞辱自己、羞辱我了吗？而且，问她什么都不说，那她对我又是什么态度？你问问她，如果真如她所说，那么我和她的差别在哪里？她又做得很好吗？”

于大海说：“你是母亲，她是孩子。你们地位不同，你本身就该宽宏大量一些。”

苏兆红说：“我不宽宏大量，我还一直这么照顾她干什么？她都不理我了。”

眼看两人又要说到老话上去了，于大海赶紧及时打住：“行了行了，这个问题永远也说不清楚。我只告诉你，暖暖回来后，你对她客气点儿，她的想法，你得学会尊重。用硬办法反对，是不行的！”

“好，”苏兆红粗声大气地说，“除了不学画画，什么都好说。”

她理直气壮地先挂了电话。

于大海恨恨道：“什么人啊，刚好了伤疤就忘了疼！”

暖暖当天果真回来了，但对苏兆红的态度，还是冷冷的。

苏兆红告诉她，弹琴时间取消了。但这半个小时，真的什么也不做也不合适，不如这样吧，只当是休息，咱们可以看看电视，看英文台，听听英文的新闻，你说呢。

暖暖没表情。啥也不说。

她把自己和苏兆红隔绝了开来。苏兆红拿着周六晚上的听课证给她看，她什么也没说就揣在了口袋里。可是第一天上课结束后，沐紫却回家告诉张玲玲，暖暖并没有去。

张玲玲吓坏了，刚要向苏兆红告状，突然想起不能乱来。否则又引发暖暖出走怎么办。

她急得直搓手，刘永福提醒她，告诉于大海。

张玲玲拨了一半的号码，又停住了：“或者，等下次上课时再看看？苏兆红这娘当得动不动就是狂风暴雨的，我可不敢火上浇油。”

第二十二章　权利和义务

袁二元这几天见到苏兆红很是客气，不仅和正常人一样点头致意，而且还夸起她来。

“你好你好，脸色挺好，真不错。”

“下班啦，今天挺早啊，不忙？”

“暖暖好优秀的，恭喜你啊，当母亲当得这么有成就。”

每句话都夸得很得体，很适合气氛，而且都能说到苏兆红的心里去。系列讽刺漫画《狮娘其人》，也好长时间不贴了。

苏兆红在楼下跟袁二元寒暄完，上楼时总忍不住狐疑地从窗口探头出去，看看自己是不是认错了人。

很快苏兆红就知道了，原来这份客气与尊重，竟是有原因的。

上次见岳平，苏兆红屡屡提前夫，闹得不欢而散，事后她给他发了短信，表示道歉。

岳平第二天才回了四个字：“没有关系。”

苏兆红觉得事情还没有完结，也许还有希望。这次是她主动约的岳平，约了两次，岳平都说有事，要值班或是手术。第三次时，苏兆红想，如果他再拒绝，她就放弃了。

偏偏岳平答应了，但顺嘴说了句：“还是把你的老同学两口子一起叫上吧？”

苏兆红理解，也许岳平是担心他们两个在一起会不热闹，会冷场吧。她在烤鸭店定了个小包厢，又亲自去张玲玲的办公室请她。

张玲玲一听苏兆红要请客，就乐呵呵地直拍手：“好啊好啊，你这是中大奖了还是有艳遇了？”

苏兆红不高兴地说：“张玲玲，都四十岁的女人了，怎么一张嘴还这么不正经呢？难道我中了大奖才会请你吃顿饭吗？你也太小看我了吧。还有那个什么艳遇，别以小人之心度君子之腹行不行？你是不是整天就惦记着艳遇啊，我告诉刘永福去！”

张玲玲赶紧哄她：“好了好了，你真不知道好歹，连玩笑话也听不出来。说吧，为什么请客？”

苏兆红一时间还有点不好意思：“是我请人家，人家说叫上你们两口子的。”

张玲玲看一眼苏兆红，就知道那个人家是谁了，恍然大悟：“噢，你终于主动约人家啦？”

苏兆红点点头：“可不，他太忙了，加班加点的，为此还拒绝了我两次呢。”

张玲玲看得出来也听得出来，岳平对苏兆红估计是没一点想法。无奈苏兆红挺认真，觉得她和岳平很般配，只要努力，就一定能成功。

“那我和刘永福去，不成一闪一闪的电灯泡了吗？”

苏兆红说：“这是他的意思，估计他也想感谢你们吧，毕竟是你们介绍我们认识的。”

张玲玲点点头。心里想着怎么才能给苏兆红浇浇凉水，让她别这么上劲。

“岳平可是个香饽饽呢。”她说，“你想，卫生系统女人又多，学医的又挺开放。你得意识到竞争还是蛮激烈的呀。”

苏兆红自信满满：“可一般同行同事反而不容易来电，太近了，整天在一起，早没男女那种感觉了。”

张玲玲又提醒她：“你前两次怎么约的他啊，也是说吃饭吗？”

苏兆红说：“没有。我有舞剧《大漠敦煌》的两张票，问他要不要去看，他说不行，晚上要值班。第二次是我问他周末有空没有，他直接就说这周不行，要加班，以后再说。我想，既然他说了以后再说，那就还有机会了。所以，我就再约他一次，当时还想，要是他再不答应，以后就不主动找他了。结果他说行，回答得还挺痛快。”

说完，一脸期待地望着张玲玲：“哎，你们家刘永福听他说过我什么没？”

岳平还真跟刘永福说过苏兆红。他说苏兆红这种女人搞不好就是男人的噩梦，太不婉约太不细腻了。

岳平还说，好女人就是心头爬的小虫子，弄得痒痒的，又无处不在。苏兆红基本属于张飞的三板斧，一眼就看到了头。

可这话能对苏兆红说吗?

“不，什么也没说。”张玲玲尽量做到坦然，希望苏兆红能领悟到话外音。

什么也没说，这是不是已经说明了一切呢?

无奈苏兆红根本就不懂这里面的潜台词。她竟有些羞涩地说:“他肯定是不好意思说。”

熙春园烤鸭店，是附近不错的馆子。如果不是苏兆红早早就预定好包厢，连外场都坐不到位子了。

已经是初冬，几个人进了门，先纷纷脱大衣风衣，挂在衣架上。

苏兆红今天特意穿了件新毛衣，衣服很收身，突出了她纤细的腰。但美中不足的是，她在毛衣外面翻了一个雪白的领子。

都什么年龄了，还彼得潘似的这么穿衣服啊?

张玲玲真心想帮苏兆红，就夸毛衣:“苏兆红，衣服很好看。还有别的颜色吗?”

苏兆红正在给大家倒茶水，难得听到张玲玲夸她穿得好看，就有些得意:“没了，我买的是最后一件。我也觉得好看，主要是这种菱形的图案，售货员说是这两年的复古风格。”

张玲玲说:“难怪配这样的领子，原来也是为了复古。”

她希望苏兆红能点头称是，偏偏苏兆红完全没感觉，直不愣登地说:“跟复古没关系，我从小穿毛衣就翻白领子的，习惯了。”

岳平今天穿了件烟灰色的毛衣，里面是件法兰绒的蓝格子衬衣。

苏兆红指着它给张玲玲看:“就像岳大夫，对吧。毛衣里面总得穿点什么。”

张玲玲叹气，一半嘴边一半咽到了肚子里。她认了，苏兆红是洋是土，该咋的咋的吧，反正不是她找对象。

下午四点多，苏兆红就预定了烤鸭。所以他们进包厢没几分钟，服务员就问是不是该上烤鸭了。

岳平摩拳擦掌:“好啊好啊，都饿了，上吧上吧。”

刘永福对着苏兆红说：“医院里，身体最好的是心血管科的大夫，因为做手术动不动就一整天，没个好身体根本撑不住。剩下就是这些外科大夫，道理相同。我们院里吃饭，这些人常常是从头吃到尾，食欲特好，食量特大，以后有你操劳的。”

苏兆红就爱听最后这句话。

张玲玲的脚却在下面踢刘永福，让他别乱说。八字还没一撇呢。

刘永福瞪着迷茫的眼睛，趁苏兆红和岳平说话的时候，赶紧凑到张玲玲耳朵边：“你踢我干什么，这不两人都开始约会了吗？合伙吃饭迟早的事啊。”

张玲玲恶狠狠地小声说：“闭上你的嘴。”

刘永福不甘心，仿佛不爱吃糊涂饭，中间又说错了一次话。原来医院正在准备集资一批新房，他抢着说岳平：“你和苏兆红抓紧点，结了婚的，可以加两分呢。”

这回张玲玲干脆一脚直接踩在了刘永福的脚上，疼得他脸都扭歪了。

岳平一声不吭，也没什么表情。眼瞅着苏兆红要去接话了，张玲玲真怕她会出丑，一直藏在心里的话，忍不住脱口而出：“你家暖暖后来又去上树人的物理补习课了吗？”

一说到暖暖，说到物理，说到补习，苏兆红心里刚绽放那点桃花，顿时就纷纷落地，刹那就开到了头。

她机敏地转过头，警觉地望着张玲玲：“是沐紫没见到暖暖去上课吗？”

“第一节没去，后面我不清楚了。也许第一次，她是没弄明白时间吧。”

事实是，课上了四次了，暖暖一次都没有去过。张玲玲已经觉得情况严重了，每天心里都在患得患失，不知道该怎么告诉苏兆红。今天把这事捅出来，也是藏不住了。

她妄图掩盖，但苏兆红却不接这个茬。第一次没去，就足够可以上纲上线引起重视了。她咬咬嘴唇，二话不说，就站了起来，拿出手机拨号。本想到包厢外面去打，可电话却立刻就接通了。

对方是树人学校的教务人员。

苏兆红说：“你去郭老师的班里，看看我孩子来了没。于暖暖，你进去叫叫名字就行。啊？这不归你管？这样不对吧，光收钱，不管人来不来是吧？钱是家长交的，孩子没来，你们至少应该告诉我们做家长的吧？我要保留起诉你们的权利，我要知道我女儿几次没去学校，不去听的课我要求退课时费。太不像话了，对，你进去问问，我就等着……没来？不在？老师的名单上怎么说的？从没来过？一次也没有？好，我知道了。谢谢。"

随着电话的进程，苏兆红声音越来越冷，脸色越来越苍白，身体越来越站不住……挂了电话，有那么几秒钟，她神思恍惚，仿佛不在这个房间里。

张玲玲刚要去扶她坐下来，她已经甩了甩头发，拨通了于大海的电话："是的，我是给她报了补习班的名。她没去，你有时间吗？我在外面忙，去学校看看她在不在？不，别给卢老师电话，不能再给老师告状了，会影响老师对她的看法的。这样，你去学校，我呢，给她发短信，看看她是否说谎了。"

于大海不乐意苏兆红的安排："你急什么，非要抓住现行，然后好收拾她啊？既然她每天都按时回家，你就不能等她回到家，再好好问问？她不去上课，肯定是有她的原因的……我不去，要去你去。这样做不地道，太像特务了！猥琐！"

电话挂了，苏兆红脸色发黑，阴沉得能拧出水来。猥琐，于大海竟然说她猥琐！好，这两个字的账以后再算。

她似乎已经完全忘记了在座的几个人，也忘记了她今晚是有任务的，而且他们都是她请来的。她将眼镜扶到额头顶着，开始眯缝着微微老花的眼睛，给暖暖发短信。

她尽量做到不打草惊蛇，确实很像特务。

"你在上课吗？外面变了天，你没穿大衣，要不要我给你送来？"

暖暖的短信很快就回来了："不需要。"

苏兆红继续，非要问个清楚："反正我没事，散步就过来了。"

暖暖回道："真不需要。教室里人多挺暖和的。"

苏兆红看看桌子上望着她的几个人，一脸失望地说："她给我说教室里很暖和，这丫头一张嘴就是谎。唉，谁知道在哪个教室。不行，我得走了，你们吃吧。我得先去学校看看……"

她被脑子里这点事压得透不过气来，想象中暖暖已经放弃了学业，分数在成绩表上唰唰直落，连沐紫都比暖暖考得好了。

她再一句多余的废话都没有，也不等别人说什么，抄起大衣，就出了门。

暖暖果真也没在学校，苏兆红回家的路上，身子直晃。她再一次感受到了蚀骨的痛苦：被孩子背叛了，希望破灭了，人生失去了意义，眼看着要被人看笑话了……

张玲玲打来了电话，想问问她情况。她边说边发狠，越说越伤心，甚至都说到了不想活的话。

张玲玲着急地说："你这一走，我们也很快就散了。要不，我去你家陪你？"

"不用，"苏兆红硬邦邦的。还有点怨恨张玲玲多嘴，当着岳平的面非要说这个。

晚上，到了下课的时间，暖暖按时回家了。

看不出她没去上课，更看不出她撒了谎。她甚至做错了事情，连对苏兆红表示一下歉意或内疚都没有。依然摆出这段时间的冷漠嘴脸来。

苏兆红喝道："你过来！"

她坐在沙发上，指着眼前的空地。

暖暖走了过来，她又喊道："给我站直了！"

听到这样的语气，暖暖反抗地瞪了苏兆红一眼。

苏兆红气得手直发抖，眼神犀利："你给我说说清楚，你这段时间没去补习，都去哪里鬼混了？"

暖暖开始掉眼泪了，可声音还挺硬："我没鬼混。"

"没去上课也没去鬼混，你还有理了？那你是去干什么大事业了，说来听听！"

暖暖不吭声。

苏兆红开始大喊大叫，无非又是那些唱旧了的老皇历：一把屎一把尿，操碎了心，只是为了你好，你出息了自会感谢我；世道艰难，大家都在打盯人战术，人踩人才是主旋律，你一放松别人就上去了……

暖暖估计实在是不想听了，索性招了："我学画画去了。"

苏兆红脑子里顿时出现了袁二元最近无比客气的脸。她心里大概有数了，不过还是要问清楚："学画去了，学费呢？"

暖暖说："我从补习班退了补课费，给画画的老师了。"

苏兆红点点头，咬碎了牙一般点着头："好，好，好，你胆子大了，翅膀硬了，可以自己做主了是吧？告诉你，没门，你吃我的喝我的，拉的都是我的，你就得听我的。别动不动就跟我说西方的父母怎样怎样，知道他们为什么不骂孩子吗？那是因为他们不给钱，当然也就不骂人。孩子上了大学，自己就去贷款交学费，以后结婚生孩子，做父母的什么也不管。中国的孩子能做到吗？别说上学穿衣旅游，多少人三十多岁了买套房还要父母给首付？啊？你能保证十八岁以后你想学画、要上大学的话，可以不用我的钱吗？你可以保证，我也就保证不再管你。告诉你，这就是权利和义务。既然离不开家长的关照，你就别想让我闭嘴不管你，你就得听我的！”

这几句话，彻底把暖暖制服了，刚有点硬的翅膀也耷拉下来了。她终于承认老师就是袁二元。

“我就是想学画画，我不能不学这个。”

苏兆红指着她，让她进屋学习去：“学什么考完再说，先去做功课。”

暖暖进了屋，苏兆红就嗵嗵嗵地下了楼。

袁二元刚一开门，苏兆红已经伸出了手：“钱。”

袁二元糊涂：“什么钱？”

苏兆红：“暖暖的学费。拿来。”

袁二元一副受了侮辱的表情，语气里四川口音也越发严重：“你这是要干什么，有话不能好好说吗？你女儿是给了我钱没错，我全都给她收着呢。正因为拿了钱来，我还以为经过了你的同意，但这钱我就没打算要，想等她学完了，再一起还给你。你现在这又是什么态度，好像我骗了你女儿的钱似的。”

苏兆红刚跟暖暖吼过，而且她不想把事情闹大：“我女儿这会儿在楼上学习，我不想让她听到我们吵架，耽误她。你把钱还我，以后不许她再进你的门，更别提学画这一说。我从来就没同意过她学画画，这个态度是一贯的是坚决的。你倒好，乘人之危，骗小孩子！”

袁二元气得人仰马翻，一转身进屋拿了个信封出来，扔在苏兆红的手里。

“这是所有的钱，我一分都没有动。我告诉你，你这样做母亲，迟早是会害了你女儿的。你自以为是为她好，却不考虑她的内心感受。她没有实现自己梦想的机会，也不能享受到发展爱好的乐趣。等到有一天，她可以离开你的控制了，就会恨你的。你们的关系，将成为人生之痛，而那时你老了，一切都无法挽回，剩下的只有无比的怨恨和后悔。不信，我们就走着瞧吧。我见得多了，像你这样自以为是的女人，最后的结局大多都是怨妇！”

“好，”苏兆红比袁二元更生气。两人比着刻薄来伤害对方，都恨不得用舌头将对方打倒在地，变成半瘫不能自理。

“这话是你说的，我们拭目以待，看以后谁会是怨妇。是一个拥有学有所成的女儿的母亲，还是一个没家没职业的流浪画家！”

第二十三章　伤母日

第二天是周日，于大海带着童童去公园玩了一天，等到吃饭时间，父子俩就进了市中心的一家茶餐厅。

于大海正在看餐牌，童童突然跑下了座位。于大海抬头一看，他站在不远处的另一桌前，正在跟严冬美说话呢。

距严冬美在于大海办公室门口看见他和月亮，已经过去一个多月了。这段时间，于大海再没约出来过严冬美。严冬美也从没有告诉过于大海，自己看到的那一幕。都说眼见为实，不该看见的都看到了，她还有什么好说的呢？

可于大海对这一切都不知道，他也很忙，没有心思琢磨太多。严冬美是个不会跟人脸红的人，于大海打电话给她，她总是温文尔雅，尽量找个不伤对方的理由："出差了"，"同事有约"，"身体不舒服改日吧"……

于大海听她说得挺温和，只当是真的，不再多问。两人还在初级阶段，尚未突破礼貌和客气的防线。尤其是当着孩子的面，心里有再多的疑问，也表现得亲切自然，彬彬有礼。

于大海见童童跑到了严冬美跟前，也就拿了孩子的衣服，走到严冬美的桌子边来。原来严冬美转完商店，就在这里吃东西。脚下放了几个纸袋，看来是买的衣服什么的。

知道他们去了公园，严冬美就详细问起童童玩了一些什么。

童童兴致勃勃地讲着自己都做了什么惊险动作。像一切男孩一样，吓唬女生，必须是他的义务。他很满意地看到严冬美做出了无数个惊恐的表情，惊恐完了无一例外，都是夸奖。

于大海笑道：“你也别太辛苦捧场了，小孩子，就是喜欢看到大人这样。”

严冬美乐呵呵地说：“挺有趣的。不辛苦。”

于大海刚点了煲仔饭，就接到电话，一个销售点出了急事，让他赶紧过去。于大海看着旁边的儿子，一脸为难的表情。

严冬美就说：“童童交给我吧，你去忙你的。我们就在这里等你，还可以吃茶点，等你忙完了，来接就行。”

童童一听有点心吃，就赶紧点头赞同，示意于大海可以走了：“好的，爸爸你去忙吧。我会照顾好你女朋友的，你就放心吧。”

于大海被儿子这话弄了个大红脸。倒是严冬美，只是冲童童笑着，调皮地扬了扬眉毛。

于大海匆匆走了，到了门口，回过头，只见严冬美正在给童童看她纸袋里买的东西。估计是童童好奇，严冬美倒也不烦。两人头挨着头，一起看她的衣服和鞋子。

他嘴角带上了一丝笑意，心里觉得很舒服。下楼梯时，竟一个蹦子，跳下三级台阶。

这一走，就是三个多小时，于大海忙得忘记了时间。严冬美和童童倒也没觉得乏味。

童童吃了翻砂芋头，还点了鸡翅，又喝了点严冬美的咖啡，还要了杯冰激凌。

严冬美见他无聊，叫服务员帮她去买了一盒彩笔和一沓画纸来。童童这下有事可做了，煞有介事，说要画完看到的所有东西：一会是窗户，一会是端水的服务员，一会是柜台上的咖啡机，一会是墙上挂的画。

为了显本事，画得还挺快。桌子成了两条腿，窗户是圆的，只看见水杯看不见服务员……

每张画画完，他都站到严冬美跟前跟她解释一遍，手指指东指西的。严冬美看不清楚，就问他。他却不说了，突然直不愣登地来一句：“阿姨，你怎么这么香呀？”

他眼睛瞪得圆圆的，全是迷惑，小手忍不住去摸严冬美的头发了。严冬美看着心疼，忍不住抱住他吻了一下。童童心里是喜欢的，但自觉已经够大了，大庭广众下被女人亲，多少有点丢人。他赶紧伸出巴掌擦脸，一边摇头晃脑地表示反对：

“咳，你别动不动就亲别人啊。”

哈哈，严冬美觉得有趣极了，又抱着他的头，在头顶浓密的头发上亲了一下。童童这次没反对，也不走开，就站在严冬美跟前，画起了下一张“大作。”

这亲热的一幕，正巧被一个人看见了。她那兴冲冲的刚到嘴边的“童童”二字，活生生地给憋了回去。

是苏兆红。

原来她也到城中心的这片百货公司集中的步行街来买东西了。要入冬了，她给暖暖买了件羽绒背心，给自己买了双棉鞋。因为暖暖早上在家里，所以她吃了中饭才出来的。到这会儿，快四点了，人也走乏了，想上来喝点热饮再回家。一上楼，就看到了儿子。

但抱着儿子亲吻的女人，却不是她。那一瞬间，她以为自己看错了，那孩子不是童童，只是个像童童的小男孩。因为任是谁看见这样的场景，都会以为是对母子的，否则怎么会这么开心，这么亲昵，最重要的是这么自然?

她一步一步走过去，厅里光线比较暗，她需要凑近点看。凑近点，再近点，啊，没错，的确是童童。

凑得太近了，以致童童突然就发现了她。高兴地扔了画笔，冲她跑过来，一把抱住她的腰：“妈妈，你怎么来了？”

苏兆红顾不上回答儿子的问题，眼睛还是看着严冬美。

这时严冬美已经站起了身，冲她微微一笑，点了点头。

童童拉着苏兆红坐到了他的那一桌，给苏兆红介绍道：“妈妈，她是爸爸的女朋友。我跟她在一起等爸爸回来。”

果真是严冬美，苏兆红心里一拧，说不出地疼了一下。她看到这个女人，白白净净，清清秀秀，不胖不瘦，穿得不艳，但很有味道；头发松松地挽着，旧旧的毛蓝处理的塌肩毛衣、长长的深色牛仔裙，下面是双咖啡色靴子。她的脑海里，突然就冒出了三个词：温柔、浪漫、文艺。

她不知道该对她说什么，只能转向童童：“爸爸去哪里了？”

童童说：“去店里了，有急事。”

她说：“你们今天一起出来玩啊？”

童童点点头，又摇头。他似乎忘记了之前去游乐园的事。严冬美笑了，提醒他：“去游乐园了啊。”

童童就说：“噢，我和爸爸去了游乐园。”

这话里的信息，苏兆红没太弄明白，到底是儿子跟于大海去的，还是他们三个人去的。她继续问童童：“好玩吗，都玩了什么？”

她一直不看严冬美，严冬美也不着急，翘着腿，一手托着脸，就看她和童童说话。童童无师自通地感觉到了苏兆红的心烦意乱。他抬起头看着她：“妈妈，你不高兴了吗？”

“没有啊，没有啊，哪里有？”苏兆红像被虫咬了似的，赶紧辩解：“你看我哪里不高兴了？”

可她的动作和表情，简直就在说自己的每根汗毛都不痛快。

童童叹口气，低垂了眼皮。这孩子习惯了苏兆红的紧张焦躁，无形中一见到她，就有些压抑。听到他叹气，严冬美多少有些吃惊。她叫童童：“把你的画给妈妈看看吧。”

童童手边已经有十多张“成品”了。他赶紧拿过来给苏兆红要一张一张讲解。苏兆红哪里有那么多时间呢？她全拿过来，每张都看了一遍，敷衍道：“还不错。”

她一口喝干了自己手里的果汁，这才第一次转向严冬美，手指指了指桌子：“你们是继续留在这里，还是我带童童先回家？你去忙你的？”

严冬美摇头：“我没事的，我带他就在这里玩吧。你说呢，童童？”

童童看了看一脸不高兴的苏兆红，又看了看严冬美，说：“我答应爸爸了，我就在这里吧。”

苏兆红说声好，站起身，提着包大步流星地就出了门。

严冬美坐的位置正在窗边。她看下去，外面正好起风了，苏兆红跑着在赶公交，短短的头发被吹得乱七八糟。她和童童突然都好长时间没有说话。

上了车，苏兆红才发现自己流了眼泪。她也不擦，木然地看着那些一掠而过的街景。

如果给这一天命名的话，是不是要叫伤母日？

苏兆红下午刚被童童弄得心碎，大半夜的，心又被暖暖狠狠扎了一刀。

又是邱天！这回不发短信了，居然写起信来。就放在暖暖的书包里！

暖暖去上晚自习前，苏兆红拿出羽绒背心，让她穿穿看。背心是粉红色，短款。暖暖很是喜欢，跑到苏兆红那间卧室里去照落地镜，书包口就那么开着，放在桌上。

苏兆红随眼瞄了一眼，就看见了那封信。没错，装在一个发黄的信封里。

她二话不说，就将那信封从书包里拿了出来。然后顺手藏在了暖暖的床铺下面。

暖暖去上学了，她才拿出那封信。看了开头，再看看落款，一见到邱天二字，脑袋就轰的一下，脸色煞白，嘴里不由念叨："完了完了，这下完了。"

邱天写了些什么，苏兆红第一遍竟完全没有看懂。以她大学本科中文系的水平，怎么会完全不懂呢？揉揉眼睛再看，还是不明所以。直到看了三四遍，才意识到这是什么东西。

应该是篇心情文字吧，并不是一般的信，更不是她想象中的情书。邱天写的是自己的一点小心境，文笔风格很呻吟，一副少年无端说愁的模样。秋天啦，起风啦，心里很萧索啦，沿着河边走啦，看到星星啦，等等等等。

可是，苏兆红心里咯噔一下："不对，这不是更可怕？都到了借景抒情的阶段了？表白的过程，已经完成了？"

剩下的两个半小时，她如困兽一般，愤怒着急地在房子里转来转去。直到暖暖用钥匙打开门。

"咔嗒"一声，转圈的苏兆红立刻停了脚步。为了吸取上次的教训，她没有把信封放在外面，而是夹在一本书里。

但暖暖还是吓了一跳，原来苏兆红竟忘记了开灯。见一个人站在黑黑的房间中央，暖暖惊叫了一声。

苏兆红赶紧说："是我是我。"

灯亮了，暖暖放下书包，问她："干吗黑灯瞎火的？"

苏兆红手里拿着那本夹着"罪证"的书，努力在让自己平静下来，慢慢说。她呼长气吸短气地说："没事，就是忘记开灯了。"

"怪怪的，"暖暖去洗手。

听着水龙头缓慢的水流声，苏兆红再也忍不住了。她大步走到洗手间门口，堵住了门："暖暖，你和邱天发展到哪一步了？"

暖暖脸色变了。她突然就明白了什么，哇的一声，就要朝外冲，一边喊着：“你又翻我东西。你老这么偷偷摸摸……”

苏兆红堵住她：“你先跟我说，是个怎么情况？是不是就是因为他，你才总想去学艺术？你是在为他牺牲你的理想是不是？你难道忘记了吗，小时候你也曾说过，想当医生，当科学家的？可是因为有了邱天，你就糊涂了，是不是这样？他每天纠缠着你，就是想让你跟他去一个学校，学一个专业？你说，妈妈猜得对不对？”

暖暖气红了眼：“不对不对，根本就不对。他从来没强迫我学过什么，他不是你说的那种人。你也不了解我想的到底是什么。把信给我，你什么时候偷走的？”

苏兆红把书递给暖暖，暖暖一巴掌打开了。信却掉了出来，她蹲下去拣。

苏兆红想了想，不能让这个晚上的时间白白浪费了，孩子还得学习，但坏事既已经败露，总不能就这么完了。

她让开了门，说：“这事没完，你得给我说清楚。不去参加补习班，跑去学画，现在又和男生书信来往，写点莫名其妙的东西。这太可怕了，已经让我不认识你了。你不仅要跟我讲清楚，还得跟你们卢老师讲清楚。我要去学校，要见邱天，我一定要弄清这其中的状况。”

说完，她一指暖暖的房间：“现在进去，去学习！”

暖暖背着书包，一肚子气地进了房间，啪的关上了门。苏兆红暗自庆幸，当初没给门安锁，没法反扣起来。

半夜两点，她起来起夜，和往常一样，顺便打开暖暖的门，看看孩子睡得怎样。

床上空着！

暖暖不见了！

苏兆红想当然地以为，和上次一样，暖暖去了于大海那里。她硬着心肠，即便睁眼到天明，也没问于大海一声。这其中不满的心情，和白天见到童童与严冬美多少是有关系的。好嘛，两个孩子都跟你于大海好，都拿我当魔鬼——做娘做到如此境地，真是要多心酸就有多心酸。

第二天一整天都没消息，于大海也没跟她联系一个字。苏兆红待不住了。她察觉到情况不是她想的那样，给于大海发了个短信：“见到暖暖了吗？”

“没有啊。”回得很快。

电话同时就响了起来，于大海问她：“怎么了，你不是跟她又吵架了吧？”

到了这会儿，苏兆红还怀着侥幸心理，以为于大海是在故意隐瞒。她假装平静、胸有成竹地说：“她怎么跟你说的？”

于大海就有些着急了：“我见都没见到她，她给我说什么？我就问你，没什么事吧？”

苏兆红装腔作势地说：“会有什么事呢？她不是在你那里吗，有什么事你还不清楚啊？”

于大海真急了：“谁告诉你她在我这里了？她什么时候说了要来我这里的？她来或没来，你都不跟我联系一下吗？”

苏兆红听出于大海没有撒谎了，也有些担心了：“她真不在你那里？”

于大海大吼：“没有没有没有！你是怎么当母亲的，是怎么带孩子的，总是出这样的事情，你惭愧不惭愧啊！”

苏兆红恼火地说：“我是个合格的母亲，你没资格来说我。”

于大海怒道：“快说情况，现在哪里还有时间辩解。你是不是个好母亲，暖暖早已经给你做出了判决！”

哎呀，这话说的，苏兆红气得两手发抖，直觉得血冲头顶，眼看着就要脑溢血了。她啪的把电话给挂了。

于大海马上又打通了。她又挂掉。

这样来来回回四五次，她也害怕了。只好接通。

于大海说：“废话少说，哪天的事？”

苏兆红这会儿才终于确定，暖暖真没去于大海那里。无尽的懊悔和伤心让她声音发起抖来：“前天半夜，我起来就没见她了。”

“咳。”于大海重重叹了口气，“我马上过来。你在家等着。”

第二十四章　动手了

苏兆红放下电话，就想到了袁二元。

在暖暖心里，袁二元既是老师又是朋友，他的地位很特殊，说不定他会知道暖暖去了哪里。

她一路小跑，下了楼。站在门口敲半天门，袁二元才一脸警惕地将门开了条缝。他正在画画，打心眼里不乐意人来打搅，态度也有些生硬："什么事？"

苏兆红说："进去说。"

袁二元不肯："忙着呢。什么事你说吧。"

苏兆红见袁二元连门缝都不开大一点，心里顿时慌了："你什么意思？为什么不让我进去，暖暖去了哪里，你是知道的对不对，不敢告诉我是不是？"

袁二元一听，就急了："暖暖又怎么了？怎么她一出事，你就找我头上？你是她妈妈，你都不知道她去了哪里，我怎么会知道？"

苏兆红就说："那你为什么不开门？"

袁二元恼火："我正在忙，我和你不同。家就是我的办公室，我的办公时间也比较特殊，你总不能随便什么时候都可以去别人的办公室吧？"

苏兆红不管："可我有急事，我得立刻跟你谈谈。有急事总是可以去办公室的吧。"

袁二元缠不过苏兆红，只好打开了门："好吧，你要进就进吧。"

苏兆红却突然站住了脚："你不是跟女人在一起吧，不方便别人进来？"

袁二元不理她，径直进了门，苏兆红跟着进去，才发现他确实是正在工作。袁二元倒了一杯热水，放在苏兆红跟前，自己坐在一张高脚凳上，两手插在口袋里：“说吧，怎么了？暖暖又跑了？这次是为什么，分数，分数，还是分数？”

一说到暖暖，苏兆红就又眨巴起眼睛来。没忍住的眼泪也掉在了手里的杯子里，溅起的热水，烫在了她的脸上，她竟似完全没有感觉。她说：“袁二元，你老实跟我说，暖暖这两天跟你联系过没有？”

袁二元一愣，从高脚凳上跳了下来：“这两天？都两天了？你怎么不早说呢？什么时候发生的事情？”

苏兆红摇头，哽咽着说不出话来。

她伤心极了，也害怕极了。她着急又生气，还有当妈的在这种情况下难免的羞愧和内疚。她顾不上形象了，再也不像从前，还能强忍住。这会儿，眼泪噼里啪啦地掉，鼻涕也吸溜吸溜的。

袁二元赶紧拿纸，递给苏兆红。她放下杯子，擤干净鼻涕，又擦擦眼泪，这才强作镇静地说：“跑了两天了，我一直以为她去了她爸爸那里，也没有找她。今天她爸爸才说，他没有见到她。我想暖暖一直和你不错，就想从你这里了解了解她跟你说过什么没有。”

袁二元一脸茫然：“没有，没有说什么。我也是前几天见过她，在院子里，她放学，我散步。孩子看上去挺正常的啊，打了个招呼，就上楼了。”

苏兆红不放心：“你再想想，再往这之前想一想，想想她以前还跟你说过些什么。比方她渴望去哪里玩啊，有什么特别要好的朋友啊，想见什么人啊，想离开家去什么地方放松放松啊。说过没有？”

袁二元皱眉，还是想不起来。苏兆红眼泪汪汪地看着他，带着无尽的期盼。

袁二元说：“她也没给你留个条什么的？到底是为什么事情呢？”

苏兆红摇头，伤心欲绝。她不想再说经过了，暖暖这么一跑，让她心里说不出的懊悔。

她低着头，看着手中杯子里的水，问袁二元：“我是不是一个特糟糕特坏特不称职的母亲？为什么别人的孩子都好好的，我却让自己好好的女儿离家出走了？”

袁二元刚要张嘴，苏兆红一举手，制止了他：“好吧，我承认我不是个好母亲，好母亲不会逼得孩子半夜离开家的。暖暖那么瘦小，如果不是我逼她太狠，她是不会也不敢这样做的。”

想到瘦小的女儿，半夜走向陌生的地方，就让苏兆红大恸。她一手支住了额头，终于不想再忍了，嗯嗯嗯地哭出了声。袁二元不知该说什么才好，只能给她递去纸盒。

苏兆红哭得止不住了。袁二元从没见过她这样，也有点吃惊，手足无措地劝她："别这样，现在不是哭的时候，还是想想能找什么人，问出暖暖的更多情况来。还有，你报案了没有？"

"报案？"苏兆红满眼迷茫，眼睛已经哭肿了，"还要报案吗？那不是就成真的了？"

袁二元着急："什么真的假的？"

"那暖暖就真的失踪了。"说到这个，苏兆红的心一阵抽搐。

袁二元撇着四川普通话，发火道："你都两天没有她消息了，还觉得不是失踪吗？一个小女孩，半夜突然跑出门，两天没有音讯，当然要报案了。"

苏兆红这会一点也不逞强了。她温顺地站起身，朝外走："那我这就去。"

袁二元慌乱中找到件衣服，披在外面："走，我陪你去。"

到了楼梯口，苏兆红顿住脚，抬起头，可怜巴巴地再次问袁二元："两块钱，你说，我真的是个坏母亲吗？"

"当然不是，"袁二元伸出胳膊，一把扶住了苏兆红的肩膀。他把她哭花了的脸对着自己，眼睛看着苏兆红的眼睛："你不是坏母亲，你是个高度负责的母亲。你对孩子有高要求，说明你对她比她对她自己更有信心。而这其实是很多父母都缺乏的。只是做父母有很多方法，聪明的人会选择让孩子乐意接受的办法，而不是像你这样自讨苦吃，孩子也接受不了。"

苏兆红抽噎着垂下头："那我还是个坏母亲。"

袁二元搂住她肩膀，带着她下楼梯："不能算坏，最多也就是笨而已。"

伤痛自责中的苏兆红，不得不承认，听到袁二元的话，顿时感觉好受了很多。

派出所值班的，是个五十出头的老警察，见苏兆红红着眼圈，就把表格直接推到了袁二元手里："还是父亲填吧，孩子的情况尽量写详细点。"

说着，把苏兆红叫到他前面的椅子上，不疾不徐地点上支烟，这才开始问："孩子失踪几天了？多大了？男孩女孩？联系过同学老师没有？"

苏兆红还没开口，眼圈又红了。她使劲忍着伤心，一句一句回答警察的话。说到女孩，就说不下去了。她捂住脸，不让眼泪掉下来。

袁二元拿着圆珠笔，愣在表格前。警察让苏兆红平复情绪，转过身问袁二元："你怎么不写？孩子的身高、体重、身份证号码、特征……"

袁二元指了指苏兆红："她才知道。"

"你这个当爹的，一问三不知啊。"

"他不是孩子的父亲，"苏兆红这会儿清醒了，眼泪也擦干净了，坐直了身子。伸出手，示意袁二元把表格拿到她跟前来。

"哦，是男朋友。"警察说。

"是邻居。"袁二元说。

"得，还是男朋友。"

警察面无表情地给他们定了性。

一转眼，已是暖暖离家出走的第三天下午了。该报的警也报了，该找的朋友亲戚都找遍了。

甚至连那个邱天，苏兆红和于大海也都见过了。

一个小破孩，只会惊慌地说四个字："不关我事。"

苏兆红毫不客气地啐他一口："呸，没用的东西。枉费暖暖拿你当回事。"

到处都没消息，没有丝毫的消息。

暖暖手机没带，书包没带。她带了什么？在苏兆红的心里，能记得的，只有那件粉红色的羽绒背心。

一家人全都坐在她的客厅里，刘艳华和苏兆南也在，更别说童童了。

苏兆红一遍遍复述那天晚上发生的事情，她怎么发现了信，怎么看完后心情极其恶劣，怎么等暖暖回的家，又怎么将她堵在洗手间里，要她讲清楚。

她像亲临犯罪现场的罪犯似的，指给所有的人看当时她站在哪里。暖暖又站在哪里。她们争吵完后，暖暖进了自己房间——她学着暖暖关了门："但是装修时没装锁，所以她锁不住。"

这句话她说了好几遍。

"锁不住有什么用！"于大海怒吼道，"你不安锁，不就是为了好监视她吗？你这个更年期！"

"你骂人！"

“更年期是骂人吗？你是年轻姑娘，我这样说是骂你，可你都这个年龄了，我不过是实话实说！”于大海气得口不择言，“这就是一种生理现象，怎么成骂你了？”

苏兆红说：“那我说你老年痴呆可以吗？别以为你是个男人，就可以对女人这样肆意侮辱。”

于大海气愤地冲她举举拳头：“那你不想跟我吵，是想跟我动拳头吗？”

苏兆红恼羞成怒：“好，就算我更年期怎么了？我这么早就更年期，难道是没有原因的吗？我一个女人，从结婚那天起，就没再觉得有什么幸福可言的。每天都是忙不完的家务，操不完的心！工作、家庭、孩子，外面里面，哪一样能省得了心？过早衰老正是不幸福造成的，这和你就没有一点关系吗？”

于大海才不要听苏兆红的抱怨：“谁让你不幸福了？你不幸福要怪谁？当初离婚是谁拼死拼活要离的？我说过没有，看在孩子的面上，也不要草率行事。你听了吗？你非要离，说一天也不想跟我过下去了。我到底哪里对不起你了？钱没少赚，工作也够卖力，回到家里，能帮你做事就会尽量去做。是你自己心里藏着魔鬼，总以为自己是女皇，要说一不二，谁也瞧不起，什么都听不进去，一点点不合你心意就要炸起来——告诉你，苏兆红，你不幸福跟任何人都没关系，全是你自找的。你要是一如既往自以为是，你还会痛苦一辈子！”

“你呢你呢？于大海你又多么谦虚多么好说话了，又能听进多少，瞧得起谁了？就算我要说一不二，那你足够大度，我们还能吵得起来吗？你还不是只能让我听你的，对不对？多少事情，包括孩子的教育，听你的，就意味着放任自流，不管不顾。我不出面，谁又能替我做这些？暖暖三年级转学，是你跑的还是我跑的？按你的想法，到现在肯定还可转可不转，她还坐在那个一下雨就屋顶漏水的教室里！还有童童，幼儿园时老师让报名参加绘画比赛，只要交二百块钱就能拿奖，你一定不要。等上小学就分重点班，只要有个奖状就能进。当时我怎么说你都不同意，还把我交了的钱硬是要了回来。不就两百块嘛，现在你去交两万都进不去，该后悔了吧！”

“我为什么要后悔？”于大海说，“一是跟你离婚，二是教育童童，我绝对没有丝毫的后悔。那些歪门邪道，我是不会让童童小小年纪就去学的。早早打碎孩子的童真，到底有什么好处？你就不怕他成年后，成为一个心灵扭曲、乏味沉闷、老气横秋、钻营取巧、处处让人讨厌的怪物？看看我们周围，这样的人还少吗？所以心理问题才会花样百出，而这全是因为幼年教育出了问题。家长个个急功近利，只看眼前不看将来，只看成绩不管内心，就像你这么折磨暖暖……”

苏兆红举起了手，又放下。

如果她不是做文明人习惯了，她真的能像泼妇一样，立刻抽于大海一大嘴巴：“你说谁在折磨暖暖？谁折磨暖暖了？我是她妈，我会那样对她吗？你是不是整天就在想我在虐待她，你是不是给她灌输过我不是个好母亲？这一年里，难怪她看我的眼神越来越怪，越来越冷……”

苏兆红步步紧逼，于大海连连后退。终于他忍不住了，举起握紧的拳头，就冲苏兆红肩上来了一拳，然后二话不说，将她推了个大趔趄。

动手了！

形势立刻发生了变化，刚才还坐在一边插不上嘴的苏兆南和刘艳华，立刻分成了两个阵营。血脉亲情这个时候就看出了它的力量，苏兆南跳起来扶住姐姐，转头就冲于大海不客气地说：“姐夫，你咋打人呢？你还是个男人吗？有话就不能好好说吗？”

刘艳华站在儿子跟前，立刻就回了过去：“是你姐姐逼得大海动手的，好不好？我们在这里都看到了，她一直朝前顶，硬要靠上来。都不是夫妻了，还贴那么近干什么啊？就算换个别的男人，那谁受得了这样的挑战啊。”

苏兆红站稳后，再也没有客气，这么多年的失落、孩子走失的痛苦，全都集中在了于大海一个目标上。

她哇的一声，像一颗愤怒的子弹，头一低，腾的一下，就冲于大海撞去。

于大海要闪，可能立刻想到不合适，伸出胳膊，用巴掌将她的头给顶住了。

两人正在僵持，一个人在暖暖房间里玩的童童听到声音出来了。他立刻抱住了苏兆红，吓得哭了起来：“妈妈，妈妈，你怎么了？”

转身冲于大海举起了小拳头：“爸爸，你不许欺负妈妈。你是男子汉，你不许欺负她。”

儿子的哭闹，让这两个失去了理智的父母，终于清醒了过来。苏兆红站直了，于大海也赶紧放下了手。

苏兆红不想当着儿子面掉眼泪，两下三下把眼泪给抹了，尽量放平声音：“童童，你饿了没有？妈妈给你做点吃的？”

于大海也拿儿子当缓解的工具，问童童：“想吃什么，妈妈累了，别做了。我出去买一点吧？”

童童不明白发生了什么，为什么他一出来，爸爸妈妈就全都好了。他抬着头看看这个，看看那个，最后是刘艳华冲他招手，他依偎在了奶奶怀里。

苏兆红进了厨房，说就做点疙瘩汤，又让苏兆南下去买点馒头和熟肉上来。她切西红柿、打鸡蛋、切葱、切青菜叶，在案板和刀的碰撞中，一点点平复着内心的激动。

于大海则进了暖暖的房间，他到处翻，想看到点什么。

到了吃饭的时候，所有人都坐下了。于大海拿出一个本子，打开一页，放到苏兆红面前，刻意用平静的语气：“你看看这段，暖暖写的。先说好，不要吵架，我只是看到了，而且跟你有关，所以希望你也能看看。”

苏兆红不想看。她不看也知道肯定是对她不利的文字，否则于大海不会这么说。好嘛，一方面不让她吵，那意思是只要她先吵，就意味着她不讲理。另一方面，却专门拿刺激她的东西来让她看。他是拿她当傻子吗？

苏兆红啪就合上了本子：“我晚上慢慢看。先吃饭吧。”

于大海却不想放过这一段，可见他确实如苏兆红所想，就是想要刺激她。

“那是她的日记本。她说她从小弹琴，却并不喜欢。喜欢画画，却没法去画。上天给她这样一个妈妈，是不是就是来考验她的耐心的？可是她觉得，面对高考，可以自己选择时，她的耐心已经用完了。她一定要为自己的梦想，做一次选择。”

于大海声音放得挺低，苏兆红也装得特安详，听了就跟没听似的。两人此时都比着谁更文明。

刘艳华着急地说：“孩子就这么跑掉了，苏兆红，暖暖是从你手里跑的，对不对？你该不该跟大海一起反思反思这个事，有没有可以做检讨的地方？暖暖的这些话，让我看，是她的心里话，而且根本就没什么错。我一个老人家，经历过那么多不可想象的运动，都明白现在这个世道已经不同了。只要努力，无论做什么，都可以做得很好，最少吃饭没问题是不是？你在担心什么呢，为什么一定要阻挠孩子的选择呢？”

苏兆红说：“我担心什么？我是她娘，我当然有道理担心了。她成绩那么好，考一个好学校好专业，学医或是金融，都会比起去学艺术，至少能少走二三十年的弯路。等她大学毕业，到处碰壁，找不到工作，或是只能去设计公司打一份小工，再看看自己当年的同学，成绩曾经没她好的、拿着高薪、有份稳定体面的工作，那时她会怎么想？她是女孩子，好年华就那么几年。她要结婚，要生孩子，可学这样不靠谱的专业，很可能连对象都找不到。男孩子即便愿意，人家父母又会愿意吗？人家愿意找这么一个工作性质的儿媳妇吗？今天有活就有钱，明天没活就失业？以后还要养孩子，婚姻万一不保，做了单亲母亲，压力又该多么大……"

这话说得连苏兆南都听不下去了："姐，你是不是想得也太远了？暖暖现在才几岁，就想到单亲母亲了？你别把自己的焦虑，加到暖暖身上好不好？你怎么知道她就找不到好对象，就没有稳定的婚姻了？你怎么知道她就赚不到钱呢？现在做设计做动漫的人那么多，早已经成为一个规范的技术工作了，就和医生、银行经理一样，也是凭手艺吃饭的好不好？你不懂就别乱说。"

苏兆红对弟弟，是可以凶的："闭上你的嘴。你懂什么？医生那能叫手艺人吗？你是不是把天下人都当手艺人了？难怪你会想找一个模特，一个靠秀脚丫的女人！你是不是觉得她也特有手艺——啊，脚艺的人啊？你们去看看这些年的大学报名，看看专业选择有多么重要。好专业常常要比普通专业多出几十分来，这说明了什么问题？而艺术类的专业为什么分数又会低那么多，难道那些家长和学生都是傻子吗，读大学难道不想要回报吗？"

她不跟刘艳华理论，知道自己小辈，又是前婆婆，无论说什么，都说不过。她又转向于大海："暖暖虽然不喜欢学钢琴，可也已经过了最高级。这个过程，对她意志品质的锻炼，你就能说没有丝毫作用吗？如果我也像你一样，孩子今天喜欢这个就学这个，明天喜欢那个立刻就换，她能弹得出这么一手好琴，并且在同学中间，好歹也能因为有特殊才艺而受人羡慕吗？这些事情，因为她太小，看不远，想不深，当然会有考虑不周的地方。难道不需要我们来帮助她吗？"

"可是你根本不是在帮助她！"于大海讽刺道，"你只是自己说什么，什么就要算数。人家都说，女儿像母，暖暖在你的坏脾气引导下，当然只会越来越像你，她也要说一不二，也要坚持自己的想法。脾气只会越来越犟，越来越不服。"

"说来说去，你就是要指责我是吧？就是为了证明我做的一切都是错误的，对吧？于大海！"

苏兆红再也忍无可忍了。她唰的一下，就砸了一个盘子：“你对我口诛笔伐这么多年，我到底有没有一条，让你欣赏过，赞同过？我成什么人了！跟你在一起，不是个好妻子；跟孩子在一起，你一定要给我戴上坏母亲的牌子——是，她会像我，还会怨恨我，怨恨就怨恨吧。我早知道，人生就是一场怨恨，不管你付出多少，收获的只有怨恨。”

盘子碎了，碎了的当然还有苏兆红的心。她想离开饭桌，但一推椅子站起来，眼前一黑，就昏倒在了地上。

袁二元上来了。他听见了摔盘子的声音，还听见了苏兆红倒地的轰隆声。

一房间的人都乱成了粥，童童在哭，三个大人围着苏兆红，把她朝沙发上抬。

袁二元突然大喊一声：“别动，快放下。我来！”

谁也不知道他是谁，又是怎么进来的，但此刻也没人问他是谁，更没注意到是谁为他开的门。

他从有无数口袋的摄影背心的某个口袋中，变戏法一样拿出了一根银针，抓起苏兆红的手指尖就扎，然后又伸出拇指，用力掐起她的人中来。

手指破了，黑血流了出来。袁二元大喊：“拿细线来。针线包，针线包里的线就可以。”

房间里的所有人分头进不同的房间翻抽屉开柜子，找线。终于，刘艳华拿来了，到底老人有经验，帮着袁二元三下两下地扎起了手指。

童童还在哭。他手里拿着个纸叠的飞机，放在苏兆红的胸口。“妈妈，妈妈，你快醒来，看我给你叠的小飞机。”

幸好放血及时，苏兆红叹了口长气，慢慢睁开眼睛，醒了。她四处看看，满眼迷茫。

终于看到了童童，她把手放在孩子头上摸了摸，飞机被童童塞到了苏兆红的手里。

于大海眼睛一亮。他突然看见那飞机上有字。他二话不说，拿了过来，拆开，终于看到了，暖暖写的：“我去青海两天，看青海湖，你别找我，我会回来的。”

既没称呼，也没落款。

于大海问童童：“在哪里看到这张纸的？”

童童想了好久：“一本书里。”

这天晚上九点多，暖暖就回来了。她自己拿钥匙开的门，一推开，所有的亲人都正坐在客厅里等着她。所有的人，脸上都是焦虑不安和激动。

暖暖没忍住，一下就哭出了声。

苏兆南先抱住了她，刘艳华又抢过来抱她。童童最压抑不住快乐，一直在旁边又叫又跳，喊着姐姐姐姐、姐姐回来了。

反倒是苏兆红和于大海，有点不知所措。最后是暖暖主动扑到了苏兆红的怀里，叫了一声“妈妈”。

这一喊，把苏兆红的眼泪彻底给勾出来了。她再也控制不住自己了，大声哭起来，哭得那个伤心啊。她紧紧抱住暖暖不松开手，她问暖暖：“你这两天怎么过来的，冷不冷啊？有没有遇见坏人啊，住在哪里啊，都吃上饭了吗？”

于大海则问暖暖：“看到青海湖了吗？”

问到这个，暖暖终于激动了：“看到了，看到了。真的，太好看了。妈妈，以后有时间，我们也一起去看吧。太漂亮了。”

苏兆红这次忍住了。她竟然点了点头，擦掉眼泪，没有逼着暖暖立刻认错，而是说：“你要吃点什么不，我去给你做。”

母女俩这个晚上，谁都再也没提暖暖“私逃”的事。苏兆红也明白，不能火上浇油了。不仅为了暖暖，也因为自己的身体。在昏迷的那个瞬间，她明显感到胸口被重重地击打了——她怀疑自己的心脏出了问题。

孩子还需要她很多年呢，读书需要她赚钱，就算工作了结婚了，还需要她帮着带孙子不是？暖暖的失而复得冲散了她的气愤。她也突然觉得，自己不能再那么急躁了。

可是，过了几天，暖暖写作文，题目叫《你是我的太阳》。苏兆红看到她写的是一个好朋友，心里又不禁很是郁闷。

在办公室里，她把“你是我的太阳”这几个字写了好几遍，然后跟张玲玲发牢骚道：“你说说，我们这些个当妈的，在孩子心里，到底有多重要？”

张玲玲玩世不恭地说：“至少有一点是明确的，肯定没有他们在我们心里那么重要。”

为了庆祝暖暖回家，袁二元又贴了一幅漫画在苏兆红的门上。依然是爆炸头、小肥腰，名字就叫《狮娘的眼泪》。

不仅听上去像鳄鱼的眼泪，画面的意境也差不多。狮娘一边眼泪汪汪地拥抱失而复得的暖暖，一边偷眼瞄着墙上的《狮娘计划》，生怕耽误了孩子的学习时间。

这回，苏兆红特心甘情愿地撕了下来。虽然她不喜欢被讽刺，可既然袁二元都救了自己一命，她还能说什么呢？

第二十五章　破　裂

转眼到了十二月底，学校的第四次月考结束了。

这次考试很重要，因为是分段复习完后的第一次综合考。老师甚至放出话来，这次考试的名次很重要，基本上就是半年后高考的名次。

考试完，就开了次家长会。

这次没有放在会议室开，就在教室里。教室靠近讲台的墙壁上，贴着全班的名次表。每个孩子的名字后面，是每次月考的成绩、单科分数、班级和年级名次，然后是总分，又是班级和年级总名次。

卢秀玲今天穿得特正式，黑板上大书“欢迎家长，共迎挑战”。名次表底下，层出不穷地挤着家长们，每个人脸色都挺凝重。

苏兆红看到暖暖的成绩和名次，平时变化不是很大。但这次月考，稍微落后了几名。

旁边有人问她：“你孩子在哪里？”

她伸出手去指名字，好几个家长一起发出啧啧声：“哦，不错啊，肯定能上很好的学校。”

苏兆红心里再高兴，外面表现也不敢得意。孩子成绩这事，没那么简单的，不到最后那一下，谁也说不清楚。而且暖暖最近状态不好，谁知道下次又会怎样。

她一副危机重重的表情，说道：“还得咬牙坚持半年。”

苏兆红顺便看了一眼沐紫的成绩。刚看，还以为自己眼睛花了，怎么会这么低？她把手指头压在名字后面，一科一科一行一行地对着名次和成绩看，终于发现，没有错！

平时她和张玲玲之间说孩子的机会也不多，而且每次张玲玲说起来，都挺高兴的，从没表现出因为孩子成绩不好，有什么烦恼的样子。所以在苏兆红心里，总以为沐紫就算不拔尖，但应该还算可以。哪里想到，从成绩看，简直是垫底了。

苏兆红越看脸色越凝重，而她那么认真地在沐紫的成绩后面看，引来了上次那个胖胖的家长。他说："哟，这是你女儿啊？上次老师不是说成绩不错吗，你不是还要当狮娘吗，怎么当成这个样子了？这分数这名次，都很差啊。"

胖男人一副幸灾乐祸的表情，让苏兆红气得脸都红了。

她生气地点着沐紫的名字："你睁大眼睛看看，这能是我的女儿吗？我的孩子要是考这个分数，我会直接将她带到教务处，退学、打包，亲自送她上火车，去广东打工自己养活自己好了！考成这个分数，还读什么书啊，还占着一张课桌干什么啊？不如让给那些想念书的孩子，让给那些对自己的未来有想法的孩子。简直是，这怎么会是我的女儿！你又在那里高兴个啥？你的儿子呢，考了多少名，你敢给我看看吗？"

这两个人，本来上次家长会就引起了很多家长的关注，现在一看他们杠上了，顿时就都围了上来。而且各自就有了各自的粉丝团。

胖家长身后的一个男人不满苏兆红的口气，数落她道："喂，这个狮娘，你不能这么说话。读书的权利谁都有的，而且能读到八中的，个个都不差。我的孩子，成绩名次还不如这个叫刘沐紫的呢，但我也不能就说他不配读书，应该远离课堂不是？要是每个孩子都像你的女儿那样，考那么高的分数，那你的女儿，不也就成普通学生了吗？"

"是啊，山外有山天外有天，狮娘啊，肯定还有比你孩子更优秀的孩子呢。"

"这话不能这么说，现在孩子面对的就是每月一次考，山外就算有山天外就算有天，谁能在这张纸上冲到前面去，那就是谁的本事。我看狮娘说得挺好，就得这么像打仗一样，盯着每一次的考试成绩和名次。她女儿成绩这么好，我们就应该多向她学习，取取经。"

说这话的，明显是苏兆红的粉丝。

张玲玲来了。她想凑近去看分数，正扒在圈子外面，想进去，突然就听见了自己女儿的名字。

然后听到了苏兆红的声音："这个刘沐紫的妈妈，我也认识，是我的一个朋友。我从来没有想到过，她孩子的成绩会这么差。如果早知道，我就会早早提醒她的。而且我的女儿也经常和刘沐紫在一起玩，这就更让我担心了。都说物以类聚人以群分，一个对学习不上心的孩子，会不会影响到专注学习的孩子？这是我们需要注意的问题。关于这个，等会我也要跟卢老师交流交流。"

她话音刚落，张玲玲正好挤开了人群，站在了她的跟前。两个人大眼瞪着小眼，苏兆红意识到自己说错话了。她想去捂嘴，来不及了，张玲玲的手指头几乎已经戳到了她的脸上，气咻咻地说道："好啊你，苏兆红，知道你势利，却没想到你如此势利！连孩子都不放过！你凭什么看不起我们沐紫啊，我是她的妈，我都没觉得有什么，轮到你来拿她当反面教材了？不错，我女儿成绩不是很优秀，但她开朗活泼，善于交流，这是多少分数和名次都买不到的财富，你懂还是不懂？我为我家沐紫骄傲，我根本不在乎她考多少分。只要她知道努力，懂得去学，我就非常高兴非常满足。我不需要她像我们那个年代一样，需要靠一次考试来改变命运，甚至像你一样，需要考上一个好大学，才能把全家都从农村带出来。我们的孩子现在不需要，也不应该背负这样的压力，她尽力了她努力了，她找到了自己喜欢的奋斗目标，就是成功就是幸福！所以——"

她转向了苏兆红，两眼喷火，简直像是在对一个仇人："狮娘，你就去物以类聚人以群分吧，去找和你一样的变态老娘们去吧！我不再认识你，也不会再打搅你、影响你、带坏你！"

哎哟，这段话说的，张玲玲连气都不带喘的。她瞪了苏兆红一眼，包一扛，扭身就走了。

胖家长带着身后的粉丝们，立刻鼓起巴掌来。

有人频频点头，重复着张玲玲的话："就是就是，书呆子有什么用？能有好的人际关系，多少分数都买不来。"

卢秀玲也被刚才的那一幕吓住了。她开始维持秩序，让各位家长回归座位。

苏兆红简直不敢相信，就刚才那么几分钟，她就被张玲玲这么"抛弃"了。

她们可是二十年的友谊啊，其中经过了多少的风风雨雨、彼此担待。谁知道，一旦涉及孩子的成绩，立刻就掰了！

分数真不是个好东西啊。怎么这么害人呢？

她唉的一声，叹口长气，趴在了桌上，怎么都抬不起头来了。

第二十六章　男人的直觉

于大海见到岳平了。

“是的，就是岳平，就是那个给苏兆红介绍的对象。你看，他是帅吧。很像吴彦祖是不是？吴彦祖是谁，我哪里知道，不过老婆总这么说而已。他很有人格魅力，不仅女人爱找他，就算像我这样的男人，也爱跟他玩。他整天乐呵呵的，跟谁都挺好，从不发脾气。谁有个病人，求到他那里，无论多忙，都会排出时间来。一点架子都没有，连实习大夫护士，都一视同仁。真的是个好同志，好同志。”

刘永福指着正站在过道、跟几个女护士说说笑笑的岳平，向于大海介绍基本情况呢。

“怎么，这事连你都知道了？苏兆红给你说的呀，他们进行到哪一步了？我都好久没问过了。也懒得再问。”

于大海再次看了看岳平，转过头来，冲着刘永福说：“是她跟我说的，好像挺满意的，说得也很肯定，我以为他们已经差不多了呢。是，不错，外貌是很帅，不像这个年龄的男人。可是怎么，我总觉得——”

他又探出头去，看了一眼过道上的岳平：“是不是太活跃了——跟女人们在一起时？花吗？”

刘永福不过脑子地说：“咳，岂止是花，花都开得要凋谢了。”突然意识到自己说错了话，赶紧收嘴：“你想啊这么好的男人，又是单身，工作收入都不错，房子车子全都有，他不去花，女人们也不会随便放过他的啊。现在好了，他是想收心了，想找个女人好好过日子了。只是无奈，总有人挑逗。男人嘛，活蹦乱跳的，又不是和尚，所以，有时候活动就多了一点，也就活跃了一点，一点，啊，一点点。”

于大海看刘永福那吞吞吐吐的样子，不由哈哈笑起来，拍了刘永福一巴掌：“看你为难的。又不能对我隐瞒情况，又不愿意得罪朋友同事。哪里有那么复杂，我就是问问。既然苏兆红对这个人感兴趣，我就想多了解一点，不过真不是为了她，只是为了闺女。你说是不是这个理？”

刘永福这么一听就明白了，眉眼都舒展开来，冲他举起大拇指，频频点头：“那是，你说得没错。孩子这边，必须也得考虑到。和这么一个人，能不能合得来，也很重要。”

两人正说着，月亮拿着化验单进来了。

原来她还是让于大海来陪她看病的。刘永福看着单子，月亮就冲于大海猛献殷勤：“谢谢你啊，于总，你看我总这么麻烦你，实在是太不好意思了。”

于大海就说：“是，以后你就自己来，和刘专家也算认识了。你来了直接找他就行了。”

月亮才不想自己来呢。她撒着娇说：“我这不是不方便吗？没有车，身体又不得力……哎呀，于总，就这么小小地帮个忙，有那么难吗？”

刘永福听着月亮跟于大海起腻，抬起眼睛，冲于大海坏笑。

于大海对他使眼色，示意别添乱。他掏出了电话，立刻打给了苏兆南，对着月亮说：“我叫我们苏经理来接你，我还有点事，得立刻走了。”

月亮急了，刚要反对，于大海已经拍了拍刘永福的肩膀，又指了一下门，表示他要走了。

刘永福跟他点点头，于大海大着嗓门打电话：“兆南，你立刻开车到省人民医院来，接下月亮小姐。对，马上。”

苏兆南放下电话就下了楼，天公作美，一路上连个红灯都没碰到。前后十五分钟，就到了医院门口。

他赶紧给月亮打电话：“你在哪儿，我已经到了。”

“出租。”月亮撇腔撇调地说。

“怎么回事，不是说好我来接你的吗？”

靠在出租车后座的月亮，阴沉着脸：“嗯哼。”

“哎，我说，你不需要我来了，就不能给我个电话吗？”

还是两个不死不活的字：“不想。”

苏兆南急了：“你也太不把别人放在眼里了吧？我说，你就不能说说，你这是什么意思吗？”

“无聊。”

苏兆南真生气了，站在停车场里就喊了起来：“你在哪里？我不管，你得给我个交代，说，你到哪里了？”

阴阳怪气地回复：“二环。”

苏兆南说：“我说，你到底是女神，还是女神经啊？你就不能多说一个字出来吗，一个字，就多一个字？”

听到苏兆南气得死去活来，月亮终于乐了：“可以。”

苏兆南听出她笑了，也高兴了起来：“那你说，有本事你就说一个，三个字的，比方我爱你什么的。”

“女神经。”

这就是月亮的回答。苏兆南又气又可笑，一拳头砸在了车顶上。

苏兆红自从那次昏倒过后，身体就一直不太好，最近又跟张玲玲闹矛盾，人显得特别霉气。

以致于大海去她办公室，一见到她，都有些吃惊：“你怎么了，脸色这么不好？”

苏兆红大呼口气，啥也不想说：“一般吧，老样子，怎么，脸很黄吗？”

于大海说：“中医术语叫那个，那个那个，面色萎黄。”

苏兆红顶了回去：“你不是早给我定性了吗？更年期。能不萎黄吗？”

于大海今天不是来跟苏兆红讨论脸色或更年期的事的，他有重要事要跟苏兆红说。

尽管很有可能，苏兆红不仅听不进去，还又会跟他大吵一架，但该说的话他必须得说。

先做铺垫：“你最近再见没见张玲玲两口子？”

他是想从张玲玲刘永福那里，带出岳平来。谁知正是哪壶不开提哪壶，苏兆红一脸警惕地问：“张玲玲都给你说什么了？她诽谤我是不是？”

于大海吓了一跳，怎么扯到诽谤了？他敏感地意识到了问题：“她诽谤你干什么？噢，你们是不是，是不是吵架了？啊？这么无厘头的事也做得出来？多大的人了，居然吵架？”

苏兆红说起这个，也特别伤心。她吊着个脸：“你说吧，你来是有什么事？”

“你和张玲玲到底怎么了？”于大海更想知道这个。

无奈苏兆红一点也不想说：“没事。你要是问这事，就赶紧走吧。”

于大海只好咳嗽一声，说自己的正事。

“我那天去刘永福那里了，看到了那个岳平。他正跟一帮人聊天呢，准确地说呢，就是在跟一帮护士或是女医生们，打情卖俏呢。我记得你说起过这个人。我先声明啊，我不反对你跟他谈恋爱，但我的直觉告诉我，直觉啊，当然也不是很准确——我的直觉告诉我，他这样的状态，或是性格，不太适合做父亲。我的意思就是，你能不能也征求征求暖暖的意见，让她也见见这个人再说？”

苏兆红越听越烦，影子都没有的事，他管天管地是不是也太过分了。她黑着脸，面无表情地站起身，一路走到门口，拉开门。

于大海奇怪地转过椅子，看着她。

“请你出去，”苏兆红冷冰冰地说，“这是办公场地办公时间，不谈私事。”

第二十七章 疯狂数学

这些年，群艺馆那样的地方，都渐渐变成了出租场地。一楼沿街的铺面，是大批的小商品店，豆浆机、锅具店，还有卖刀的。

苏兆红还是上大学时来过这里，参加大学生健美操汇演，系里找了个群艺馆的老师，给大家指导指导。十几个女孩子，就来到了这里。

她只记得一楼的排练室还很大，有镜子，有扶杠。除了她们这些学生，还有歌舞团的舞蹈演员。什么时候，这里竟成卖货的了？

从刀具店后面走出去，就到了院子里。意想不到的热闹，密密麻麻，全是家长和孩子。孩子们追着打着，家长们抱着胳膊坐在一起聊天。树下停了无数的电动车，妈妈们居多，哇啦哇啦吵得耳朵生疼。

苏兆红拉着童童进到了这个圈子，童童的表情既诧异又高兴："哇，妈妈，这里是公园吗，这么热闹？"

好不容易能有一个跟儿子一起过的周日，苏兆红一进于大海的门，就使劲嚷嚷："走，今天跟妈妈去公园。"

于大海说："天那么冷，去公园怎么玩？"

苏兆红说："有室内项目的。你中午别等他了，我带他吃好再回来。"

童童听说去公园，很是开心。现在见到这么多孩子，就更是喜出望外："妈妈，他们都要玩什么啊？"

苏兆红蹲下来，眼睛看着儿子："你看这些小朋友都可爱不？可以做朋友不？"

童童点点头，天真地说："可以啊。我觉得他们都很可爱。"

苏兆红说："一会你跟他们一起去一个地方，妈妈和他们的妈妈在外面等你们。看，"她将包突然在童童面前打开。"好吃的多不多？你出来，就到妈妈这里来找吃的。"

童童有些紧张："妈妈，你不带我进去吗？"

苏兆红点点头："这是小孩子玩的地方。你进去后，有老师带你们。你就当是在玩好了，不要着急。能听多少听多少，也可以画画，好不好？"

童童表情很疑惑："还有老师吗？是我们秦老师吗？"

"当然不是，是带你们玩的老师。"

苏兆红话音刚落，三楼阳台上，就出现了一个戴眼镜的男的，冲院里的人喊着："进来吧进来吧，都上来。"

苏兆红牵着童童的手，跟着其他家长孩子一起上了楼。

以前的排练厅，都重新装修后，变成了补习班的教室。母子俩刚上到二楼，迎面就是"参加疯狂数学，助你一生成才"的大幅标语。

童童终于知道这是怎么回事了："妈妈，我们不是来公园，对吗？"

旁边的几个母亲听到童童的话，彼此交换着眼色。苏兆红到了这会儿，只能承认她不是带儿子逛公园的。

"是，这是个奥数班。知道什么叫奥数吗？就是奥运会的数学项目。你参加了这个班，就等于在为奥运会做准备。你想不想去奥运会呀？"

得这样骗孩子，真的不是苏兆红的本心，可如果不这样说，童童会愿意周日一大早，就跟着她来上补习班吗？

果真，一听奥运会，童童立刻就来劲了。他赶紧点头："想，想，太想了。奥运会数学，那我需要做什么呀？"

"老师会教你们的，"苏兆红说，"就和往常上课一样，你好好听就行了。但是因为是奥运会的项目，所以有点难，不要着急，只要听着就可以了。"

童童乐不颠颠地进了教室。刚一进去，竟有了惊喜的发现，原来田枕月也在！

简直像是他乡遇故知，两个孩子立刻抱在一起又蹦又跳起来，又坐在同一张桌上。

家长们都站在了过道里等。

一节课四十五分钟，苏兆红也找了一个靠墙的地方站着等。

田枕月的妈妈站在她旁边，说：“哄孩子来上课不容易啊？我的女儿，最不喜欢来上这个了。一到周日，早上一起来，就跟我闹别扭。”

苏兆红问她：“你们从一开学就来了？”

田枕月妈妈说：“可不。暑假就在找各种各样的班。人家都说，一开始上学，这种补习学校就不能停，必须上。我比较来比较去，觉得这个疯狂数学还可以。数学是比较难学的科目嘛，最后成绩拉开距离，主要就是因为数学。所以，必须从一开始就抓起。大家都这么说的，你看看，这个班都是一年级的。”

苏兆红听着就有点着急：“唉，我们确实来迟了。我还没正式报名，今天是试听一下。不知道老师讲得怎么样？”

田枕月妈妈说：“都是奥数的内容，和他们平时学的不大一样。我也看不懂，有人说老师还不错。”

苏兆红认真地问：“那孩子呢，孩子怎么评价老师的，说讲得清楚吗？还有，学了这个，学校里的数学，是不是学得能轻松一点？”

田枕月妈妈仔细想了想，摇头：“还真不知道。因为孩子一直说听不太懂。学校里的算术嘛，现在还简单，好像也没什么不会的。”

说完，又补充：“不过大家都说，这是个潜移默化的事儿，开始就是听不懂，但听得时间长了，渐渐就懂了。”

苏兆红皱个眉头：“真有这么难啊，会纯粹听不懂？”

事实证明，田枕月妈妈的话是对的。

下课了，童童和田枕月一起手拉着手出了门。苏兆红抢上前去，先问童童：“老师都讲了什么，明白吗？”

童童很坦白：“讲了圆形。其他的就都不知道了。”

田枕月妈妈露出一副“我说得没错吧”的神情，看着苏兆红乐：“你就得做好再白白扔几个月钱的准备，等他们突然听明白了，一切就都容易了。”

苏兆红心想，谁知道自己能坚持到什么时候。于大海万一知道了，肯定会不许童童再去的。

她还有很重要的事，要跟童童商量。于是跟田枕月母女告别后，她匆匆带着童童去了儿童公园。

天公不作美，那一片停电，什么项目也玩不成。

“你看，我带你来公园了是吧？人家停电，不能怪我是不是？这样吧，我们一起去必胜客，你想吃什么都可以。”

童童听到这个，立刻破涕为笑，跟着苏兆红去了必胜客。

苏兆红说话算数，答应童童要什么，就给他买什么。孩子立刻得寸进尺，甜点就要了三份。

童童埋头苦吃，仿佛生怕苏兆红给他没收了。苏兆红赶紧宽慰他：“咱们不着急，放着慢慢吃，想吃到几点就吃到几点。因为今天的任务，已经完成了啊，对不对？”

童童把勺子含在嘴里，有点糊涂地望着妈妈：“今天的什么任务？”

苏兆红说：“奥运会啊？你忘记了？”

“噢，对。”童童点点头，又开始欢快地吃起蛋糕来。

“那要是爸爸问你今天我们干什么了，你怎么说呢？”

“去上课了。”童童张嘴就说。

苏兆红赶紧“嘘”了一声：“我们怎么是去上课呢？我们那个不叫上课，我们是参加奥运会呀，是为奥运会做练习去了。”

童童有点茫然，奇怪地问道：“可田枕月问我，下次还来上课吗？”

苏兆红说：“你怎么说？”

童童点点头：“来啊。”

苏兆红看到了曙光。她立刻凑近儿子，问道：“那你觉得上这个课很有意思是不是？”

童童奇怪地说：“怎么是上课呢，不是参加奥运会吗？”

苏兆红也弄糊涂了，索性摆摆手：“不管是什么了，反正你觉得还有意思是不是？”

童童点头：“还可以吧。我喜欢跟田枕月玩。”

苏兆红说：“那要是爸爸下周不让你去了呢？”

童童很淡然地说：“那就不去了。”

“哎呀，”苏兆红着急了，“怎么能说不去就不去了呢。你想如果你不去了，田枕月一个人坐一张桌子，该多寂寞啊。她一定会想你的，对不对？你去的话，如果下课早，妈妈还可以带你们两个人一起来吃必胜客或是去公园玩，你觉得怎么样？”

“太好了，太好了，”童童勺子都忘了从嘴里拿出来，就拍起巴掌来。又从椅子上滑下来，站到苏兆红跟前，让她立刻给田枕月妈妈打电话：“现在就叫她来吧。快点。”

苏兆红说：“现在怎么可以。等下次吧。所以，我们得有一个共同的认识，那就是怎么跟爸爸说。”

童童又糊涂了：“共同的认识？认识谁？”

苏兆红跟儿子不住在一起的时间长了，现在才发现，跟小孩子说话太费事了。不知道于大海是怎么弄的。

她有些不耐烦了，也懒得解释，直接说：“就是爸爸问你今天干什么去了，你怎么说？”

“去上课了呀。”童童关于这个，倒不含糊。

“哎，不是说好去为奥运会做练习了吗？”

童童无所谓地一挥手：“都一样。”

苏兆红无奈地直大喘气。她也不知道该怎么说才好了。干脆再换个方向：“那爸爸要是问你喜欢上课吗，你怎么说？”

“喜欢啊。”关于这个，童童倒没含糊。

苏兆红说：“这就好。”

她想了一堆应付的话，到了送童童回去，倒什么问题也没有。

于大海问童童：“开心吗？”

童童大声说：“我碰到田枕月啦，挺好的。我们下个星期还要去，去为奥运会做练习！”

咦，他这会儿倒说得天衣无缝。说完就跑进自己房间里去玩了。

苏兆红赶紧编谎话打圆场：“就是蹦蹦跳跳了一会。”

于大海说好。

苏兆红跟他敲定：“那我下周日上午，再来接他？”又补充一句，“他跟田枕月说好了，而且他很喜欢去。”

第二十八章　胖姑娘

于大海带着童童，跟严冬美吃饭，严冬美又帮于大海带过孩子。这些事，陈湘惠都知道，但刘艳华全然不晓。

在她心里，儿子和这个女人已经完全没有关系了。她的任务，是要帮于大海重新找个女孩子。按她的想法，年龄不要太大，但也不能太小，三十左右，懂事，顾家，不要太漂亮，但一定要会过日子。

她把自己的想法，跟郑大妈等一干老太太说了，话当然也就传到了陈湘惠那里。

陈湘惠很不高兴，立刻就来质问刘艳华："你还说我给闺女找三找四的，那你儿子打算脚踏几条船啊？"

刘艳华很吃惊："我儿子登上你家闺女的船了吗？什么时候买的船票啊？我怎么不知道？"

陈湘惠说："他不是带着孙子，都跟我闺女见过了吗？还来过我家，这些你都不知道？"

刘艳华真不知道，但就算知道，也不想承认这就是登船的意思："带我孙子去见的你闺女？这很正常啊，我儿子每天要带着童童见多少女人呢，这能说明什么问题呢？"

"那到我家里来呢？他来看她生了什么病？"

"那不是因为她生病了吗？就算正常的同志，病了也要去看看的啊。"

陈湘惠被刘艳华气了个半死："你是不是觉得我们一直在求着要和你儿子好啊？告诉你，根本没有这回事！一入门就当后娘，天下没人愿意干这个。当了继母意味着连自己的孩子都难生，这可是拿一辈子的幸福打赌的事。你要是能耐，你就去找吧，看谁家的姑娘乐意嫁你儿子。"

严冬美一下班，刚打开门，就见陈湘惠坐在客厅的沙发上。

她吓了一跳："妈，你怎么来这也不跟我说一声。我都没收拾，厨房里锅还没洗呢。"

陈湘惠说："你怕我突然来干什么，难道还藏着男人吗？"

严冬美听她口气不对，吐吐舌头，啥也不说，卷起袖子，就进了厨房。又问："妈，你想吃什么，我来做。"

陈湘惠说："我问你个事，你跟我说实话。"

严冬美不急不慢地说："好啊。你问。"

陈湘惠说："你是打算和那个于大海结婚的吗？"

严冬美"哈"的一声，嗔怪道："说什么呢，没影的事儿呢。"

陈湘惠说："真没影？那是你不乐意，还是他不够主动？"

严冬美淘着米，想了想，放下锅，严肃地对陈湘惠说："我不知道，我把握不好这个事。他孩子挺可爱的，可是他……"

她摇头："那天他来家里，是因为我去医院的时候，看见他跟一个年轻女孩子在一起。这事让我觉得很不安。"

这还是严冬美第一次告诉陈湘惠，陈湘惠吃惊道："那之后你不是还帮他带过孩子吗？"

严冬美说："当时他有事要走，我也是顺便。这不能说明任何问题。那以后，他还约过我几次，我都没答应。"

陈湘惠问："为什么？"

严冬美没说在于大海办公室门外看见月亮的事。她觉得特别说不出口，就找别的借口搪塞母亲："我不想跟他明确什么，比方赴约啦，或是承认是他的约会对象什么的。因为我还不了解他，我只想水到渠成，自然而然的。"

陈湘惠听闺女这么说，又是放心又有点担心："哪里有那么多水到渠成自然而然呢？又不是年轻的时候了。不过，你不跟他在一起也好，他那个妈妈太难缠了。她不喜欢我，当然也不会喜欢你的。"

严冬美笑母亲："你们这些个老太太，是非还挺多的。"

刘艳华看上的这个女孩子，和郑大妈住在一个院子里。父母都是国企的退休职工，家里就这么一个姑娘，31岁了，学财经的，现在在一家银行的柜台工作。

郑大妈的推荐语是："人挺利索的，虽然胖了点。但胖是富态，是福气不是？最主要的就是特会过日子，一点也没现在女孩子爱慕虚荣的臭毛病，可知道节省呢。她妈妈经常拿着她做的衣服啦、打的毛衣什么的给我们看。闺女手巧，不仅会做饭，还会做蛋糕什么的。"

刘艳华听着真动心："这么好的孩子，怎么就耽误了呢？"

"因为胖嘛，"郑大妈说，"现在的小伙子，找对象不就是要看外表吗？越瘦越像狐狸精，才越好嫁。也不管管那身材，是否好生养。"

说着，把相片拿给刘艳华看。

刘艳华一看，果真是个胖丫头。但胖是胖，倒很有精神。短发，圆脸，双下巴，笑眯眯的。

"看着确实是个富态相。"

郑大妈说："瞧，有帮夫相。年龄也合适，不大不小的。"

第二天一早，胖姑娘的妈妈就跟着郑大妈来了。一来就攥住刘艳华的手，亲热地仿佛见了救命恩人似的。

"郑大妈一说你儿子，我就特别满意。哎呀，这简直就是缘分嘛！我女儿就喜欢找个年龄大点的，说会体贴人。她也特喜欢小孩子，而且还是个小男孩。一听我说呀，连夜就给孩子织了双小手套，你看看，合适不？"

说着，果真从口袋里掏出一双小孩子的毛线手套来。几种颜色混搭着，还真是挺好看。

刘艳华赶紧点头，表示感谢："谢谢谢谢，你女儿太有心了。不过真不好意思，孩子们面都没见过，我怎么好意思拿着呢。"

胖姑娘的妈妈将手套硬往刘艳华的大衣口袋里塞，说道："就是给你孙子织的啊，有什么不好意思的。你看看，这活打得多细。也没费什么钱，就花了点时间而已。她和现在的年轻姑娘不一样，不追求那些个没意思的东西。几千块的衣服啦、鞋子啦，她从来也不买。穿得可朴素了，自己学过裁剪，连风衣都会做。蒸包子擀面条包饺子，统统都会。工作也很认真，泼泼辣辣的，现在都当了组长了。管了二十多个人呢。"

刘艳华就赞叹道：“那真是不错。现在这么能干懂事的姑娘确实不多了。”

最主要的是，胖姑娘妈妈的态度，深深地感动了刘艳华。

你看看人家，多么专一，多么投入，多么心无旁骛。她来到这里，就是冲着她刘艳华来的。而且，她就像寻到宝贝了一样，对于大海和童童，都满意得没有二话。那姑娘更不错，连面都没见过，就主动先送了一双手套。这是什么精神？

刘艳华心里很舒服，也很舒展。比起严冬美来，这个胖姑娘各方面，都让她满意得不得了。

一是年龄，不是很大。这就有一个可能：于大海还可以再跟她生个健康孩子。虽然再生个孩子，可能对童童不好，但你总不能让一个女人不要自己的孩子吧？早几年不说，等岁数大些，人家不会怨恨吗？按刘艳华的算法，谈一年，然后结婚。结婚五年后，童童上了中学，住校了，就再要个孩子。那时胖姑娘也不算很大，还能生。

二是这长相，确实很富态，而且因为胖胖的，也显得特亲切、脾气特好。以前的苏兆红就是个瘦子，严冬美也很瘦。女人到了一定年龄，非得胖点不可。瘦女人大多内分泌有问题，甲亢、经期不准、掉头发……大部分的瘦女人，不是中气不足、有气无力，就是脾气怪异、动辄就怒。胖点好，人心宽才能体胖。胖子行动不便，懒得生气，不生气，就不找麻烦，就能把日子过好。

三是性格。连郑大妈这么个会算的老太太，都赞叹那姑娘会过日子。据说他们家现在还维持着冬天做咸菜、夏天做西红柿酱晒干菜的习惯。这样的母亲，肯定能教出特会过日子的女儿的。别的不说，就看看这手套，元宝针，又厚又暖，颜色也好看。这巧劲，现在年轻姑娘谁会这些？

她越琢磨越觉得合适，手也被胖姑娘的妈妈攥得热乎乎的。人家不放，她也不舍得放。

两个老太太，就手拉着手，一边走，一边聊。十几分钟后，只听见两人已经开始互叫亲家了。

陈湘惠瞪个眼睛，简直不敢相信刚听到的。她扭头问旁边的老太太：“那是找准了的？”

“可不是。这么一见钟情的亲家母可真不多见，听说那女方的妈是专门奔着刘老太太的儿子来的。”

陈湘惠还能说什么呢?

刘艳华喜不滋滋地把胖姑娘的相片，递到于大海手里，献宝似的:“看看，瞅瞅，这样的闺女，才是当老婆的最好人选。”

于大海吓得一后退:“这是什么啊?谁啊，你怎么拿张不认识的人的相片，就给我塞呢?”

刘艳华凑过去，问儿子:“多看两眼，不就认识了吗?先告诉妈，你觉得怎么样?瞧，长得喜气不?”

于大海耐心又看了看:“还行。”

“多富态啊，多有福气啊!”于大海淡淡的还行两字，让刘艳华仿佛受了伤害似的，后退一步，大惊小叫:“你再好好看看，这能叫还行吗?这么有福气的相貌，天下难找。现在的姑娘都减肥，个个跟芦柴棒似的，哪里去找这么滋润的?但这不是主要的，主要是这闺女还特会过日子，中餐西餐，什么都会;还会裁剪衣服打毛活呢，贤惠得很!”

于大海笑刘艳华:“你又看上了?”

刘艳华说:“看上了看上了。这个是真好，千挑万选的，这个最合适了。年龄也不大，30 出头。”

她把她那一二三的小算盘又对于大海拨拉了一遍:“你看，这样一来，你们还能再有个孩子，对童童的影响也不大，也不委屈人家。你说呢?”

于大海吃惊地说:“妈，真没想到，你算得这么细。不过，要我看，还是算了吧。我觉得严冬美还挺不错的，童童也喜欢她。我想再跟她接触接触。”

刘艳华怎么能同意呢?

“还有什么好接触的!接触多少次了，都没个结果。这不已经说明问题了吗?你们又不是小年轻了，还要花很长时间了解啊，倾诉啊，折腾啊，都中年人，不缺判断力。到底合适不合适，见两次面不就见分晓了吗?她老这么哼哼唧唧的，那不就是在告诉你，你跟她不合适吗?”

这话说得还真让于大海心里一咯噔。

原来，就在上午，于大海又一次给严冬美发了条短信。他问她周五的晚上，想不想跟他一起去看场球赛。

按他的经验，只要童童在，严冬美一般是会答应的，所以他特意加上了"还有童童"。

严冬美的回复倒是很及时，但态度很坚决："对不起，不行。"

他能问为什么不行吗?

当然可以。但他没有勇气。

现在母亲说，这么哼哼唧唧的，其实就是在说，他们之间不合适。

也许，严冬美确实是这个意思?

她从没给他任何明确的回答，但他也没有很明确地向她请求过什么。童童一口一个"爸爸的女朋友"，每次严冬美听到，都会带着玩笑的神情，冲他咧嘴乐乐，仿佛在说，小孩子的话，别当真。

于大海手里拿着胖姑娘的相片，心里可真是乱如麻。他觉得到了应该讲清楚的时候了。

没有回答刘艳华的话，他把相片塞到了母亲手里。说："我去阳台打个电话。"

他直接拨了严冬美的电话。

严冬美还在实验室里。这天活很多，她得加会班。把手机夹在脖子里，手在操作台上却并不停下来。

"有什么事情吗?"

她的声音，还是那么温温柔柔，轻轻慢慢的。这让于大海觉得，自己的问题，都是一种冒犯似的。他不仅有些迟疑起来。

"你在干什么呢?"

"还在实验室，有个反应得做完才能走。"

"那吃饭了吗?"

"完了再吃，没有关系的。"

于大海终于找到了突破口："哟，正好我就在你单位附近。我买点吃的给你带上来吧。"

他很庆幸自己能撒这么一个聪明的谎。"在单位附近"，这会让她很难拒绝有没有?

严冬美声调依然平和，但和她的短信一样，态度依然毋庸置疑："不用。你要来，我就走。"

“为什么？”于大海终于忍不住了，急了，“你的意思就是让我别再打扰你，是不是？”

“是。”严冬美轻柔地回答，“我们之间不合适。”

话说到这里，于大海还能说什么呢？追着问为什么为什么不合适，难道就不能给我一个机会？不，这不是他这个年龄的男人该做的。他只是被深深的失望打倒了，几乎再没有力量，对严冬美说句再见。

严冬美说：“童童很可爱。他送我的画，我会一直留着。只是，我们俩的母亲，相处得不那么愉快。你身上也有一些让我感到不那么踏实的东西，我对我们之间的关系，没太大信心。所以……你懂？”

于大海点头：“明白。”

他尽量放稳语气，装作轻松快乐：“没问题。那祝你早日找到幸福。还可以做朋友吧？”

“没问题啊，”严冬美说：“没问题。如果，童童还想跟我玩，你就告诉我。”

“OK。”

电话就这么挂了。

于大海站在阳台上，风吹得很冷。他一点也没感觉到似的，望着远处冬日里灰蒙蒙的城市风景，整个人似乎凝固住了。

周六的下午，于大海去见那个胖姑娘。刘艳华再三叮嘱他，第一次见面，别带童童去。于大海没听，也没跟童童做特别的说明，就带着童童去了。

多少有些心灰意懒，所以也没什么精神。两人约在胖姑娘家楼下的上岛咖啡里。胖姑娘来迟了，一见于大海身边坐着童童，那张胖胖的脸，顿时就有些呆滞，整个人也显出了一丝蠢相。

童童小手指指，悄声道：“爸爸，她是谁？”

于大海站起来，跟她打招呼：“来，请坐吧。”他指指对面的椅子。

胖姑娘低头看童童，声音倒很清脆利落：“这就是你儿子呀？”

她窟嗵一声落了座，整张桌子都晃动起来。童童两手扶住杯子，警觉地看着她。

“小孩，你几岁？”

她大不咧咧地把包放在身边的椅子上，直不愣登地问童童。却不等童童回答，突然哈哈笑起来：“哟，你这脸上是脏的啊，还是长了颗痣？”

说着她伸手就要摸童童的脸，童童不高兴地躲闪。她又乐了："咳，小屁孩！还不好意思呢。"

这个胖姑娘——不，准确地说，应该是胖女人，如此自来熟，不仅让童童不适应，让于大海也觉得很突兀。

如果不是念在母亲一直夸她是个做好老婆好母亲的料，他真想拉起童童就走。她太不尊重孩子了！

并不等于大海或童童有什么反应，整个人就像进入无人之境似的继续闹腾，又拍起巴掌来，大喊服务员："过来倒茶！什么眼神啊，看不见人来了吗？"

她拿着单子低头看，用手指着："罗汉果，就来这个。冬天喝这个好。"等服务员走了，她才想起来似的，抬头望望于大海："你喝罗汉果吗？"

于大海点点头："随便吧。"

她看也没看童童一眼就决定了喝什么，这让童童很不高兴。他说："我不爱喝。我要喝果汁。"

"罗汉果也是一种果汁，"胖姑娘敷衍着童童。

奇怪的是，她觉得于大海肯定和她一样的想法，那就是小孩子就是用来敷衍搪塞的。她快乐地冲他眨巴了一下眼睛："你说咧？罗汉果，有果，对不对？"

童童感受到了漠视，非常生气，继续抗议："我要喝果汁。"

于大海叫服务员："来份果汁。"

胖姑娘对他这个举动明显不满："小孩子懂什么啊，这不是浪费吗？有的喝就行了。"

于大海不理她。他不想在儿子面前，对一个女人不礼貌。真是奇怪，这样一个女人，就因为胖，居然就会被老太太们认为是温柔的贤妻良母？而且她这么没有眼色，又怎么做服务工作？

压抑不住好奇，于大海问她："听说你在银行做柜台，跟顾客打交道，有没有吃力？"

"怎么会，"她一副您太没见识了的表情，"我们该说什么不该说什么都是有程序的，按程序来就行。"

"你们不学点心理学什么的？万一有什么特殊要求的顾客？"

胖姑娘一脸被冒犯的表情："什么特殊要求？哪里有什么特殊要求？我们是银行，又不是KTV、按摩馆。"

于大海无奈地搓搓脸，看看童童。也许在她眼里，他们也是需要按程序来应对的顾客吧。

童童的果汁来了。他喝了一口，来了兴致，突然伸出手去，给胖姑娘："阿姨，你好。自我介绍一下，我叫于童童，今年七岁。你叫什么？"

胖姑娘就像看到动物会说话的表情，大呼小叫："嘿。这小孩真逗嘿。"她伸出手，并不去握童童，而是去拿拇指和食指掐他的脸蛋："胖乎乎的，真逗。"

"你才胖，"童童毫不客气道，"你才胖乎乎的，真逗。"

"不许这么说，"于大海呵住童童，"这么说话没礼貌。"

童童不满地指着对面："是胖阿姨先说我的。"

于大海无奈地只好实话实说："胖阿姨也没礼貌。"

儿子去相亲，却落了个不欢而散的结果，真是出乎刘艳华的意料。最糟糕的是，胖姑娘的母亲还找来了。

这回，再也不叫"亲家"了，再也不抓手了，完全是兴师问罪的样子。

"有这样的儿子吗？第一次去见人家姑娘，就带着儿子。儿子呢，正是七八岁猪狗嫌的年龄，哪个孩子见了爸来给自己找后妈，会乐意的？他从头闹到尾啊，给我闺女挑剔啊，竟然张口就说我家闺女胖啊。这样的孩子，是怎么教育的，有没有教养啊？老太太，老大姐，我说，我们这是来相亲的，不是来受气的。你家孙子不懂事，你儿子那么大年龄了，也不懂事啊？只会护着儿子，惯着儿子，是没见过儿子还是怎么的？我就不信了，这样下去，谁还愿意跟你做亲家。你当真以为我家姑娘是嫁不出去啊，非要找个二手还拖个油瓶的男人啊？"

这老太太声音够大，对着刘艳华大开批斗会。刘艳华有口难言，最可恨的是于大海根本就没跟她说任何细节，她连反驳都反驳不出口，只能从头到尾一句话："不可能不可能，我孙子很乖的。"

她的声音没胖姑娘的妈妈高，身板没人家壮，她小声的回答，反而成了一种狡辩。

郑大妈站在胖姑娘的妈妈一边，居然丝毫也不同情地望着她。平时玩得挺好的那几个老太太，也没人主持公道，反而附和着这个不讲理的老太婆，你一言我一语地说：

“可不是，相亲去带着儿子干什么？孩子哪里会乐意啊，那么大孩子懂了的呀。”

“怎么能让孩子随便插话呢？这不是破坏气氛吗？”

“是当妈的逼着去的吧，人家儿子可能根本没想去。现在的孩子，哪里乐意按我们的意思办呢？”

“不好不好，怎么能说人家胖呢？好歹人家也是黄花闺女，你都二婚了，还带着个孩子……”

刘艳华气得眼泪都要出来了。这都是些什么人啊，有这么落井下石的吗？

正在恼火，陈湘惠拨开人群走了进来：“行了行了，那天是谁撵着赶着喊人家亲家的？推销起闺女来一点也不含糊，明明就是你先看上人家儿子了好不好？找对象嘛，就是你情我愿的事儿。人家不愿意，你也不能就这么满嘴坏话地乱喷哪？这老太太不回你，那是因为人家儿子厚道，没跟他妈说你姑娘的坏话！行了，不成就不成，不过是个缘分的事。孩子们还没怎么着呢，轮到你这么跳上跳下，要死要活啊？”

陈湘惠这解围解得真及时，否则刘艳华非得气得要当场生病不可。

人群散了，陈湘惠扶着她坐到花坛边上，也不说话，只是叹了口气。

“怎么办？”她小声嘀咕，又像是对刘艳华说，又像是在对自己说，“没一个省心的，真是要把人活活愁死了。”

刘艳华感激地握了一下她的手，摇摇头，有气无力地说：“我我我，我以后再也不管了，再也不瞎操心了。他们爱谁谁去。”

第二十九章　另一个女人

严冬美从没有对于大海讲过，她曾在于大海办公室门外看到了什么。她觉得对一个男人说，我明明看见你和另一个女人在一起，仅仅是这么简单的一句话，都是特别跌份掉价的事。他和另一个女人在一起，这已经说明了一切，再说别的又有什么意义呢？

所以，严冬美对于大海的拒绝，虽然说了些关于感觉的理由，但在于大海看来，就是没有缘由的拒绝。而他相信严冬美并不是对他没有好感的，可是突然说出两个人不能在一起的话，那么原因可能只有一条，就是嫌弃他带着童童。

这真是让于大海最感难过的地方，因为，童童是那样喜欢她。

和胖姑娘见面不顺，母亲又因此受气，让于大海觉得自己挺没用。四十多岁的男人了，还要老母亲操心，还不能给儿子一个完整温暖的家，这都给了他严重的挫败感。有两三天的时间，他干什么都打不起精神来。

连童童都发现了什么，他仰着小脸，老气横秋地问于大海：“爸爸，你和你的女朋友还好吗？”

于大海一本正经地回答：“不太好。”

“为什么？你惹她生气了吗？”

于大海说：“也许吧，可我自己都不知道做错了什么。”

童童想了想，给爸爸出主意：“女生都是小心眼，动不动就生气。你得哄她们，只要给她们做鬼脸，或者是给她讲个好听的故事，她就好了。”

于大海见童童两手托着腮，一本正经的样子，实在是很可爱，他逗他：“真的啊？你就是这么做的吗？”

童童点点头：“是的。只要我讲故事给田枕月听，她就不生我的气了。她还说，她很愿意做我的女朋友呢。”

于大海忍住笑，问童童：“有女朋友好吗？”

童童说：“当然好了。女朋友会给你带牛奶，还有饼干。”

晚上，哄童童睡了觉，于大海头枕在手上，躺在床上思前想后。童童说的没错，讲个好听的故事，可能确实是个不错的方法。

他掏出手机，给严冬美发了条短信：“冬美，你好，打搅了，还没睡吧？”

才九点半，严冬美刚洗完澡，拿了本小说上床准备看着入睡。她看了看这条短信，想了想，将手机放在了一边，什么也没回。

于大海那边也没动静了。严冬美翻开了书，看了一页，忍不住又拿起手机，看了一遍于大海的短信，还是什么都没回，将手机放在了一边。

铃声却陡然响了起来。

严冬美看到是于大海的名字，吓得仿佛拿到烫手山芋，赶紧将手机扔到了一边。铃声却不屈不挠，她下了多大决心似的，终于接了起来。

“喂。对，是我。还没睡，快了，嗯，没什么。什么事吗？”

终于听到了严冬美问他，让于大海逮着了机会。

“还真的有事，挺重要个事，就是会耽误你点时间，不知道你愿意不愿意。”

严冬美是个讲礼的人，之前已经对于大海有过不留情面的举止，要是再做一次，那得攒多大的勇气啊。尽管从这个时间，从于大海的语气，她已经感觉到了什么，但确实说不出拒绝的狠话了。

“好的，你说吧。”

“我想给你讲个故事，”于大海说，“一个我自己刚经历过的故事。”

严冬美嗯了一声，“好的。”

“你要听哟，要耐心听着哦。”

听于大海口气里有点撒娇的成分，严冬美就问：“是很重要的事吗？”

于大海清清嗓子，庄重了许多：“是的，对我来说，是件很重要的事情。”

“那好，你讲吧。”

“前几天，我去见了一个女的。”

“哦，我知道。”

“你知道？你怎么知道的？”

严冬美发现自己抢话早了，她干吗要说自己知道呢？这不是在告诉他，她关心着他的事情吗？

“你说你的吧。”

“好吧，那我接着说啊。之所以去见她，是因为另一个我挺喜欢的女人对我说，她对我没什么感觉。可我从不这样想，我相信她的感觉，就像相信我自己的感觉一样。”

“我曾经有过一次婚姻，前妻性格比较强。在很多年里，我一直以为夫妻关系，就是一种你争我斗的关系，无论大小事，都要较出个胜负来。这其实是我原生家庭的延续，我的父母斗来斗去了一辈子，所以我一直以为，夫妻那样才是正常的。可是后来，我感觉很累，她也不幸福。我们终于承认，两人性格其实并不合适，终于同意分手。离婚后，我希望能找到的另一半，是跟我前妻完全不同的女性。她温柔，明理，情绪稳定。见到她的第一眼，我就认定她是我想找的女人。”

于大海说到这里，停顿了片刻：“你在听吗？”

严冬美当然知道他说的这个认定了的女人是谁，虽然心里对于大海的气并未消，但他这段听上去还蛮真挚的“故事”，还是让她有点感动。毕竟，他是在对她讲述自己的隐私，她得尊重对方的倾诉。

“我在听，”她说。

“她很喜欢孩子，这是让我尤其动心的地方。”于大海说，“毕竟，我还带着个儿子。巧的是，我的儿子见到她的第一面，就完全接纳了她，他也很喜欢她。”

严冬美想到了童童，这是让她觉得特别愧疚的地方。她没说话。

于大海说：“我四十岁了，对人的了解，还是有一些的。我相信她对我有好感，至少不讨厌吧。但是她的态度，却一直含含糊糊，直到最近直接拒绝。我估计是因为孩子问题，毕竟她没有自己的孩子，一结婚就当后妈，肯定会有顾忌……”

严冬美急了：“你说错了，她不是因为孩子。”

于大海好像没听见严冬美的话，接着说他的：“既然她不愿意，我就去见了另一个姑娘。还是带着儿子一起去的。儿子第一眼，就不喜欢那姑娘。他心情烦躁出言不逊，气氛很紧张。我也没有感觉，有些心不在焉。我在想，缘分这个东西真的很奇怪，它就像一条空气中看不见的电波，传达着说不出的一种情愫。我和儿子那天心情都很糟糕，因为这个胖姑娘让我们想起了那个挺好的女人。回到家里，我们俩都没有说话的欲望，都觉得什么地方出了问题，但不知道是我还是他。最奇怪的是，我的儿子也会自责。他问我，爸爸，你的女朋友是不是因为我不乖，才不要你的……”

严冬美打断于大海：“于大海，我再次声明，这和童童没有关系。”

于大海终于听见了严冬美的话：“你是说和童童没关系？那是我的问题吗？”

严冬美不吭声。

于大海追着问：“你是在生我的气？哦，不，我换种说法，是我做了什么，让你失望了？”

严冬美不知道该怎么说出她的委屈。她着急地哼啊哈地，憋了半天，说出来的，竟还是那句在她看来庸俗透顶的话：“我看见你和另一个女人在一起……”

月亮最爱看的是吸血鬼，无论小说还是电视，只要有关吸血鬼的，她都趋之若鹜、如痴如醉。

吸血鬼多好啊，走在人群中，怀揣巨大的秘密，深不可测，想爱不能爱，压抑、性感、脆弱、强大，正像月亮渴望得到的感情。

于大海不是吸血鬼。但如果能和于大海在一起，那种刺激感不亚于看吸血鬼电影，都有点小小的见不得人，都有不能尽兴的压抑。成年男人的内心，如同深不可测的大海……

总之，月亮一旦想得到什么，就很难接受得不到的失败。她像个任性的小姑娘，撒娇卖萌不好使，那就哭哭啼啼，总要将想要的东西弄到手。就算拿不到手，也不许别人拿到。

“于总，我保证，这是最后一次打搅你。我知道你不喜欢我，可我就是控制不住自己。”

她通过苏兆南，将于大海约出来，又把苏兆南打发走，决定认真地跟于大海摊次牌。

苏兆南走得不甘心，但他想也许这是好事。让于大海彻底拒绝月亮，让月亮彻底死心，说不定月亮伤心时，他还可以乘虚而入。

于大海见月亮神情萎靡，一副受伤的模样，就有些迟疑起来。虽然他也想快刀斩乱麻，却绝对不想伤害这个小姑娘。说起来月亮比暖暖大不了几岁，在他心里，真是觉得她还是小孩子，说出这样的话做出这样的事，都是因为不成熟、孩子气，等再大点就好了。

“我可没有不喜欢你，”他说，“你挺可爱的，是个挺可爱的小姑娘。我还得谢谢你不嫌我老呢。”

月亮就说：“呀，于总，你说的是真话？你真觉得我挺可爱的？而且，你真的喜欢我？”

于大海一听，有点危险，要被绕进去了，那可不行。他说：“我当然说的是真话。你漂亮、聪明、活泼，这样的女孩子，谁都会喜欢的，是吧？”

月亮单刀直入：“既然我有这么多优点，你为什么不能爱上我呢，或者试着爱上我也行？”

于大海双手握在一起，郑重道：“姑娘，爱这个字，对我们这一代人来说，是不能随便用的，更别提试着爱上什么人了。我和你不一样，我岁数大了，还有一个孩子。爱一个人，就意味着结婚、过日子、白头到老。她要做我儿子的好母亲，给他做饭，送他上学，督促他写作业。她还得做我的好妻子，替我分忧解愁。当我老了，一身的毛病，我会全身心地把自己的性命托付给她，她会比照顾自己还要努力地照顾我。反过来，我对她也是一样。这些所有的东西，加起来才是爱。而不是像你说的，突然就爱上了。”

“可我就是爱上你了，爱得不能自拔！我也可以送童童上学，看着他写作业，给他做饭。等你老了，我就扶你去医院。”

想象到这一幕，她觉得有趣极了，简直就像是在演一出电视剧。她乐不滋滋地发挥了起来：“我可以把头发剪短，冬天还可以戴顶老太太的帽子，显得成熟一些。等你牙掉光了，我就发明一种锅，做出来的饭一半软一半硬，炒出的菜一半烂一半脆。对了，我还可以买辆轮椅，推着你去看风景。你耳朵聋了，我就附下身子，对着你的耳朵喊。旁边的人看到我们这么相亲相爱，一定会羡慕死的！”

月亮赤裸裸的表白和形象生动的想象，让于大海一个激灵。他说：“得得得，你赶紧打住吧。你的理想，就是和一个老头慢慢变老？真是够异想天开的。这件事就此打住，不要再说了。真是小姑娘，太不成熟了。行了，不说这个了，我来结账，走吧。”

月亮不甘心，和于大海分了手，又发短信过去：“我心都要碎了，不行，你得安慰一下我，表扬一下我，说说我到底都有什么优点。”

于大海琢磨了半天，像写学年鉴定一样，给月亮来了一份总结：“该生严于律己、热爱工作，性格活泼、乐于助人，尊重师长、团结同志，热爱劳动、五讲四美。”

月亮拿着这份鉴定，又是一阵激动。她对苏兆南说：“于总这个人还挺幽默的哈，我要把这几句话裱起来，贴大墙上。”

苏兆南说：“不就是随便对付你的嘛，你真好糊弄。那我也给你写份鉴定去，保证比这个要幽默。”

月亮说：“切，你要是写了，那就是抄袭人家于总的创意。”

被于大海拒绝了，月亮心里并没有她表现出的那么玩世不恭。她冒出了点吸血鬼的坏念头，竟给严冬美打去了电话。

“我就想跟你说说于大海。”

严冬美一听月亮的声音，就知道是她。她很诧异：“你怎么有我电话的？”

月亮认为这根本不是问题的重点，说：“嗨，这年头，要想找个什么人，那还不容易？你单位的网页上就有你的联系方式。你不问我要讲于大海的什么事，却问我电话从哪里来的，你这个女人真奇怪。”

年轻就是本钱，是优势，严冬美从月亮的语气里，已经听出自己严重OUT了，已经失去核心竞争力了。她说：“好吧，于大海怎么了？你想说什么？”

“出来见见呗。”

严冬美不想见月亮，这个小姑娘，也许真的像于大海说的那样，只是一厢情愿，那对她来说，也是威胁。

她太年轻漂亮活泼了，换作她是男人，也很难抗拒这样的诱惑。

“有事你就说吧，我很忙，没时间。”

月亮再次撇嘴，这么好玩的事都不愿意出来，真是个乏味无趣的老女人。于大海这是什么眼光啊，竟会为了这个女人，拒绝她！

她决定逗逗她，添点乱。吸血鬼就应该和吸血鬼在一起，即便于大海不是吸血鬼，只要他能爱上她，就会变成她的同一类。但无论如何，这个女人，是不能跟她合并同类项的，她太没有意思了！简直比吸血鬼还苍白！

她被自己的这个比喻逗乐了。

“这么说吧，我就直接告诉你真相得了。于大海于总说了，他如果结婚，就要找你，因为你可以当好孩子的妈，还可以陪着他一起变老，等他生病什么的，你可以伺候他。但是谈恋爱，当然还是我这样的比较好，他说我漂亮活泼可爱……”

严冬美听不下去了，咔嚓就把电话给挂了。太无聊太下流了，这都是什么女孩啊！做事这么不择手段。

她气得浑身发抖，给自己倒了一杯水，好半天才冷静下来。

上次于大海给她“讲故事”后，两人的关系得到了缓解，小心翼翼地，带着童童又约会了一次。正在推进的阶段，谁知道月亮又一次横刀插入。

严冬美是个怕麻烦的人，尤其是在感情问题上。曾经的不幸，让她对自己处理麻烦的能力有了深深的怀疑和不自信。如果事情不顺利，那可能只能说明他们没有缘分。

她不想再啰唆月亮的事情，跟这么一个没头没脑的小女孩计较，似乎让自己也挺掉价。还没结婚，甚至还没有明确关系呢，月亮就总在中间进进出出，这让严冬美觉得心烦意乱。

她宁可不谈恋爱，也不愿意给自己添堵。不谈恋爱最多寂寞点儿，但添堵则会令人心烦意乱。

寂寞她能耐住，心烦意乱则没法处理。于是，当于大海再找她时，她的态度又变了：“好像找不到恋爱的感觉，于大海，不好意思啊。我看我们还是暂停吧。”

第三十章　养脑仪

翟晓腆着肚子，提着个黑包，扬扬得意地推开了苏兆红办公室的门。

“大主编，”翟晓装萌，“你在忙什么啊？最近身体好吗，心情好吗，一切的一切，都好吗？”

别说是翟晓，苏兆红跟谁都不习惯这么没大没小的招呼。她有些紧张地抬起头来，正儿八经地伸出手来：“嗨，你好。请坐请坐。”

翟晓见苏兆红没接他的茬，有些失望。他坐下，把包放在肚子上，又一伸胳膊，将苏兆红正在看的杂志清样，一把拽到自己跟前：“我看看你都搞了点什么？”

偏偏苏兆红最不喜欢别人动她的东西，何况是她的清样！

“搞了点什么？”他怎么能这样说？

虽然杂志的发行，一期不如一期，但从策划、选题、找作者、讨论、修改、设计、版式、封面，哪一样不要付出精力和心血？

“搞了什么？”他居然用“搞”这个字？仿佛在说男女关系！

“没搞什么！”苏兆红硬邦邦地将清样从翟晓眼皮下面抢了过来，“我能搞什么啊，哪里有你那么会搞！”

“咦，那就太客气了。我呢，我也就是比较会赚钱，但搞这个，”他顺便用手指尖捏了本放在桌上的杂志晃了晃，“真没你会搞。毕竟你是行家，自然搞得有声有色。”

翟晓可没意识到自己哪里说错了话。他是那种很难体察到别人心情的人，自己高兴，就以为全天下的人凑巧也都特别高兴。

见苏兆红也没给他倒水的意思，他自己起身，拿了个一次性杯子，又从黑包里拿出一个茶包来，丢进去，到饮水机前倒热水。

苏兆红觉得有些不好意思了，终于站起身，敷衍道："我来吧。"

"不用不用，"翟晓胖手一挥，吹着热气，端着杯子又坐到桌子跟前来，"咱们俩客气个啥，我来你这，就跟到了自己家似的。"

苏兆红问他："有什么事情吗？看你这么高兴，是什么生意赚了？你赚得多了，我们的广告费是不是也该加点啊？"

翟晓喜滋滋地摇头："我呀，我还真没赚到什么。不过，今天来找你，是想给你和你们杂志社一个发财的机会。我们有钱大家一起赚，你说好不好？"

苏兆红问："还是你的养脑仪吗？"

翟晓受了委屈的表情，撒娇道："什么叫我的养脑仪？那不也是你的，是全国人民的吗？确实，还是跟这个养脑仪有关。因为我们广告到位，最近卖得还挺好。我有个很大的想法，想跟你商量一下。"

"是什么？"苏兆红见翟晓两眼放光，不由自主就有些警觉。不管怎么说，翟晓都是商人，而她自己则是文化人。商人骗人那是天经地义，文化人吃亏，似乎也是天经地义。

"你可别害我啊，钱我们是想赚，但必须是合法的。"

"怎么会违法呢？"翟晓亲昵地拍拍她的肩膀，"你是我的老同学、小师妹！我害谁也不会害你啊。"

原来，翟晓的提议是他自己做一本十六开二十个页码的广告册，主要就是关于养脑仪的内容。

当然，为了增加养脑仪的疗效，广告册里还有一些养脑的小常识。他的要求很简单，他的广告册搭配着苏兆红的杂志赠送。

"只是用下你的发行渠道，"他对苏兆红说，"发行那边我去跟他们谈，我们之间只要谈谈钱就好了。"

苏兆红心想，这是好事啊。广告册的印刷费用和广告内容都是翟晓自己弄，她不用再找编辑帮他写软文，而且还有钱拿，何乐而不为呢？

她说需要跟杂志社的其他同志再商量商量，其实自己心里已经定了下来。

果真，大家一听广告费可以涨，都纷纷点头同意。

小蔡煞风景地提了两句：“广告内容我们要不要审查？还有，搭配广告，文体厅会查不？”

老实说，小蔡的担忧也是苏兆红的担忧，但她觉得她能摆平这事。赤字当前，只能这么做了。

晚上，翟晓请编辑部所有同仁一起吃饭。去的是一家清真馆子，因为天冷，吃涮羊肉才合适。

翟晓大赞苏兆红，从她当年读书就是才女开始，一直到现在成为行家，办出多少喜闻乐见的先进期刊来。

为了夸奖苏兆红，他不惜贬低自己，把自己追求苏兆红未果的事，也拿来开涮。大家听得很有趣，碍于苏兆红是领导，又不好意思多问。

苏兆红不满地拿筷子点点翟晓跟前的碗：“你能好好吃饭吗，可以别闹那么多笑话吗？”

编辑部女人多，没人喝酒，翟晓带来的五粮液，全让他自己给喝了。越喝越醉，越醉越喝。

苏兆红听他讲得啰唆，借着上厕所，跑出包厢，站在二楼的阳台处，透透气。

突然就听见身后袁二元的声音：“哎，你怎么也在这里？我没看见有人进来啊。”

她扭过头，就见袁二元正躲在黑暗里，跟她在同一个小阳台上。苏兆红更奇怪：“我进来时也没见有人啊？”

袁二元就开玩笑：“也许我们俩都是鬼了，可自己并不知道。”

苏兆红吓一跳，埋怨道：“一点都不好笑。”外面天冷，她把围巾披在肩上挡风。

袁二元说：“你也是出来躲酒的吗？工作应酬，还是私人聚会？”

话音未落，就听见翟晓醉醺醺地大着舌头由远而近：“苏兆红，苏兆红，小师妹、小师妹，你在哪里？我这杯酒得等着跟你干杯呢。”

袁二元记性好，仅凭声音，就听出了是谁。他哈哈笑起来：“是上次那个要给你买表的男的，对不对？你的医生呢？怎么，散伙了？”

苏兆红恼羞成怒：“别瞎说行不行？今天是我们编辑部聚会，他就是谈生意。”

翟晓一头撞进了阳台，手里果真还拿着一个酒杯，见到苏兆红就拉拉扯扯。

“哎呀，小师妹你怎么跑到这里来了啊？我又不是大老虎，又吃不掉你，你跑什么呢？放心，我早对你没那个意思了，你不用躲着我。我现在有女朋友，她哭着喊着要跟我结婚，可我还想考验考验她。太年轻了，不懂事，我怕她只是喜欢我的钱。我得让她爱上我才行。你说是不是？”

他转头看见了袁二元：“哎哟，原来这是小师妹夫啊，久仰久仰。”

他把杯子又举到了袁二元跟前：“来，你也来干一杯。”

见翟晓醉得实在有点不像话，苏兆红被他拉着扯着，连躲避的力气都没有。袁二元只好替她挡一阵。

他一把搂过了翟晓，让他的手从苏兆红的衣服上脱下去。他拉着他进了包厢，接过翟晓手里的酒杯，替苏兆红一口喝干。又把酒瓶里的剩酒，一一倒在了其他人的杯子里，吆喝着大家干掉，然后单方面大声宣布，饭局结束了。

翟晓嘀嘀咕咕着，被自己的司机搀着离开了。苏兆红想谢谢袁二元，却发现他不在了,估计是回了自己的包厢。

第二天，她买了点水果，提到袁二元那里，表示感谢。

袁二元开门时，穿了件圆领睡衣，正卷着袖子、拿着块抹布。

苏兆红中规中矩地举了举水果，有点矜持地说：“你这是在忙啊，打扫卫生？”

袁二元甩了下抹布，说：“颜料洒了，我正用松节油擦呢。”

苏兆红吸吸，果真，空气中刺鼻的味道。她探头一看，正当间的地上，一大块赭红色的油彩，地板砖的颜色都变了。

“我帮你吧，”她放下水果，也卷袖子。

袁二元一摆头：“不用。我自己来，这东西刺激皮肤，别把你手弄粗了。”

苏兆红说：“咳，什么粗不粗的，本来也不细。”

“那就更得注意了。否则跟人握手时砂纸似的，人家还以为你真的是个大男人呢。”

苏兆红说着没事，就进了洗手间，去拿抹布。

想了想，不对头，伸出头来问袁二元：“你说人家以为我真的是个大男人，这话啥意思啊？怎么听着这么奇怪。”

袁二元没心没肺地跪在地上忙活着，头也不抬：“意思就是你平时就比较像男人呗。”

“哪里像？”苏兆红已经不高兴了，变了脸色。可惜袁二元背对着她，看不见。

他放了抹布，抬起头想了想："声音呀，脾气呀，走路姿势呀，对了，还有穿着！都比较中性。"

说完，埋下头继续用力。

苏兆红越听越生气，站到了他的身后："两块钱！"

袁二元吃了一惊，苏兆红生气时，才会喊他两块钱。他转过头，抬头看了眼苏兆红，果真，脸黑着，眉头皱着。

"怎么了怎么了？"袁二元关节不好，蹲下去再站起来怪费事的。他扶着腿一点点刚站直，苏兆红就说："我可是好心好意提着水果来谢谢你的啊。"

袁二元看了看水果，赶紧说声谢谢，又一脸茫然地问："然后呢？"

"然后你说我像男人，还是大男人！"

苏兆红不客气地逼近，袁二元赶紧后退："我以为你喜欢听人这么赞美你呢。"

苏兆红气呼呼地说："难道你喜欢被人叫小女人？"

袁二元开玩笑地摸了摸自己的胡子："那你觉得我像吗？"

苏兆红扔了抹布，扭头要走。袁二元一把拉住了她："咦，还真生气了？"

苏兆红说："生气了。"

袁二元逗她："我马上画幅漫画送给你。这个这个，就叫《狮娘有颗男人心》，怎么样。"

说到漫画，苏兆红就没了脾气。她只能佯怒，冲着袁二元横眉冷对。

袁二元看出她消了气，就迅速转了话题，指着那筐水果，说："这也太多了吧，又是香蕉又是橙子的。我一人吃不完，你拿回去一些，给暖暖吃。"

苏兆红从小到大，从没有跟一个异性，有过和袁二元这样的交往。他既像哥哥，又像朋友，有些时候，还像她的长辈。他从不生气，既不伤害别人，也很难被人所伤。人们通常都无法知道是什么在操纵着情感的车轮，争吵或挑衅的背后，常常有很复杂的原因。这些东西，让苏兆红难以理清，以致宁愿敬而远之。

但袁二元不同，他稳定乐观的情绪，足以让苏兆红敢在他面前不顾体面地放肆，甚至撒娇。最神奇的，他还是个男人。这和苏兆红认识的大部分男人，可太不一样了。

上着楼梯，苏兆红不由嘴角带上了笑意。

这个两块钱，还真是够让人无语的。

第三十一章　十大理由

一转眼，苏兆红和张玲玲不说话已经三个星期了。

她总是不敢相信这关系真的戛然而止了。按以前无数次的经验，最后抗不住寂寞找上门的，总是张玲玲。

她会大不咧咧地说："得了得了，大人不计小人过，我懒得跟你生气。对了，你知道不知道，最新的八卦是……"

她人缘好，所以消息多。苏兆红关于熟人的八卦，大多都是从张玲玲那里听来的。张玲玲也很乐意讲给苏兆红听，最重要的一个原因就是苏兆红不会到别的地方去说。她朋友少，人又清高，不屑老婆舌，想说也没地方说。

虽然苏兆红知道是自己错了，但还抱着一点侥幸，希望张玲玲能和以前一样，主动来找她。

可是没有。张玲玲就像从她的生活中彻底、完全消失了一样。到了晚上，两人经常打电话的时间，苏兆红会坐到电话机跟前，心神不宁地看着电话。

或是把手机拿出来，编好了各种道歉、玩笑、示好的短信，却又存进了草稿箱。

她发不出去，也等不来张玲玲的一句问候。

"这个蛇蝎女人，"她不由骂道，"狠毒不过妇人心。"

终于，她决定上门去找张玲玲。这么多年的友谊，不能毁在自己手里。

张玲玲在家，仿佛也在等她的到来。一开门，连点惊讶都没有。一转身，就朝房间里走。

苏兆红赶紧跟上。

她穿一身棉睡衣睡裤，坐在沙发上嗑着瓜子看电视。苏兆红套近乎：“你好舒服啊。”

张玲玲斜看她一眼，一声不吭。也不让她吃瓜子，只顾自己吃。

苏兆红没客气，主动伸手去抓一把，又凑到她跟前，挨着她坐下。

张玲玲讽刺道：“离我远点！就不怕我把你带坏了吗？”

“不怕不怕，”苏兆红谄媚道，“我受宠若惊还来不及呢。”

“少跟我来这套，”张玲玲要把委屈诉尽，“这么多年，你打心眼里就瞧不起我们母女俩，对不对？我成天干着份无聊的工作，混饭吃。沐紫成绩又不如暖暖，还贪玩。你不知道心里嫌弃过我们多少年了，终于有机会发泄出来了，对吧？哼，千错万错，就错在让我听见了你的真心话。”

苏兆红赶紧辩解：“张玲玲，我要是瞧不起你，我出门就让车撞死算了。你想想我们在一起这么多年了，我跟谁都硬，跟你硬过没有？在心里，早拿你当亲姐妹了，怎么会嫌弃你呢？要是你说我嫌弃你，那你那天不也嘲笑了我的为人，还有暖暖的性格不如沐紫吗？我承认，我那天话真的说得不好，可我们的家庭情况不一样。也许和你说的正好相反，我不是骄傲，不是瞧不起你们，而正巧是自卑，是无穷的担心。”

“担心什么，又自卑什么？”张玲玲一脸茫然。

“我们暖暖是单亲家庭的孩子，你看看周围，多少出问题的孩子，都是单亲家庭出来的。因为父母忙着解决自己的问题，所以对孩子会疏于管教。这也是为什么我对暖暖才这么紧张的原因。离婚的时候，她刚上高一，正是青春期，心理特容易产生动荡想法的年龄。我最害怕的就是离婚会给她的成绩带来影响，所以，在这上面，我真如惊弓之鸟啊，一点点马虎都不敢有，总希望负面影响能降到最低。幸好我抓得紧，于大海也很关心她，她还没出现很大的问题。长时间的紧张，确实让我变成了一个苛刻、敏感，甚至不讲理的母亲。你说，这不是自卑或担心，又是什么？”

每次苏兆红一说起家庭的破裂，张玲玲就觉得自己再有理，也不能继续讲下去了。她的埋怨里已经带上了和解的口气：“总之你就是很势利。”

“我不是，”苏兆红说，“我请你吃饭。”

“为什么？”

“证明我不是势利小人。”

“所以才请我这样的人吃饭？”

苏兆红又被张玲玲绕进去了，上去就捶她一拳：“那你请我吃饭好了。”

张玲玲做出不屑的表情：“我才不呢。我怕我高攀不上。”

苏兆红赶紧点头：“攀得上攀得上，求你攀攀我吧。”

两人这么说着，就等于是和好了。张玲玲吐口瓜子皮，跟苏兆红八卦起私事来。

这个时候，拿岳平说事，一定是最合适的。

“你上次那么哗的一下就走了，连账也不给我们结，太不地道了。最后是我们老刘去买的单。岳平当时倒没说什么。不过苏兆红，我说句真心话，你也别不高兴，我觉得你和岳平恐怕不合适。”

“怎么不合适了？哪里不合适了？”苏兆红可不这么想，“我觉得挺合适的呀，年龄也相当，我哪里也不比他差。”

“性格，性格。”张玲玲说，“你看着他挺好，可他自己要找个啥样的女人，自己其实都不是很清楚。你听听他那条件吧，什么温柔、浪漫、文艺，那是过日子的标准吗？是我们这个年龄的人，应该去追求的东西吗？我咋就觉得这么不靠谱呢？而你呢，你不就是特想找个靠谱的男人吗？”

“医生就很靠谱啊，至少比画家什么的靠谱啊。”

苏兆红突然说出画家这两字，自己都吓了一跳。她怎么就联想到了袁二元呢？

果真，张玲玲立刻敏锐地发现了什么，凑到她跟前，仔细端详她的表情：“画家？你说谁呢？你楼下那疯子啊？你跟他……”

她两个食指凑一起勾了勾，鬼头鬼脑地笑一笑。苏兆红皱着眉头：“少来了你。那个人，根本不可能。”

“为什么，就因为他是画家，会画点东西，在你眼里就成了坏人？”

苏兆红赶紧摆手：“没有没有。老袁那个人，接触多了，其实还真的觉得挺好的。只可惜了那职业……”

“还是！”张玲玲不屑道，“你就是那点偏见克服不了。以为医生，因为有单位管着，所以就会知廉耻。又因为有月薪可拿，所以就感觉挺靠谱。而一个画家，晨昏颠倒的，又不上班，收入来源不明不白，就觉得是个流浪汉，连了解的欲望都没有……你自己说你势利不？不仅势利，还挺狭隘的。”

苏兆红说："哈，我就不信你会不这样想。"

张玲玲点点头："说得也是。我们都这个年龄了，靠谱确实是最重要的。"

苏兆红问："他对我到底印象怎么样，你就没一点消息？"

张玲玲一时没反应过来："你说岳平啊？噢！哎哟，我们家老刘还真没说。你知道的，男人之间好像不爱谈这些事。"

"那你怎么就觉得我俩不合适了？"

张玲玲说："不是一开头，我们就觉得有点不合适吗？首先，他太帅了。如果说画家是一种不靠谱的话，男人这一把年纪了身材气质还挺帅，那也意味着不靠谱。其次呢，他在医院里谈过好几个，有大姑娘，也有离异的，最后都没成。这是不是说明他有点挑剔呢？而你是否经得起这份挑剔呢？第三，就是我刚说的那个，他择偶的心态不成熟。"

苏兆红不同意："择偶的条件，其实常常和择偶的结果是不一样的。我觉得天道酬勤，任何事都是如此，只要我努力了，就还是有可能的。"

张玲玲叹口气："你为啥就认定了他啊，我的奶奶？"

苏兆红一本正经地说："我是经过认真分析的。你听啊，我给你一一列出十大原因。"

张玲玲感兴趣地睁大了眼睛："赶紧赶紧。还十大呢！"

"第一，他是医生。我是编辑。我们的职业，听上去都挺高尚，不会像医生和服务员，或是编辑和农民工那么突兀。而且大家又都是知识分子，做的工作也比较单纯，不掺和官场或商场。那些地方，太龌龊，杂质太多，也会容易让人迷失自己。"

"第二，他有房，我也有房。他的是医院的集资房，而我的是商品房。我的要比他的值钱。但他也可以补偿这个问题，因为我们房间面积都差不多大，而他的房子地段更好一些。所以，结婚后，他那套就可以出租出去，按那个地方的房价，出租的话，最少一月能有两千五。这笔钱，付他儿子的赡养费和我们暖暖上大学的生活费就都够了。我们至少还能存下一个人的工资。"

"第三，他有车，我没车。但这其实是省钱的一种。我从家里到单位，公交很方便，都能到门口。他搬到我这里住后，因为上班就有点远了，正好可以开车。如果他愿意，我还可以同意买辆新车给他，作为结婚的信物吧。"

“第四，他是副高，我是正高。不过虽然职称没有我高，但他在医院工作，收入还比较高。我呢，能给他洗衣做饭，照顾好他的生活，这不是等于抵销了我不足的那部分收入吗？”

“第五，他的外貌。大家都说他很帅，的确，在他这个年龄，还能保持这么好相貌和身材的男人，是很少见了。但你也知道，帅气的男人，容易受到女人的勾引，所以也养成了他们比较摇摆不定、耳朵根软的性格。而这样的性格，到年纪大了，往往就会成事不足败事有余。虽然我不是很漂亮，但我意志坚定，理性刚强。我能很好地管住他，培训他，让他成为一个内外兼修的好男人，对不对？”

“第六，说到孩子。早听说他的儿子不怎么样，不好好读书，没什么出息，才上了一所名不见经传的三本院校。做父母的，那肯定都是以自己的孩子能考上好学校而骄傲啊。我家暖暖，正好可以帮他弥补这个缺憾不是？以后跟人说起来，儿子虽然不行，但女儿很不错，名牌大学……”

突然想到沐紫了，不敢再往下说，主动跳到第七条。

“第七呢，就是我们曾经各自的家庭。他的前妻，不是已经再婚了吗？听说当年离婚，存款什么的，全是前妻拿走了，就给他剩了这么套破房子。而我呢，和于大海是和平分手的，存款一分为二。他的房子他在离婚前就买好了。所以也没什么争议。所以，我们各自都没有留下什么之前生活的隐患。可以像白纸一样，重新开始。”

“第八，我们有共同的朋友，就是你和刘永福。而这是保证再婚稳定的一个重要基础。大家都不想丢人是不是？对了，以前和于大海那个也是这样。但我们当年太年轻，贸然结合，不会像现在，这么仔细分析考察。”

“第九，我们都四十多岁了，虽然很可能半路夫妻，不如少年夫妻那么能同甘共苦，但只要现在开始培养，到了七十岁时，还是有白头到老的基础的。”

“第十，暖暖很快就要上大学了，没有孩子在跟前，我们为不同教育方式吵架的因素也就没有了。至于他想文艺，可以啊，我家里多少书啊，我敢打赌他没看过村上春树。”

张玲玲听苏兆红一口气说完，自己也喘口大气，想了半天，只能冒出一句话：“苏兆红，你真是个……非常非常、非常非常伟大的、爱情……实用主义者。我就奇怪了，当初那翟晓对你现实了一下，就仿佛多侮辱了你似的，怎么现在你自己这么现实，这么见钱眼开，却不说自己了？还是看人是吧，你还是对岳平有感觉才这样，对不对？还有，心里还想战胜于大海，要找个条件不错，还要比他帅的。怀着这样的志向，还就非岳平不嫁了？"

苏兆红说："你说的要给于大海好看这一点，也有道理。但关于现实这一点，你呀，也没说错。我现在才发现，我这辈子，就是跟于大海恋爱时犯了糊涂，所以才错找了他。现在我都中年了，绝对不会再犯这样的傻了，我当然要分析好论证好，才能去行动啊。我不仅要掌握自己的现在，还要紧紧握住未来，当然也包括孩子的未来！现在，你知道我为什么要叫自己狮娘了吧？"

"知道了知道了，"张玲玲回答道，"你你你，不仅是狮娘，你简直就是狮娘中的战斗机。"

第三十二章　咳

苏兆红瞒着于大海，带童童去了三次奥数班。

童童似乎也明白了，这是一件不能告诉爸爸的事情。如果他说漏了嘴，不仅周日不能再跟田枕月玩，而且上课后一起吃饭的机会也就没有了。听课倒是小事，随后的活动很重要。所以，他当然不能告诉爸爸。

但于大海有点纳闷，童童经常玩得好好的，就仿佛受了惊吓似的，要问他好几遍："今天星期几？"

如果于大海说是星期六了，童童就会赶紧跑到自己房间，打开书本，要写作业。

于大海说："什么作业啊，昨天下午不都在奶奶家写过了吗？"

童童不敢撒谎，掰着小指头脸憋得通红，硬是一句话也不说。他写的作业，也和平时在学校里的不一样。

见他有意识地躲着自己，于大海不想为难孩子，也就假装不知道。到了晚上，童童睡着了，他悄悄打开了书包，拿出本子来。

这一看，就看出名堂了。

原来！竟然！苏兆红带着童童去上奥数班了！谁给她的权利，谁让她这么干的，她以为她是谁?!

"你明天不用来接童童了，"为避免跟她吵架，于大海给苏兆红发了条短信，"你带童童去补习班的事，我已经知道了。这是我绝对不允许的。你违反了'探视法'，以后你都不用来了。"

嚯！

苏兆红看着短信，气得鼻子里直冒冷气。“探视法”？我怎么不知道，是你于大海制订的，还是经过全国人大讨论的啊?

对她这条挑衅的短信，于大海干脆没理。

苏兆红立刻将电话拨了过去，于大海压掉。接着就索性拉她入了黑名单，再怎么拨，都是“客户忙，请稍后再拨”。

“真没素质，”苏兆红气得发抖，手不由去摸自己的胸口。她给张玲玲控诉：“如果我死了，你要替我告诉于大海，他至少让我少活了十年。”

张玲玲劝她：“你也是的，知道人家于大海反感这个，还非要这样做。”

苏兆红不依不饶：“你帮我个忙，把童童的作业本替我拿出来，我明天要交给老师看一看。幸好这次我是按课时来交的钱，否则亏死我了。”

张玲玲去问于大海，于大海像是听到天方夜谭：“她还要作业本？张玲玲，你跟这样一个女人在一起玩，你不害怕吗？你没觉得她已经偏执到了可怕的程度吗？”

张玲玲批评于大海：“你不懂她怎么想的，她是怕孩子受你们离婚影响，会影响学习成绩，继而影响前途。你是不是也该理解理解她的感受啊？”

“她是这样给你说的吗？”于大海气得都要结巴了，“我们离婚前她就是这样了，为了孩子的教育，我们吵过多少回。她就是那种信奉不能让孩子输在起跑线上的傻瓜，把人生简单化、公式化、速度化，还以为那就是人生全部的真谛。”

张玲玲还是帮着苏兆红，说：“于大海，虽然我也不相信起跑线什么的，但应试教育带来的结果就是如此。童童现在还小，你还能抗住不上补习学校。等到他开始考中学、考高中、考大学时，我看你还有勇气说这话不。”

童童没法再去奥数班了，苏兆红实在很不甘心。她特意抽了个时间，将秦蕊老师约了出来。

秦蕊老师一坐下，就开始告童童的状，主要是三条：“第一，童童上课太自由，现在已经不要求孩子必须背手坐了，但也不能想怎么坐就怎么坐吧？”

苏兆红赶紧点头，关于这个，秦老师已经对她说过了，童童倒没有把脚搭到桌上，而是会突然转过去，背对着老师坐。

“他脑子里到底在想什么呢？”

“第二，写生字常常不够遍数。我们要求写十遍，他最多五遍就拿来了。数学也是一样，要求做二十道题，他做十道就交了。作业偷工减料，但最糟糕的是，他爸爸就这么给他签了字。”

苏兆红听着心里一紧：“老师布置的作业，他都不写完？”

秦老师点点头：“你说这样下去，成绩怎么能好？”

苏兆红气得直咬牙槽：“第三条是什么？”

秦老师说：“就是你的前夫！我认为这也是最不好的一条。刚开学时，很多家长都找到我，表达的意思只有一个，孩子要教，调皮捣蛋要批评，甚至有些家长会说，他不听话你就打，没事的。当然我们绝对不会体罚学生的。但童童的爸爸，第一天就对我说，孩子有了问题，请及时告诉他，不要当着同学的面，呵斥或是批评他。他还说，童童和别的孩子不同，有些小孩子骂了也没反应，但童童会害怕，甚至影响到心理健康。他这么一说，我还敢讲什么？否则小孩有一点问题，都会追究到我这里来。我就不明白了，一个小孩子，不让老师批评，不许大人说点重话，自尊心那么强，处处迎接的都是笑脸，他以后怎么到社会上去混？尤其是男孩子，不受点打击，又怎么能够坚强起来？你的前夫，我看对孩子也很上心，可他想培养的，到底是男子汉，还是棉花团？”

苏兆红点点头，严肃地说：“秦老师，我今天找你出来，就是想跟你好好谈谈这个问题。你也知道的，童童他爸爸那一套，我是完全不赞同的。孩子就是要严加管教，才能有出息对不对？”

秦老师就说：“你这个当母亲的也奇怪，离婚时为什么不把孩子带在身边？”

苏兆红赶紧解释：“我带着我们的大女儿呢。女儿就要高考了，也特别忙。但我觉得，童童的事不能掉以轻心。我很希望老师能特别对童童加以关照，不不不，不是要你们多照顾他，恰恰是对他有更严格和更高的要求——这事还不能让孩子爸爸知道，他对我参与童童的任何事，都很反感。但我觉得，一学期转眼就要结束了，其他孩子都参加了那么多的补习班，童童却几乎是白纸一张，作业又做得不好，很让人担心他的期末成绩。所以，这一段时间，希望老师给他加点码，作业多给他布置一点。如果他完成不了，就扣他的小红花。”

秦老师说：“我可不敢随便扣。他爸爸又会找上门来的。”

苏兆红说：“这些就不说了。就是希望老师能给他多布置一些作业，或者严格一些，他没写完，就打发回去让重写。这样行不行呢？”

秦老师说：“我们每天的作业，都是要家长签名的。童童的爸爸不仅签了名，还写上各种意见，每天几乎都是同样的话：'重复性的作业太多。不予支持。'你知道，最开始的学习，就是要靠大量的机械、重复的训练，才能达到熟能生巧、不再出错。其他孩子都可以接受，凭什么他接受不了呢？"

苏兆红拍拍秦老师的手："秦老师，你受委屈了。确实，老师这么要求，那不都是为了孩子好吗？童童不是他一个人的孩子，也是我的。所以，我一定要特别恳请你，帮帮童童。要是你为了不得罪家长，就这么听之任之，那可就真害了童童了。我求你了，放假前最后这一个月，一定要给童童加码。不要理睬于大海，我们单线联系。"

于是，于大海惊奇地发现，童童的家庭作业突然增加了至少一倍。

仅靠下午在奶奶那里写，已经完全写不完了。晚上运动完、练习完萨克斯，还得抓紧时间做一会。可童童那会儿已经哈欠连天，没一点精力了。

于大海去收本子，说算了算了，不写了，他就大声尖叫："不可以的，老师说必须写完，否则一周的小红花就都没有了！"

于大海想不通："为什么作业最近这么多？"

童童说："因为要期末考试了！"

于大海没办法，只能暂时停了游泳。童童却又不乐意，游泳是他最快乐的时候。

"那就停萨克斯？"于大海问他，他又摇头，刚刚能吹出调来，自己也舍不得。

几天下来，童童就做不到了。终于作业没完成，于大海签字后还向秦老师发出了质问："教育部对一年级孩子的作业量是有规定的吧？你们布置这么多的作业，有没有遵守国家规定？"

秦老师一看，得，上纲上线了。

她可背不起这么大的罪名，万一家长告到学校，甚至告到媒体去，她别说当优秀教师了，这辈子估计老师都当不了了。

她立刻分别给于大海和苏兆红打了电话，让他们两个放学后到学校里来。

苏兆红不知道情况败露了，还以为童童进步大，老师要跟她讨论下一步该怎么办呢。她哼着小曲推开了秦老师办公室的门，就见于大海已经坐在那里，眼睛瞪着她，几乎要喷出火来。

"又是你干的，"他说，"什么时候，你才能把你的魔爪，从童童这里收回去呢？你就不能消消停停、安安静静地看着童童慢慢成长吗？一定要在他的身上，拿火钳子烙上分数的烫印，让他一辈子都疼痛不已？”

这话说得不仅形象，而且恐怖，苏兆红忍不住都抖了一下。她？拿着火钳子，要在童童身上印上烙印？不，不，这样残酷的事情，怎么能是一个母亲做的呢？

于大海，你别那么夸张，那么文艺青年好不好？不过是加了几道题，为期末能有个好成绩，多做几页作业的事，你说得这么血淋淋的干什么？你也别冲秦老师瞪眼睛，这是我的意思，是我专门找秦老师要求的。秦老师也是为了童童好不是？

秦老师被于大海的“火钳子”，也给说怕了。而且毕竟不是她自己的孩子，她坚持的动力总比苏兆红要弱点。

何必呢，人家家长都不在乎，你费力不讨好干什么呢？何况童童的成绩并不算差，只是不够拔尖而已。

她息事宁人，也顺便撇清自己的责任：“好了好了，我相信，你们俩都肯定是为了童童好，为了他能有个更好的未来。这事我也有错，跟童童妈妈商量后，没有及时告诉童童爸爸，毕竟监护人是你对不对？但好在只有几天，孩子受的影响也不大。明天开始恢复正常作业量。其他的问题你们自己去协调。我对童童爸爸有一些意见，我也告诉他妈妈了，希望你们交流时，也关注一下这些问题。”

说完，她就要走，还示意办公室暂时就留给这对前夫妻。于大海不干。他才不要跟苏兆红单独在一起呢。他立刻起身，说：“我们俩关于这个问题，早没共同语言了。我没什么跟她交流的。我跟你一起走，你告诉我，你对我有什么意见？”

说着，就跟着秦老师出了门。苏兆红一个人坐在房间里，垂头丧气，不由举起拳头，咳的一声，砸了自己大腿一下。

不知不觉，春天突然就来了。

空气中柔和的气息，让人很容易产生放纵自己的想法。严冬美下班后，来到甜食店，竟毫不犹豫地就跨了进去。担心会胖，她已经很久不吃甜东西了。可这会儿，她不仅吃完了一块热炸糕、一碗醪糟汤，走的时候，还准备打包带走两块豆沙芝麻团呢。

正在交钱，门外走过一个男人，不经意地冲里面看了一眼。他白白净净的，身高适中，戴着眼镜，穿得很是整洁斯文。他接着走两步，又觉得不对，重新退回来，这次竟凑近了甜食店的玻璃窗向里瞧。还不过瘾，干脆一推门，进来了。

这家甜食店，是老牌的国营店了，在这个城市里最繁华的步行街上，已经屹立了近六十年。做的全是传统的北方甜点，甚至还延续着先买票、交票后去柜台自己端的风格。

严冬美从小就喜欢这里，一馋了或是饿了，脑海里第一个冒出的，准是这家店。

今天下了班，就冲着这微温的好天气，突然动了心思，坐了两站车，特意到这里来吃甜点，也算是一种享受吧。

她没注意到进门的这个男人，男人却跟在她左右，一直仔细地看她。她终于感受到这目光了，刚抬起眼来，那男人已经喊出了她的名字："严冬美，真的是你。"

"华东生，是你？"

这个叫华东生的男人，不相信自己眼睛似的："这世界真是，哎，太寸了哈。真的是你。我昨天才回国，今天就碰到了你！而且居然是在街头遇到的，你说说，这得叫什么？"

收钱的大妈，戴着白帽子，系着白围裙，一副国营脸的臭表情，到了这会儿，也抑制不住乐了："叫什么，缘分呗！得，你们赶紧的，交了钱拿了东西，就走吧。出门左拐，五十米不到，咖啡厅、电影院，什么都有，快去快去。别在这挡着道，后面还有人呢。"

严冬美不好意思了，赶紧提了东西，跟着华东生出了门。

华东生用手指指她的袋子："你还爱吃这个啊？记得我们那会儿上学时，我们老来这里，好多东西买不起，喝碗醪糟汤也特美。刚才我走过这店时，还吃了一惊，居然这么多年了，店还在，而且居然还写着"国营"二字。当时就想起以前那会儿了，真是有趣得很，是不是？"

严冬美点点头，问他："你回国是干什么？出差还是探亲啊？"

华东生脱口而出："来找你。"

严冬美笑笑："别逗了你。你这会是去哪里，有事吗？或者我们约个别的时间，我请你吃饭？"

华东生说："怎么你请我。我请你！我今天就是有再重要的事，也得推了。今晚就吃好不好？噢，不对，你已经吃过了，要不，我请你喝茶，坐一起聊聊天？"

严冬美很不习惯这样的热情。她温柔地推辞："你有事就真的去忙你的事吧。我随时都有时间，等你不忙了，再约我。我们有十多年没见了吧，完了我再约约其他同学，一起给你接风。”

华东生终于顺水推舟，承认自己确实有点事要去跟人谈。他保证明天就会来找严冬美，而且：“先别找其他什么同学了，我就是想找到你，跟你聊聊。难道这么多年没见了，你就一点也没想我？别看我一直在国外读书工作生活，其实你的情况，我一直都知道。听说你已经离婚了？巧了，我也离了。我回国，就是想来找你的。本来还在想过些天，去找谁要你的电话呢。谁知道，知道我思之心切，上天这么快就把你送到我的跟前来了。哎呀，你这次赶也赶不走我了，一定的。”

他要去握严冬美的手，被严冬美给躲开了。她完全不习惯男女这样当街亲热。她甚至下意识地到处看了看，生怕会被单位的同事或是熟人看到。要知道，这可是城里最大的一条步行街，凡是差不多想买东西的人，都会来这里的。

“哈，”她说，“你上次可不是我赶走的。不过不说这些了，你去忙你的吧，这是我的电话，你完了再约我。”

她把自己的名片给华东生，跟他拜拜。华东生留恋又兴奋地站在街边，直到看不见她的背影了，才离开原地。

华东生曾是严冬美读大学时的恋人。

两人都是初恋，格外珍惜。无奈毕业前，华东生联系到了去美国读书的奖学金。本来大家都以为两人会结婚，然后严冬美再一起申请出去。哪里知道，华东生走之前，就跟严冬美分了手。因为他说他是不打算回来了，出去时间长了，变数太大。

这件事，自然影响到了严冬美随后的感情。过了四五年，她才缓过劲来，才开始重新谈恋爱。却因为感觉一直不到位，又影响了随后的婚姻。

在回家的路上，她默默在想，这个男人的突然出现，到底是好事，还是坏事？

第三十三章　穿衣打扮

和八中一样，市一中也是所重点中学。

一中的规定是，从上高一开始，所有的女生头发都不许留过耳根，而且每天必须穿校服。如果不是因为离家太远，苏兆红肯定是会让暖暖去报一中的。而八中没有这个规定，让苏兆红一直想不通，主动找卢老师申请过好几次了。

“头发不许过耳根也许有点太严格了，但至少也应该要求不许留长发吧。”

“为什么只有升旗那天才能穿校服？不都是学生嘛，学生就应该穿校服啊。”

“鞋子也没个要求？为什么总要盯着名牌，不是名牌就不穿，还说干脆穿拖鞋去上课！关于鞋子的牌子，老师就没个说法吗？”

卢老师说：“没办法，这可能就是八中的传统吧。在这些上面，一直比较宽松。我们更看重的是学生的自觉能力，毕竟这个能力是一辈子都需要的，比高中三年的管制更为重要。”

卢老师跟苏兆红打完官腔，又拉起家常。

“苏主编啊，我家也是个女儿，你的心情，我可太了解了。但女孩子，在这个年龄，不可能抹杀她爱美的天性的。而且一旦把女性的这部分给她抹杀了，以后很多年在这上面她都会比较自卑的，比方不会打扮，不敢展现女性的魅力。这也是人生的一种缺失啊，你说是不是？”

苏兆红立刻就想到了自己，还真是这么回事。她从青春期开始，先是家里太穷，没条件打扮；后来是学校教育，不许女生热衷打扮；再后来渐渐把命令当做了自觉，抵触任何女性化的东西。到了中年，不知不觉地就成了现在这个样子。

她叹口气，无语了。

暖暖留着长发，苏兆红的要求是必须扎马尾，不许披下来。平时她不爱穿校服，苏兆红也会带着去买几件衣服。

这次寒假补课直到年二十八才放，苏兆红抽了一个下午，赶紧带着暖暖去商场买新衣服。两人转了好几圈，她看中了一件短风衣、外加一件鲜黄的毛衣外套。虽然都有点小贵，但苏兆红看在暖暖最近成绩还不错的分上，就给买了。

扶梯口，突然遇到了张玲玲带着沐紫，也是来买衣服的。四个人围在一起寒暄，走的时候，张玲玲顺便看了看暖暖买的衣服。

过年只放了一周，之后就上学了。

第一天去学校，暖暖没好意思穿新买的衣服。可回到家，就撅着嘴，一脸的不高兴。苏兆红喊了两嗓子，她也凶巴巴地顶回来。

苏兆红又生气又奇怪，端着盘子出来放菜，见暖暖坐在餐桌边，手里拿着手机低头打游戏。她平时是不敢当着苏兆红的面干这个的，今天摆明了是要挑衅，还是发泄？

“怎么着，不想要命了，游戏还拿到桌上来玩了？”

“就玩就玩就要玩。”暖暖不讲理地拇指按得飞快。

“吃饭。”苏兆红懒得理她，进了厨房，突然又想起了什么，一脸恐惧地探出头，“哎，我说你，不是成绩考砸了吧？”

暖暖说：“你才考砸了呢。今天刚去，根本没考试。”

苏兆红：“那你撅个嘴干什么？有神经病啊？”

暖暖站起来去洗手了。出来母女俩坐在桌前，她终于气咻咻地没忍住：“沐紫穿了黄毛衣。”

“什么黄毛衣？”苏兆红一时没反应过来。

“就你给我买的那件黄毛衣！”暖暖说完这句，眼泪都要出来了。

“她故意的，知道我买了，她还去买。还赶在我前头穿出来！张阿姨太不像话了，这都是你的什么朋友啊？”

苏兆红这才意识到，那天买衣服，张玲玲看完她们买的，居然也去买了一样的。

“那小风衣呢？她也买了吗？”苏兆红赶紧问。

“买了，连颜色都一样的。”暖暖气得眼泪打转，“我再也不穿了。”

苏兆红也有点恼火。但张玲玲就是那样的人，她肯定觉得挑起来特麻烦，不如照着暖暖的衣服买好了，而且又不难看。

暖暖的态度，也让苏兆红恼火，这是多大的事情啊，至于吗？不就是跟沐紫穿了同样的衣服嘛，人家照着你的衣服买，正好说明你比她有眼光啊，难受个什么劲呢？你又不是明星，又不是什么了不起的公众人物，有人撞个衫就成大事了，不要这么夸张行不行？眼泪简直掉得莫名其妙，这点小事也值得哭？

暖暖索性抽泣了起来：“问题是、问题是，她穿着比我穿着好看。”

果真，这两件衣服，暖暖竟真的不穿去学校了。

“都是不穿校服惹的！”她跟张玲玲嘀咕这事，“你也是的，为什么非要买成跟暖暖一样的？沐紫个头高，人又漂亮，穿起来肯定比暖暖好看，你这不是挑事吗？”

张玲玲哈哈大笑：“还真像你说的，我确实挑着烦，看着都差不多。叫沐紫照着暖暖的衣服买，图的就是省事。开始沐紫也不乐意呢，后来又说可以穿成姊妹衫，这才答应了。谁知道把你们暖暖还弄得生了气，那怎么办呢，我们也不穿了？”

苏兆红说：“穿，沐紫想穿就穿。暖暖不穿了，不穿了更好。少惦记着穿什么，只能是好事。你说说，这些孩子，都什么时候了，还有心思搞这个。看着真着急！”

衣服事件没两天，头发又出了问题。

苏兆红的时间表上，早上起来后上厕所带洗漱，加上吃早餐，最多只有半小时。到了该出门的时间，暖暖还在厕所里没出来。

苏兆红急得喊：“怎么了，在干什么？”

暖暖出来了，头发居然披散着，只用一个卡子，卡在额头上。低着头，也不看她，匆匆拿了书包，就要跑。

苏兆红一把给抓住了：“头发扎起来再走。”

“时间来不及了，”暖暖跺着脚。

“迟到也得扎起来！”苏兆红发火，“小小年纪披头散发干什么？你又不谈恋爱不结婚，干吗要披头发？”

自从出现了邱天，又出现过暖暖离家的事后，苏兆红变得越来越警觉。一切和平时不同的迹象，都可能是不祥的预兆。何况披头发呢？

暖暖生气地将书包顿在地上，手里拿根皮筋乱七八糟把头发挽了一下，就又跑出了门。

苏兆红追到阳台上，果真，下了楼的暖暖头发已经又披下来了。

她气得嘴唇直哆嗦："这丫头还反了她了！"

半夜两三点，趁着暖暖熟睡，苏兆红偷偷摸摸溜到床边，拿着剪刀，喀嚓喀嚓，把暖暖的长发给剪了。

她等着第二天暖暖的爆发。果真，暖暖像疯了一样，一边哭一边冲进厨房拿剪刀，对着自己的头发就要乱剪："让我变成光头好了，我要剃光头。"

暖暖的歇斯底里，还真是出乎苏兆红的意料。她本想孩子起来，看见头发不整齐，会哭会闹，然后她再帮着修剪一下，自然也就好了。谁想到暖暖会气得失去理智，眼看着剪刀把头皮都戳破了。

见到血，苏兆红也怕了。她扑上去把剪子夺了下来。暖暖又一直大喊大叫，中心意思只有三个字："我恨你！"

一大早，就吵得这么不可开交。暖暖饭也没吃，顶着满头的乱发，拉开门就出去了。

"这孩子越来越难管了，不就几根破头发吗？又不是长不出来了。而且是她失信在前，跟她有过规定的，要留长发，就不许披下来，是她非要披头散发，才会激怒我对不对？头发剪短点有什么不好，大家都轻松，她也省事。想留头发，等上大学不也一样？何必非要这么闹，你说说，这孩子是不是也太不听话了，应该送到《变形计》去！"

苏兆红对来迟了的袁二元控诉着。心里也有说不出的忐忑，担心暖暖又会跑掉。快一模考试了，千万不能出错啊。

袁二元说："什么是《变形计》？"

苏兆红就给他解释，是一档电视节目，把不听爸妈话的城里坏小孩，送到农村大山里去，跟那里一个又穷又苦又懂事的孩子换个几天，让他忏悔，认识到自己之前做了错事。

袁二元像在听鬼故事，眼睛越瞪越大："还有这样的狗屁节目？那我问问你，有没有专门针对家长的变形计啊？我看看你就很需要跟一个又穷又苦又懂事的家长，好好换上一换。"

经过了这么些日子，现在两人处得更像是无话不说的朋友了。苏兆红在袁二元面前，比在岳平面前可放松多了。她丝毫不用考虑温柔浪漫文艺什么的，她就是她，心里有什么不舒服，该怎么说就怎么说。

袁二元呢，也早看出来这个女人是个纸老虎。冷面女主编的外表下面，女人该有的脆弱、情绪化，甚至时不时地犯糊涂，一点也不少。

他对苏兆红也没有那么多客气了，该说的话才不会藏着掖着呢。

这会儿苏兆红听他说应该把自己送去变形计，颇不服气："你是没看过那个节目，非常感人。很多孩子，平时根本体会不到父母的良苦用心，总觉得父母提点要求，就是对自己看不顺眼，就是在找茬。到了艰苦的环境里，看到山区的孩子，条件那么差，却那么懂事，小小年纪就知道体谅父母、心疼父母，承担起家庭的责任，都会受到心灵的震撼，一改往日的骄纵……"

袁二元不等苏兆红说完："那山区的孩子呢？他们来到城市，住上几天，倍感贫富的差距和人间的不平，除了心酸和自卑，他们又体会到了什么？这是一种新的剥削，为了挽救一个城市孩子，让农村孩子付出饱受心灵折磨的代价。你站在城市父母的立场，觉得得到了满足，有了感动。如果换做你是山区孩子的父母，你肯定不会这么想。所以，让我看，如果一定要做这样的节目，就直接换大人好了。毕竟成年人的心理承受力要比孩子更强一些，领悟力也更好一些。"

苏兆红被袁二元说得哑口无言："一说到暖暖，你就针对我，什么意思啊？我难道就没做对过一丁半点，就没一点值得称道的地方？是不是在世人眼里，我就是个魔鬼妈妈？"

袁二元见苏兆红的表情很受伤，立刻摇手："那也不是。我不是早说过了嘛，你是个负责任的母亲。你做得好的地方，肯定是多数，否则暖暖也不会成绩那么优秀，性格那么乖巧，而且还有艺术的天赋。首先你对自己要求比较严格，这就是暖暖最好的榜样；其次你不怕苦不怕累，照顾孩子很用心，这肯定也是做父母的优秀品质……"

苏兆红听到表扬，红了眼圈："好吧，总算听到了一句公道话。"

袁二元却说："但是，做父母仅仅有这些肯定是不够的。就像别人给你吃给你穿，却不尊重你，呼来喝去，让你钻火圈、跳十米高台，做你不喜欢做的事情，你会觉得那个人做得对吗？"

听袁二元这么说，苏兆红脸色顿变："你又对我妖魔化，讽刺我驯化暖暖如动物是吧?!那钻火圈、跳十米高台，和考上好大学有可比性吗? 小狗跳过火圈，最多能多吃一口，考上好大学，那可是一辈子的事情！”

袁二元挥挥手，不跟苏兆红啰嗦了:“你伤了暖暖，得赶紧把她找回来。”

苏兆红没辩论赢，拉着袁二元还要说:“到底是我伤了她，还是她在一遍遍伤害我? ”

袁二元见她一脸倔犟，说不通她，懒得再讲:“真该送你去变形计!

说完，再见都不说，不客气地就下了楼。

苏兆红里外不是人，弄得也很憋屈。但更重要的事，还等着她去做。

一点也不敢耽误时间，她立刻给于大海打电话:“暖暖去你那里的话，你不许收留她。谁都不许收留她，没人留她，她自己自然就回来了。”

于大海一听就急了:“你又干什么了? 我说，你就不能消停个半年以上吗? 这才两个月，又闹出这么大事来。你是周期性精神分裂还是怎么的? 我看说你更年期，都是轻的！”

苏兆红才懒得跟于大海解释呢。她把电话压掉，就给苏兆南打:“别问、别管、别插手！你就给我记住了，不许见暖暖，也不许收留她。否则，我们姐弟就彻底断绝关系！”

苏兆南来不及问，电话已经挂了。

想了想，给刘艳华也打一个，结果这次，话还没说完，刘艳华先给她挂了。

刘艳华太生苏兆红的气了。

这是个什么女人啊，完全就是个疯子嘛！有这么对孩子的吗? 十七八岁的大姑娘了，一声不吭，半夜就给人家来了个鬼剃头，让人怎么出去见人? 是人都有自尊心，这么大孩子正是敏感的时候，这不是故意找茬吗?

到了暖暖下课的时候，她已经等在教室外面了，手里还拿着个黑帽子。

“走，跟奶奶先理发去，理完再回来。”

暖暖眼泪汪汪地戴着帽子，跟着刘艳华出了门。

去了家刚开门的理发馆，刘艳华吩咐师傅:“怎么好看怎么来。”

师傅说:“那就来个流行的梨花头吧，不过要烫的，费时间呢，行不? ”

刘艳华大声地赌气说:“没问题，不就一个上午吗? ”

倒是暖暖，被奶奶这份豪爽给逗笑了:“算了，你帮我修剪一下吧，弄整齐就行了。”

没想到，剪出来的效果，非常好看。暖暖把帽子还给了奶奶，看起来心情好多了。

刘艳华帮孩子扯着衣服，扫着后面的头发渣，送她进学校。叮嘱道：“回去不要再跟妈妈吵了。你就好好读书，不要理她。”

暖暖温和但很坚决地回答道：“我不会再回我妈那里了，奶奶。”

苏兆红知道暖暖会反抗，但没想到她会住到奶奶那里去。

刘艳华通知她时用的是外交辞令：“我正式照会于你，暖暖上大学以前，就都住在我这里了。我会照顾好她的生活的。鉴于你对暖暖一贯态度恶劣，一切负面的后果都由你承担。”

刘艳华那里，离暖暖的学校有两站远，光想想这个，苏兆红就心急如焚。她的时间表这样就需要全部更改，上学放学的路上，时间花得多了，学习时间自然就少了。这可不行！

“早上你打算让她几点起来，晚上去上自习还能回家吃晚饭吗？回到家后学习时间怎么安排……”

她没说完，刘艳华再次压了电话。

苏兆红气得要骂脏话，想了想，不能这么由着暖暖的性子来，她必须去解决问题。

卷巴了卷巴，她把那张狮娘计划时间表从墙上揭了下来，抱着去了刘艳华家里。

大中午的，暖暖还在学校。刘艳华知道她来干什么，坚决不给她进门的机会，就堵在门上念三字经：“你干吗，我忙呢，有事说，请走人。”

苏兆红唰的把那张表展示在了她的眼前：“你瞧瞧，这是暖暖在家时的时间表，她的每一分钟，都是有用的。在你这里，她能做到吗？再说了，法院规定我是她的监护人，她得跟我住在一起，你插这一杠子是什么意思啊，这是犯法懂不懂？”

听说犯了法，刘艳华却一点也不惊慌：“你告我去。去法院告去，我等着。还有事没？没有就走吧。”

苏兆红使劲朝里挤：“我得进来说，这是大事。谁也不情愿看到我们上法院对不对？你必须把暖暖给我，她还没到十八呢。”

刘艳华说：“是暖暖说的，她再也不会回你那里去了。你自己伤了孩子的心，难道一点也不知道吗？”

苏兆红说：“那我不也是为了她好吗？”

刘艳华说：“你太不尊重孩子了，就凭这点，就不是对孩子好！”

哟，这话说得太重了。

苏兆红愤怒：“我不是对孩子好？天下有不对孩子好的父母吗？你作为奶奶，总不能就给孩子灌输这些理论吧？没错，我以前是你儿媳妇时，确实跟你处得不愉快，我们之间确实有疙瘩有矛盾，但你不能用暖暖来作为报复我的工具啊。绑架一个孩子，来针对母亲，你这样做，就是对孩子好了吗？我早知道了，当初离婚时，于大海就想把两个孩子都占为己有，让我去做孤家寡人。这也是你给他出的主意吧？现在好了，暖暖终于投靠你们于家了，你是不是一直在等着这个机会啊？”

她越说越气，新仇旧恨一起涌上心头。

刘艳华气得直哆嗦：“你说话真没良心。暖暖可怜的样子，是谁给逼的。我带她来我这里，就是不想让你们母女俩再闹矛盾，孩子就要考试了，给她一个安稳的环境，那不比什么都重要？居然怀疑这一切都是我预谋的，难道你剪暖暖的头发，也是我指使你去做的？”

她不跟苏兆红说话了，使劲要关门。苏兆红居然没顶住，就在门要关上的那一瞬间，她把时间表给塞了进去：“尽量照着这个做。”

她在门口喊道。

第三十四章　初恋情人

见到严冬美的第二天，华东生就到严冬美的单位里来了。严冬美正在做实验，他就陪在旁边说话。

张玲玲来给严冬美送东西，正巧碰到了这个男人。她想可能就是个客户。

张玲玲一直以为于大海和严冬美还在约会呢。事情不是明摆着吗？瞧严冬美的桌上，童童为她画的画像，还装在一个镜框里！

她跟严冬美开玩笑："什么时候，你也让童童给我画一张吧。不过得告诉他，把我画瘦点。可以不如你漂亮。"

严冬美也乐，指着画："孩子就随便画的，哪里漂亮呢？哼，我还觉得把我画丑了呢。不过，不能告诉他哦。"

张玲玲拿起像框："是，这鼻孔画得也忒大了。"

严冬美说："不过裙子很好看。童童喜欢我穿裙子，有趣吧。"

张玲玲哈哈笑："他那是想跟老爸抢女朋友吧？"

这时，华东生就上前了一步，一伸胳膊，搂住了严冬美的肩膀。这动作吓着了张玲玲，也让严冬美吃惊了。

华东生不容两个女人开口，就领地意识特强地做了自我介绍："我叫华东生，美籍华人，刚从美国回来。我是严冬美的初恋情人，事隔多年后，又重新成为她的男友。你好！"

他彬彬有礼，从相貌到气质，都透着陈水扁的味道。美籍华人？初恋情人？这都是什么状况啊，什么时候发生的事情？这八个大字，也太有震撼力了吧？

张玲玲知道自己说错了话，目前看还不清楚到底得罪了谁。她几乎是落荒而逃，一出门就掏出手机，打给了于大海："喂，是我。你这玩的都是什么名堂啊？"

于大海问什么事。他还以为跟苏兆红有关，没客气地说："你就直接告诉苏兆红，暖暖没她这个妈了。让她别再到处找人，给我施加压力。事情全是她弄砸的，还要怪别人。"

张玲玲估计苏兆红又撒威风了："哎，跟她没关系。她和暖暖怎么了，我还真不知道。我是问问你，你和严冬美分手了？"

于大海说："本来就没在一起过。她说不想确定什么关系，只想等水到渠成呢。我也就再没约她。"

"啧啧，啧啧，"张玲玲叹息，"女人说水到渠成，你怎么就能相信呢？她又不是外星人，渴望的还不都是强攻那一套吗？得，现在机会让别人给抓走了。"

于大海吃惊地问："什么人？这么快？"

"初恋情人、美籍华人！"

华东生当着严冬美的同事宣布了自己的身份后，就开始拿自己当严冬美的男友了。

虽然那天张玲玲一走，严冬美很生气地说了华东生两句，但两人曾经的情感基础在那里。对严冬美来说，这比接受一个陌生人还是要容易得多。

过了几天，就是严冬美的生日。她静惯了，就算是没离婚前，也从不为生日搞什么特别活动。最多家人在一起吃顿饭，碰到一忙，还会忘记。

离婚后，每到这一天，她会早起沐浴，燃一柱香，小小祈祷一下。中午跑出去，找个比较有情调的馆子，款待一下自己。晚上多是跟母亲就近吃点什么。

陈湘惠平时总爱唠叨，但这一天，却能忍着什么也不说。但她的什么也不说，反而似乎是更高级别的提醒。

严冬美知道自己年龄越大，在母亲的心里，就越是一个沉重的包袱。

这天和往年一样，一直快到下班，她才给母亲打去一个电话。

"去哪里吃饭呢？"她问她，心里在想着要不要叫上华东生，带着一起去见陈湘惠。

当年华东生那样走了，让陈湘惠气得吐血，心里拿他当了仇人。现在突然见面，会不会让老太太受不了？

这么想想，就觉得还是再拖一拖好了。

陈湘惠却说：“你直接回家吧，我带了吃的，在你这边。”

严冬美临下班时，突然有陌生电话找她。原来是快递公司，说有信给她。她签收打开来看，竟然是张生日贺卡。落款是于大海的名。上面写着老掉牙的祝福：“祝你生日快乐！”

跟贺卡一起的还有一张童童的彩笔画，只有几个大花朵，各种颜色都有，后面歪歪扭扭写了自己的名字。

想起童童，严冬美心里有点歉意。孩子对她的喜爱，发自肺腑，而且真心拿她当了可能的母亲。她却说不露面就不露面了。这多少是个遗憾吧。

她给于大海发了个短信：“贺卡收到了。谢谢你和童童。他的画我会保留好的。”

于大海只回复了两个字：“开心。”

到楼下，已经六点多了。她看看窗户，黑漆漆一片，心想母亲是不是忘了开灯。

打开门，刚要按开关，电影镜头似的，就听喊声一片：“surprise!”灯亮了，一大束鲜花顶在她的眼前，七八个人正在客厅里冲着她拍巴掌。

她仔细看，才发现都是曾经的大学同学。献花的，当然是华东生。看来这群人是他请来的，这份惊喜也是他导演的。

严冬美还在吃惊，已经有人上来拍照了。还有各种声音，围着她嚷嚷：“破镜重圆”、“才子佳人”、“有情人终成眷属”。这些熟悉又陌生的话语，让她一时不知道说什么才好。心里的惶惑，似乎和此刻的疯狂，成了鲜明的对比。

她笑，多少带着点尴尬。依她的性格，实在是和surprise没有多少交集的。

不等她说什么，华东生带着众人，已经唱起了生日歌。

他们看她的眼光，仿佛在看孩子。是在等着她热泪盈眶吗？

没有，偏偏一点也没有。她只有担心和不适应。听着这歌声，这些人好像跟她没关系似的。他们是谁，为什么要这样，为什么在她的房间里，母亲呢？

她终于看见了陈湘惠。她站在厨房门口，并没有参与到这群人的唱歌中。她靠在门框上，和她几乎是同一个表情，淡然地看着这喧闹的画面。

歌声结束了，华东生搂着她的肩膀，去吹蛋糕上的蜡烛。

严冬美心里充满了愧疚。她除了说谢谢，眼睛里干干的。而且这谢谢两个字，听上去也不那么柔软，不那么发自内心。她为自己的笨拙和不领情惭愧无比。她只好摊开手，摇摇头，一口气把蜡烛吹了。

蜡烛灭了，华东生才说："还没许愿。"

严冬美求他："好了好了。不用了，谢谢谢谢。"

短短的仪式，将她放诸众人眼前，她似乎已经累了。赶紧把大家交给华东生，她朝厨房走去。

一进门，就问陈湘惠："你怎么让他进来的？"

陈湘惠面无表情："他来找我的，说要给你惊喜。我不知道你们到了什么程度，因为你什么都没对我说。"

严冬美没吭声，扶着厨台，叹了口气。

陈湘惠的不满是有道理的。关于华东生，严冬美居然什么都没对她说。这么长时间了，陈湘惠是第一次见到他。

"冬美，有句老话，你要记住。曾经帮助过你的人，以后还会帮你。伤害过你的人，也会再次伤你。我对华东生，还是没有好感。虽然他现在条件似乎不错，但以前他那样对过你。你真的要跟他在一起？"

严冬美摇头："我也不知道。他是个熟人，比生人似乎有把握一些。仅此而已。我知道你讨厌他，所以也一直不敢告诉你。"

陈湘惠欲言又止的表情，让严冬美看到了："妈，你想说什么？"

"于大海呢？"老太太忍不住了，"他呢，他不是对你挺好的吗？"

严冬美点点头："他是很好。但我们处得太像朋友了。这个事情就是这么怪，像华东生这样高调，我也觉得很不舒服。但于大海那样平淡，我又觉得可能感觉不对。所以，我对他的想法是，慢一点可能更好。哪里知道，他那么快，就去见相亲对象了。"

陈湘惠替于大海辩解："那是胖姑娘的妈找上门来的，你不知道她那个着急。哎，这事整得乱套了。"

那天晚上，所有人散去后，严冬美将童童送她的画，贴在了冰箱上。

华东生说："又是那个小孩的？"

严冬美在倒水喝，点点头。

华东生不屑地说："小屁孩就随便画两笔，你也收起来。你和他爸爸到底是怎么回事？"

严冬美淡淡地说：“什么事也没有。连朋友都谈不上。”

华东生看着她，半天没说话，突然地问：“你今天晚上不太高兴？”

严冬美说：“没有啊。挺好的。”

“我费这么大劲，给你点惊喜，怎么好像还没这张画，让你开心？”

严冬美摇头：“你想多了，真的。我……就是有点累。”

华东生脸越来越不好看，末了，他终于说了一句自认为特有分量的话：“看来，你是得了后妈综合症。”

想到华东生又出现在了严冬美的身边，陈湘惠心里就说不出的难受。

十年前的记忆太清晰了，华东生当初离开得那么绝情，害得严冬美好几年没缓过劲来。

第二天，她在公园露面时，连刘艳华都看出她精神萎靡了。

自从陈湘惠那次拔刀相助后，两个老太太就有了点不打不相识的友情。刘艳华吃惊地问陈湘惠：“你这是怎么了，脸色这么难看？”

陈湘惠吐一口气，直接骂出来：“那个臭不要脸的流氓，又回来了。”

刘艳华问：“哪个不要脸的流氓啊？你前夫？”

陈湘惠说：“呸！我前夫，那得叫老流氓。这个是小流氓！”

刘艳华就笑：“咋这么多流氓都让你给碰上了？”

陈湘惠说：“小流氓是来缠闺女的，哎，真是气死我了。如果按我的想法，我会见他一次打一次。可闺女大了不由娘，我再生气，也不能说粗话。”

刘艳华就问：“小流氓干什么的呀？”

陈湘惠说：“美籍华人，初恋情人！”

刘艳华说：“听着不错啊，你气什么呢？”

陈湘惠摇头：“当初他出了国，就把我姑娘给抛弃了。闺女结婚那么迟，就是因为受伤太重，缓不过来。结婚又离了婚，我都怀疑跟这个流氓有关系。现在倒好，他又找上门来了。归国创业，鸳梦重温，你说咋啥好事，都要让他遇到了呢？”

刘艳华听着也怪愤愤不平的：“那你得跟闺女说清楚，这样的男人不能要。”

陈湘惠说：“是啊，曾经伤害她那么重，现在几句甜言蜜语，就一笔勾销，合适吗？”

刘艳华问她：“那你打算怎么办？”

陈湘惠沉默着想了几分钟，突然一伸手，抓住了刘艳华的手：“你儿子呢？你儿子到底是怎么想的？”

刘艳华不仅知道于大海是怎么想的，而且知道童童的想法，可当初她反对那么激烈，现在又怎么说呢？

何况严冬美身边又出现了美籍华人，初恋情人？

“你什么意思啊？”

“他到底觉得我们家冬美咋样啊？”

“可你们不都美籍华人了吗？”

“可以让他回美国去呀。”

“那你姑娘乐意啊？”

“我要坚决不许，她敢不乐意啊？”

“你的意思是拿我儿子先占个位？”

“他不是挺喜欢我们家冬美的吗？”

“可她不喜欢他啊。”

“她也喜欢，喜欢着呢。”

两个老太太，谁都不愿吃亏，话赶着话。终于有了陈湘惠可以发挥的地方了：“她昨天还跟我说，于大海挺好的，童童也特可爱。可就是你儿子太理性了，意思是追得不紧，弄得不咸不淡的。再说，你也不喜欢她，又坚决反对，她觉得变数太大……”

刘艳华经过了胖丫头那一回，对于大海的操心，确实没有之前那么用力了。她赶紧摇头，澄清自己的立场：“孩子的事没法管没法管，管来管去成冤家。我最近也在反思，就瞧瞧我那前儿媳和孙女吧，凡事真不能硬来。何况儿子都这么大了。重要的还不是你家闺女的态度呀？”

陈湘惠听出了松动，但该说的话还是要说：“那先得说清楚，可不是我们上着赶子撵你们啊。”

刘艳华说：“那也不是我们硬要追你们。”

陈湘惠问：“有什么办法，让他们再见见？找找感觉？”

刘艳华就说：“上次你那个送锅的主意挺好的。”

陈湘惠问：“总不能再送一次吧？”

刘艳华乐了：“嘿，再送一次也未尝不可。”

想了想，又说：“不过你先得把小流氓赶走哦。坚决不能发生脚踏两只船的事。”

陈湘惠跟她击掌：“没问题。”

两个老太太喜上眉梢，不远处坐着的郑大妈，一脸洞察地跟旁边的老太太说：“瞧，绕了一圈，发现还是那么难找，只好又绕回去了。哼，我在这儿待三年了，看见的可真太多了！”

第三十五章　下　岗

还在办公楼下，苏兆红就觉得气氛不对。出现了一些陌生的面孔——这并不是说，她认识这幢写字楼上的所有人，但这些人，却明显和她平时见到的人不大一样。

好几个人的脖子上，都挂着单反。还有人举着炮筒子一样的镜头，对着大楼扫射。停车场上，一辆标志着电视台采访车的白面包上，正下来扛着摄像器材的几个小年轻。

她匆匆扫描，心想难道有领导要来视察哪层楼哪家公司不成？

杂志社在十一楼，自成一体。她刚进电梯，就有两个人匆匆跟进来。见她按了十一层，突然交换一下眼色，其中一个二话不说，对着她就哗哗按了快门。

闪光灯让苏兆红吓了一跳，下意识地去挡镜头，厉声喝道："干什么？你什么人！"

电梯里还有其他人，仿佛意识到出了问题，立刻就躲闪起来。苏兆红眨眼被孤零零地晾在了大中间的。人们像看怪物一样地瞅着她。

她手指戳着那个戴眼镜对她拍照的小伙子："你到底是什么人，为什么要对我拍照。这是有肖像权的懂不懂，把相机给我！"

说着就要抢，小伙子一边护一边特严肃地问她："您是苏兆红女士吗？"

十一楼到了，苏兆红朝外走，两个年轻人也一起跟了出来。苏兆红大声问："你们跟着我干什么？"

猛一抬头，还以为自己走错了地方。整层楼围得密密麻麻，水泄不通。到处都是人，闪光灯此起彼伏地亮起来，全都是冲着她来的。

苏兆红哪里见过这样的阵势，正在躲闪，一个话筒已经伸到了她的跟前，清脆的女声响起："苏主编，针对有顾客投诉因为信任你们杂志社刊发广告后而使用养脑仪所带来的脑损伤，你有什么说的吗？”

苏兆红此时看清了，对着她的不仅是相机、镜头、闪光灯，这个话筒的后面，还有她刚才在停车场看见的摄像机。

见到了摄像机，就像演员急着抢镜一样，突然从人群后面，就冒出现了一大家人。他们全都对着摄像机，老人孩子一大帮，跪的跪，哭的哭，吵成了一团。

苏兆红着急地想找同事问清情况，小蔡刚站到她的跟前，就被这群人一起给抓住了。

他们抓着两个女人，又搡又推。苏兆红站不稳了。她极力让自己脑子保持清醒，告诉自己这可怕的一幕绝不是梦。

她扯着嗓子大喊着，嘶哑的声音似乎都不是自己的："安静一下，各位安静一下，谁能告诉我具体情况？我需要知道详细情况。请安静一下好吗？”

话筒再一次伸到了她的面前。苏兆红刚要问记者到底是怎么回事，一个五十多岁、黑黑的胖女人，就一把抢过了话筒，对着摄像机大声“控诉”起来。

“大家看看，就是这个女人，”她用手指苏兆红，手指几乎戳到了她的鼻子上，“就是她，把我儿子害成了脑损伤，大脑迟钝，严重神经衰弱，现在连吃喝拉撒都起不来，只能躺在床上。我这里有医院检验报告，你们看，这是医生出具的证明，大脑明显有受电磁波影响的痕迹，造成一定损伤。我们从去年开始，就一直在用这个女人宣传的养脑仪，当时买不上，还特意打电话去经销部取的。为什么非要买她的产品，就是因为相信这家杂志。我们是她家的老订户了。我和孩子爸爸，生他的时候岁数都不小了。为了能做好父母，从孩子上中学开始，我们就订了这份杂志，希望能了解天下大事，多学点知识，也能教育好孩子。因为信任这本杂志，所以看见他们的广告，想都没想，就买了。孩子上了高三，学习压力很重，学习时间一长，就会喊脑袋疼。我们觉得这个产品是外用，比较让人放心。买来后，就在孩子睡觉前让他戴戴。哪里想到，两个月后，孩子头疼更加严重，而且开始失眠无力，直到现在起不来床……”

女人说得声泪俱下，苏兆红终于大概听明白了。当话筒转向她时，她完全是下意识地问女人："你儿子也高三了，他在哪个学校？”

这些媒体，都是胖女人家请来的。

为了造声势，她拉来了几乎所有的亲朋好友、远乡近邻。他们占领了编辑部所有的房间。地上到处都是杂志和纸，饮水机也被掀翻了，水汩汩流着。

苏兆红一进去，差点滑倒。她努力让自己镇静下来，再三说："产品质量，由销售单位负责的，我们在广告页面已经做了说明。"

她把刚做好的，将随杂志一起发的广告宣传册，翻到最后一页，让记者和那家人看杂志社的免责声明。刚印出来的油墨的香味弥漫在房间里，平时苏兆红会引以为豪，此刻却像个大大的讽刺。苏兆红真希望鼻子不通气，患上急性鼻炎，立刻、马上！

她说她这就找经销商，因为产品真有质量问题，必须跟对方说，他们才能明白问题在什么地方，又该怎么做。一片乱哄哄中，她拨了翟晓的电话，语音提示说："此号码不存在，请查证后再拨。"

她愣住了，一刹那还以为是自己的手机坏了。她着急地喊小蔡："把你手机给我，我这是出什么问题了？"

小蔡的胖脸上全是汗水，又惊又吓，把手机递给她的同时，特务似的小声道："主编，我们报警吧。"

苏兆红没空理她，用她的手机又拨了一次翟晓的号码，依然如此。她又惊又气，绝望地转过了身。

胖女人又扑了上来："看到了吧，这就是一群狼狈为奸的奸商。欺骗可怜的家长，迫害无辜的孩子，为了钱，真够不择手段的。一出事，人就没影了？啊，你让我们这些人怎么办！我孩子才十八岁，还有那么长的路要走，你害的他变成一个废人……"

苏兆红声音都哑了，拼命辩解："真的不关杂志社的事啊，我们只是负责刊登广告，不负责产品质量的啊。这些报社、电视台的记者，你们的广告不也是一样的吗？产品有问题，我们可以立即停止刊登广告。我们既不是生产商也不是经销商，怎么会让我负这个责呢？你们自己想想，找错地方没有？"

"我信的是你的杂志！"胖女人一把鼻涕一把泪，"这广告如果不是在你的杂志上，我绝对不会去买的。你心太黑了，对孩子下手……"

苏兆红闭上了眼睛，扶住桌子，尽量让自己站稳当。她心里说不出的后悔和愤怒。这个翟晓，真是要害死她了。

见她不说话了，这群人又开始了围攻。有人开始砸起电脑来，有人搬起椅子就砸窗户玻璃。苏兆红的办公室成了暴力的海洋。她什么时候被人拉到过道上，自己都不知道。

警察很快来了，小蔡还真是报了警。胖女人的家人，又围着警察开始七嘴八舌。记者们拍了照，摄了像，似乎完成了任务，也收拾了东西，站在旁边听警察做笔录。

苏兆红把翟晓的电话名字提供给了警方，让他们去找。一直闹到中午，一群人才离开。

苏兆红办公室的电话响了，是主管部门文体厅期刊处打来的。

工作人员告诉她说："影响恶劣，暂时停职。"

"什么？"苏兆红大惊，"马上就要发稿了，这期内容怎么办？"

"放心吧，地球离了你还是会转的。"

对方也不知是调侃，还是幸灾乐祸，就这么回了一句。

苏兆红不敢相信自己的耳朵。她大学一毕业就在这里，做主编也有六年了，和杂志已经有了同呼吸共命运的感觉。每一个字每一期的脉络，她都是那么熟悉，就像是自己的另一个孩子。突然要让她离开，她能不觉得天都要塌了吗?

"那我做什么？我做普通编辑吗？"

"回家。待半年再说吧。"

"回家？待半年？"

"是，工作交给其他同志，下午就不用来了。"

她还要问，交给谁，是全面交还是部分交，她的办公室也交吗，文体厅下午还有会，她也不去了吗?

电话已经挂了。

第三十六章　母凭子贵

“我下岗了，”苏兆红真没想到，于大海居然是她第一个通知的人，“让暖暖回来吧。”

她的声音有气无力的，就像是行尸走肉。

于大海吓了一跳。他知道对苏兆红这样拿工作视做生命的女强人来说，失去工作将意味着什么。如果家里再没有什么事情牵挂住她，她会疯掉也未尝没有可能。

于大海不忍心了，离婚后他头一次怀着真诚的同情和友好来看望苏兆红。

大下午，外面春天的阳光，暖融融的，房间里却窗帘紧拉，沙发上乱堆着衣服被子，茶几上扔着脏盘空碗。如此颓靡，这在苏兆红是从没有过的事情。

“你怎么这么没精打采的，暖暖回来会受影响的。”

于大海拉开窗帘，又收拾起房间来：“不就是临时停职嘛，至于这么难受？”

苏兆红掉起了眼泪：“分明就不是我的错，他们怎么能这么对我？辛辛苦苦多少年，一个上午就全抹杀了。这个翟晓，害死我了。我见到他跟他没完。”

于大海说：“正好，你陪着暖暖把高考考了。等模拟考后，她也就该回家复习了。多少家长为这事，专门请假，又是扣工资，又是得罪人的。你这也算是福利，顺便休息一下。”

苏兆红点点头。整个人灰溜溜、可怜巴巴地说：“那暖暖愿意回来吗？”

于大海说：“孩子是个懂事孩子。我跟她一说，她就同意了。放心吧，晚上放学就回来了。你可别说她，尤其是注意别把自己的坏情绪发泄到她身上。控制着点儿。”

苏兆红也没力气跟于大海吵了，头一次，心平气和地送他到门口：“再来啊。”

暖暖能回来，还是给了苏兆红很大的激励，让她从工作的打击中恢复了过来。

于大海走后，她就收拾房间，打扫卫生。不一会就到处都干干净净了。

想了想，干脆去市场买点东西。晚上暖暖回来，多做两个孩子爱吃的菜。

想买鸭子，又想买虾，还想买点黄瓜，拌个凉菜。她到处看到处走，耳朵里突然听见有人在说“考大学”这三个字！

一个激灵，她顿时停了脚步。到处张望，终于看见是那个卖姜蒜和调味品的女人，正和一个站在她货摊前的女人聊着天。

两人都四十出头，穿着满大街最不起眼的大妈服，化纤的、花的、没什么式样和线条的。

苏兆红乍起耳朵听，就听货摊前的女人，正在羡慕地夸摊主：“有个好女儿，胜过赚百万啊。你就等着享福吧，真是好命。那她去学校你送吗？”

摊主也笑成了一朵花：“送送送，我和她爸爸都去送。”

苏兆红心里纳闷，这一模都还没开始，她就要准备去送孩子了？这里面有什么她不知道的情况吗？

赶紧来到摊前，假装拣蒜，参与到对方的话题里去：“是说你的女儿吗？”

摊主还没点头，旁边的女人就宣传开来了：“这是我的邻居，我们那条街现在都轰动了。她的女儿，已经保送北大了！区里的书记，都说等通知书来了，要来送奖金呢。”

苏兆红平时常来这里买菜，说老实话，从没对任何一个菜贩子正眼相看过。

不过是买卖关系，称了重量，付了钱，拿起就走的事情，谁又知道他们的生活是怎样的呢？这些人，几乎不用猜也能知道大概情况吧，蝇营狗苟，忙忙碌碌，加上早出晚归，文化不高，孩子也不可能出息到哪里去。

谁知道居然在市场的侧边——还不是卖菜的主干道上，居然能隐藏着一位北大之母！哦，不，北大学生之母！

真是大隐隐于市啊。

苏兆红激动得两眼放光，心里说不出的羡慕：“哎呀，已经保送了啊？她是哪个学校的呀？”

“一中。”摊主说，骄傲的神情怎么也掩饰不住。听着她们在说话，旁边的摊主和路过的，又有人加入进来。

苏兆红又哎呀了一声：“那当初是不是应该让我孩子也去上一中的？一中保送的多吗？”

自然有人抢着替这光荣的母亲回答：“就她家女儿一个！她是拿过全国什么奥数奖的。”

苏兆红满眼倾慕地看着这位摊主大姐，看上去是那么普通，很可能连账都算不清楚，怎么就会培养出一个这么优秀的女儿呢？她决定立刻取经：“你这平时都是怎么教的啊？”

摊主想了想，大不咧咧地说：“吃饭！”

“吃饭？”苏兆红心想，这是什么答案？吃什么饭才能吃出这么牛的孩子来？

“啊呀，我们哪里有什么时间教她啊。就是吃饭时才能在一起，吃完饭就看书了。她喜欢看书，不让看书都不行。”

苏兆红想，那我们吃饭也是在一起吃的呀。她知道问也问不出来什么，只能怀着留恋不舍的心情离开了这蒜摊。

走的时候，竟然做了一个情不自禁的动作：微笑着，特友好地跟人家挥手告别。

走了，才想，真是母凭子贵啊。换在以前，她哪里会跟这样的女人招手聊天？可经过了这次，看着吧，她肯定有事没事就会去那女人摊子上买点啥。

母凭子贵，母凭子贵。哼，要是暖暖能考上北大或清华，让她停职回家的人，还会那么跟她说话吗？还会让她继续待在家里吗？

想到这里，她不由得浑身都是劲，终于找到了奋斗的目标！她非得让暖暖给自己出这口气不可。

于是，当暖暖晚上回来时，看到的苏兆红并不像爸爸说得那么萎靡不振。

她系着干干净净的围裙，正又是汤又是菜、又是热的又是凉的朝桌上端呢。人看着也挺高兴，甚至二话不说，就抱着暖暖，对着她额头亲了一口。

“快来，先洗手，再吃饭。”

暖暖还有点不好意思，苏兆红可乎全然忘记了两人的不高兴似的。她大声嚷嚷：“咱们娘俩都多久没好好聊过天了。今天可以好好聊一聊。有半小时的多余时间呢。”

暖暖忐忑地坐下，慢悠悠地、带着点小紧张地问："聊什么啊，我先声明，学习的事我不聊哦。"

苏兆红竟难得地爽朗地笑了起来："不聊学习。我就给你讲个故事。"

一边吃着饭，她一边讲起故事来。故事有点长，是从胖女人来杂志社捣乱开始说起的。

一边说着，一边给暖暖夹排骨，还顺便插话："你奶奶没给你吃什么好吃的吧？她省钱，舍不得买这么贵的排骨的。"

"当然吃了好吧？"暖暖护着奶奶，苏兆红只好跳过这个话题。

"总之，错不在我，可总得有人为这乱子负责吧。于是，我就接到了上面的电话，让我回家停职反省。"

"这不挺好吗？"暖暖说，"又有钱又不用上班，多少人一定羡慕死你了。"

"可这毕竟是件不光彩的事啊，多羞辱人啊。我从小到大，哪里经历过这个？一直是好学生、好编辑、好主编，处处要强，从没出过错，现在说开就被开了。当时连死的心都有了。"

"不会吧，妈妈，"暖暖调侃道，"这也太夸张了吧。至于吗？"

"这就是九零后！"苏兆红不屑道，"你们从不认真，还嘲笑父母的认真。"

"我怎么又不认真了，我没认真吗？"暖暖一听又要针对她了，立刻刺猬一样紧张起来："你就是想跟我聊这个吗？"

"当然不是。"苏兆红说，"你耐心听我说啊。"

她又讲起了菜市场发生的事。

听到高考和保送，暖暖的神情就有些难堪起来，等苏兆红说到"母凭子贵"这四个字时，她就恍然大悟了。

一推碗，站了起来："我吃好了，我去看书了。"

啪，关了自己房间的门。

苏兆红收拾碗筷，站在门口冲暖暖喊："你得替妈妈争气啊，让妈妈出了这口恶气！"

第三十七章　送　饭

日子又恢复了平静，至少表面看，一切都很正常。暖暖非常用功，苏兆红每天精神头十足地给孩子做饭。以前中午在学校食堂吃，最近索性她开始了送饭。

青菜、肉、饭，饭后再来小碗红豆莲子汤，开始高考倒计时了，营养要跟上。

一送饭，才发现自己送得迟了。居然有那么多高三孩子的父母，从孩子一上高三开始，就送起了饭。他们有工作没工作的，在这一年里，全都把精力投在孩子身上。一到吃饭时间，满校园都是提着饭盒的父母。苏兆红一看就又急了："完了，又输了，又落在后面了！"

下课前，教室门口，已经站了一长溜家长。个个脸色憔悴，压力重重，都穿着最简单最朴实的衣服。像苏兆红这样，穿得比较正式的没一个。以致苏兆红也不好意思穿套装来学校了。不过是个送饭婆，穿那么正式干什么？

这天，旁边站了个胖胖矮矮的男人。天气还没热，他已经穿上了大裤衩，幸好上面还是长袖，否则可真太另类了。

他没话找话说，问苏兆红："你都带的什么？我看这保温桶好几层。"

苏兆红就如实报告："鸡中翅、空心菜、西红柿炒鸡蛋，外加一份银耳汤。还有米饭。"

"咦，我也带了西红柿炒鸡蛋。这个菜比较开胃，是个孩子都爱吃。"

两人聊了起来，就问起了各自的单位。男人看着貌不惊人，原来竟是军区的一个副师级干部。就因为儿子高三了，两口子工作都忙，孩子没人照顾，他索性办了复员，回家专心看儿子！

“我拿积蓄和退伍金，入股了一个矿，一月也赚不老少。然后专心在家当专职主夫，给儿子做饭，接送他上学。唉，这日子，真是幸福。孩子跟我也挺好的，吃得也让人很放心很安全。我跟别的男人可能不一样，我特喜欢这样的日子，真的。现在就是真有点后悔，咋没早两年这么干！”

说着，转过头，冲苏兆红说：“你是不是也是这样想的？我跟这里好多父母都交流过，大家都这么说。能每天接接送送孩子，给孩子做做饭，真的很开心。”

“那也得考个好学校啊。”苏兆红说，“否则这么做有什么意义？”

听了这话，男人傻了一样地看看她，张张嘴又闭上了，一脸说不到一块的表情。

苏兆红着急：“我说错了吗？”

男人说：“还真错了。错得大发了。我说的是过程，你说的是结果。”

下课了，门开了，孩子们冲了出来。各妈找各孩，她和男人冲散了。

苏兆红除了照顾暖暖吃喝，还要去网上看各种高考消息，各个学校的历年招生情况，分数如何，专业如何。

光看到这些还不行，顺便还得了解一下这些专业今后的走向，如果读研，又将如何。

这样一来，竟忙得顾不上想自己的事了。

张玲玲来了电话：“你是怎么个情况？不上班了，也不露面了？难道隐居起来了？”

苏兆红就说自己整天瞎忙，除了给孩子做饭送饭，还要上网看各种消息。别的家长功课都做得挺足，我真怕自己落后了。

“切，你们这些人，一说到孩子考试，都跟打了鸡血似的。”张玲玲不屑道，“至于吗，难道考个好大学就一劳永逸，什么都不用担心了？不还得面临生老病死、婚丧嫁娶、鸡毛蒜皮吗？只要好好朝前走着，有什么好担心的？到了八十岁，大家不都一样，连男女都没区别了？”

苏兆红可不赞同：“那怎么能一样呢？你看杨振宁八十二了还能再婚，要是考不上大学，二十八岁也只能干看着！”

张玲玲说：“得得得，你也别羡慕人家杨振宁再婚不再婚了，你自己的终身大事，是不是还得抓紧着点啊？我家老刘透露了一个新情报，说医院里最近有个新来的女博士，在猛追岳平呢。那架势，可有点不得手不罢休哦。我想我得跟你说一声，要是你还惦记着他，是不是也得行动行动。当然要是不想了，那就算了。”

“想想想，谁说不想了？”

苏兆红问张玲玲：“那女博士什么样啊？是温柔浪漫文艺的那种吗？”

张玲玲说：“老刘说不是。老刘说真要找这个，那还不如找苏兆红呢。这是他的原话啊，说明这女的不咋样。”

“那岳平呢？”

“他哪能愿意啊？可他那脾气，又不愿开罪人，只能躲啊！”

“那我去！”苏兆红说，“既然他不乐意那个女博士，就说明我还有机会不是？”

张玲玲说：“还要我请你们吃饭吗？”

“不用了。”苏兆红一瞬间已经想好了一个主意。

既然要给暖暖送饭，不如就给岳平也送一份好了。

送饭，这可是个宣誓主权的事儿。什么人才会送饭？当然是最亲的亲人啊。你看那关到牢里的，住了医院的，加班加点的，有一个人提着饭盒找上来，就意味着关系特殊。苏兆红得用送饭这个形式，告诉女博士一声，岳平是属于她的。

早晚！

说动就动，第二天苏兆红就装了两保温桶的饭菜。岳平的医院稍远一点，但给他可以早点送去。暖暖的时间卡得紧，灵活度不够，不能耽误。她十一点就出了门，十一点二十准时到了医院。

一看门口的出诊情况，岳平今天是在病房。她提着保温桶，正好跟着送饭的病人家属，一起走进病区。她在医生值班室外面看了一眼，巧了，岳平正好也在。早想好了借口，她立刻走了进去，清脆地喊了一声：“岳平。”

喊岳平，而不是岳大夫，这让值班室里的其他医生，就有些诧异，一起转过头来看着她。

岳平没想到她会到医院里来，顿时有些尴尬，忙从椅子上跳了起来。

此时，从门口擦着苏兆红，进来了一个穿白大褂的女人，身板又高又壮，粗密的头发，在脑袋后扎着个马尾巴。

她仿佛完全没看见岳平正在跟苏兆红打招呼，粗声大气地喊道：“走，你去帮我看个病人。”

说着，胳膊就挽住了岳平，身体紧紧地贴了上去。

苏兆红立刻意识到，这一定是那个女博士。就见岳平脸涨成了猪肝色，在女博士的裹胁下，似乎身体都渺小了似的。他哭笑不得地朝后躲闪着，抽胳膊："我还有事呢，真的。有人找我，你看。"

高大的女博士终于看见了苏兆红。她仿佛突然近视了似的，眯缝起眼睛来，从上到下地瞄着苏兆红："这是谁啊？是你的什么人？"

不等岳平回答，又转向苏兆红："你找岳大夫干什么？有什么事跟我说。"

苏兆红见这个女人如此蛮横，不由暗暗高兴，真不知看什么病的大夫，这气势，一定能特服病人吧。

她举起了保温桶："我是他朋友，来给他送中饭。"

说着，就进了房间。暖暖的那一桶饭，她背在身上，并没有露出来。将保温桶放在桌上，再也不看女博士，对着岳平径直说："趁热吃吧，我炒了点蘑菇，你爱吃吧？"

这暧昧劲！女博士就算从刘永福的肝胆科那里，再借两个胆，她也不敢再继续缠岳平了吧？

岳平也会演戏，立刻熟门熟路地点点头："我就爱吃蘑菇，你还真懂我。勺子呢，噢，在这呢。那我吃了啊，你坐会？等我吃完陪你转转？"

苏兆红却没时间了，她还得去看暖暖呢。女博士已经站不住了，转身就朝外走，走到苏兆红跟前，又把她上上下下无比蔑视地扫了一圈。

见敌情解除，岳平也不演戏了。保温桶盖一拧，还给苏兆红："得，你是来看病人的吧？亲戚还是朋友？住院了也不打声招呼。饭给你，继续去送吧。谢谢你替我解这个围哈。"

苏兆红早想好了说词："是个朋友，可惜人家突然早上出院了。我来迟了，没赶上。正好路过你门口，见你在里面，索性这饭你就拿去吃吧。我还有事，得先走。"

岳平还能说什么呢？

"那太谢谢了。改天我把保温桶还给你。"

苏兆红接着去给暖暖送饭，一路上忍不住为自己这小小的聪明叫绝。

她相信这趟饭绝不仅仅是送给女博士一个人看的。有女人给岳平送饭的消息，肯定不出下午，就能传遍医院。那些觊觎他的女人们，是不是也该收敛点了呢？

最重要的是，这保温桶除了送，还有还的作用。一送一还，就是见面的理由。

果真，傍晚刚过，暖暖刚去上晚自习，张玲玲的电话就来了。

“喂，听说你今天做了件惊动中央的大事啊？”

苏兆红猜出是什么事，但装傻：“什么呀？我能做什么呀，每天都待在家里的。”

“嚯，还谦虚呢？都击败情敌了。不错，你这一招很要命，我们家老刘回来说，女博士都气疯了，见人就骂岳平。说他吃着碗里的还惦着锅里的，明明都有女朋友了，还勾搭她。一说有女的来送饭了，我就猜肯定是你。你还真有两下子。”

苏兆红有点小得意：“他该明白我意思吧？”

张玲玲说：“他要不明白我把头给你。等着吧，不出两天，他就会约你的。”

可是三天都过去了，还没一点消息。四天，五天，一周，两周了，岳平像人间蒸发了似的，愣是毫无音讯。

张玲玲比苏兆红还急：“还没联系你？那保温桶最少得还呀。不行，我叫老刘问问他去，难道那么大一桶子也吃到肚子里去了？”

苏兆红担心：“这样不好吧，好像我硬缠他似的。那天也就是假装巧遇。不过这人确实不厚道，我替他解了围，还吃了我的饭，连个感谢也没有？”

张玲玲也直说不厚道，到底是什么意思嘛！

正在患得患失，岳平竟来电话了。问苏兆红保温桶什么时候还给她比较好。

苏兆红哪里是想要保温桶，这不是找个见面的机会吗？但是一起吃饭的话她又说不出，倒好像人家吃她一顿便饭，就得还顿正餐似的。苏兆红客气了一下：“要不你给刘永福吧，什么时候让张玲玲带给我。”

“那好那好，”岳平二话不说，就答应了。

苏兆红举着电话发了好一阵愣。连她都感觉到了，他真的是对她不感冒。

这段插曲，让她心里真不好受。主权宣布了，可什么也没捞到，还是一场空。反倒是白白帮了岳平一个忙。

这天晚上，暖暖都看出她有些魂不守舍，有些伤心。

吃着饭，她主动问她：“妈，你怎么好像有点郁闷呢？不开心啊？”

苏兆红赶紧摇头：“没有，没有，挺好的。”

“可我看你不高兴。”

“哪里有啊，我哪里不高兴了。”

“你和平时不一样。平时虽然也不太高兴，但挺精神的，今天好像感冒了似的。你是感冒了吗？”

说着，手就伸出来，要摸苏兆红的额头。

苏兆红有点小感动，暖暖很少跟她这么主动亲热过，看来跟最近她在孩子身上多花时间是有关系的。难怪那个北大之母，张嘴就蹦出“吃饭”两个字。可见照顾好孩子的饮食，确实很重要。

苏兆红一察觉到这温暖，眼睛就有些湿润了。她忍不住说：“暖暖，以后你上了大学，妈妈就一个人吃饭了。”

暖暖可能没认真想过这个问题。虽然她一直反感苏兆红找男友，但一听妈妈说出这么伤感的话来，她还是有些震动，觉得自己以前的想法太自私了。

“是。妈，你是为这个难过吗？”

苏兆红怎么能跟女儿说这个话题呢，她只好摇头。

暖暖想了想，仿佛下了多大的决心似的：“那，这样吧，我允许你找男朋友。等我上了大学，你可以再结婚，这样你也有人说话了，也不会总是盯着我了。我同桌说，她表姐去外地上大学后，她大姨天天都会哭一场。要是你老那么孤单，会不会也天天哭啊？要么就老给我电话，那我也受不了。”

苏兆红长长吁了口气，难得温柔地说：“不会的，妈怎么会那样呢。不会天天哭，也不会随时缠着你打电话。”

她的声音实在是很落寞，和暖暖平时听到的太不同。这让暖暖心里说不出的难过，突然有了想抱抱母亲的冲动。“妈，你是不是有点孤独？”

女儿难得的关怀，让苏兆红非常渴望能将这一刻延长一会。她多么想跟暖暖好好拉拉家常，说说心里话。

可是……时间不够了。

新的“狮娘计划”，已经重新贴在了墙上。这一次，就直接贴在饭厅里。一抬头她就能看见。

她换上了平时毋庸置疑的女强人口气：“孤独啥？不孤独！孤独也不能多考一

分不是？好了好了，起立，进屋，背篇古文赶紧去上学。我涮碗了。”

暖暖不满地站起身，失望道：“妈，你真是太煞风景了。哼，为了那点分数，连爱都不会表达了是吧。”

苏兆红横里吧唧地说：“你说是就是吧。”

第三十八章　春天奇事多

既然对方不肯松口，而且话已挑明，苏兆南只有主动申请当月亮备胎的份。

关于这个，月亮从不客气，带他出去玩，碰到朋友，直接就这么跟人介绍："不好意思，男朋友找不到，只好带备胎出来。"

苏兆南跟月亮的朋友点头打招呼，丝毫没什么恼怒。等到大家酒足饭饱，有人起哄，捉苏兆南当大头时，他还是彬彬有礼："不好意思，我只是备胎，不能买这个单。"

"你什么意思啊？"出了门，月亮就冲他发火，"一点面子都不给我。备胎都当不好，真是笨蛋！"

苏兆南说："备胎就得守着备胎的本分，否则天下不大乱了？"

他觉得这么跟月亮混着挺好。至少最近这几个月，她没再惦记于大海了，而且无聊了寂寞了，就会想起他，还总带着他玩。苏兆南相信日久生情，这世上多少转正的老公，不都是从备胎一路走来？

王强说他："加油啊，哥们。老这么玩暧昧，不觉得危险太大？"

苏兆南挺自信："不可能。我相信自己。"

哪里知道这话才说出去两天，情况就发生了突变。

月亮一见钟情了！

对方是个音乐制作人，还有自己的录音棚。见了一面，月亮就如痴如醉，非嫁不可了。她激动得睡不着觉，半夜给苏兆南打电话："怎么办，我从没这么对谁动过心！他太让我满意了，一举一动，一言一行。"

月亮很少说四个字的词语，这次一口气用了两个，让苏兆南真的觉得有点危险了。他一骨碌从床上坐起来：“你这次是要来真的？”

“当然，”月亮说，“我得想办法把他拿下。”

“那我怎么办？”苏兆南生气了，“你想过我的感受没？”

“你不是说只要我幸福你怎么着都行吗？”月亮生气了，“原来这都是假的！我还拿你当真朋友呢，见我高兴，你就这态度啊？”

苏兆南气得心痛，但也对月亮没辙：“得得得，你爱咋样就咋样好了。打算什么时候结婚？”

结果月亮说，八字还没一撇呢。她得先去约约人家。

周末时，给苏兆南发来短信：“耶！他答应我了。今天晚上，爵士酒吧。那里还有他公司的歌手驻唱。”

苏兆南淡淡回复：“好吧，祝你快乐。”

他和几个朋友一起去看足球赛，那天正好是本地球队的主场。站在外面排队时，他突然看见前面几步远，站的正是那个让月亮念念不忘的音乐人。

矮矮胖胖的，戴着眼镜，还系条围巾，正眉飞色舞地跟身边的两个男人聊着天。苏兆南怎么看，都觉得这人像GAY。

那腔调，那语气，还有那眼神。

月亮这是什么眼神啊？男女都分不清了吗？

他心里不屑着，突然却想起，今晚不是月亮约了这个小胖子吗？怎么胖子来看球了，月亮却没在？

觉得奇怪，他打电话给月亮：“喂，你在哪里？”

“在酒吧呢。”

“那碰头了吗？”他冷冷地问她。

“他还没来呢。他说录音还没结束，忙着。让我等会。”

“他说他在录音？”

“可不是。他那里常有大歌星去的，什么英姐啊，庆哥的。”

苏兆南看看那胖子，心里十万个生气，生胖子的气，也生月亮的气。被人放了鸽子，还这么虔诚。

“好吧，那你慢慢等吧。他没说多长时间？”

“他说一会就完了。咳，你知道吗？他叫我小乖来着。”

“哦，”苏兆南挂了电话。

哼，小乖，那你就乖乖等着吧。

开始检票，入场了。真没想到，胖子的座位，跟他就隔了两三个，搞得苏兆南忍不住老朝他那边看。

王强很奇怪：“干吗呢，你这是，又看上什么人了？刚从备胎的岗位上退休，就准备当下一轮备胎了？”

苏兆南心不在焉地说：“好好看你的球。”

比赛开始了。

苏兆南坐立不安，喊也喊不动、唱也唱不出的，整个一个不在状态。幸好王强跟其他几个朋友，早就激情澎湃了，谁也没顾上理他，否则非把他赶出去不可。

到了中间半场休息，他看那胖子，丝毫没有离开的意思。他给月亮发了条短信：“幸福吧？”

月亮好长时间才回一条：“他还没来，说让我再等等。”

苏兆南回道：“再等就到睡觉时间了！”

月亮说：“那又怎样？你管我？”

苏兆南说：“不陪聊陪喝陪吃，只睡觉，你觉得这样合适吗？”

月亮不理他了。过了好一会，才来一条：“流氓。”

苏兆南气得一手握手机，一手握拳头：“我成流氓了？”

再看胖子，跟人聊得高兴地哈哈大笑，还直拍大腿。头上绑个带子，手里拿根棒子，怎么看怎么像个傻子。

“喂！”他一个箭步，就蹿到了胖子身边，“你怎么还在这里？不是跟姑娘约好了要去见面吗？”

胖子吃惊地看着他。

他不认识苏兆南，月亮只是悄悄让苏兆南“瞻仰”过他，连备胎都没给胖子介绍过。

“我认识你吗？”胖子问。

“你不认识我，我认识你。”苏兆南见胖子依然坐着，不拿他当回事的样子，气上来了，一把揪住他领子，把他拽了起来。胖子旁边的几个朋友，立刻围上了来。

苏兆南这边的几个人，一看情况不对，也围了上来。

“怎么回事，怎么回事？”

到处都是在探究竟的人。

“这个胖子，”苏兆南控诉道，“跟人家女孩约好了，一个小时前见面，女孩去了，他却待在这里看球。完了还骗人家，说自己在加班，忙得出不来。你们说说，这是什么人？”

苏兆南比小胖子高一个头还多，拽着他衣领不放手。小胖子急了，嗓子勒着说不出话来，憋得扯着嗓子喊：“我约会不约会，关你屁事！你想去你就去，滚，快去！就那么个姑娘，大街上乞丐要我也白送他！”

这话太恶毒了，苏兆南没控制住，一拳头就砸到了小胖子的鼻梁上，顿时血流如注。

“我让你白送人，我让你白送人！”苏兆南还要抡拳头，被几个朋友拉开了。

但凡足球赛，都是警事森严。几个武警已经站在了他们面前，二话不说，连当事人，带周围看热闹的，全都带走了。

月亮得到消息，已经半夜一点多了，而且她还在酒吧里等着。赶紧一路小跑，到派出所里来领人。

第二天，她在苏兆南公寓里吃早餐，冲他喊：“流氓，给我冲杯果汁。”

苏兆南生气地说：“什么叫流氓，我是英雄好不好？见义勇为，打抱不平。”

月亮冲他举报纸，上面写着昨天体育场发生了流氓斗殴：“你就是流氓。瞧，这已经是官方的结论了。反正你这辈子都是流氓了。”

第三十九章　走一路吵一路

苏兆红家的暖暖，又离家出走了。

这次，倒没有不声不响，而是给苏兆红留了一封公开信，说自己去北京参加美术类提前批次招生考试了，而且还拿走了苏兆红的一张信用卡。

“我和邱天在一起，他爸爸也陪我们一起去，妈妈你就放心吧。考试只需要两天，考完我就回来。该复习还是复习，还是会好好参加高考。我不想放弃任何一个可能的机会，我要去争取一下。如果美术成绩达不到，我就不想这个事情了。”

苏兆红拿着这信，几乎感觉到自己不能呼吸了。她闭上眼睛，慢慢等最黑最暗的情绪过去。

这一天，苏兆红人生中第一次，开始意识到自己的状况出了问题。

她逢人必吵，回家数了数，大大小小，十多架。

那个菜市场里的英雄考妈、“北大之母”，自从苏兆红常常去她那里取经后，两人就算是认识了。

考妈见了苏兆红，就会笑眯眯地跟她打招呼。苏兆红呢，就算没什么需要，也会从她那里买块蒜。按她的想法，就是沾点喜气，沾点福气。

她也常常跟考妈夸暖暖，所以考妈已经知道暖暖在八中，而且成绩非常好。如果努力冲一冲，完全有可能进北大。两个没有什么利益冲突，只有骄傲和期待的母亲相见，气氛总是格外友好。

苏兆红得知考妈的女儿现在在努力学外语就夸道：“真是好学的孩子，学校都定了，也不好好玩玩。”

考妈呢，也总是对苏兆红说："孩子不容易，要多买点好吃的哟。"

可是暖暖就这么去了北京，和苏兆红挂在嘴边的北大失之交臂了。再进菜市场，那个一直支撑着她的最美好的学校名字，突然成了一个难言之隐，锁在喉咙，苦苦挣扎。

她垂着眼睛，躲着考妈摊位的那条路，可还是被她发现了。她冲着苏兆红招手，大着嗓子喊她："喂，那个，那个……"

她们彼此并不知道名字，可眼睛已经告诉了别人，她叫的正是苏兆红。苏兆红旁边的摊贩，立刻就捅她："有人叫你。"

考妈因女儿也成了菜市场的明星，人人都想跟她套套近乎。苏兆红沿路走向考妈，一路小贩满眼羡慕的目光。

"我新进了一批红豆，可新鲜了。"考妈激动地拉住苏兆红，"你不是给孩子做红豆汤吗？正好，我这里专门留出来了几斤。"

苏兆红此刻最不想说的，就是孩子。

她不想多聊，赶紧掏钱，一边说谢谢，一边装兜里要走。

考妈又拉住了她，从柜台下面拿出一本资料来："这是我女儿的课堂笔记，好多人要啊，还有人出一千块钱买呢。她送给一些同学，还剩了这一本。我说拿来给你，送你女儿看，也许有用的。"

苏兆红心想，暖暖都去考美术类了，她的文化成绩，就算自动降几个档次，也没问题的，还要这个干什么。可是，她也知道，这种状元级别的孩子笔记，确实是很抢手的，人家有这片心，真是太不容易了。

她拿过来，翻看了两页，才发现是地理历史，是高二会考需要的，高考并不需要。说不出名堂的坏心情，就开始酝酿翻腾起来，她冷冷地说："这个啊，我家孩子用不着。"

考妈也看出来了，苏兆红浑身上下都是不高兴。她没意识到自己此刻的出现，正是刺激苏兆红的原因。她还凑过去："怎么了，孩子考试没考好啊？咳，我说没事的，孩子嘛，一次两次考不好都没关系……"

苏兆红忍无可忍，终于爆发："考考考，谁没考好，谁说考试没考好了？不要以为你孩子上了个北大，你就可以当所有孩子家长的导师，动不动就想开学习班是吧？北大有什么了不起，毕业了还不是有卖肉的，还不是要回到菜市场？你少一口一个北大的，我们不稀罕！”

说完就走。

考妈急得：“谁提北大了啊，谁一口一个北大的啊？”

出了菜市场的门，有个老太太就蹲在门口买鸡蛋。

苏兆红一不小心，碰了对方的鸡蛋箱一下。老太太不满地嘟囔：“能不能小心点，一箱鸡蛋碎了，你赔？”

苏兆红说：“奇了怪了，你放的地方不合适，凭什么要我赔？”

老太太就说：“怎么不合适了？过来过去那么多人，谁都不碰，就你碰？”

苏兆红说：“你是说我眼瞎是吧？你成心找茬是吧，想拿鸡蛋碰瓷啊讹人啊？”

两个人一吵起来，立刻看热闹的就来了。老太太喊着要大家给她主持公道，欺负老人家天理不容。苏兆红眼看周围谴责的目光越来越多，只好胡乱吵两句狼狈逃走。

一肚子气，心想今天真是倒霉，赶紧回到家里，再别出来添堵了。

谁知道小区门口，又跟保安吵了一架。原因很臭屁，她见进出车的大门开着，懒得从进人的小门进，直接进了大门。保安就跑了出来，问她要出入证，说她没刷卡。

苏兆红就差把脸贴到他脸上了：“我在这里多少年了，每天进进出出多少遍，你今天不认识我了？”

“这是规矩，”保安也不知吃错了什么药，非要她去刷卡，“你每天进进出出更要懂规矩。”

“是你大门管理不严，还赖我是吧？”

一旦吵起来，谁也不让谁。

满院溜达的老头老太太们，看有这么热闹的戏，谁不看呀？抱着孙子领着孙女，围了一大圈。

有人给她作证，说她确实是小区居民。又告诉苏兆红，要怪怪她自己，平时太清高，招呼也不打，还以为只要穿制服，都是一个人呢。这个小伙子，明明就是新来的，人家不认识你，也是情有可原。

突然，有老头大声问她：“您怎么这个点也不上班？下岗啦？”

苏兆红心里咯噔一下，要多难受有多难受。好嘛，整天嘲笑人家袁二元，现在好了，自己也成了无业游民。

回到家里也不安生，电信工作人员来电话，说推荐一款新项目，刚才没发泄出去的火，立刻有了新靶子："你没事欺负人是吧？看不起人是吧？见不得人闲吗？这是什么时间，推荐什么项目……"

她还在滔滔不绝，人家电话已经挂了。

下午去银行取钱，跟工人人员又是一小架。ATM机没钱了，换一台就是，她偏不干。吵了几嘴，终于算拿到钱了。工作人员又来了句"更年期"，结果让她听见了，彻底追到后面，找到领导投诉才算了事。

……

一直到晚上，张玲玲来电话，问起她暖暖去北京考试的事。

苏兆红不想说这个，反而直截了当地问张玲玲："你们现在是不是看我倒霉了特高兴？"

"你倒什么霉了？"张玲玲莫名其妙的。

"我下岗了啊，孩子又不听话。"

"你那叫下岗？工资一分没少，还不用去上班。你这叫下岗，那全世界人民都想下好不好？孩子怎么不听话了，不就是想学个艺术类吗？全国多少孩子眼巴巴地想上那学校，要么才华不够，要么分数不够，还有人担心父母钱不够，你说暖暖什么都不缺，怎么就成不听话了？"

苏兆红一脑门都在想着自己被命运迫害了。她根本听不进张玲玲的话，只想把这点倒霉劲迁怒于人："哼，别以为我不知道，暖暖上不了北大了，不知道有多少人心里乐开了花。就想看我笑话呢，远远看还不够，还想找上门来瞧是吧。"

张玲玲气坏了："苏兆红，我看你真是……疯了。我跟你没得话说，你真是……可悲可怜可恨！"

张玲玲这可悲可怜可恨三个词，突然在一瞬间，彻底敲痛了苏兆红被愤怒失望和绝望弄得几乎麻木了的大脑。

这天晚上，她失眠了。一贯充满自觉自信又强大的内心，感到了苍凉、脆弱和无助。

"我这是怎么了？"她卷着被子，身上一阵阵发冷，瞪着眼睛，望着天花板，自言自语，"到底是我出了问题，还是别人都在针对我？"

暖暖到北京后的第三天，考试完，才告诉于大海自己干了什么。

于大海吓了一跳，忙问暖暖：“你妈妈知道吗？”

暖暖说知道了。我给她写了封信，就放在餐桌上。

“那她打你电话没？”

“没有，她一直没理我。”

这正是于大海担心的事，苏兆红竟然不哭不闹，不追不要，不仅没理暖暖，连于大海也没找。她这是怎么了，是气得索性自杀了吗？

他赶紧告诉暖暖：“等坐上飞机了，告诉我一声，我去机场接你。”

说完，就去苏兆红那里。

苏兆红大中午的还没起床，还躺在床上，没食欲，也没精神。

从她有记忆开始，似乎就没这样懒散过。她这是怎么了，自己也不知道。就那么躺着，连上厕所的劲都没有。

于大海打门，她听见了，被子蒙上头，想他找不到就走了。可又开始砸门，动静太大了，没办法，她只好起来。

于大海一脸惊慌：“你在干吗？半天不开门？”

苏兆红身体软得像面条，直接扑倒在了客厅的沙发上：“你来干吗？”

于大海说：“暖暖今天回，你知道不？”

苏兆红脸埋在沙发上，头微微动了动，仿佛在说知道了。

“我去机场接她，你也去吧？”

苏兆红闷声闷气：“不。”

于大海看看四周，耸耸鼻子闻闻：“怎么又脏又乱的？你是饭馊了还是没洗澡，怎么到处都臭烘烘的？”

说着起立开窗户，见苏兆红还是趴着不动：“你怎么个意思啊，暖暖回来吃什么，准备了吗？”

苏兆红还是不说话，就仿佛死了一样。于大海伸手戳了她的肩膀一下：“喂，跟你说话呢。”

苏兆红没有反应。于大海继续戳她：“睡着了？还是昏过去了？真奇怪，这次暖暖走了，你怎么没哭没闹的？”

苏兆红终于有反应了。

她长长地吁了口气，慢慢爬起身，坐了下来。

她头发乱得像鸡窝，眼镜也没戴，眼皮嘴角耷拉着，脸色又黄又干。靠在沙发上，她像在想什么，可半天注意力也集中不起来。

终于，她说话了，和平时中气十足的声音完全不同，简直就可以说是气若游丝："你把暖暖先接到你那里去吧，我暂时没力气照顾她了。"

"为什么？"于大海追问道，"你到底怎么了？会受这么大打击，就因为暖暖去考试了？"

苏兆红扶着额头，哀求道："你走吧，别让我说话了。我累得很，两天没吃没睡了。"

于大海一走，她立刻又扑倒在了床上。

第四十章　事缓则圆

那个晚上，知道暖暖已经安全到了于大海家里，苏兆红才蔫不叽叽地扶着墙下楼去买吃的。

楼梯上迎面遇到了袁二元，他随口问了一句："暖暖回来了是吗，不知考得怎么样？"

苏兆红直到一楼，才想起这句话。她突然就来了精神，一步三级台阶地上了楼，咣咣敲响了袁二元的门。

"你你你，"她指着袁二元的鼻子，"你这个教唆犯！知情不报！是你把我暖暖支到北京去的，是不是？"

袁二元吓得直往后退，一脸的糊涂："你怎么总是血口喷我？我怎么会是教唆犯？暖暖去北京，不是你同意的吗？否则她没钱，拿什么买机票？又怎么报名，又怎么住旅馆嘛？"

苏兆红听袁二元理直气壮，想想孩子试都考完了，腿一软，就坐在了地上。这会儿真是体验到了什么是欲哭无泪："这孩子，真是要活活气死我啊。"

袁二元拉她起来，扶到自己房里，坐在那张小沙发上，把乱七八糟的东西卷起来放在另一张沙发上。

苏兆红一屁股坐下，整个人感觉累得立刻就能倒下去。她脸色蜡黄，嘴唇苍白，仿佛透支过度。

见她的手在发抖，袁二元赶紧倒了杯水递给她，同时安抚道："别着急，别生气，有话你就慢慢嗦（说）。怎么的，暖暖这次去考试，是没告诉你喽？"

苏兆红喝了一大口水，长长吁出口气来。她眼神有些呆滞，和平时精明干练、说一不二的形象真是判若两人。

“我真不知道该拿这孩子怎么办了，她这么不听话，这么不拿自己的前途当回事，我真是死的心都有了。”

袁二元说：“你也别因为这样，就如此消沉嘛。孩子还年轻，只要她肯努力，就能有好的前途的。行行出状元，这话古人不是早就说了？”

“古人！”苏兆红冷笑，“古人还说过男怕入错行呢。那时女人不工作，所以不知道入错行的危害。现在呢，女人入错行，比嫁错郎还麻烦。好歹嫁错了还可以离，选错了职业，从头开始，就远远落后于人。一步跟不上，步步跟不上……”

袁二元好脾气地说：“只要孩子真喜欢，那也谈不上选错行啊。”

苏兆红说：“她还不够成熟，哪里真的知道自己喜欢什么。即便知道，又怎么了解其中的艰辛和不容易。人总是要先谋生，再求发展吧。她现在就没认清现实，更没分清爱好和职业的区别。这是极不成熟、极其幼稚的想法。我们做大人的，怎么能看着她一条邪道走到黑呢？”

袁二元不同意苏兆红的说法：“喜欢画画怎么就成邪路了？谁规定你苏兆红认可的才是最正确的道路？”

苏兆红不服：“我是她妈，我当然不会害她。”

袁二元说：“没人说你要害暖暖。只是，你得把她当人来看，而不是你的私有财产，你想要怎样处置，就必须怎样处置。她有她的想法和愿望，你得尊重她的想法和愿望，就像你希望她尊重你的想法和愿望一样。”

“那她尊重我了吗？为什么她不听我的话，你就没什么说的？而我教训她，所有人都冲我龇牙咧嘴，都说我不对？”

见苏兆红激动起来，袁二元赶紧摆手：“你也有委屈，那是肯定的。做父母的，肯定都会有委屈，但委屈再大，也不能拿这个当做绑架孩子的武器是吧。你得先检讨自己，为什么她不听你的，为什么你费那么大劲，她还是要一意孤行？这其中都是有原因的，根源是出在你的身上啊。”

“我的身上？”

苏兆红顾不上身体不舒服了，放下杯子。她立刻要跳起来辩个明白：“你的意思是，她这么不听话是我逼的？动不动就离开家，也是我的错？我就说么，在很多人眼里，我肯定是个变态娘。真是吃力不讨好啊，我逼她是为了她好，最后却招来仇恨。"

袁二元有点急了："苏兆红同志，你这个人怎么说话老是这么极端，这么情绪化呢？动不动就拿出一副不活了的派头来。也四十多岁了吧——肯定有四十岁了吧，都这个年龄了，还这么偏激，这么易怒，是有问题啊，需要看心理医生的呀！我……"

他还想接着说。苏兆红已经忍无可忍了，一脸怒气，站起身就要走。被袁二元一把拉住了："好好好，你听我说，我说得不对，你再扭屁股走好了。我帮你分析分析，你看看有没有道理。你好歹也是个知识女性嘛，大小也是个领导，在单位你总不会这么说气就气吧，不会这么一激就炸吧，总还是要顾大局讲情面的吧。可是为什么一说到暖暖，你就像失去了理智似的，动辄就急呢？"

袁二元这话，还真是说到了点上。苏兆红在暖暖的问题上，特别容易着急。

在杂志社里，虽然她是个女强人，但能坐到这个位置，除了认真，更需要修养和理智。偏偏，对暖暖她就做不到，一说就急，一急就怒。

听了袁二元的话，她一屁股跌回到沙发上，失落地说："可能我们娘俩天生就是死对头吧。"

袁二元也坐下来，两手放在膝盖，拿出要长篇大论的架势来。

"暖暖妈妈、苏总编、苏兆红女士、兆红——我大你几岁，我叫你声兆红总是括（可）以的吧。你别生气，也别想一走了之，你就坐在这里听我好好跟你唆（说）一会儿。我这个想法，在心里很长时间了，一直就特别想告诉你。要是你不听，那我就画成漫画，贴在你的门口。"

苏兆红浑身无力，只能举手在空气中晃晃，那意思是你随便，爱咋咋的。

"我今天主要想说两点。一是你和暖暖的关系，二是关于画画本身这件事。在我看来，你们母女俩的矛盾，主要就是这两点。"

苏兆红认真地看他一眼："敢情你一直在琢磨我们家的事啊，还都归纳总结出来了？什么两点啊，要我说，两点归一点，就是画画。除了这个，别的没什么。"

"那如果只是画画，暖暖为什么总不听你劝呢？这说明，你和孩子的交流，还是出了问题。我就想帮你分析分析，交流出问题的原因是什么。"

苏兆红点点头，有点负气，又有点服气。她两手一抱，靠坐在了沙发上："好吧，袁政委，我今天就听听你的高论。”

袁二元摇晃着大脑袋：“高论谈不上，就是一点心得、心得。”

苏兆红又气又可笑：“你说不说，不说我走了啊。拽什么拽啊你。”

“好，我说。但有一点，你不能听到一半就跳起来。你得拿出你做主编的风度来，得认真听我说完。”

“行。”苏兆红答应得挺痛快。

“第一点，你和暖暖的关系。我觉得，这是你们的交流方式出了问题。她听不进你的话，你就着急。一着急，就更口不择言，结果就是话一重，她更听不进去。这就成了一个恶性循环。”

“那你说怎么办？”

“就得遏制住这个循环的源头啊。”袁二元睁着眼睛看她，一副启发的表情：“你说说，这个源头在哪里呢？”

苏兆红心里一顿，袁二元这殷切的眼神，分明是在等着她自投罗网呢。她指指胸口：“你是想说是我吧。”

“对了！”袁二元惊喜的样子，就像是让傻瓜开了窍。他戏剧性地砸拳头：“你看你，都会抢答了！”

苏兆红无趣：“得得，你就少贫嘴了。说吧。”

“源头呢，就是你跟暖暖的说话方式。你习惯了对她发出指使句感叹句，而不是疑问句或是祈使句，这就是根源。”

“什么根源？”

“上行下效的根源啊。你想啊，暖暖长期从你这里学会的，就是这样的句式，学到的都是你灌输给她的说一不二的精神。小的时候，她无力反抗，可能只会服从。等稍微大点，自我意识出来了，就要坚持自己的想法了。她怎么坚持呢？当然只会跟你学喽。你用什么方法，她也用什么方法；你有多强硬，她也就有多坚持。你没教会给她说服他人、良好沟通，或是彼此妥协等等办法，她当然就只能一跑了之。因为她不知道怎么跟你沟通啊，怎么才能让你了解她的想法啊。甚至可能，画画这条路，也许真不怎么适合她。可她为了达到目的，只能一条道走到黑。也许等到某一天，回过头来，她也会后悔，也会想，那时为什么没有机会好好跟妈妈沟通沟通呢？而妈妈，为什么总也没有时间和耐心好好听听她的想法，然后一起商量商量呢？”

苏兆红隐约想起，类似的话，于大海之前似乎也说过。但当时她和他都在气头上，她甚至没有留一条缝隙，让这些话钻进心里。

可现在，此刻，她不仅听进去了，而且全听进去了。在单位，她也知道怎么处理事务，怎么说服别人，怎么跟人沟通。可怎么到了暖暖这里，她突然就成了一个不讲道理的霸王了呢？

袁二元能说出这样的话，说明他是真心替她和暖暖着想了。这会儿，苏兆红不仅听明白了他的意思，而且听出了他的善意和温暖。她打心眼里感激他这当头一棒的提醒，她声音低了，手脚也无措了：“那你的意思是，她到底适合画画不？”

袁二元瞪大眼睛：“你听没听明白我的意思啊？”

苏兆红赶紧点头：“明白了明白了。你说得特有理特对。我这不就是不想这么快认输吗？”

袁二元一摆手，做了个不屑的动作：“还想听下一条不？”

“想、想，”苏兆红小学生似的，频频点头。

“孩子喜欢一件事情，只要不是坏事情，做父母的就应该支持，看看他在这个过程中，能发挥出怎样的潜力。就比方学画画，你越是反对，越是不希望她接触这个，她就越想探索，这是人的本能是不是？比较好的做法是，在她刚开始有这个苗头时，你就引导她，帮助她了解更多这其中的秘密。任何事都有好有坏嘛，她在深度的了解中，也会很自然地发现好或是不好，会对自己的能力也有个正确的判断。到底这条路是不是最适合自己。现在的情况是，你一直反对，结果她心里头，就全是学画的好，而且这份好，说不定还蒙上了不真实的浪漫成分。当初在我这里学画时，我就告诉她，这条路很艰难，没有天赋，最多也就是能混口饭吃，而且心理落差还挺大。她多听听，多看看，如果还是觉得好，那就说明，她在这上面是有想法的，我们就应该支持对不对？”

苏兆红承认袁二元说得确实有道理，但她依然嘴硬：“那你不会就用你自己做例子吗，告诉她画多少年也出不了作品！”

袁二元不干了，腾的站起来：“哎，你怎么这样唆（说）我叻？我怎么会没有作品？我的个人画展，这几天就在博物馆里展览。我的作品在几大画廊里都有收藏和卖的。你是不是也太小看人了？”

听了这话，苏兆红也有些吃惊："你说真的？连你也……"

袁二元点点头："是，连我也……你要知道，真学这行，也没你想象中那么可怕，不成名就成鬼。你看看我，也不是什么大画家，但养活自己、买车买房，搞点收藏什么的，还是没有问题的。做这行也不是都要当画家，也可以做出版、中介、展览，还可以搞教学。我喜欢这个，不是因为天赋好，或是一定要出名，就是因为自由、随性、没人管，而且做的工作，也还算喜欢。这样就可以了嘛，你还要怎样？"

袁二元这番宏论，让苏兆红真有点醍醐灌顶，甚至纾缓了她这两天几近崩溃的情绪。

暖暖上高三以来，她的紧张和压力，还有暖暖跑去北京考试带给她的负担，似乎全都减轻了。

她突然觉察到肚子饿了。这饥饿感，几乎要直冲脑顶。她顾不得形象，着急地站起来，直冲袁二元的厨房奔去。

"有吃的吗，你这里？我好像两天没吃东西了，不，应该是三天了。暖暖走了几天了？饿死了，要昏了，有糖吗？"

她拉开了冰箱的门，头探进去找。

袁二元见她这个样子，赶紧伸出双手，像轰老母鸡似的："你坐到客厅里去，我给你削个苹果。然后立刻做饭！保证让你吃饱喝足。"

等袁二元拿着苹果再进客厅时，只见苏兆红已经趴在他常睡觉的那张长沙发上睡着了。她的脸侧躺着，压在沙发面上，鼻子扁了，睡得又沉又香。和平时她那事事要强的表情比，此时此刻，苏兆红简直显出了傻气。

但这可能才是最真实的她吧。

袁二元蹑手蹑脚，将她的眼镜摘了下来。又踮着脚进了厨房，关上门，拿出菜板，开始做饭了。

童童被于大海送到了苏兆红这里。

一是苏兆红自己要求孩子过来，因为她觉得自己精神好多了。二是于大海也觉得，她自己一个人待着，可能并不是好事，照顾童童，有点事情做，反而会是个激励。

童童在苏兆红这里，没有表现出任何不适，但他最喜欢去的地方，却是袁二元的画室。

这是苏兆红既不高兴，但也没有办法的事情。

童童不像暖暖，吼两句就能听话。他总是眨巴着无辜的小眼睛，仿佛在说：“我不过是个可爱的小孩子，只是小小地玩了一下，妈妈你怎么会生气呢？”

苏兆红没有冲童童吼，而这，正是她对童童不同于对暖暖的变化。

她想起了袁二元说的那些话。如果孩子对什么有兴趣，你该让他多了解那件事，而不是去阻止。有了充分的了解，他才能做出对自己最有利的选择。

童童兴高采烈地从袁二元那里回来，对苏兆红说：“袁伯伯那里很好玩，他还给我油彩，让我画画。”

苏兆红就特警觉地说：“那以后你要学画吗？要像伯伯那样吗？”

童童摇头：“不，我不想当画家。我要当宇航员。”

苏兆红觉得很欣慰，脸上不由带上了笑容。忍不住，再次确认：“真的不想当画家？”

童童一脸奇怪：“妈妈，你想让我当画家吗？”

周末中午，童童吃了饭，就跑到楼下袁二元那里去了。

袁二元给了他一个小圆球，一个小三角模型，让他看他写真。苏兆红要带童童去买双球鞋，就下来叫他。

童童正在见证“奇迹时刻”，非要拉着妈妈也看伯伯“变魔术”：“画得可像了，你看嘛！”

苏兆红就坐了下来。袁二元看了她一眼，关心道：“暖暖也快考试了啊？”

苏兆红点点头。

袁二元说：“那这段时间，你想通了吧？”

苏兆红心里感激着袁二元，可当面还是不爱说这个：“想不通能怎么样。”

她只见过袁二元的漫画，还从没看过袁二元画油画，更没进过他的画室。今天第一次来，还真是有点震撼。

袁二元最近在给一家房地产公司搞设计，一张巨幅工艺画，正画到半腰。

苏兆红开始没看出来是什么，等知道这样尺寸的拼接起来要有十米长时，不由咂起舌来。

“这一幅一幅能知道该到哪里了吗？”她太吃惊了。

童童驾轻就熟地领她参观："伯伯画好的，都搬到另一个工作室去了。"

苏兆红好奇地问："还有另一个工作室？"

袁二元说："学生给我在画廊弄的一个地方，谈生意才会过去。怎么样，好看不？"

画有点抽象，星星月亮山谷大溪的，但很静谧。苏兆红真心赞叹："你太有才了。"

袁二元像是听到了什么不吉利的话似的，赶紧摇手："别别别，别臊我喽。还是看童童的手艺吧。"

童童就得意地爬上椅子，坐在画架前，装模作样地拿起了铅笔。

袁二元问苏兆红："怎么样最近？心情还好吧？暖暖的事情，想通没有？"

苏兆红说："想不通能怎样？我最近脑子里想了好多好多事，越来越觉得，我整个人生都特别失败。家庭，孩子，事业，朋友，甚至身体，都没一样弄得好的。我这么要强，这么努力，到底是为了什么啊？"

袁二元看看她，说，我给你讲个故事吧。

他拿起那个小圆球，突然摔在地上，磕出了一个角来。苏兆红和童童都瞪大了眼睛。

"你这是干什么？"苏兆红问。

"拿它当道具。"袁二元说。

接着，他就开始讲故事。其实这个"故事"，苏兆红早就看过，但她从没往自己身上想过。

袁二元呢，因为有童童在，他讲得就更趣味性一些，还顺便在纸上画起了漫画，把童童逗得咯咯直笑。

有一个圆，不小心掉了一小块角。他很烦恼，觉得自己总是缺了一角，不再那么完美了。

于是有一天，他上路，出发去寻找那块丢失了的角。

因为他不再是一个完整的圆了，所以行走起来没有以前那样快。趔趔趄趄，磕磕碰碰，让他感觉很着急。但慢慢地，因为无法走得那么快，他开始观察周围的一些事情。那么多好玩有趣的东西，竟然是自己从前没有注意到的。

他不是圆，就可以随时站住脚，和路边的花花草草聊天，还可以和鸟儿共进午餐。他在寻找掉了的那一个角时，忘记了烦恼，而且从来也没有这样快乐过。周围的一切都是那么新奇、有趣，充满生机。

终于有一天，他找到了自己缺的那一个角，不大不小刚好装上。可是，装上这角后，他成了一个完整的圆。

再行走起来，就像一阵风，不能停下来和小花小草聊天了，耳边除了呼呼的风声什么也听不到了，他感到生活一下子失去了欢乐。

“我们中国人做事，最爱讲究圆。圆浑，圆通，圆顺……圆，意味着好，意味着熟，意味着美，还意味着快乐。所以，人人都觉得圆才是最好的。可其实呢，圆得慢一点，缓一点，留那么一些缺憾和不快，也许还能享受到更好的过程。”

这段话，童童听不懂了，可苏兆红全听懂了。她立刻想起了那次送饭时，那个退伍的家长，用一种看怪物的眼光看着她，说：“我说的是过程，你说的是结果。”

现在，苏兆红明白了，他那句话讲的也就是这个“事缓则圆”的故事啊。

第四十一章　变　化

对大部分人来说，宣布某些日子是性格的转折点是件很有诱惑力的事儿，就像历史学家断言某一年预示着某个朝代的兴盛或衰亡一样，颇具传奇色彩。

苏兆红察觉到自己看待世界的方式有了变化，但却不知是从何时何地开始的。

因为自己的心态变了，身边的人竟也开始发生了变化。外部环境反映内部品质，这是宗教常常描绘的图景，苏兆红突然就察觉到了什么。

虽然常跟于大海为孩子的事吵闹，但她从没想过他有能听进她的话的那一天。

可这一天，竟突然说来就来了。

这个星期，该童童当喊操员。喊操员的意思，就是大家做操时，站在班级最前面，喊“立正、对齐”的那个人。每个孩子都有机会，一周换一次。

这天早操刚完，体育老师拿着个篮球来到队伍前，说大家一起活动活动。孩子们一窝蜂就围了上去，老师话还没说完，童童已经一巴掌把球从老师手里给打掉了。

老师是个年轻小伙子，也是调皮，立刻吓唬道：“谁，谁把我的球给打飞了？”

立刻有孩子喊：“是于童童。”

老师就说：“胆子大啊，没听见我正在讲要领吗？”

童童见老师转向他，表情很严肃，就有些害怕，鼓着嘴巴，硬撑着不说话。

旁边一孩子又喊：“报告老师，他是我们的喊操员。”

老师随嘴一句：“撤掉。”

说完，他去拣球了。童童“哇”的一声，就哭着跑回了教室。

那一天，童童过得都挺难受。正好是周三，于大海要带他去上乒乓球课。所以提前来接他。

他立刻眼睛红红地依偎了上去。

于大海抱住他："怎么了？"

童童抽抽搭搭地说："老师说，撤掉我的喊操员。"

于大海看孩子这么伤心，也不好受，就让他细细说。

童童就把过程说了一遍。

于大海大概明白是怎么回事了。他哈哈笑起来："老师那么随便说说，怎么能当真呢？何况他又不是你班主任，他说了不算。"

童童还是眼泪汪汪的："算的，算的。我明天不能当喊操员了。"

于大海大手一挥："不当就不当！反正只能当一周，没什么了不起的。等你练好了乒乓球，体育老师肯定会对你刮目相看的。"

这话挺让童童解气的。

"行！"他说，"走，爸爸咱们练球去。"

第二天，童童果真就不去喊操了。

秦老师说："这周该谁了，怎么没人了？"

有同学喊："于童童他说不干了。"

坐在于童童后面的一个小男孩，早就等不住了，立马跑上前："该我了该我了。"

有人来了，老师也不追究了，这事就这么马马虎虎过去了。

偏偏苏兆红还记得，晚上吃着饭呢，就问："你这周当喊操员感觉如何呀？好玩吗？"

童童在班上什么干部也没当，这个喊操员，好歹是个出头露脸的事情，苏兆红就看得还挺认真，觉得是个锻炼孩子的机会。

童童老气横秋："那个破喊操员我才不爱当呢，反正只能当一周，有什么了不起的啊。"

苏兆红听着可疑："怎么啦这是？怎么就不当了？"

童童说："爸爸说爱谁当谁当去，我们不稀罕。我打好了乒乓球，体育老师就不会对我那样了。"

苏兆红听着问题严重，赶紧抓住童童，让他把过程好好讲了讲。

“破喊操员，这话真是你爸爸说的？”

“是啊。”童童点点头。

苏兆红等第二天童童去上学了，才去了于大海那里。她特严肃地说：“于大海，我要跟你谈谈。”

于大海看她一眼：“这么严肃干什么？”

“关于童童的事。”

“不是上什么班吧？告诉你不行啊。”

“不是，就是喊操员的事儿。”

“怎么了？”

“你这样跟孩子说不对，我知道你这么做，是怕他难过，想保护他的自尊心。但孩子总要面对这些不好听的声音是不是？那个老师肯定是随便说说，他没想过孩子会怎么样，可这就是中国，总有老师会对孩子出言不逊。童童他要在这里生存，他就得适应就得更坚强更粗犷一些。这么保护他，会害了他的。他是个男孩子，以后要当男人的，必须自己去面对这个，无所谓一些，脸皮厚一些。这个你得教给他。”

于大海挠挠头：“你的意思是，童童受了气，就得干受着？”

苏兆红点点头：“这叫挫折教育，现在人家西方也挺看重这个的。并不是像你想的，光是赞美啊表扬啊保护啊。你得让他明白，生活就是这样，不是每个人都一定要对他好，也不是每个人都特知道尊重人。他的小红花没了，怕他难过，你就去威胁老师要，这是不对的。你得让他自己去面对这个，难受归难受。要么想办法，自己去要回来；要么就碰碰壁、吃吃亏……两次三次，他就可以做到无所谓的。”

想了想，又加一句：“我这辈子就是太顺了，所以才一路任性到现在。不是受点打击，哪里明白这个道理？”

生平第一次听见苏兆红承认自己的不是，这顿时感动了于大海。

甚至让他想起了他早就想对苏兆红说的话。但这句话之所以一直没有说出口，原因竟也简单：苏兆红从没有给他表达的机会。她的强悍，反弹了他的不满，以致歉疚和惭愧都被远远地弹到了脑后。

现在，机会来了。苏兆红的示弱，让于大海心里泛起了涟漪。他真心实意向她认错：“兆红，不是你一直任性，我也有不好的地方。是那些年，我没有照顾好你。”

这是个无理取闹的时代，苏兆红一度很是信奉这个时代的准则。但经过这一年的风雨，栽了一些不大不小的跟头后，听到前夫对她说“没有照顾好你”，苏兆红真心实意地感动了。

于大海能这么说，是友好，是自责，但最能说明的，却是他彻底从前一段婚姻中走出来了。能够坦承婚姻阴影，或是感悟，这说明他已经学会了面对不幸，从负面情感中汲取了足够的力量。

过两天，苏兆红再去送童童上学。

一见到秦老师，秦老师就拉住她："哎哟，你们童童，真不容易，这下可接了地气了。”

苏兆红问什么意思。

秦老师才说，童童又把他的喊操员给要回来了。苏兆红赶紧问："他怎么说的？”

“他说体育老师不是班主任，说撤了不算数。喊操员还是他的。”

苏兆红知道这是于大海做了童童的工作。等她单独和童童在一起了，她就问他："你又当喊操员啦？有意思吗？”

“有意思啊。”童童点点头，“我还在最前面带着大家做操呢。”

“那你不生体育老师气啦？”

“不生。爸爸说他就是随便一说。很多人其实都会随便说点什么的。没关系，不能去计较的。”

苏兆红拍拍他脑袋："不错啊，儿子。你就要成男子汉了！”

同样的，苏兆红也没想到，自己有一天，竟会用于大海的方式来对待孩子。

还是岳平。两人自从送饭那事后，就很久没见了。这天，张玲玲说要给苏兆红创造一个机会。原来医院进口设备的厂家，要招待医院的医生。

所谓派对，其实就是联欢会，因为可以带孩子家属，游戏项目还挺多，吹气球，猜谜语，就在医院的食堂里。

张玲玲怂恿着苏兆红也去，苏兆红实在不好意思。张玲玲就说，那把童童一起带上，算是我的朋友，怕什么？就是图个热闹而已，家属院里的老人孩子都会去的。

说真的，苏兆红还是有点放不下岳平，一听他也还没找对象呢，想了想，那就去吧。

童童一听有吃有喝还有玩，立刻高兴得蹦三丈高，还向张玲玲献殷勤："阿姨，你穿这个裙子真显瘦！"

"还得说显年轻。"苏兆红再教他一招。

母子俩进了装饰一新的食堂，顿觉眼花缭乱。

除了张玲玲两口子和岳平，苏兆红并不认识医院里的其他人。童童见有别的孩子，倒是很快就融入了进去。

张玲玲正和苏兆红说着话，突然见岳平走了过来，拉住他就不放，还说："苏兆红谁也不认识，这可是你的地盘，就交给你了啊。"

岳平对苏兆红说："你也来凑热闹了啊？这就是医院大联欢，瞎玩。"

苏兆红说，张玲玲硬拉她来的，儿子也想来，就来了。她没敢说自己是冲岳平来的。

两人正咸一句淡一句地聊着，童童跑了过来。他要苏兆红帮他去取点心，因为怕孩子捣蛋，食物的台子都比较高。苏兆红拉住他说："童童，叫叔叔。"

童童看了一眼岳平，落落大方地说："叔叔好。"

岳平伸手拍了拍童童的头："小朋友你进医院害怕不？"

童童左右看看。他光注意吃的和玩的了，没有注意到这是在医院里。

"哪里有医生？"

岳平指指自己："我就是医生啊。"

说着，变戏法一样，就从夹克的口袋里掏出一根针管来。露了个头，又装回去。

童童吓住了，立刻站到了苏兆红的身后，有些不乐意地低下头。

苏兆红看着可乐，想拉童童出来。童童死活不站前面。

苏兆红问岳平："你总这么吓唬小朋友啊？"

岳平乐不滋滋地说："这招特灵，我都逗了好几个小孩了。"

苏兆红带童童去取食物时，童童就说："妈妈，我不吃了，咱们走吧。"

苏兆红问："为什么啊？"

"我不喜欢闻医院的味道。"

"可这里根本没有医院的味道啊。"

"我想吃面包店里的点心，不想吃这里的了。"

见童童撅个嘴，一脸不高兴，苏兆红就蹲下，问他：“你是不是被刚才那个叔叔的针管吓着了？”

“我没有害怕，我才不害怕打针呢。”童童不想承认自己胆小，“我就是不喜欢医院。”

这可能也是实话实说。他一犟起来，简直软硬不吃。苏兆红只好点头答应，但有个条件，要和刚才那个叔叔告别一声。

“为什么要跟他告别？”

“因为我认识他啊。”

“可他都不知道去哪里了。还有，他根本不想搭理你。”

“什么？”苏兆红吃惊，“你为什么这么说？”

“说什么？”童童又犯了糊涂。

“你说叔叔不想搭理我啊。你为什么这么说？”

童童说：“他跟你说话，头总是到处转。”

这还真是苏兆红从没意识到的一个现象。她问童童：“真的吗，你真这样觉得？”

童童点头：“真的啊。可能叔叔有他的好朋友吧，看上去他很想去别的地方的。”

苏兆红直起身，到处张望，终于看到了岳平。她二话不说，拉着童童，就来到了岳平跟前。

岳平正跟自己科室里的几个人开着玩笑，见苏兆红突然走过来，有些尴尬，赶紧就离开那些人，要拉着她站开一点。

苏兆红没跟着他走，而是就地开口：“岳平，原来你们医院后面，就是3513厂啊。”

“是啊，以前的军工厂，现在变成了创意产业园，里面有不少艺术品可以淘的。”

他跟她说着话，确实总是不由自主地在转头、低眼、看天，童童说得没错。苏兆红真奇怪，自己怎么就一直没有发现呢？

他是在躲避她啊！他一直在用自己的方式告诉她，请你别打搅我了，好吗？

“我跟儿子要走了。”她说，“再见。”

岳平被这句突如其来的告别惊住了。他满脑子还在想怎么才能摆脱这个女人呢。他下意识地依然要表现风度：“要我送你们吗？”

苏兆红手放在他肩膀上，拦住了他：“岳大夫，我不会再打搅你了。除非来看病，做你的病人。不过，最好不要有这样的时候。"

她和童童走到外面，找了家面包店坐下。给童童买了块蛋糕，她自己也犒赏了自己一块蓝莓派。

母子俩香香甜甜地吃着，不时相视一笑。苏兆红说："儿子，我现在明白你爸爸为什么会带你去见他的女朋友了。这是个很好的办法，对不对？"

过了两天，正好周末，苏兆红正在打扫卫生，蹬高爬低地擦来抹去。为了方便，她穿得也比较邋遢，戴着胶皮手套，还围着围裙。

突然有人按门铃，打开一看，是个高挑出众的美丽女人，三十来岁，大大的眼睛，长发中分，轮廓鲜明，颇有风韵。尤其是一双长腿，穿着豹纹的打底裤，配条黑色的针织长裙。

见苏兆红来开门，上上下下打量了她一圈，二话不说，就朝屋子里进，一边进一边解围巾脱大衣的，嘴也不停："哟，请上保姆啦，房间也重新装修了一下。这才多长时间没来啊，家里变化够大的。不过这样很好，真的好，是不是？我早就说过，应该重新弄一下，你看现在光线多充足啊，连屋顶都高了很多是不是？还有——"她一转身，将大衣围巾一起扔了一个漂亮的弧线，砸在了苏兆红刚收拾干净的沙发上："墙上怎么也应该挂几幅画不是？"

苏兆红提着拖把，一脸的莫名其妙："请问你是谁啊？"

女人完全不顾她的疑问，仿佛没有听到似的，一屁股竟坐了下来，还指了指茶几："这块地方你挪开拖了吗？茶几重，可别偷懒……还有，窗户你多长时间擦一次啊？"

苏兆红忍无可忍了："你管我多长时间擦一次呢？你是谁啊，跑到我家里来干什么？"

女人听到苏兆红说"我家里"三个字，眼睛立刻瞪得老大："你家里？什么意思，你不是保姆，是老婆？哟，这家伙就结婚了？什么时候结的婚，我怎么一点也不知道？"

一惊一乍的，又上上下下打量苏兆红，自言自语地说："也找个漂亮点年轻点的啊，又不是没有女人追，至于找个保姆吗？"

说着不高兴地站起身来穿衣服、扎围巾，看苏兆红的眼神鄙视无比。

苏兆红听不下去了，好端端受这个侮辱，她这是在替谁受气呢？她把拖布往地上一墩，不客气地说：“告诉你，这是我家。你来找谁我不知道，也不想知道。但我是早就离婚了，而且到现在都没有再婚。我一个单身女人，有工作，有孩子，周末擦擦地板，收拾收拾房间，那是我的乐趣，和保姆没关系，也和年轻漂亮没关系。你该找谁找谁去，别门都没认清，进来就指手画脚的。”

此话一出，女人立刻慌了神，之前的趾高气扬一扫而空，眼睛瞅着门牌，语气不确定地问：“这不就是袁画家的家吗？”

原来是找袁二元的！听这酸溜溜的语气，应该还是他的追求者！苏兆红唰的一把将门拉开：“你的画家在楼下！”

女人噢了一声，赶紧换上笑脸：“我说呢，怎么这房子变化这么大。也才两个星期没来，就换了地方似的。好好好，我这就下去。对不起对不起，打搅了。”

她拎起包，朝外走。走到门口，突然又转过身，吞吞吐吐起来：“你说你那个，你离婚了？”

苏兆红明白她在想什么，粗声大气地说：“是，我是单身女人。但你放心，我跟下面那个画家没啥关系。”

女人踩着高跟鞋，一扭一歪地下了楼。苏兆红扶着拖把，带着火气，嗵的把门给关上了。随即就听见女人按袁二元家门铃的声音。她蹑手蹑脚，又蹭到门边，悄悄拧开了门把手，一步一步小心翼翼地挪到了楼梯口。她侧耳聆听，门开了，女人未曾开言先欢笑，一串银铃般的笑声响彻楼道。没听见袁二元说话，门就关上了。

苏兆红多少有些气馁，回到了家，地也不拖了，洗了手，她从冰箱里拿出个苹果来，咔嚓一口咬了下来。一边擦流出嘴边的汁水，一边插着腰，又奇怪又生气：“居然还有如此美女对他有想法！哼，不就两块钱吗？”

第四十二章　两家合一家

这么长时间，自己对岳平竟一直都是一厢情愿，这让苏兆红多少有些沮丧。

她回忆起之前见岳平的那些点点滴滴，终于恍然大悟，自己该是有多么迟钝、多么自作多情。甚至将“有意思”三个匆忙应付的字眼，都当做爱的表白。

是不是真像于大海说的，自己的情商有问题呢？

偏偏袁二元哪壶不开提哪壶。

见苏兆红闷闷不乐，他主动凑上去搭讪：“哎，大主编，有人送了我不少枸杞，我给你拿两包吧。你给暖暖冲水喝，明目的。”

停了停，又说：“还可以给你那个医生帅哥喝，补肾——嗯，补肾！”

苏兆红听到医生帅哥，看到袁二元说补肾二字时暧昧的表情，尴尬又恼火。她冷冷看了一眼袁二元，口气严肃地说：“你能少开或不开这样低级趣味的玩笑吗？”

袁二元委屈：“我哪里低级趣味了？明目补肾，这明明就是枸杞的药效，和低级趣味有什么关系？是你想多了好吧？”

苏兆红恼怒地吼道：“是我想多了，还是有人想看笑话？”

袁二元立刻听出了问题：“看笑话？看什么笑话？这么说，你是被大帅哥甩了啊？”

苏兆红站住脚，一本正经地望着袁二元：“什么叫被甩了，我是鼻涕吗？被人甩来甩去的？你会聊天不，懂不懂得什么叫尊重人？”

袁二元看出苏兆红没真生气，继续跟她开玩笑：“哎哟哎哟，恼羞成怒了，看来是真的了。怎么样，失恋的感觉好不好？”

苏兆红对袁二元没脾气。他不像于大海，处处跟她对着干。

袁二元是个懂得自得其乐的人，外人的不高兴或是愤怒，很难影响到他。他难得生气，这就使得苏兆红也气不起来。

她反唇相讥道：“看你这么激动，是不是也很想失恋啊？”

袁二元点点头：“那可不，这个年龄还能失恋，也是不可多得的经历不是？可惜没恋爱，就没失恋。”

苏兆红反问：“你那么多追求者，还怕没人恋爱？”

袁二元奇怪：“我有什么追求者，你不能无中生有啊。”

苏兆红说：“豹纹打底裤的那个，不是吗？”

她说的正是那天找错门的女人。

袁二元眯缝着眼，想了想，就明白了：“你是说张露露啊，你难道不认识她吗？名人！省经济台的女主播呀！”

苏兆红有些吃惊：“真的假的？”

袁二元说：“如果你说是豹纹打底裤，那就是她。一年四季，她身上总会有点豹纹的东西：围巾，鞋子，衣服……有次，还戴了个豹纹发卡。她就是豹纹控。”

苏兆红语气发酸：“看来你还真是了解她。那她一定也爱穿豹纹内衣吧？”

此话一出，苏兆红自己都吓了一跳。她怎么会说出如此大胆轻浮的话来？这可不是她的风格啊。

“开玩笑开玩笑，”她立刻摆手，“没别的意思啊，我也就随便说说。她爱穿什么穿什么，不管里面外面的，我才不关心呢。”

“我也不关心，”袁二元说。

这话跟得有点急，倒仿佛是在表白什么了。苏兆红感觉到了什么，她更急着要撇清了：“那你不关心是你的事情，反正我是不关心。”

袁二元看着她笨拙地辩解，有点好笑，就问她：“你的意思是，我跟谁好或谁不好，你一点也不关心是吧？”

苏兆红点头：“那当然。这是你的私事，我关心再多也没用。”

袁二元追着问：“有用没用先不说，你就说说你到底想关心还是不想关心吧？”

苏兆红张着嘴，有点发愣。是啊，她是想关心呢，还是不想关心呢？硬邦邦地回答不关心，她有点说不出口。可是说关心吧，那是不是又暧昧了？

不等她回答，袁二元先诉起委屈来："好吧，不逼你了。不管你关心我或是不关心我，我都要把枸杞送给你。"

说着，就要上楼去取。

苏兆红就说："哎，两块钱，你这话说的，怎么成我不关心你了？别乱扣帽子啊，我可消受不起。"

袁二元就说："那你还是关心我的是吧？"

苏兆红说："当然了，我当然关心你。"

看她一脸正经，袁二元就逗她："那你打算怎么关心我，你说点具体的？"

苏兆红一边跟着袁二元后面上楼梯，一边说："怎么关心啊？比方可以帮你做点吃的，或是打扫打扫卫生。你出门在外，帮你收收衣服，关关水龙头什么的。"

住在袁二元楼下的陈为民，刚巧拉开门，听到苏兆红的这些话，立刻大着嗓门说："怎么着，画家？终于要两家合一家啦？我早说嘛，这一上一下的，都是单身，早晚会有情况的。老伴、老伴……"

他说着就喊老伴出来看热闹，又迫不及待地问袁二元："啥时喝喜酒啊？我们这些老邻居，那可都是见证人，那非得请喝酒不可。"

这话说得突然，苏兆红吓了一大跳，赶紧抢着站到袁二元前头，连声否认："大爷你错了，错了，不是这么回事。"

陈老太太也站到了门口，没人告诉她情况，她就无师自通地明白了眼前的一切，拉住苏兆红就摇起胳膊连声恭喜："画家是个好人啊，你可算是苦尽甘来，能享福了。一个女人带着孩子，不容易啊，三九寒天的，那滋味……"

她是要说王宝钏吧？

苏兆红空长着舌头，无从辩解。袁二元看着这乱的，哈哈大笑。他一把搂住苏兆红的肩膀，跟老头老太太告别："行行行，改日再说，改日再说。"

苏兆红在袁二元的胳膊里，又狐疑又紧张，挣脱不开，只能趔趄着跟他上了楼。

到了自家门口，袁二元松了胳膊，突然安静了下来。他掏出钥匙，开了门，让苏兆红先进，自己就去厨房拿枸杞了。

两个人谁也不说话，空气中安静得有点别扭。等袁二元拿着包枸杞出来，彼此都不看对方的眼睛。

苏兆红说了句"谢谢"，袁二元连不客气都没说。

拉门，回家。上楼宛如仓皇逃窜。

进了房间，苏兆红才发现额头上都是汗。

童童这天去了奶奶家，家里没别人。苏兆红心神不宁地拿出菜来洗，水管哗哗流着，她却跑到厕所，拿起了拖把。拖了两下，又想起厨房水池里还泡着菜，又赶紧拐过来，眼看水池的水就要溢出来了。

终于，她下定了决心，擦干净手，换了鞋，拉开门，准备下楼去问问袁二元。心里堵着事弄不清，还要照常吃饭睡觉，那可不是苏兆红能做到的。袁二元那么搂着她，到底是什么意思？还有，为什么两人告别时，她和他都那么狼狈？

门一拉开，一张纸就掉在了地上。苏兆红拿起来一看，是袁二元的一张漫画。

从他们住的这个小区门，朝东走，箭头所指，依次经过拉面馆、家乐福超市、菜市场。在正街的背面，巷子里有家餐馆。

袁二元在餐厅上特意写了一个圆圆的“小”字，意思那是家小餐馆，叫三运餐厅。然后，他写了个时间：“六点半。”

苏兆红看看钟，已经差十分了。这个人真是！为什么不直接打电话或发短信约她，非要这么贴张画？要是她没开门，那不就错过了吗？

不过，看着这画，她的嘴角，还是渐渐浮上了笑意。下着楼时，她还在边走边看这张妙趣横生的示意图。

直到进餐馆前，苏兆红才把这张纸，揣在了口袋里。

就见袁二元一个人，守着一张小方桌。他的对面，已经给她摆好了一副碗筷。

第四十三章　好戏在后头

于大海带着暖暖，好一阵没去看母亲了。

这天下午，刘艳华给他打电话："大海，你下午过来一趟，帮妈取个东西去。"

一进母亲家，刘艳华就给他手里塞了个东西："去，替妈跑一趟，取点吃的回来。"

于大海低头一看，一口陶瓷锅！擦得锃光瓦亮的。

于大海说："是去饭馆买回来吗？"

刘艳华说："妈妈的朋友，特会做焖面，跟我说了好几回了，说要给我尝尝。刚才来电话了，干脆要送我一锅。我说儿子有车，那就让他去取好了。"

"焖面？"于大海怪可笑地说，"你们这些老太太，还真是会玩。焖面也值得这么送来送去的，行行行，我去我去。"

提着锅下了楼，想想不对头，又转回来："妈，你这里没什么名堂吧？怎么又是锅？"

刘艳华头摇得似拨浪鼓："没名堂没名堂，你别瞎过敏。就是好玩就是好玩。完了你给暖暖带回去，还能趁热吃。"

于大海这次去的，是陈湘惠家。

老家属院，楼道偏窄，又黑，敲了两声，开门的，却是系着围裙的严冬美。

两人一见，都愣住了，于大海手里的锅，都差点掉到地上去。

陈湘惠不在家，说几分钟前刚出去买姜去了。她给严冬美交代，等朋友来了，就帮着他把面条装好，再请人家喝杯茶。

“你真来取面啊？”严冬美自己先忍不住笑了，“那好吧，做好了。”

于大海跟着她进了厨房，也觉得够可笑的：“我可是拿锅来装的哦，你得做多少啊。”

严冬美不说话，拿筷子从蒸笼上给于大海往锅里挑面，挑着挑着就又笑起来，越笑越忍不住。

于大海受了感染，想起老太太们搞的这出戏，也乐不可支。

两人面也不挑了，光顾着笑，使劲笑。严冬美的眼泪都笑了出来，于大海伸手去给她擦，两人就抱在了一起。

于大海跟严冬美迅速热恋了。这次感情开始得既自然又亲密，他们很快就商量起结婚的事来。

于大海在幸福中偏偏疏忽了一个人，就是暖暖。

他一直觉得，童童是喜欢严冬美的，只要童童没问题，就不会有问题。却忘记了暖暖现在跟他住在一起。

暖暖已经进入了最后复习的阶段，基本不去学校了，天天就在家里。于大海上班前，家里留好饭菜，晚上再回来，给暖暖做饭，陪她聊聊天。

但严冬美那头，总也还是惦记着。白天会溜到她单位去跟她说说话，一起吃个中饭，晚上还会打打电话。

暖暖在自己房间里学习，于大海就在客厅里，电视开着，却把声音关了，两条腿搭在茶几上，拿着电话，跟严冬美说情话。

说得入港，天黑了，灯也没开。等暖暖出来了，他也没察觉。

暖暖站在黑暗中，听父亲用一种近乎小孩的语气，呀呀努努地说着大段的废话，她顿时一身的鸡皮疙瘩，表情震惊愤怒又伤心！

她一个箭步冲上去，把电话从于大海手里抢过来，摔到了地上！

于大海吓了一跳，这才意识到自己太不小心了。他赶紧追着去哄暖暖。暖暖当着他面，把门给反锁了。

没办法，他只能去找苏兆红。

苏兆红一听就急了：“这怎么办这怎么办，你就不能忍一忍？”

于大海说：“好好好，是我的错。我承认我不对。”

苏兆红顾不上操心暖暖，只顾诧异：“咦，于大海，你这么爽快认错了？是爱情的力量么？”

于大海说：“得了，你想怎么说都可以。暖暖怎么办？孩子这一生气，肯定会影响复习的。”

苏兆红想想：“我能怎么办呢，她肯定都不会听我的话，我可没把握。”

放了电话，她却想，或者，解铃还须系铃人？

苏兆红跟严冬美，就那次在茶餐厅里见过一次，因为童童的太过热情，让她很是伤心。这次，要去主动见她了，心里多少还是有些忐忑的。

这样合适吗，跟她说什么，如果她不理解怎么办？她苏兆红出面，算不算多管闲事？

换在以前，苏兆红可能会很少想这些东西，自己觉得有理，径直去就是了。但现在，她会踌躇，会担忧，会琢磨，这是不是也是成长呢？

严冬美的实验室门虚掩着，人却不在，可能就在附近。苏兆红一进门，就看见她墙上贴着一张童童的画，这让她有些发愣。

这时严冬美推门进来了，见到是苏兆红，不由吃惊：“哟，童童妈妈，你来了。”

她招呼苏兆红坐，苏兆红不肯。站着，开门见山。她来这里，和严冬美与于大海没关系，是关于暖暖的。

暖暖听见你们昨天的谈话了，她很抗拒，不跟于大海说话了。我也担心我去劝，会没有效果，所以想问问你，看看你有没有办法？毕竟孩子快要考试了……

严冬美表情严肃：“我知道我知道了，大海告诉我了。我也在想呢，该怎么办才好。童童妈妈，你看你能不能约她出来，我来跟她谈谈？”

没想到暖暖仿佛知道苏兆红想干什么，或者在她的心里，所有的大人，都已成了她的对立面。

他们合起来，就是想安抚她的情绪，让她顺利高考。但另一方面，他们却个个疯狂，想干什么就干什么，想怎么刺激她就怎么刺激她。

“不想见，不想谈。没什么好谈的。妈妈，你别跟我说这些了，我知道怎么回事，你们就想让我接受你们的一切。但我的生活，我的梦想，我的爱好，我却一点也不能自己做主。”

苏兆红说：“暖暖，妈妈以前确实做得不好，但现在也在努力接受你的想法，也在努力改变自己的固执，对不对？那么你为什么不能也试着改变一下，给父母一个机会呢？”

苏兆红的道歉，对暖暖确实也有震动。

“这话是你说的吗，妈妈？你太让我吃惊了。好吧，”她仿佛是给她多大赏赐似的，“这次我就不跑了。”

严冬美主动上了门，用一个下午做了一大桌好吃的，也算是她跟暖暖的见面席。

于大海好紧张，生怕女儿会给严冬美脸色看，但暖暖学习完，从自己房间走出来，看见这一桌菜和这个阿姨，表现得还算镇静。

“味道不错啊。”她大不咧咧地吃了一口，给了一个评价，算是告诉于大海，就这么着了。

苏兆红提出，既然于大海和严冬美已经在讨论结婚了，不如暖暖还是回到她这里更好一些，少受点影响。

暖暖似乎也觉察到了母亲的变化，于是她欣然同意了。

翟晓终于露面了。他的产品，确实有问题。但并不是对人脑有什么影响，而是他夸大了产品的用途。其实说穿了，还就是一个MP4的原理。

那一家闹着赔偿的，终于承认，孩子的病，和这个养脑仪并没有太大关系。

苏兆红接到正式通知，可以上岗了。

她却主动提出，再等半个月，她要等暖暖考试完再说。

这期间，电视台要录个节目，是关于孩子教育的话题。估计袁二元以前给张露露说过苏兆红的什么，张露露特意代表节目组来力邀她去做嘉宾。

节目是关于“穷养儿富养女”的，说是穷养、富养的经济问题，最后其实还是一个中国父母面临的老问题：怎样做，才是对孩子最好的？

是施加更多压力，还是给予充分自由？

导演一见她，就给她定了性：“你今天就本色出演，儿子要穷养，坚决穷养！拿出你的狮娘理论来，讲得越极致越好。”

另一个男嘉宾，曾经扮演过羊爸之类的角色，这次就论证富养女。中心思想就是，所谓富养，就是要给女孩子充分的尊重和自由，让她意识到自己的高贵，拥有信心。

谁知道，苏兆红一上台，就讲起了“圆心的故事”。

“其实吧，生命中有点遗憾，有点缺失，做人有点笨拙，有点疏忽，才可以让我们的视野中多一些与他人不同的选择和自由。未必一定要强调穷养富养，或一定要让孩子快步跑赢。每个孩子都是独特的个体，天下并没有一个什么标准的方法，可以适用在他们身上。因材施教，这是古人早说了的。可惜这些年，我们似乎都忘记了。大家都在寻找一个简单易行，又能造出天才的最佳流水线。这怎么行呢？如果一定要找出那个最有效的方法，可能唯独一条是适用于所有孩子的：爱，大量无私的爱。因为有爱，才会有尊重、有理解、有包容、有奉献、有耐心、愿意等待，永远支持。”

观众热烈鼓掌。

导演有点恼火：“苏兆红，你怎么中途变卦呢？算了，这样做节目，谁还会看啊？你得唇枪舌剑啊，得用生命捍卫你的观点啊！让你当狮娘，你怎么了，狮子变猫了？”

六月六日终于到了。苏兆红和于大海，像很多父母一样，也都一直把暖暖送到了考场门口。暖暖说：“哎哟，我终于享受了一下有妈又有爸的日子了。”

于大海说：“你什么时候没妈又没爸了？”

暖暖撒娇说：“我的意思是，和你们在一起的时候。”

苏兆红拍拍暖暖的背：“都什么时候了，还想这个。我和你爸，吵也吵了，闹也闹了，现在终于到了和平过渡、搁置争议的时期。放心吧，以后只有我们求着你跟我们玩的时候。你上了大学，父母就成了累赘。一年到头，见不见面都无所谓了。”

暖暖没心没肺地说：“那我就放心了。我才不想老求着你们呢。”

孩子进了考场，两个人站在外面，就有些尴尬。

苏兆红让于大海回公司去，她自己守着就可以了。

于大海说：“那我晚上再过来。”

苏兆红说：“别来了，孩子还要看看书。晚上得早点睡觉。”

于大海走了，她也回了家。赶紧做饭，收拾房间。看看时间快到了，又赶到学校，去迎暖暖回家。

到了傍晚，于大海和严冬美带着童童一起来了，给暖暖带了点提子，坐也没坐，问了问情况，放下就走了。

两天，说起来快，可过起来也够漫长的。

暖暖结束了最后一门，出校门的那一刻，苏兆红也是说不出的轻松。不管之前对北大有多么惦记，到了此刻，她似乎也放开了。

"有学上就行。"走在路上，碰到了卢老师。当老师问起暖暖情况时，她居然说了这么一句。

暖暖生气了："妈妈，你说的是什么啊。什么叫有学上就行？我有那么差吗？"

苏兆红赶紧解释："我的意思是，谁也不能一考定终身。不管上什么学校，不管好学校还是不那么好的学校，学习啊，努力啊，那都是一辈子的事情。不可能一步到位的，对不对？人生就是一场马拉松……"

咦，怎么跟于大海的话一样了？

暖暖的美术专业成绩，并不是很理想。这影响到了她专业的选择，让她有点不快。想了一段时间，终于决定放弃去学美术的想法。

苏兆红知道了这个消息，心里暗暗高兴，但表面上看着挺镇静。

"怎么都挺好，看你自己吧。"

"哟，妈妈，你这是修炼成仙啦。"

分数出来了，暖暖离北大还是差了一点。但这分数足可以报个南京比较好的学校，同时选个不错的专业。

沐紫的高考成绩比平时要好，报了武汉的学校，张玲玲自是喜出望外。

苏兆红决定在自己家里办次家宴，也算为暖暖和沐紫庆祝一下。都是自己人，在家里气氛更好。

于大海带着严冬美一起来了，严冬美还特意带来了一瓶酒。

张玲玲和刘永福一进来，就嚷嚷着孩子大了不由娘。沐紫才脱了校服，就要穿牛仔短裤。

苏兆红说，那有什么，不就是条短裤吗？

"问题是特短。"张玲玲一把把沐紫从自己身后拽出来给苏兆红看，"你会让你家暖暖这么穿吗？她还没去上学呢，这要离开了我的眼皮，就这么穿出啊？那我怎么办？"

苏兆红看着笑："那你说你能怎么办？跟着去啊？"

沐紫跟暖暖坐到小房间说话去了。童童坚决要参与，两个女孩子把他关到了门外。小家伙来给张玲玲告状："阿姨，沐紫姐姐叫我小屁孩。"

张玲玲站起来，瞪大眼睛、摩拳擦掌地说："嘿，还反了她的。走，我去给你伸张正义去。"

把门推开，硬是将童童塞了进去。

苏兆南和月亮来迟了，月亮手里还捧着一束玫瑰花。

张玲玲问："这花是舅舅给外甥女的，还是给女朋友的呀？"

苏兆南说："浪费可耻。先给女朋友，再送外甥女。"

苏兆红说弟弟："你可真会过日子。"

暖暖高兴地从房间跑出来看："我呀，我才不嫌弃呢。有花我就要，不管过几手。"

月亮伸出手，站在房间中央，一副要亮瞎大家眼睛的姿势："快看快看——"

大家一起围过去，原来是戒指！

什么意思？苏兆红看苏兆南："你送的？"

苏兆南点点头，表情很得意："OK了。"

月亮翻他一眼，说："O什么K呀，还早着呢。我就觉得吧，这戒指挺好看的，先买来戴戴。"

"什么时候发生的事？"苏兆红表情有些凝重了起来。

"就刚才在路上。"

"玫瑰花呢？也是刚路上买的？"

"是啊。要不光送戒指，太干了。"苏兆南还挺直接的。

苏兆红一歪头："你跟我进厨房。"

苏兆南跟了进去。

"你傻呀？戒指说送就送，求婚订婚可是件大事情，不亚于婚礼的。你们这跟过家家似的，看见好看就买一个。求婚用的玫瑰，转手又送暖暖。你这么不正式、这么随意，人家月亮会跟你当真吗？我可告诉你啊，苏兆南，这姑娘本身职业就比较拉风，各种场合也见得多。你要是没那个金刚钻，就别揽她这块瓷器活啊。"

苏兆南一听，还真是那么回事。他本来以为月亮收了他的戒指，就意味着事情靠谱了。现在看，根本不是这么回事。他说："那姐你的意思是？"

苏兆红说："求婚一定要正式，要感动她。这让她以后想起来，才不敢轻易离开你。你别觉得那是件傻事，能像玩儿似的订了婚，才特别有意思、特别酷。真不是这么回事啊。这女的，要是心里没对你留一点浪漫的印象，那离开你，可就太容易了。”

苏兆南挠挠头，说：“哎哟，那我知道了。这不能算订婚啊！”

苏兆红说：“不能算。但好歹她戴着你送的戒指挺高兴，也算是传达了一个信号，她不会拒绝你求婚。搞正式点吧，啊？回去好好想想，拿个方案什么的。”

苏兆南问：“那姐夫当年跟你求婚隆重吗？”

苏兆红摇头：“我们那个时候，几乎没这个意识。我坐在他自行车上，他就随便跟我说了句，结婚吧。我就同意了。戒指也没买。现在想起来还真遗憾，是不是也是这个原因，所以离婚时，才特别痛快？”

姐弟俩正聊着，坐在客厅里的刘永福却喊起来：“快快快，这电视上不是苏兆红吗？”

一群人都跑过去，连孩子们都跑出来看了。

“什么时候的事啊，也不跟我们说一声。”张玲玲特兴奋，比自己上了电视还激动。

苏兆红手里还拿根葱在剥：“这都是重播了。早半个月的事了。我讲得不顺节目组的意思，把我从嘉宾给换到观众席上了。我演了一个观众，表达了一种比较中间的观点。”

“说得挺好的呀，”大家都赞叹。连于大海都夸，一副刮目相看的表情：“你觉悟挺高的呀。”

“这段话谁教的呀？”张玲玲问，“就是这个圆的故事，这个故事有意思。”

苏兆红咳了一声：“我楼下的两块钱。”

说到两块钱，于大海、严冬美和刘永福都一脸茫然：“什么两块钱？”

张玲玲说：“哟，我知道，就是那个画家是吧？”

于大海才想起来：“老袁啊。我们是不是也该请请他呢？毕竟给暖暖教过课不是？挺好的一个人，真的。”

其他人一起转向苏兆红，苏兆红脸却突然红了：“看我干嘛，我没说不能请啊。”

她的脸红和不自然的腔调，暴露了内心的那点小秘密。的确，苏兆红和袁二元好了。

之前她所看轻他的那些东西，现在看来，都是很值得珍惜的品质。他就像她在失去了一个角后才看到的风景一样，那么有趣，那么值得为此而停留。

于大海喊暖暖下楼去请袁老师上来，苏兆红说，孩子去请不正式，我去吧。

于大海说，哪里有那么讲究，我跟暖暖去。就这么楼上楼下的，没问题。

父女俩下了楼，苏兆红突然想起了什么似的，风风火火解了围裙，一路小跑进了卧室。

大家正在奇怪，她出来了。这么快的时间里，竟重新换了衣服，仔细看看，竟是那套纱裙！

手里还拿着个塑料文件袋。

一屋人都不说话，眼睛全跟着她在转。她去穿鞋了，试了一双，不合适，又换一双。突然觉察到了这不自然的安静，扭过身，露出了她平时最强悍的那一面，凶神恶煞地说："你们看什么看！"

大家赶紧转过眼，假装看电视，假装没话找话说。苏兆红终于收拾停当了，一屋子人又一起不说话了，神情严肃地看着她。她转过身，做了一个完美的告别亮相："怎么样？"

"且慢！"张玲玲一个跨步跑到了苏兆红跟前，二话不说就从她手里把那个袋子抢到了，"这是什么东西？情书啊？你要给他念情书啊？"

苏兆红去抢，张玲玲已经打开了。

竟是袁二元曾经贴在苏兆红门上的那几张漫画，一张都没少。苏兆红收藏得挺好，一张一张夹着。

张玲玲大着嗓门喊："哎哟，原来早就有信物了啊，他送你的？"

听到有上楼的声音了，苏兆红赶紧示意张玲玲闭上嘴巴，又挥手赶她坐回沙发上去。她踩着不稳的高跟鞋，努力稳当地站在门口，挺胸收腹，深呼吸。

门响了，苏兆红做出了一个最柔媚的笑容，一把拉开了门："你好。"

暖暖第一个进来，有些莫名其妙地看了她一眼："你这是干什么呀，妈妈，演戏吗？"

紧跟着进来的是于大海，上上下下打量她："噢，这就是那件传说中的纱裙啊？"

苏兆红有些恼怒，回头看看客厅里那几个，都一副憋着笑硬忍的模样。她探头出去，没看见袁二元，也不装温柔了："你们给老娘请的人呢？是不在啊，还是不来啊？”

她唰唰踢掉了高跟鞋，刚要关门，袁二元一推门进来了，为了作客，特意换上了一件中式的褂子。

也没看见门后面的苏兆红，用他那浓郁的川普口音说道：“你们刚才电视里看见苏兆红莫得？怎么穿得像个菜婆子一样？”

苏兆红听见袁二元的声音，赶紧伸脚去穿鞋子。等再听了他说这话，不由恼火，一只脚穿了鞋，另一只脚就光着踩在地上，一高一低地就出来了：“哪个是菜婆子？啊，哪个是菜婆子？”

袁二元说：“难道还有很多菜婆子吗？不过呢，你虽然很像菜婆子，故事却讲得蛮不错。”

一屋子人，看见这两个人，土的不够土，洋的不够洋。有西有中，有胖有瘦，有硬有软，表面剑拔弩张，内里默契十足。

没人说话，都带着笑看着他们演。

两人大眼瞪小眼，表面看谁也不服谁，只有他们知道，真正的好戏才刚刚拉开大幕呢。

图书在版编目（CIP）数据

狮娘鸽爸：当“幼升小”撞上“高考”/夏景著；许洁主编.
—北京：中国青年出版社，2014.3
ISBN 978-7-5153-1056-5
I. ①狮… II. ①夏… ②许… III. ①长篇小说–中国–当代
IV. ①I247.5

中国版本图书馆CIP数据核字（2014）第027845号

书　　名：狮娘鸽爸：当“幼升小”撞上“高考”
著　　者：夏景
主　　编：许洁
责任编辑：庄庸　王昕
特约编辑：张瑞霞
出版发行：中国青年出版社
社　　址：北京东四十二条21号
邮　　编：100708
网　　址：www.cyp.com.cn
门 市 部：（010）57350370
印　　刷：三河市君旺印务有限公司
经　　销：新华书店
开　　本：787mm × 1092mm　1/16
印　　张：21.5
字　　数：300千字
版　　次：2014年4月北京第1版
印　　次：2014年4月河北第1次印刷
印　　数：0,001~5,000册
定　　价：35.00元